DISCOURS ET LETTRES

DE

Mlle M.-F. BOLLUD

DIRECTRICE DU COURS NORMAL DES INSTITUTRICES

DE LYON

PUBLIÉS PAR SA FAMILLE

ET M. M. A. DELACHANAL

LYON

LIBRAIRIE DE FÉLIX GIRARD

Place Bellecour, 50

1868

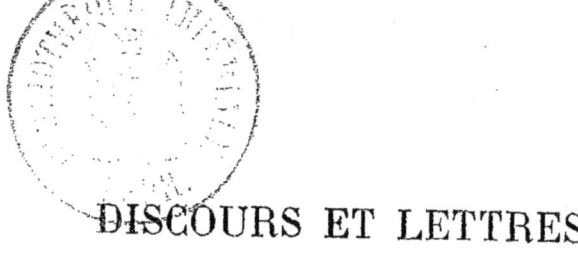

DISCOURS ET LETTRES

DISCOURS ET LETTRES

DE

MLLE M.-F. BOLLUD

DIRECTRICE DU COURS NORMAL DES INSTITUTRICES
DE LYON

PUBLIÉS PAR SA FAMILLE

Et Mlle **M.-A. DELACHANAL**

LYON

LIBRAIRIE DE FÉLIX GIRARD

Place Bellecour, 30

—

1868

INTRODUCTION.

————

Ce livre est, pour ainsi dire, le portrait moral de Mlle Bollud. Il ne restait d'elle aucune image fidèle ; on avait essayé plusieurs fois de reproduire ses traits, mais nul n'avait réussi à rendre toute l'expression de sa physionomie, où toutes les nuances des impressions de l'âme passaient tour à tour avec tant de mobilité ; nul surtout n'avait pu rendre l'expression de ses yeux, où se reflétaient tout à la fois la distinction de l'intelligence et les rêveries de l'imagination, l'habi-

1

tude de la réflexion sérieuse et l'affabilité du caractère, la maturité précoce du jugement et la tendresse du cœur, l'autorité de la maîtresse et la grâce de la femme. Mais dans ce livre Mlle Bollud s'est peinte elle-même sans y songer, et ceux qui l'ont connue et aimée croiront, en le lisant, la voir et l'entendre encore.

M. A. D.

NOTICE BIOGRAPHIQUE

Sur Mademoiselle M.-F. BOLLUD.

———

Mlle Marie-Françoise Bollud naquit à Lyon le 4 septembre 1826. Elle était le dernier enfant d'une famille nombreuse ; elle devait en être le bonheur et la gloire.

De huit à douze ans, elle fut l'élève de prédilection de Mlle Loury, qui dirigeait habilement une école mutuelle. En sortant de cette classe élémentaire, en 1838, elle entra au cours normal, qu'elle suivit avec distinction pendant trois années. A l'âge de quinze ans, elle terminait ses études et recevait des mains de S. A. R. le duc d'Aumale, alors à Lyon (août 1841), une médaille d'argent, récompense d'un travail sérieux, complet, et qui, malgré son jeune âge, en avait fait une institutrice déjà habile ; car aux savantes études théoriques elle avait joint une précieuse pratique dans l'école de sa première maîtresse, Mlle Loury, qu'elle aidait dans ses classes d'adultes du dimanche, et dont elle fut l'adjointe gratuite jusqu'à quatorze ans. A cet âge, elle fut, à titre d'adjointe, attachée à la Société d'Instruction primaire, et souvent elle remplaça des directrices malades, montrant déjà ce rare talent d'enseigner que Dieu lui avait si richement départi.

Elle avait dix-sept ans quand elle devint adjointe de ce cours normal auquel elle resta si dévouée jusqu'à sa dernière heure. Mme Chenevier, alors directrice de cette grande et belle institution, avait reconnu et apprécié, pendant les années de l'étude, toutes les précieuses qualités de son élève préférée; elle fut donc heureuse de l'obtenir comme aide dans ses travaux, que leur importance croissante lui rendait trop lourds. Deux années s'étaient à peine écoulées que Mme Chenevier, blessée au cœur par la perte d'un fils unique, bénissait à son lit de mort celle qu'elle avait aimée et dirigée comme une fille, et que, dans son amour pour la prospérité de son cours normal, elle désirait voir assise à sa place dans la chaire professorale qu'elle allait laisser vide.

Bien que Mlle Bollud eût obtenu brillamment le brevet supérieur avec dispense d'âge, le président de la Société d'Instruction primaire n'osa pas confier à une jeune fille de vingt ans la responsabilité entière de la direction du cours normal, et, le 7 novembre 1846, il la nomma directrice conjointement avec Mlle Moriau, dont le père était proviseur du lycée de Lyon. En 1850, Mlle Moriau quittait Lyon avec sa famille, et Mlle Bollud restait, à vingt-quatre ans, seule directrice du cours normal et de l'école supérieure de demoiselles. Elle conserva ce beau titre jusqu'à sa mort, et, pendant quinze ans, elle fut l'âme et la vie du premier établissement de Lyon pour l'instruction des femmes.

Elle y professait les cours d'instruction religieuse, d'histoire sainte, d'histoire ecclésiastique, de pédagogie, de grammaire, de littérature. Au commencement de son professorat, elle avait été chargée des leçons de physique et d'arithmétique, et elle mettait autant de lucidité et de rigoureuse logique dans ses leçons sur les sciences exactes qu'elle savait répandre de charme sur son enseignement littéraire.

Les dogmes sublimes de notre divine religion conservaient, sous sa parole élégante et facile, leur majestueuse et infaillible autorité.

L'art difficile d'enseigner semblait facile quand elle en exposait les principes, et d'ailleurs ses moindres paroles, ses moindres actions étaient des leçons de pédagogie pour qui savait les comprendre.

Les principes multiples de notre belle langue se simplifiaient par une classification claire, par une méthode heureuse qui pénétrait jusque dans les finesses du langage sans fatiguer l'intelligence ni la mémoire.

Et il n'est pas une élève qui ne conserve de ses leçons de littérature un souvenir qu'elle ne perdra jamais. Quelle grâce, quelle harmonie dans l'élocution, quelle finesse dans les aperçus ! Avec quel enthousiasme elle nous révélait les beautés de nos maîtres dans l'art d'écrire ! A sa voix, le sentiment littéraire dont elle était si profondément animée pénétrait dans l'âme de celles qui l'écoutaient, et un religieux silence était le signe de l'avide curiosité qui accueillait ses paroles.

Le 24 juin 1855, la Société d'Instruction élémentaire de Paris, appréciant les services rendus à l'enseignement public par cette noble institutrice, reconnaissant les importantes améliorations qui lui étaient dues, lui décerna une médaille d'argent.

La même année, elle ressentit les premières atteintes de la maladie qui devait l'emporter; elle souffrit, toujours patiente et forte, pendant dix années, sans que les soins de sa charge ressentissent aucune négligence; elle portait vaillamment ses douleurs, et nul, en la voyant, n'eût soupçonné qu'un mal incurable minait cette belle existence. Les médecins les plus habiles, plusieurs saisons passées aux eaux d'Uriage semblèrent arrêter les progrès du mal; une chute malheureuse vint ranimer toutes les souffrances endormies. Après six mois de repos et de traitement dans sa campagne de Villeurbanne, loin de son cher cours auquel elle consacrait encore ses pensées et qu'elle ne cessa de diriger par ses conseils, le 12 juin 1865, elle mourait dans les bras de sa mère qu'elle chérissait, d'un frère dévoué et de deux sœurs pleines de tendresse et d'abnégation. Tous, depuis dix ans, l'entouraient de soins incessants, et croyaient, par la force de leur amour, arrêter le coup fatal.

Telle fut la fin prématurée de cette vie laborieuse et utile, dont pas une journée ne fut perdue pour le bien.

Mlle Bollud n'avait jamais quitté les siens; elle fut un modèle de cet amour de la famille qu'elle cherchait à inspirer à ses élèves comme l'antidote le plus certain contre le poison de tout ce qui est mauvais ici-bas.

Toutes les élèves qui avaient puisé dans ses leçons la science pratique de l'enseignement, la connaissance de leurs devoirs et de la grandeur de leur mission ; toutes celles qui, encouragées par ses conseils, marchaient fermement dans la carrière et cherchaient à réaliser le type de l'institutrice savante et aimable dont elle personnifiait l'idéal ; toutes comprirent qu'une dette de reconnaissance et d'amour devait être payée à Mlle Bollud. Une souscription s'ouvrit spontanément chez plusieurs anciennes élèves, et une liste fut ouverte aussi au cours normal avec l'autorisation de la Société d'Instruction primaire. Les dons permirent d'élever sur sa tombe un monument sur lequel un ciseau habile a sculpté des emblèmes de science et de foi, et l'expression des regrets amers et de la pieuse reconnaissance que les élèves de cette femme remarquable lui conserveront toujours. Je cherchai à réunir dans une courte épitaphe les sentiments de toutes, et on inscrivit sur le marbre :

A Mlle M.-F. BOLLUD,

DIRECTRICE DU COURS NORMAL DES INSTITUTRICES DE LYON,

DÉCÉDÉE DANS SA TRENTE - NEUVIÈME ANNÉE,

LE 12 JUIN 1865,

SES ÉLÈVES RECONNAISSANTES.

Le ciel pour la former réunit tous ses dons :
Grand cœur, haute vertu, sublime intelligence.
Bonté, grâce infinie, admirable éloquence...
Le ciel a tout repris, hélas ! et nous pleurons.

Dès que la mort eut frappé Mlle Bollud, quelques unes de ses anciennes élèves eurent la pensée que de précieux manuscrits devaient se trouver dans ses papiers; le désir de les voir publiés s'éveilla aussitôt dans leur âme, parce qu'elles espéraient que cette publication jetterait un nouvel éclat sur le nom de celle qu'elles avaient aimée et admirée dès qu'elles l'avaient connue.

Des recherches minutieuses m'ont mise en possession de nombreuses richesses. Les cours d'études que j'ai retrouvés seront peut-être publiés un jour, et formeront de bons et utiles guides aux élèves et aux maîtresses; mais le volume que j'ai réuni ici ne renfermera rien de classique. Quelques discours prononcés aux séances solennelles de la rentrée du cours normal, des conseils et des lettres adressés à ses élèves, et enfin une correspondance intime avec l'amie de choix, l'unique amie que son cœur avait distinguée pour l'aimer entre toutes : voilà la matière de ce livre.

Rien ne pouvait faire connaître l'esprit, je dirais presque l'âme de Mlle Bollud, mieux que la lecture des pièces réunies dans ce volume; aussi le classement m'en a-t-il paru simple et naturel. Je vais l'expliquer tel que je l'ai compris. Au commencement, et comme la meilleure introduction qui pût aider à pénétrer dans ce cœur d'élite, j'ai placé ces admirables lignes que Mlle Bollud écrivit à l'âge de vingt-deux ans : « La vie que j'aurais choisie si Dieu m'eût appelée à son « conseil, » et dans lesquelles elle se montre si modeste dans ses ambitions, si tendre et si chrétienne dans ses sentiments, si remplie de jugement et de sagesse dans ses appré-

ciations. Elle ne demande ni une position brillante : « le
« luxe éveille les désirs et rend l'homme pauvre au
« milieu de ses richesses ; » ni un grand nom : « c'est trop
« difficile à porter; » ni un vaste génie, car elle craint l'envie. Sa position, elle la rendit brillante ; son nom, elle le
rendit grand malgré elle, et n'eut-elle point, hélas ! à souffrir
de l'envie ? On retrouve, dans ses modestes désirs, comme un
pressentiment de ce que Dieu lui réservait : une existence
douce au milieu de ceux qu'elle aimait, mais trop vite écou-
lée et trop remplie de souffrances. Dieu, qui voulait la rappeler jeune à lui, montrait une fois de plus que la souffrance
est le seul vrai complément de la grandeur. Après cette composition, qui est comme un rayon de lumière dirigé sur son
âme pour en faire entrevoir la calme et sereine beauté, j'ai
placé ses discours qui font connaître Mlle Bollud telle que
le monde la voyait dans les jours d'apparat : noble, majestueuse, mais toujours aimable et attrayante dans sa gracieuse
gravité. Quel riche écrin de belles pensées que ces discours !
Où trouver de plus belles paroles pour peindre la grandeur
de la mission de l'institutrice ? « Etre institutrice, c'est
« exercer la double maternité de l'intelligence et du cœur. »
— « La tâche de l'institutrice est lourde mais honorable,
« et si nous la considérons sous le point de vue religieux,
« aux yeux de la foi, elle est sublime. » Elle va plus loin ;
elle est si pénétrée, non seulement de la noblesse, mais de
la sainteté de sa mission, qu'on retrouve souvent cette pensée : « L'enseignement est un sacerdoce. » C'est un sacerdoce
en effet que l'enseignement compris comme elle le compre-

1.

nait; l'institutrice a charge d'âmes, et des sentiments religieux profonds et solides peuvent seuls la rendre digne de
la tâche qu'elle s'impose et dont Dieu lui demandera compte
un jour. « Que toutes vos connaissances se fondent dans
« l'unité religieuse. Que la religion, principe et fin de toutes
« vos actions, le soit actuellement de toutes vos études; plus
« tard, de tous vos enseignements. Que le sentiment reli-
« gieux, comme un doux parfum, s'exhale de toutes vos
« paroles, de toutes vos leçons. » — « Travaillez surtout pour
« Dieu. Les grandes institutions s'éteignent, les royaumes
« et les empires passent, les monuments disparaissent; seul
« le bien accompli subsiste devant Dieu, et il restera éter-
« nellement inscrit au livre de vie. » — « Souvenez-vous de
« ne vous livrer à l'étude des connaissances intellectuelles
« qu'avec un religieux respect. La science est sainte, elle est
« sacrée. Malheur à celui qui n'y verrait que la satisfaction
« de la curiosité de l'esprit ou l'instrument de l'orgueil
« humain ! Elle deviendrait pour lui une source de perdition.
« Pour vous, institutrices appelées à diriger l'élan des jeunes
« générations qui s'élèvent, que la science soit la cause d'un
« perfectionnement moral qui vous rapproche de la Divinité. »

Elle donne toujours le devoir comme le mobile qui doit
diriger toutes les actions de la vie; mais ce n'est pas le devoir âpre, difficile, rebutant; elle sait révéler le charme et
la douceur qu'on goûte infailliblement dans sa conscience
quand on y trouve le témoignage du bien vainqueur du
mal. « Notre sagesse n'est point grondeuse, et si, au-dessus
« de la vie entière, nous faisons planer l'obligation austère

« du devoir, nous sommes convaincue aussi que la route du
« devoir n'est pas toujours étroite, rude, difficile; mais
« qu'elle est souvent large, spacieuse, qu'elle a des hori-
« zons grandioses et d'une majesté incomparable. »

Dans ses lettres, cette pensée revient souvent; elle est
alors exprimée avec plus de douceur : « Il est une pensée
« qui fait partout et toujours, dans la douleur et dans la
« joie, notre force et notre sérénité : c'est celle du devoir
« accompli. Là est tout le secret de la dignité de notre
« existence ici-bas, la certitude de la vertu, le principe
« même du véritable bonheur. »

Mais cette institutrice si pénétrée de la sainteté du devoir
ne se contente pas de parler du bien, elle donne les moyens
de le faire, elle indique les sources où il faut puiser la force
de l'accomplir : la volonté, le cœur, la famille, le travail.
« C'est la volonté qui fait la grandeur et la puissance de
« l'homme. Sans la volonté, il est le jouet de ses passions,
« l'esclave de ses relations sociales, la victime des événe-
« ments qui le ballottent. » — « Le cœur seul est capable d'ins-
« pirer les véritables bonnes actions, les généreux sacrifices,
« les sublimes dévouements. » — « Donnez-vous d'affection
« à ces jeunes êtres qui vous seront confiés; ne vous inquié-
« tez pas si les fruits des bons sentiments déposés dans leur
« cœur sont recueillis par d'autres que par vous. » — « Atta-
« chez-vous fortement à la famille, à ce foyer sacré où se
« réchauffent tous les bons sentiments, à ce sanctuaire
« béni où Dieu fait descendre, ignorées du monde, les ré-
« compenses intimes du devoir accompli. » — « Travaille
« pour avoir le droit de vivre. »

Mais elle sait aussi que de nombreuses déceptions blesseront le cœur de l'institutrice pendant sa carrière; il ne faut pas que les jeunes filles auxquelles elles veut rendre le devoir inviolable se heurtent contre des obstacles imprévus, et que le découragement puisse s'emparer d'elles; elle les avertit que leur mission, toujours si belle, exige des sacrifices; elle les prémunit contre les illusions et leur apprend à regarder en haut pour n'être jamais trompées : « Devoir in-« flexible, dévouement, abnégation, répète-t-elle souvent. « L'institutrice vit au sein de la société sans en partager ni « les idées ambitieuses ni les agitations. » — « N'encouragez « pas trop vivement vos travaux par les espérances de la « considération et de la reconnaissance : tout ce qui est « humain est variable. »

Pendant quelques années, la séance solennelle de rentrée fut suspendue ; Mlle Bollud adressait néanmoins aux élèves, le jour de la rentrée des cours, quelques paroles d'encouragement au travail, quelques conseils qui, plus sévères et plus simples dans la forme que les discours, ne sont pas moins admirables et seront médités avec fruit par toutes les élèves futures institutrices.

Quelques morceaux purement pédagogiques, se rattachant par le fond à cette longue série de précieux conseils renfermés dans les discours, ont été nécessairement placés immédiatement après.

L'institutrice publique nous est maintenant connue; les lettres adressées par Mlle Bollud à ses élèves vont nous faire

connaître l'institutrice particulière. Nous retrouverons toujours les mêmes pensées élevées, les mêmes sentiments nobles et généreux, mais le cœur se montre davantage; l'affection, la tendresse qu'elle porte à ses filles par l'intelligence
n'est plus voilée par le cérémonial et la représentation d'une
séance solennelle; en perdant leur généralité, en devenant
personnels, les conseils deviennent aussi plus pratiques.

Dans les lettres à Mlle Emilie P., que de précieuses choses
sur l'art d'écrire, sur les études littéraires, sur les auteurs à
étudier, sur les lectures à faire! On rencontre des redites,
des conseils répétés plusieurs fois. Je n'ai pas cru devoir
rien retrancher : quelle maîtresse ne se voit forcée de redire
souvent les mêmes choses? Ces lettres à Emilie ont un caractère tout à la fois sérieux et affectueux qui leur prête un
grand charme. « Je vous aime sérieusement, mon Emilie,
« aussi suis-je jalouse pour vous de toutes les perfections. »
— « Vous trouverez toujours en moi dévouement et sincé-
« rité ; il me serait impossible de vous accorder moins. »

Combien aussi elle est sûre de l'attachement de cette élève
que les circonstances ont éloignée d'elle pendant longtemps!
« Je savais bien que vous m'écririez, lui dit-elle; aussi
« n'ai-je ni espéré ni attendu, j'étais certaine. » Quelle
jeune fille désireuse de perfectionner son intelligence et son
cœur lira sans résultat ces paragraphes si remplis de sens
pratique ?

« Il faut autant que possible travailler sur des thèmes
« auxquels on puisse s'identifier : c'est le moyen de déve-
« lopper l'imagination sans la rendre chimérique. »

« Habituez-vous à vous maîtriser, à posséder votre émo-
« tion, à vous abstraire au milieu des personnes qui vous
« entourent : ce sont des dispositions favorables pour un
« examen. »

« Travaillez avec votre professeur, mais travaillez seule :
« à votre âge et avec votre raison, c'est la tâche qu'on se
« donne, le travail qu'on s'impose à soi-même qu'on fait le
« mieux. »

« Fécondez votre imagination par de bonnes lectures,
« mais ne les faites pas trop vite ; résumez-les ensuite : c'est
« le moyen de vous familiariser avec les formes et les pen-
« sées des bons auteurs, et de vous les approprier. »

« Il faut tous nous attendre à des peines plus ou moins
« sérieuses, à des combats à soutenir, et il faut nous y pré-
« parer en faisant une grande provision de force morale. »

« Enfant, la vie n'est qu'épreuve, et il ne faut pas vous
« laisser envahir par la mélancolie. Dieu ne le veut pas, lui
« qui a mis la force au nombre des vertus. »

Après les lettres à Mlle Emilie P. viennent les lettres à
Mlle Antonine M., dont le caractère enjoué forme un aimable
contraste avec les précédentes. Ce n'est plus le ton de la
maîtresse, c'est la gracieuse et amicale plaisanterie que permet une affection plus ancienne. Mlle Bollud se fait grondeuse avec une douce malice, quelquefois presque avec enfantillage, parce qu'on se sent toujours jeune avec ceux qu'on
a connus étant jeune ; elle joue avec les descriptions et la
mythologie, et prend parfois un petit ton mutin qui charme
et fait sourire, tandis que les conseils aux élèves plus jeunes
laissent au front le pli des réflexions qu'elles font naître.

Ces lettres à Mlle Antonine M. offrent des boutades charmantes : « Si vous ne m'obéissez pas, je ferai la méchante
« tout de bon ; je porterai plainte à votre mère, et je vous ferai
« bien du chagrin pour vous obliger à vous soigner et à vous
« bien porter. » — « J'ai reconnu de jolies euphraises dans
« le bois de châtaigniers ; le long d'un mur, beaucoup de
« linaires que vous aimez tant, force spéciolaires, et j'ai en-
« core vu d'autres petites bêtes de fleurs qui n'ont pas
« voulu me dire leur nom. »

Le petit billet du 20 septembre 1858 est une souriante
mutinerie qui fait connaître la gaîté aimable du caractère
de Mlle Bollud, et laisse devenir le laisser-aller charmant, le
naturel gracieux qu'elle avait dans l'intimité.

Tous les bons sentiments sont vifs et actifs dans le cœur
de Mlle Bollud. Quel amour du pays natal, et comme elle
veut qu'on chérisse *son Lyon tant aimé !*

« Le pays où nous avons commencé à respirer, c'est la
« patrie du cœur ! écrit-elle à Mlle Hélène G. Votre sœur
« n'a donc pas l'amour du clocher ? Elle ne chérit donc pas
« ce doux nid placé au milieu de la grande patrie pour
« mêler les émotions intimes, les suaves souvenirs d'en-
« fance au grand et sérieux sentiment de la patrie ? »

Quelques lettres sans dates ont été placées à peu près
suivant l'époque où elles ont dû être écrites. L'une con-
damne l'affectation et le pédantisme toujours désagréables et
devenant ridicules chez une jeune fille ; d'autres plaident en
faveur des vœux du premier de l'an et de la nécessité de
s'instruire ; mais une surtout, adressée à une jeune mécon-

tente de son sort, est remplie, d'un bout à l'autre, des pensées les plus élevées :

« Elise, aimez la sphère où Dieu vous a placée : c'est le
« devoir, c'est le bonheur... Il est une pensée qui m'a tou-
« jours fait du bien au milieu des peines que j'ai rencon-
« trées. Qui n'en a pas? C'est que Dieu les avait décidées
« dans sa sagesse et sa bonté. C'est que sa main est pater-
« nelle, malgré toute sa sévérité ; qu'il sait mieux que moi
« ce qui m'est utile, que le mal physique n'est pas un mal
« absolu, et qu'il est nécessaire quelquefois pour nous re-
« tremper. Appuyée sur ces réflexions, je me suis toujours
« sentie ranimée; j'ai levé les yeux vers le ciel, et j'ai trouvé
« que, lorsque les hommes manquent, Dieu reste, et qu'il
« vaut mieux que tous ensemble. »

Je ne puis résister au désir de prendre encore dans cette
lettre, si admirable que je me laisserais aller à la citer tout
entière, cette définition de la véritable grandeur : « La vé-
« ritable grandeur, c'est la correspondance à la mission que
« Dieu nous a donnée, l'énergie que nous apportons dans
« le malheur, le bien que nous faisons, quelque petit qu'il
« soit, l'utilité dont nous sommes pour nos semblables. »

De quel amour filial battait ce cœur si profondément pénétré de tout ce qui est beau et bien! On lira dans les lettres à son amie les paroles les plus suaves sur ce sentiment
délicat, profond, religieux, qui dresse dans le plus intime de
l'âme un sanctuaire inviolable pour celle à qui on doit tout :
la vie du corps et la vie du cœur, l'être physique et les plus
douces émotions de l'âme. « L'amour de sa mère, dit

« Mlle Bollud à une jeune élève qui semblait l'oublier,
« l'amour de sa mère est le palladium d'une jeune fille.
« Point de vertu complète si la pensée de sa mère ne s'élève
« dans son cœur à côté de celle de Dieu. »

Viennent ensuite deux lettres à Mlle Maria M., dont chaque phrase est une réflexion profonde, un précieux conseil :
« Le passé ne doit plus être pour vous qu'une leçon, afin de
« vous préparer un avenir moins orageux. » Et plus loin :
« S'il y a des rechutes, ne vous effrayez pas : Dieu se plaît
« quelquefois à nous laisser dans notre faiblesse pour nous
« rappeler que toute force n'est qu'en lui. » — « Le mariage
« est une époque de renouvellement pour la jeune fille : bien
« compris, il développe en elle tout ce qu'il y a de bon,
« il révèle des aptitudes inconnues par les occasions nou-
« velles de dévouement qu'il fournit ; mais, mal compris, il
« développe dans la femme tout ce qu'il y a de frivole, il ne
« devient qu'un moyen légitime de briller dans le monde. »

Des quatre dernières lettres de Mlle Bollud, trois sont des
lettres de condoléance. Quoique bien affaiblie par la maladie, elle trouvait dans son cœur la force de consoler encore
ceux qu'elle savait dans les larmes. Tout n'est-il pas admirable dans cette lettre du 9 février 1865, adressée à une
mère qui pleure son fils ?

En mars 1865, deux mois et demi avant de quitter la vie,
comme elle s'occupait encore avec ardeur du travail de ce cours
normal auquel elle avait consacré tous les instants de son existence, toutes les forces de son intelligence et de sa volonté !

La dernière lettre qu'elle a écrite n'offre rien de saillant ;

mais la date (6 mai 1865, un mois avant le terme fatal) n'est-elle pas un éloquent témoignage de l'activité de son cœur, qui s'émeut des souffrances de la mère d'une ancienne élève, et donne à sa main débile la force de tracer encore de douces et consolantes paroles ?

Après avoir lu ce livre jusqu'à la fin de la correspondance avec les élèves, on connaît complètement l'institutrice, la femme d'intelligence et de dévouement, aimant ses élèves et le leur prouvant par l'intérêt qu'elle prend à tout ce qui les touche, et par la sollicitude toute maternelle avec laquelle elle les suit dans les diverses phases de leur carrière; mais rien ne nous a révélé les pensées intimes de ce cœur qui était trop accessible à tous les beaux sentiments pour ne pas ressentir vivement l'amitié, le plus noble, le plus beau de tous, l'amitié, ce privilége des belles âmes et des cœurs vertueux. Oui, Mlle Bollud devait ressentir et comprendre l'amitié, et nulle ne devait la ressentir et la comprendre mieux qu'elle, avec ses ineffables délicatesses et son inépuisable générosité. Ses lettres à Mme Fanny G., son unique amie, sont tout imprégnées des plus suaves émanations du cœur : tendresse, confiance, doux abandon, indulgence inaltérable, inquiétude constante de tout ce qui concerne cette amie bien-aimée, tout cela se retrouve à chaque ligne de cette longue et attachante correspondance. La forme n'en est pas soignée; le plus souvent ces lettres ont été écrites à la hâte, à bâtons rompus; aucune peut-être n'a été relue avant d'être expédiée; mais il s'en échappe un tel parfum d'exquise sensibilité, que le cœur s'attache à cette lecture, qui a peut-être semblé tout d'abord insignifiante, et qui peu à peu, sans qu'on s'en doute, vous pénètre et vous tient sous le charme. On suit avec intérêt le développement de cette affection qui ne se donne pas à la légère, et bientôt une véritable émotion s'éveille au fond du cœur en lisant l'expression d'un sentiment si doux, si sincère, si profond. « Qu'on est heureuse d'être aimée ainsi! » disait une mère en lisant ces lettres. Quel bonheur plus délectable en effet que de sentir un cœur si étroitement uni au sien?

Cette amitié, qui devait tenir tant de place dans le cœur de Mlle Bollud, commença en 1845, alors que Mme Fanny G. était Mlle P.; mais, en 1848, son mariage avec M. G. l'emmena à Saint-H..., où elle resta fixée irrévocablement. Mlle Bollud exprime avec une simplicité touchante le chagrin de cette séparation : « J'ai eu bien moins de courage à « supporter ton absence que je ne l'espérais. Croirais-tu, « ma bonne, que je ne puis penser à toi sans prendre « envie de pleurer ? et comme j'y pense continuellement, je « suis continuellement triste. Je couvre ma mère de baisers « pour me dédommager... J'ai tort de te dire cela; je devrais « le refouler au fond de mon cœur, mais je ne le puis pas. « — Il faut être raisonnable, me dis-tu. Eh bien ! soyons-le, « mais je voudrais bien t'embrasser. »

Bientôt les pensées élevées reprennent leurs droits et viennent jeter leur baume sur la blessure : « Dieu nous a fait « nous rencontrer sur notre chemin, afin que nous devins- « sions l'une et l'autre meilleures en nous aimant. La dis-

« tance n'altérera pas notre affection, elle ne fera qu'en chan-
« ger la direction en lui donnant plus de gravité. » — « C'est une
« belle vie que celle de l'intelligence ; plus belle encore est
« la vie du cœur. » — « Lorsque nous serons vieilles et blan-
« chies, nous nous retrouverons toujours également ai-
« mantes, nous nous rappellerons les premiers jours de no-
« tre amitié ; elle sera alors plus ancienne, mais toujours
« aussi fraîche. Rien que d'y penser, cela me fait désirer
« d'être déjà vieille. » — « Puissions-nous arriver au suprême
« passage les mains pleines des bienfaits que nous aurons
« semés autour de nous ! »

Des pensées de la plus haute philosophie s'offrent souvent
à elle : « Je ne désespère de rien. L'avenir est riche, riche
« en espérances, riche en satisfactions, riche en déceptions.
« Qu'importe ? il y a du bonheur et de la poésie en tout
« pour qui sait vivre en soi et en Dieu. »

Elle rencontre des expressions d'une tendresse si profonde
et si vraie, qu'on en est tout ému : « Comment définit-on
« l'amitié ? Je n'en sais rien ; mais il me semble que c'est
« quelque chose qui vous remue bien doucement, qui vous
« console, qui vous fait rêver, quelque chose de mystérieux
« enfin. » — « Je manque essentiellement aux principes de la
« saine littérature : il faut d'abord, dit-elle, s'occuper de la
« personne à qui on écrit, et je commence par moi ; mais
« moi, c'est toi. » — « J'aime bien quand tu me fais des
« phrases ; elles passent toutes par mon cœur. » — « Je vais
« finir, parce que je t'ai dit que je t'aime et que je ne sais
« plus dire autre chose. »

A propos des vers à soie qu'élève Mme G., elle lui dit :
« Ces petites bêtes vont-elles bien ? Je m'y intéresse : elles
« sont à toi. N'est-ce pas le prestige de l'amitié de tout
« embellir ? »

Quels délicieux projets pour le premier né de cette amie
bien-aimée ? « Dis donc, ma bonne, comme nous cause-
« rons de notre petit enfant ! Je dis *notre*, il sera bien un
« peu à moi ; je le caresserai autant que toi ; tu lui appren-
« dras à dire *Marie* après *maman, papa*. Jeune mère, tu
« berceras ton enfant avec de doux chants. Qu'il sera en-
« touré d'amour, ce petit être ! et moi comme je regarderai
« avec bonheur cet orgueil de mère éclater sur ton front !... »

Jamais un reproche quand cette amie garde un long silence ; quelques plaintes exprimées doucement avec une
tendresse et une résignation touchantes : « Mon amie, mon
« affection est inébranlable comme le roc, et les années la
« fortifient. J'aime sans faste, mais avec sincérité ; ne froisse
« donc pas qui t'aime si sincèrement. » — « J'ai pensé que tu
« ne pouvais peut-être pas m'écrire aussi souvent que je le
« désire ; eh bien ! je me résigne. Probablement ce sera de
« moins en moins, de nouveaux devoirs prenant tous tes
« moments ; j'en serai triste, mais je suis raisonnable avant
« tout... Je crains que tu ne supposes que suis fâchée ; non,
« je ne le serai jamais avec toi. »

Son cœur est tellement rempli par la pensée de celle
qu'elle aime, qu'elle reporte tout à cette amie et que tout la
reporte à elle. Regrette-t-elle l'éloignement d'une aimable
connaissance qui était logée dans la même maison : « Cela

« me fait réfléchir, écrit-elle à Mme G., que si j'étais près
« de toi, ce serait bien gentil. J'éprouvais un indicible bon-
« heur à tirer familièrement cette petite clochette ; que se-
« rait-ce si c'était ma Fanny ? » Rencontre-t-elle de nouveau
un prédicateur qu'elle a déjà entendu, elle rapporte les
dates à l'époque de sa liaison avec Mme G., comme à l'époque principale de sa vie : « Il prêcha, il y a bien des années,
« à Saint-Bonaventure ; j'avais alors quatorze ou quinze
« ans : je n'avais pas le bonheur de connaître Mlle Fanny. »

Lit-elle les *Confidences* de Lamartine, la pensée de cette
chère amie se présente aussitôt : « Je t'aime tant, que cha-
« que chose a quelque allusion qui me rappelle à toi : tu
« ne saurais croire combien de fois je me suis arrêtée, en
« lisant l'éducation du jeune Lamartine par sa mère, pour
« penser à toi et à ton fils. »

A-t-elle reçu pour sa fête les témoignages d'amour que
ses élèves étaient si heureuses de pouvoir lui donner, elle
dit à Mme G. : « J'ai embrassé tout le monde, et ne pas
« pouvoir embrasser celle qui est pour moi plus que tout
« le monde, quoiqu'elles soient bien gentilles, mes élèves! »

Cette correspondance avec Mme G. montre dans tout
son jour le caractère aimable et enjoué de Mlle Bollud, que
les lettres à Mlle Antonine M. ont déjà fait entrevoir :
« J'ai des accès de gaîté folle, » dit-elle quelque part. Elle
plaisante parfois comme une enfant; elle désire un porte-
voix pour pouvoir correspondre sans écrire : « On a si
« vite et si doucement rêvé une minute, que cela ressemble
« presque à de la désillusion que d'aller prendre du papier
« et une plume pour écrire ce que l'on ressent. »

Elle se fâche avec une douce malice que la tendresse du
cœur vient quelquefois rendre touchante : « Adieu. Je ne
« t'aimerai plus, si je peux ; mais je ne pourrai pas, voilà le
« malheur. »

L'amour de son cours normal apparaît dans ces lettres
bien dépouillé de tout artifice, et cependant aussi vif, plus
vif même que dans les discours ou les lettres aux élèves.
Son cœur de maîtresse, s'ouvrant à son amie, montre qu'elle
éprouvait bien véritablement tous les sentiments d'affection
réelle et de dévouement qu'elle cherchait à inspirer à ses
élèves dans ses conseils de chaque jour ; ce ne sont pas les
convenances qui guident sa plume lorsqu'elle écrit à sa chère
confidente ces lignes qu'aucune autre personne ne devait
lire : « Tu me dis quelquefois que je devrais me marier ;
« crois bien que, dans ma profession, je n'ai pas le cœur
« aussi vide que tu peux le supposer. Lorsque j'entre dans
« la classe, je vois tous ces petits cœurs bondir vers moi ;
« je le vois dans un doux baiser qu'elles se disputent le
« bonheur de donner ou de recevoir, dans l'empressement
« qu'elles mettent à m'apporter une fleur, à me demander
« mes conseils et souvent à les suivre. Cette famille à qui
« on n'a pas donné le jour, il est vrai, on l'aime bien ; on est
« bien fière de ses succès, on est bien heureuse de ses bon-
« heurs. » (10 juin 1852.)

« Si j'ai parfois un peu de peine, de sollicitude, j'en suis
« bien récompensée par les témoignages d'estime, d'affec-
« tion qui me viennent de toutes parts. Ma fête était
« le 15 août, tu le sais ; je suis encore tout émotionnée des

« vœux, des souhaits nombreux qu'on m'a exprimés...
« Ah! tout cela fait bien plaisir, Fanny, et laisse bien du
« baume au cœur. » (19 août 1850.)

« Je suis bien heureuse dans ce moment : j'ai des élèves
« qui m'aiment tant, que j'aime tant! J'en ai une surtout,
« mon aimable, ma bien-aimée enfant. Elle m'appelle sa
« mère; je lui dis : mon enfant, ma fille chérie. Ne dis plus,
« Fanny, qu'il n'y a qu'une mère qui puisse savoir ce que
« c'est que l'amour maternel. Il me semble que cette enfant
« me l'a révélé. » (4 février 1856.)

Mⁱˡᵉ Bollud devient malade, elle écrit plus rarement ; ses
occupations lui sont plus lourdes, et il faut que rien autre
qu'elle ne souffre de sa maladie. Le traitement absorbe bien
du temps, et sa correspondance semble languir ; mais son
cœur est toujours le même : « Comme en vieillissant on
« devient plus bref! Cependant, en remuant le foyer, on le
« trouve toujours aussi brûlant. » (27 avril 1856)

Le sentiment de la nature, toujours si vif chez elle, semble se raviver encore à mesure que la maladie et le temps
lui amènent leurs désillusions; elle a toujours salué avec
amour le printemps et les fleurs, mais plus tard elle sou-
pire après le séjour de la campagne : « Je ne pense plus
« qu'à ma campagne, et je n'ai plus qu'un rêve, devine-le.
« Je deviens tous les jours un peu plus ermite. Oh! qu'il fait
« bon au milieu des fleurs, des petits oiseaux, du gazon!
« Cela me régénère, me rafraîchit, même me rajeunit. »

Son cœur sensible a reçu des froissements cruels : elle
qui aime si profondément ses élèves et son cours, elle a ren-

contré l'ingratitude, et son âme, qui n'avait jamais compris
ce sentiment, a été douloureusement blessée; alors quelques
paroles amères lui échappent : « La tâche des institutrices
« laisse peu de souvenirs dans la vie des élèves, et on les
« assimile volontiers aux vieux meubles dont on se sert
« parce qu'ils sont bien commodes ; et cependant que de
« germes pour l'avenir elles déposent, dont elles ne jouiront
« jamais elles-mêmes, dont les autres jouissent sans
« qu'elles s'en doutent, mais dont le bon Dieu leur saura
« bien quelque gré, il faut le croire! » Les pensées religieuses
sont alors sa consolation, et elle ne faiblit pas plus dans l'accomplissement de son devoir qu'aux jours où l'enthousiasme
de la jeunesse excitait son courage. La raison et la religion
la soutiennent quand les illusions l'abandonnent.

Deux lettres seulement sont datées de 1865; la première
est triste : la maladie est là, vive et inquiétante; mais le
cœur n'est pas devenu plus froid : « Notre amitié ne dégé-
« nère pas en vieillissant... Tout ce qui se rattache au bon
« vieux temps de ma jeunesse me semble de plus en plus
« savoureux. »

La dernière lettre écrite à Mme G. n'a pas de date précise; elle est presque gaie : l'espoir d'une guérison prochaine
a ranimé Mlle Bollud; et, grâce à cette pensée, celle qu'elle
avait tant aimée ne put prévoir que la mort, dans quelques
jours, lui ravirait l'amie la plus profondément sincère, la
plus délicate et la plus aimante qu'il soit donné à une
femme de rencontrer ici-bas.

2

C'était pour moi un devoir tout à la fois cher et douloureux que de rendre hommage à la mémoire de Mlle Bollud, et j'ai mis à l'accomplissement de ce devoir tout mon cœur et tous mes soins. Si quelques unes de celles qui ont eu comme moi le bonheur de recevoir les leçons de cette femme vénérée sentent se raviver en elles leurs souvenirs et leur affection ; si, du haut de sa demeure éternelle, cette maîtresse à jamais regrettée jette sur moi un de ces regards de satisfaction et de douce sympathie qui me rendaient si heureuse au temps de mes études, mon labeur aura reçu la plus douce, la plus précieuse, la meilleure récompense.

M.-A. D.

Tous les éléments de ce recueil étaient réunis quand un événement bien douloureux sembla devoir en retarder long-temps la publication : la mort, par un coup presque subit, enlevait Mme Bollud à sa famille. Cette mère si amèrement affligée avait puisé quelque consolation dans la pensée que ce livre allait lui rendre une partie de sa fille ; Dieu a voulu la lui rendre tout entière, en réunissant de nouveau et pour toujours ces deux âmes qui s'étaient tant aimées.

Son fils et ses filles, qui restent ici-bas dans l'isolement et les larmes, accablés tout d'abord par leur douleur, se sont fait un religieux devoir de réaliser au plus tôt le vœu de leur mère, dont la dernière parole avait été pour ce cher volume, et ils ont mis un pieux empressement à le faire publier.

Ainsi ce livre, qui devait être un monument élevé par l'amour maternel, devient un monument d'amour fraternel et filial.

M.-A. D.

LA VIE QUE J'AURAIS CHOISIE

SI DIEU M'EUT APPELÉE A SON CONSEIL.

Si le choix de ma position dans la société m'était laissé, je serais simple et modeste dans mes souhaits ; car, je l'ai compris depuis longtemps (malgré toutes les illusions que me laissent encore mes vingt-deux ans), le véritable bonheur n'est pas dans la pompe, le faste, mais dans la modération, la satisfaction de soi-même, l'accomplissement de ses devoirs. Lorsqu'au soir l'homme peut se dire dans son cœur : Oui, voilà ma journée bien employée et pour mon perfectionnement moral et pour le bien de mes semblables, quelle que soit la détresse de sa fortune, il peut encore être heureux.

Si donc j'étais libre de choisir, je ne demanderais pas une position brillante : le luxe éveille les désirs, rend l'homme pauvre au milieu de ses richesses, excite les convoitises de ceux qui sont moins avantagés ;

et d'ailleurs je souffrirais de voir mon prétendu bonheur à charge à mes semblables. Je ne demanderais
pas un grand nom: c'est trop difficile à porter; je ne
désirerais pas un vaste génie : hélas! une fois avancée
dans la pente des succès humains, qui sait si l'orgueil,
c'est-à-dire le trouble intérieur ne viendrait pas pré-
cipiter ma marche? qui sait si l'envie dévorante ne
s'attacherait pas à moi?

Mais je souhaiterais un esprit droit et simple, un
cœur s'ouvrant facilement à tous les bons sentiments.

Ces heureuses dispositions, je voudrais les seconder
par une sage culture intellectuelle et morale. Mon
cœur s'échaufferait aux divins enseignements de
l'Evangile ; la religion vraie, pure, consolante, toute
de charité, le dirigerait souvent à Dieu, dont la nature
exalte la puissance et l'amour. J'éleverais mon esprit
par la contemplation des beautés des champs, des
chefs-d'œuvre de l'art, des découvertes de la science
et du génie. Je voudrais que ma plume, facile et candide, rendît simplement et sans art, mais avec vérité
et par conséquent chaleur, les douces et toujours ver-
tueuses émotions que laisseraient dans mon cœur une
lecture de choix, une bonne action, le spectacle des
imposantes scènes de la nature, la contemplation des
révolutions humaines, l'étude des productions littéraires marquées du sceau du génie, don de Dieu.

Voilà pour la partie intellectuelle et morale. J'ai
commencé par elle, parce que l'homme souvent est
heureux par les éléments qui sont en lui, bien plus
que par les conditions extérieures qui peuvent assurer
son bonheur.

Sous ce rapport, il me semble que je préférerais la campagne à la ville. Là, on est plus à soi, on a moins souvent besoin de se défendre contre ce tourbillon de gloire, de vanité, de prétention, qui en engloutit en si grand nombre.

Je voudrais être à la campagne, dans un lieu bien pittoresque, bien agreste ; des rochers et des ravins ; quelque précipice au fond duquel mugirait un noir torrent ; des peupliers et des saules laissant gronder le vent dans leur feuillage, se couvrant en hiver d'une blanche neige, et, comme dans la patrie d'Ossian, laissant échapper des sons plaintifs. Oui, tout cela est admirable, plein de délices. Eh bien ! cependant, je le sens, mon âme se fondrait au milieu de tous ces grands spectacles ; elle mourrait d'admiration, de peur, d'effroi, d'émotion extatique. Je suis faite pour quelque chose de plus doux ; je voudrais même n'être pas trop éloignée de la ville, afin de ne pas me laisser emporter par mon imagination rêveuse ; j'aimerais à entendre quelquefois le murmure des grandes cités, et je retrouverais avec un bonheur plus vrai, plus palpable, si je puis dire, ma douce retraite.

Là, du confortable, une maison commode, ni trop grande, ni trop petite ; devant, une prairie, douce pelouse où nous irions nous ébattre ; des arbres nous protégeant de leur ombre ; des fleurs, aimables compagnes dont j'étudierais les habitudes, les mœurs ; des chèvres, des moutons avec d'argentines clochettes qui tinteraient des sons bien doux vers le soir, dont je caresserais la blanche toison, qui accourraient joyeux à ma voix. J'aimerais à être dans un pays accidenté,

offrant plaines, vallées, montagnes. Je serais aimée
des bons paysans, que je trouverais du bonheur à instruire, à consoler dans leurs souffrances, à soulager
dans leurs peines. Je voudrais que le vieillard, en me
voyant passer, dît : Les jours de sa jeunesse se passent
à faire le bien, Dieu la bénira ; que les femmes et les
hommes d'un âge mûr répétassent : Par elle nous avons
appris que les riches sont nos frères, nos amis, non
nos oppresseurs, et nous n'élevons plus vers eux un
regard de jalousie et d'envie ; que les enfants et les
jeunes filles saluassent avec joie celle qui se mêle à
leurs jeux, à leurs plaisirs, lorsqu'ils sont purs et in-
nocents, celle qui leur a révélé des jouissances inconnues, celle par laquelle la nature a cessé d'être pour
eux un livre fermé.

J'aurais une famille heureuse, parce qu'elle me verrait heureuse ; des sœurs au regard bienveillant, à la
parole douce, toujours prêtes à consoler, à apaiser la
colère, à prendre la défense du faible et de l'accusé.
J'aurais un frère se laissant guider par les conseils
dévoués et désintéressés de parents qui entoureraient
sa vie de soins, de caresses, de joyeux propos, de gais
embrassements, pour lui alléger le fardeau parfois un
peu lourd de la vie.

J'aurais une mère, mère chérie, mère environnée
d'amour, voyant dans ses enfants la couronne de ses
vieux ans, dans sa fille surtout (je ne sais pourquoi
cet égoïsme), dans sa plus jeune fille, la vie de sa vie,
la fleur qui sourit à sa vieillesse, le parfum de ses
jours ; un père à la figure vénérable et douce, s'ap-
puyant doucement sur le bras de sa fille, comme au-

trefois OEdipe sur son Antigone, comme le vieux roi Lear sur son intéressante Cordelia.

Je serais à proximité de la demeure de mon amie, amie unique, amie de choix, tendre confidente de mes joies et de mes peines ; je pourrais souvent aller la visiter, la surprendre au matin, la surprendre vers le soir, l'entraîner à mon bras le long des bois et des prés, lui parler de bonheur, d'avenir, faire palpiter son cœur d'épouse et de mère aux doux tableaux des joies de la famille, mêler mes affections de vieille amie, mes tendres sollicitudes à ses soins, à ses inquiétudes maternelles.

Enfin je voudrais une vieille et gothique chapelle, pieux et solitaire ermitage, aux murs noircis, tapissés de mousse et de lierre, laissant pénétrer par les fenêtres ogivales une lumière douteuse et vacillante. Là, tous les jours, je confondrais dans ma prière ardente tous ceux que mon cœur embrasse dans son affection ; ma parole de reconnaissance et d'amour s'élèverait vers votre trône, ô mon Dieu, pour appeler vos bénédictions sur tous ceux que vous avez placés sur mon chemin pour me donner, par leur amitié, un avant-goût des douceurs du ciel.

DISCOURS.

Messieurs,

Mesdames,

Ce n'est jamais sans une vive émotion que je viens à cette séance solennelle qui ouvre nos longs travaux et commence nos sérieux et graves labeurs. Le moment qui ramène à des devoirs austères a toujours quelque chose de cette hésitation, de cet effroi religieux que l'homme éprouve instinctivement lorsqu'il approche de ce qui est grand et sacré.

Aspirantes institutrices, j'aime à vous entretenir chaque année des devoirs qu'impose l'enseignement, cette modeste et sublime profession, cette carrière utile où la seule ambition du plus grand est de faire le bien et de former des élèves dignes de Dieu et de la société. Laissez-moi encore, au début de cette nouvelle année de travail, vous adresser quelques conseils puisés dans ma jeune expérience et dans la mémoire des maternels avis d'une femme estimable que vous n'avez pas eu le bonheur de connaître, et dont je suis heureuse de perpétuer la pensée et le souvenir.

Comme femmes, vous devez aspirer à la perfection morale; comme institutrices, vous devez y joindre la perfection intellectuelle.

Il n'est pas besoin, Mesdames, de vous faire sentir la nécessité de la perfection morale, cette dignité de la femme, cette autorité de l'institutrice. Appelées à développer chez vos élèves l'amour de la vertu, l'attachement inébranlable aux devoirs, vous pourrez les leur enseigner avec d'éloquentes paroles, mais vous ne les communiquerez que par la persuasion irrésistible de l'*exemple*, soyez-en convaincues.

Quant à la perfection intellectuelle, c'est à la fois un devoir matériel que vous impose la carrière que vous embrassez, et une obligation religieuse, une tendance sublime de notre nature spirituelle. Créées à l'image de Dieu, un noble sentiment de notre dignité nous excite à nous rapprocher de notre modèle par le développement de toutes nos facultés et à nous élever à lui sur les ailes de l'intelligence. C'est l'accomplissement de notre destinée sur la terre; la vie nous a été donnée comme une voie de perfection indéfinie.

Durant les années que vous allez passer auprès de nous, Mesdames, que chaque jour amène un progrès dans la double voie que vous devrez suivre.

Qu'une amabilité constante règne dans vos rapports d'élèves, qu'une affectueuse bienveillance vous unisse, que les succès, les dons naturels soient accompagnés d'une modestie sincère.

Soyez une famille de sœurs où les moins avancées jouissent des triomphes de leurs aînées en science, où celles-ci, avec amitié et élan de cœur, tendent la main à leurs plus jeunes.

Appliquez-vous à chercher dans la science ce qui peut la rendre aimable et attrayante ; ce qui vous aidera plus tard à semer de fleurs le sentier qui y conduit, et à faire, suivant l'expression du poète,

> Couler l'étude dans les mœurs
> Comme un ruisseau dans la prairie.

Attachez-vous à saisir dans l'étude toutes les tendances morales, tous les enseignements cachés qui pourront contribuer à former le cœur, à élever l'esprit, à embellir l'âme de vos élèves.

Pénétrez-vous enfin, Mesdames, de la dette sacrée de reconnaissance que vous contractez dès aujourd'hui envers les généreux fondateurs de cette belle institution, ces hommes de bien qui n'ambitionnent d'autre prix de leur dévouement que la prospérité de nos écoles. Souvenez-vous que vos succès un jour, que la supériorité des élèves du cours normal de Lyon, que l'amélioration de l'éducation de la jeunesse, seront la seule récompense de leurs nobles efforts et la plus éloquente expression de votre profonde gratitude.

Messieurs,

Mesdames,

Nous voici réunies pour reprendre nos travaux avec le même empressement, j'ose dire avec le même plaisir que nous les avions quelque temps suspendus pour ranimer nos forces dans un repos nécessaire.

Au moment où s'ouvre pour nous cette nouvelle année d'études, il n'est peut-être pas sans utilité de reporter nos pensées sur l'année qui vient de finir.

Un examen consciencieux du passé est toujours pour l'avenir une leçon salutaire. Il n'est personne d'entre nous qui ne puisse, qui ne doive demander à la réflexion et à l'expérience de précieux enseignements.

Nous aimons à le reconnaître, et il doit nous être permis de le proclamer ici : votre travail n'a pas été sans succès; dans l'un et l'autre cours, nous avons eu souvent à louer de généreux efforts, à signaler des progrès qui encourageaient notre zèle et faisaient notre joie.

Ces efforts et ces succès, fruits d'une application constante et d'heureuses facultés, ont reçu naguère, dans une grande solennité, leur plus belle récompense des mains des magistrats du département et de la cité, au milieu des applaudissements d'un public nombreux.

Sept brevets honorablement conquis ont justifié la réputation bien méritée de notre cours normal ; que ces résultats soient pour vous comme pour nous un puissant encouragement qui nous porte à faire mieux encore. Songeons qu'au terme de l'année qui commence nous aurons à soutenir des épreuves plus difficiles, à remporter une victoire non moins glorieuse.

Lorsque nous venons à considérer tout ce qui nous reste à faire et le peu de temps qui nous est donné pour atteindre le but de nos efforts, nous sommes presque effrayées de l'étendue de notre tâche, et nous craignons d'avoir à demander à votre zèle un travail au-dessus de vos forces ; mais une pensée nous rassure : ce que nous avons fait dans moins d'une année nous permet d'espérer que nous pourrons, dans le cours d'une année entière, embrasser ce vaste plan d'études proposé à votre émulation et à la nôtre.

Courage donc, nos chères élèves, vous que nous avons trouvées toujours si dociles et si attentives à nos leçons ; continuez à vous livrer au travail avec cette ardeur que plus d'une fois nous avons senti le besoin de modérer plutôt que d'exciter ; apportez la même curiosité d'esprit dans toutes les parties de cet enseignement normal, si varié, si étendu, où tout est également digne de votre attention. N'oubliez pas que toutes les sciences sont unies entre elles par un lien commun, par une sorte de parenté ; que c'est cette union intime qui constitue leur principale force. Ne perdez pas de vue qu'une instruction solide et complète doit être pour la plupart d'entre vous une précieuse ressource, pour quelques unes peut-être une consolation, pour toutes le plus honnête délassement et le plus bel ornement de la vie.

Et s'il m'est permis d'exprimer un sentiment que je trouve au fond de mon cœur, je vous dirai encore : Ne séparez pas de l'amour de la science l'amour de celles qui ont reçu l'honorable mission de vous la communiquer, et pour lesquelles il n'y a plus que douceur dans l'accomplissement du devoir, lorsqu'elles ont pu obtenir l'affection de leurs élèves.

Messieurs,

En prenant la parole dans cette circonstance solennelle, je n'ai point l'ambition de revêtir le caractère de l'orateur et d'attacher par d'éloquentes phrases ; mon unique but est d'obéir à votre pensée en exposant quelques vérités utiles aux élèves qui sont venues se placer sous notre direction.

Elèves du cours normal et de l'école supérieure, un sentiment de bonheur mêlé d'inquiétude émeut notre âme chaque année, lorsque nous vous voyons accourir dans cette enceinte, pleines d'ardeur pour l'étude, d'espérance dans l'avenir et d'une joyeuse impatience d'entrer dans les luttes pacifiques du travail.

Nous sommes heureuses, car vous venez à nous avec un empressement touchant, et nous vous en remercions. Nous vous apportons en retour, n'en doutez jamais, dévouement, affection, impartialité.

Mais nous sommes inquiètes ; inquiètes, car une grande tâche nous est dévolue à vous et à nous : à vous une éducation à compléter, le noviciat d'une des plus belles professions à faire; à nous l'action puissante et éclairée qui mettra en mouvement vos facultés, excitera votre zèle, contiendra votre ardeur et vous conduira heureusement au résultat désiré.

Chères élèves, cette tâche, quelque immense qu'elle

soit, sera facile néanmoins pour toutes, si vous venez à nous avec cette docilité d'esprit qui rend agréable le travail le plus aride, et cette confiance sincère qui produit sympathie et concorde.

Oui, soyez dociles et confiantes, chères élèves, nous ne vous demandons que cela, et bientôt, j'en suis sûre, vous serez instruites et bonnes ; vous aurez des succès, et vous ne serez point orgueilleuses ; vous éprouverez des échecs, et ils n'exciteront dans votre âme que le désir de redoubler d'ardeur au travail ; vous serez bienveillantes, indulgentes pour vos compagnes, toujours prêtes à reconnaître une qualité, à atténuer un défaut ; vous ne jugerez point amèrement, et avant de jeter la parole du blâme, vous descendrez au fond de votre conscience, et vous examinerez si vous en avez le droit et si vous avez les lumières suffisantes ; enfin, selon les paroles du sage Rollin, vous ne trouverez rien de nécessaire que le devoir, rien d'estimable que la droiture et l'équité, rien de consolant que le témoignage de la conscience.

Pour vous, élèves du cours normal, les qualités que je viens d'esquisser rapidement, vous devez les posséder plus complètement encore.

Un jour, non seulement vous serez mêlées à la société, et vous aurez à souffrir de ses mille tracasseries suivant que vous vous serez fait dans votre âme une retraite plus inaccessible aux tempêtes du dehors, appuyées sur le sentiment austère du devoir accompli : *Fais ce que dois, advienne que pourra*, mais vous aurez encore à donner l'exemple.

Chacune de vos paroles, chacun de vos gestes, sera

comme une semence qui germera dans le cœur de vos élèves et y produira des fruits amers de malice ou des fleurs célestes de vertu.

Pénétrez-vous de cette pensée, et dès ce moment travaillez avec ardeur à vous rendre dignes de l'influence que vous exercerez. Qu'elle soit sainte, qu'elle soit pure, qu'elle soit consolante !

Ainsi, et seulement ainsi, vous pourrez vous rendre la justice d'être utiles sur la terre, et la patrie pourra vous dire, comme à ses grands hommes, qu'elle vous est reconnaissante; la religion, qu'à l'exemple du divin modèle, vous avez passé ici-bas faisant le bien.

Ainsi, et c'est le résultat immédiat auquel vous devez tendre, vous accomplirez la pensée de philanthropie des hommes généreux qui ont ouvert devant vous la carrière de l'enseignement, et qui vous y accompagnent de toutes leurs sympathies.

Messieurs,

Dans votre pensée toujours profondément sage, vous avez voulu que le jour qui commence les travaux du cours normal des institutrices et de l'école supérieure des filles fût un jour solennel.

Là se trouve tout un enseignement qui révèle à nos élèves la grande mission, les hauts devoirs qu'elles acceptent en embrassant la carrière d'institutrice.

Elles se sont efforcées de répondre à votre attente, et leurs effets n'ont point été sans succès, je le dis avec quelque orgueil.

Depuis plusieurs années, les élèves du cours normal sont proclamées les premières dans les concours des institutrices; leur supériorité est reconnue en outre par les familles, par les directrices des établissements d'éducation, qui sans cesse affluent vers notre école comme à une pépinière sûre d'institutrices dévouées et intelligentes.

Voilà les résultats obtenus jusqu'à ce jour. Nous ne nous arrêterons point dans cette bonne voie. Il faut toujours croître ou décroître, dit un vieux proverbe. Nous croîtrons, Dieu aidant. Sur ces bancs, Messieurs, se pressent des élèves qui n'ont qu'à persévérer pour prétendre aux plus légitimes succès. Dociles, studieuses, dévouées et bienveillantes les unes pour les

autres, elles ont fait naguère le bonheur et le charme
de nos leçons par leur ardeur et leur travail, leur
religieuse confiance à tous nos conseils; elles se sont
fait aimer par leurs sympathiques qualités du cœur et
distinguer par les facultés de l'intelligence. Que cet
éloge public et bien mérité soit pour elles une récompense, comme nous désirons qu'il soit un encouragement, un motif d'émulation pour les élèves nouvelles, qui vont partager dès ce jour les mêmes
études et être l'objet de la même sollicitude.

A ce puissant élément de succès, sur lequel j'aime,
je me plais à compter, il faut ajouter, Messieurs, les
heureuses modifications qui ont été introduites dans
les cours; cette organisation large et puissante, qui
relie entre eux les différents enseignements de cette
triple école, qui multiplie les études sans surcharger
l'intelligence; la création de ce tableau d'honneur qui
provoque l'émulation sans jamais exciter la jalousie.

Dirai-je enfin le zèle des maîtresses que soutient
et qu'anime votre honorable confiance? dirai-je le
rare talent de ces deux professeurs habiles qui en-
richissent nos écoles de leurs savantes et profondes
leçons, qui savent démontrer la science et la faire aimer, qui enseignent, avec autant de précision que de
charme, et les nombreux secrets de la nature, et les
faits multiples de l'histoire, et les abstractions les plus
compliquées du calcul?

Tels sont, Messieurs, les éléments avec lesquels
nous commençons cette année d'études; ne pouvons-
nous pas le dire en toute assurance: De belles espérances nous sont données?

Oui, chères élèves, j'en crois vos travaux, votre
ardeur de l'an dernier; j'en crois cette émulation toujours croissante parmi vous, et qui semble comme
héréditaire dans cette belle école; j'en crois surtout
mon cœur, qui ne m'a jamais trompée lorsqu'il m'a
présenté de douces espérances sur mes élèves chéries :
vous travaillerez avec persévérance, vous travaillerez
avec *conscience*, et c'est dire beaucoup, si ce mot
conscience est sérieusement compris. Le devoir inflexible qui ne s'applique pas seulement aux travaux
de l'intelligence, mais qui analyse, scrute les dispositions de l'âme, qui s'enquiert sans cesse si l'on ne
peut pas être ou faire mieux, sera votre guide dans
la route quelquefois difficile que vous aurez à suivre;
et cette année sera heureuse entre toutes, et vous con-
tinuerez dignement la liste des sujets d'élite que le
cours normal se glorifie d'avoir produits.

Rappelez-le-vous aussi sans cesse, chères élèves, vos
succès, embellis par votre modestie, feront notre joie;
la reconnaissance filiale que vous conserverez pour
les hommes de bien qui vous entourent de leur patronage, de leur sollicitude, fera notre satisfaction;
l'affectueux souvenir que nous vous demandons de
garder toujours au fond de vos cœurs pour vos anciennes maîtresses sera notre plus douce récompense.

Messieurs,

Mesdames,

Pour la seconde fois dans cette enceinte (1), nous ouvrons cette série de travaux couronnée naguère d'un si heureux succès. Qu'il nous soit permis de vous répéter, Messieurs, qu'émues encore de la confiance que vous avez bien voulu placer en nous, notre plus chère ambition est de coopérer activement à ce grand œuvre d'éducation et de régénération sociale dont vous nous avez faites comme les premiers moteurs; de vous dire à vous, Mesdames, que nous vous apportons tout ce que notre zèle, notre dévouement, notre courage, pourront trouver de force et d'ardeur pour vous faire avancer rapidement et avec succès dans la voie difficile de l'enseignement.

Nous laissons dans la carrière les élèves qui nous ont rendu si faciles et si douces nos premières années de redoutable responsabilité : application soutenue, ardeur infatigable, confiance entière dans les maîtresses, tout s'est trouvé réuni en elles, nous nous plaisons à le proclamer.

----

(1) Les cours avaient été transférés l'année précédente de la rue du Garet à la rue Sainte-Marie des Terreaux.

Nouvelles élèves, prenez-les pour modèles ; nous ne pouvons vous promettre le succès qu'aux mêmes conditions.

Avant d'embrasser une vocation, il faut longtemps penser et méditer. N'est-ce pas pour nous le montrer que le Christ, la sagesse incréée cependant, voulut s'enfermer quarante jours dans le désert avant de commencer sa divine mission ?

Aussi, Mesdames, bien jeunes encore, mais plus vieilles d'expérience, nous venons vous dire : Il est de graves devoirs dans l'enseignement; toutes ne sont pas appelées à en éprouver les longues peines, à en goûter les sublimes joies.

L'institutrice doit souvent faire abnégation de ses habitudes les plus chères. Le monde est plutôt pour elle un lieu d'observation qu'un séjour de plaisirs. Ses fonctions sont un véritable sacerdoce ; si elle les entreprend dans la vue d'un sordide intérêt, dans la pensée de briller par une puérile instruction, par une stérile science, elle se rend coupable devant Dieu. Ce n'est pas seulement de la science qu'il faut à l'institutrice, c'est plus encore l'art de la faire aimer, c'est surtout le talent de la rendre utile et profitable sous le point de vue moral et social ; car l'instruction mal dispensée n'est plus un bien, elle devient un fléau.

Que ces deux années que nous allons passer ensemble, Mesdames, soient pour vous une consciencieuse préparation aux nobles devoirs que vous aurez plus tard à remplir. Vous mettrez en ordre les matériaux que vous avez déjà pu amasser ou qui seront nouvellement déposés dans vos intelligences. L'ordre est le principe de toute réussite.

Vous nous verrez apporter à nos leçons la religieuse sollicitude de l'institutrice convaincue; ainsi devrez-vous faire un jour, avec plus de talent peut-être, mais non plus de bonne volonté.

Souvenez-vous que l'unité et l'harmonie sont les cachets ineffaçables des œuvres divines. Harmonie donc dans les connaissances dont vous vous enri-chissez, harmonie dans le développement de toutes vos facultés. Ne donnez pas exclusivement vos soins à une étude plus chère, à la culture d'une disposition chez vous plus heureuse. La plante la plus modeste renferme toujours quelque propriété salutaire. Il n'y a pas de connaissance, quelque peu brillante qu'elle soit, qui n'ait son utilité pratique dans l'enseigne-ment.

Mais que toutes ces connaissances se fondent dans *l'unité religieuse.* Que la religion, principe et fin de toutes vos actions, le soit actuellement de toutes vos études, plus tard de tous vos enseignements. Que le sentiment religieux, comme un doux parfum, s'exhale de toutes vos paroles, de toutes vos leçons; comme une lumière brillante, s'insinue dans les moindres dé-tails de votre vie et les colore d'un éclat céleste. Rap-pelez-vous que la religion est le seul mobile qui puisse former les nobles cœurs, élever les grandes intelligences, empêcher l'envahissement de la chair sur l'esprit, et c'est là le devoir de l'institutrice dé-vouée.

A tous ces devoirs d'état, si je puis dire, ajoutons,

3

Mesdames, les obligations sacrées que vous contractez dès ce jour envers les hommes généreux qui vous facilitent, par leur philanthropie éclairée, les moyens d'être les dignes éducatrices de la génération qui s'élève.

Bienfaiteurs modestes et désintéressés, ils trouvent leur plus douce récompense dans le bien qu'ils accomplissent. Faites donc le plus de bien possible dans votre sphère ; devenez des institutrices selon leur cœur, selon leurs nobles désirs, et ainsi vous et nous acquitterons notre dette de reconnaissance.

Messieurs,

Un profond sentiment de bonheur animait habituellement cette séance solennisée chaque année par
votre honorable concours. Il est doux à des maîtresses dévouées de retrouver après les jours du repos, pour travailler ensemble longtemps encore, des
élèves chéries, souvent leur gloire, toujours leur espérance. Il est doux, j'en crois leurs paroles d'enthousiasme, leurs témoignages d'affection, à des élèves
studieuses de revenir amicalement dans le champ de
l'étude, auprès de bonnes compagnes, de maîtresses
aimées.

Aujourd'hui cette joie commune se trouve altérée
par un pénible événement. Une place laissée vide au
milieu de nous révèle l'éloignement d'une maîtresse
habile (1), d'une compagne affectionnée ; pour vous,
Messieurs, d'une mandataire mille fois digne de la
confiance que vous lui aviez accordée.

Cette séparation peut-être n'est que temporaire.
Quels que soient les décrets de l'avenir, que la douleur qu'elle a fait naître soit pour celle qui en est
l'objet comme un éclatant hommage rendu à son mé-

(1) Mlle Lardin.

rite, comme l'expression éloquente de la reconnaissance et de l'estime de tous.

Un adoucissement, chères élèves, doit être apporté
à vos regrets par l'heureux choix de la commission
exécutive pour suppléer dans son enseignement à
votre aimée directrice.

Votre nouvelle maîtresse (1), qui naguère sur ces
mêmes bancs a conquis le noble titre de première
élève de nos cours, vous l'avez déjà vue à l'œuvre
avec tout son zèle, toute sa sollicitude; et, dans
l'anxiété de l'attente, c'est, je n'en doute point, vers
elle que se sont tournées vos sympathies, vos espérances, et vous avez salué avec bonheur la décision
qui, en vous la donnant pour professeur, réalisait
tous vos vœux.

Alors, quand a sonné l'heure du rendez-vous classique, joyeuses vous êtes accourues vers ce sanctuaire
de l'étude, nous apportant ardeur, empressement,
bonne volonté, ces gages héréditaires de succès dans
ce bel établissement du cours normal, qui est votre
œuvre, Messieurs, et dont vous m'avez confié la direction entière; lourde responsabilité, charge peut-
être au-dessus de mes forces, mais qui ne le sera
point, je l'espère, la bénédiction du ciel accompagnant
les efforts sincères de ceux qui s'appuient sur les secours d'en haut.

Aussi, forte du passé, confiante dans l'avenir par les
promesses du présent, je n'hésite point à le proclamer, Messieurs, cette année commence encore sous

(1) Mlle Coly.

de favorables auspices; elle sera heureuse, elle sera digne de ses devancières. Notre cours normal continuera de former des élèves d'élite, qui vont porter dans le monde le flambeau de la science et le bienfait de l'éducation avec toute l'autorité d'une instruction profonde, toute l'heureuse influence d'un caractère élevé, d'une vertu irréprochable.

Anciennes et nouvelles élèves, si l'école en général est l'apprentissage de la vie, le cours normal que vous venez fréquenter est l'apprentissage de l'enseignement, la plus noble dés professions.

Il vous imposera de nombreux devoirs, quelquefois même des sacrifices. Il vous demandera un travail opiniâtre, un zèle infatigable, comme plus tard il vous faudra, dans l'éducation de la jeunesse, une abnégation complète, un dévouement incessant.

L'étude, vaste, compliquée, depuis les simples rudiments de la langue jusqu'à l'exposition savante des phénomènes de la nature, depuis les élémentaires combinaisons des nombres jusqu'aux enseignements sévères ou poétiques, mais toujours féconds, de l'histoire ou de la littérature, vous enlacera de ses liens, s'emparera de toutes vos pensées, absorbera tous vos instants.

Le devoir, grand mobile de toutes les actions généreuses, devra être désormais le seul dominateur de votre vie. Ne vous effrayez pas toutefois, ces obligations multiples ne dépasseront pas vos forces, et sous cette austérité apparente de travail vous découvrirez bien des fleurs aux suaves parfums, qui vous feront oublier vos pénibles labeurs.

Courage donc, chères élèves, courage et persévérance : si la tâche est difficile, elle est glorieuse ; mettez-vous à l'œuvre avec ardeur, surmontez vaillamment tous les obstacles, et vous verrez les lauriers
pacifiques d'un heureux travail couronner vos efforts.

Courage encore une fois : vos succès sont l'attente
de la société, qui place en vous des espérances que
vous ne devez pas tromper; ils feront l'honneur de ce
cours normal, que vous représenterez dans le monde
avec plus ou moins d'éclat, suivant vos talents, vos
mérites, vos vertus.

Mais plus encore, et que cette pensée vous anime
sans cesse, ils seront le pieux acquittement d'une
dette sainte, la dette de la reconnaissance envers les
généreux administrateurs de notre institution, qui
viennent encourager aujourd'hui de leur honorable
présence vos premiers pas dans la carrière.

Messieurs,

Le rétablissement de la séance solennelle, qui, chaque année, signalait naguère la rentrée du cours normal d'institutrices et de l'école supérieure de filles, est un gage nouveau d'intérêt et de sympathie pour ces deux institutions (1).

Votre présence dans cette enceinte est un encouragement qui sera apprécié par les élèves et par les maîtresses, et qui, nous sommes heureuses d'en accepter l'augure, nous ouvrira une voie plus large de prospérité et de succès.

Vous le voyez, Mesdemoiselles et chères élèves, un appui tutélaire vous est apporté ; vous n'êtes point seules, dans l'étude et le travail, entre vos familles et vos maîtresses ; mais des regards bienveillants vous suivent de loin, des protecteurs puissants s'intéressent à vos efforts, guettent vos succès, en attendant avec une impatience toute paternelle la manifestation.

Répondez, chères élèves, à ce noble protectorat par une vive et puissante émulation.

Oui, que l'émulation, ce levier des grandes âmes, s'empare de vous : non cette émulation étroite, égoïste,

(1) Cette séance solennelle avait été supprimée pendant quelques années.

qui porte à monter au-dessus de ses compagnes et qui fait germer l'envie dans les cœurs; mais cette émulation grande, sainte, chaleur des âmes qui fait naître l'enthousiasme, feu divin qui centuple les forces, étincelle électrique qui se communique de proche en proche, et qui, depuis la première jusqu'à la dernière personne d'une classe, inspire le courage des grands efforts, et fait trouver bonheur et plaisir à travailler et à lutter ensemble.

Telle est la force morale, élèves du cours normal et de l'école supérieure, qui, avec la bénédiction du ciel, doit vous soutenir, vous soulever dans la carrière que nous allons parcourir ensemble cette année et qui vous portera heureusement jusqu'au terme, sans relâche ni découragement.

Pour vous, Mesdames les élèves du cours normal, l'amour de l'étude, l'enthousiasme du travail, le bonheur qu'on y trouve, ne suffisent point. Venez ici avec le sentiment recueilli de la sévère et sainte vocation que vous avez choisie. Devenez des femmes instruites, mais apprenez aussi les devoirs que Dieu et la société réclament de vous. L'enseignement est la plus noble des carrières, l'avenir des sociétés repose sur lui, le bonheur des familles en résulte; mais bien des difficultés et parfois des déceptions se placent sur la route : préparez-vous-y, afin de n'être point découragées à la première épreuve.

Au sein de l'école, cet apprentissage de la vie réelle, formez-vous chaque jour aux vertus aimables qui inspirent la sympathie et la confiance, aux vertus sévères qui commandent le respect et l'estime.

Ne soyez point élèves seulement pour augmenter la sommes de vos connaissances, mais soyez aussi, soyez surtout institutrices par le but élevé de vos efforts, par la pensée et le désir constants de vous perfectionner moralement et de vous approcher de plus en plus de cet idéal que les familles sont en droit d'exiger de celles à qui elles confient ce qu'elles ont de plus cher, ce que la société a de plus précieux, ce que la religion a de plus sacré, l'âme et l'intelligence de jeunes êtres formés à l'image de Dieu.

Plus tard, en dehors de cette enceinte, appelées à déposer à votre tour le germe de la science et de la vertu, souvent, dans votre vie d'institutrices, la Providence vous placera-t-elle, chères élèves, à côté de la fortune et de la grandeur : conservez alors *toujours* l'amour de la médiocrité, du foyer de famille, de toutes ces choses simples et intimes qui font plus le véritable bonheur que la richesse. Ne vous attristez point devant des positions supérieures dont vous vous croirez peut-être aussi dignes que ceux à qui Dieu les aura accordées ; mais restez confiantes en Dieu, consacrées tout entières au dévouement : l'institutrice vit au sein de la société sans en partager les pensées ambitieuses ni les agitations. N'encouragez pas non plus trop vivement vos travaux et vos efforts par les espérances de la considération et de la reconnaissance : tout ce qui est humain est variable et peut nous échapper ; mais faites-vous une ligne de conduite à l'abri des fluctuations d'appréciations sociales et de sentiment. Donnez-vous un mobile unique, le *devoir*, et sans jamais vous arrêter, vous irez toujours

3.

droit dans la voie de bienfaits, de devoirs et de services que vous vous serez tracée, semant les bonnes actions autour de vous, accomplissant les œuvres de dévouement, et gardant pour devise cet antique adage de nos pères : « Laissez dire et faites bien. »

Messieurs,

Il y a un an, vous veniez dans cette enceinte présider cette réunion longtemps abandonnée, si heureusement rétablie dans une pensée de bienveillance, et nous nous applaudissions de l'enthousiasme que votre présence et vos paroles inspireraient à cette jeunesse studieuse qui venait se placer sous votre patronage.

Les espérances conçues alors, Messieurs, n'ont pas été trompées, et, nous pouvons le dire avec un noble orgueil, le cours normal d'institutrices et l'école supérieure de filles n'ont pas démérité de la haute position morale que leur ont accordée les suffrages publics, et surtout, Messieurs, la philanthropique pensée qui vous inspira lors de leur fondation.

Recevez, Messieurs, l'hommage des succès obtenus par nos élèves durant le cours de l'année qui vient de s'écouler ; ils sont *vôtres,* puisque sans vous ils n'eussent pas été obtenus, et nous sommes heureuses de faire remonter jusqu'à vous la reconnaissance que tous doivent ici. La reconnaissance, cette poésie du cœur qui échauffe l'intelligence, qui ennoblit l'esprit, qui fut toujours l'apanage des grands caractères, c'est une des forces vitales de l'être moral ; on ne peut la comprimer sans ébranler par la base les plus généreux, les plus saints, les plus naturels des sentiments, et nous souhaitons, chères élèves, qu'elle soit toujours pour vous un feu sacré qui illumine et échauffe vos âmes, et vous inspire l'ardeur du travail, la puissance des grands efforts, la joie du succès et la persévérance dans le but à atteindre.

Chères élèves, que nous contemplons avec bonheur toutes réunies au pied de cette chaire professorale, parmi vous combien de visages amis, de visages connus et aimés que nous retrouvons avec délices! Soyez les bienvenues, chères anciennes élèves, si exactes, si fidèles au rendez-vous; soyez les bienvenues, nous nous connaissons, et, s'il y a entre nous le lien du devoir, nous savons aussi qu'il y a celui de l'affection.

Et vous, nouvelles élèves, qui, pour la première fois, venez nous demander les richesses de l'instruction, les fruits de l'expérience, soyez aussi les bienvenues; nous vous apportons dévouement, bienveillance, sollicitude maternelle, et nous lisons déjà sur vos physionomies: sympathie, confiance, doux attrait.

A toutes laissez-moi en ce jour solennel adresser quelques conseils. Ne vous effrayez pas; notre sagesse n'est point grondeuse, et si au-dessus de la vie entière nous faisons planer l'obligation austère du devoir, nous sommes convaincues aussi que la route du devoir n'est pas toujours étroite, rude, difficile, mais qu'elle est souvent large, spacieuse, qu'elle a des horizons grandioses et d'une majesté incomparable.

Elèves de l'école supérieure, vous venez ici compléter des études peut-être faiblement ébauchées, peut-être aussi habilement commencées par des personnes aussi dévouées qu'intelligentes; mais ce n'est point tout : vous venez surtout vous préparer à remplir dans le cours de votre vie le rôle utile et honorable pour lequel la Providence vous a créées.

Soit qu'au sortir de cette école vous restiez dans votre famille pour en être le charme, la fraîcheur et la gaîté, soit que vous alliez demander à l'industrie ses mille ressources et lui apporter en retour le concours de votre propre intelligence et de votre travail, soit que, recueillies en vous-mêmes, vous vous reconnaissiez la vocation sainte de l'enseignement, et que vous vous destiniez à allumer dans d'autres âmes le foyer de la science et de la vertu, attachez-vous à acquérir les connaissances solides et sérieuses par lesquelles vous serez utiles, sans dédaigner toutefois ces fleurs de l'étude par lesquelles vous serez agréables dans la famille et dans la société.

Tout s'enchaîne. L'intelligence, l'imagination, le cœur, sont une harmonie créée par Dieu dont il ne faut pas briser l'accord.

Ah ! rappelez-vous, chères enfants, que vous êtes à la saison des semailles, que vous préparez votre bonheur futur, et que le temps est une chose infiniment précieuse dont vous vous demanderez peut-être à vous-mêmes un jour un compte amer.

Laissez-vous conduire au bonheur par le travail et l'étude, heureuses enfants qui déjà allez être initiées à un si grand nombre de connaissances utiles, intéressantes, et qui ignorez encore le souci ; qui, favorisées du privilége de la première jeunesse, jouissez pleinement du présent, sans être obligées de jeter les yeux sur l'horizon parfois si sombre de l'avenir.

Pour vous, élèves-maîtresses du cours normal, tel ne sera point notre langage. En entrant dans cette école qu'on appelle le *cours normal*, vous devez vous revêtir d'un caractère tout nouveau. Vous n'êtes plus ces êtres gracieux pour qui tout sourit encore ; mais vous prenez une place dans la société, c'est-à-dire des obligations et des devoirs, et déjà l'on vous interroge anxieusement, déjà les fronts deviennent graves et les esprits austères pour sonder la force de votre intelligence, de votre dévouement, de votre raison.

C'est qu'il est bien auguste le caractère de l'institutrice. Il lui sera tant demandé un jour ! Pourquoi, lorsqu'elle est au noviciat, ne chercherait-on pas avec impatience à soulever pour elle le voile qui recouvre son avenir ? Pourquoi ne tremblerait-on pas d'une religieuse émotion en la voyant accepter les charges suprêmes du sacerdoce de l'enseignement ?

Élèves-maîtresses, futures institutrices, enrichissez votre esprit des connaissances variées qui feront un jour de vous d'habiles professeurs ; mais surtout dotez votre âme de ces vertus modestes et fortes par lesquelles vous serez à même d'exercer l'immense part d'influence que Dieu vous a réservée.

Savez-vous ce que c'est que d'être institutrice ? C'est exercer la double maternité de l'intelligence et du cœur. Heureuses les mères qui peuvent diriger elles-mêmes les premiers balbutiements de ces jeunes esprits qui s'éveillent et que Dieu leur a confiés ! Heureuses les institutrices qui ont un cœur de mère pour les enfants de leur adoption ! Si Vauvenargues a dit : « Les grandes pensées viennent du cœur, » c'est que l'expérience a démontré que le cœur seul est capable d'inspirer les véritables bonnes actions, les généreux sacrifices, les sublimes dévouements. Votre carrière doit être : pratique du bien, dévouement, sacrifice. Faites-vous donc, institutrices, un grand cœur qui soit capable des plus hautes vertus chrétiennes. Ne poursuivez point les succès éclatants qui attirent l'attention et font bruit autour de vous.

Mais si le ciel, dans sa providence, vous en a préparé, faites-les aimer par votre modestie; voilez votre triomphe, gardez le silence sur ce qui vous concerne. Il y a longtemps que Sophocle le disait : « Le silence est le plus bel ornement des femmes. »

Attachez-vous fortement à la famille, à ce foyer sacré où se réchauffent tous les bons sentiments, à ce sanctuaire béni où Dieu fait descendre, ignorées du monde, les récompenses intimes du devoir accompli Donnez-vous d'affection à ces jeunes êtres qui vous sont confiés ; ne vous inquiétez pas si les fruits des bons sentiments déposés dans leur cœur sont recueillis par d'autres que par vous. Le cœur de l'enfant est un terrain mobile où s'épanouissent un grand nombre de fleurs, souvent d'une éphémère durée. Rassurez-vous toutefois; le souvenir des premiers soins reçus, des premières leçons écoutées est vivace, et à bien des années de distance nous pourrons retrouver dans le cœur de cet enfant, devenu une femme sérieuse, peut-être un vieillard, le souvenir de l'institutrice des premières années lié indissolublement à celui de sa mère.

Mais travaillez surtout pour Dieu. A lui d'apprécier

souverainement le mérite et de dispenser les couronnes que nul ne peut disputer et que rien ne peut faner.

Les grandes institutions s'éteignent, les royaumes et les empires passent, les monuments disparaissent; seul le bien accompli subsiste devant Dieu, et il restera éternellement inscrit au livre de vie.

Messieurs,

Depuis que, renouvelant d'antiques usages, vous venez solennellement, à la reprise de chaque année d'études, stimuler par votre présence et vos bienveillantes paroles les efforts des maîtresses et des élèves de cette grande institution, voici déjà le troisième anniversaire de l'imposante cérémonie qui nous rassemble aujourd'hui.

Permettez-moi, Messieurs, en mon nom d'abord, puis en celui des professeurs attachés à cet établissement, enfin au nom des nombreuses élèves qui se sont placées sous votre égide, permettez-moi de vous remercier de cette preuve éclatante de sympathique intérêt. Nous sommes heureuses, Messieurs, de sentir que votre pensée nous suit affectueusement dans nos travaux et nous applaudit dans nos succès.

C'est à cette généreuse pensée que la direction du cours normal et de l'école supérieure tend surtout à s'identifier pour en réaliser les espérances et en couronner les nobles ambitions. Vous êtes, Messieurs, le moteur qui a imprimé le mouvement à ces deux belles écoles; vous êtes le souffle de vie qui les anime ; vous êtes la volonté supérieure qui les a créées, la providence qui les maintient et les fait se perfectionner tous les jours. Nous, Messieurs, nous sommes les exécuteurs de votre pensée, les ouvriers dévoués qui donnent une réalité à vos inspirations, qui parlent au cœur et à l'intelligence de vos élèves avec l'autorité du professeur, et aussi avec l'accent intime et persuasif de l'amie, pour y faire pénétrer les heureuses semences qui en feront des femmes instruites, des cœurs élevés, des âmes droites, des volontés fermes pour le bien; enfin, pour quelques unes, plus que cela encore, des institutrices capables de perpétuer celte pensée philanthropique, et d'élever saintement pour Dieu, noblement pour la patrie et la famille, les jeunes générations qui s'avancent.

Quelle étroite entente, quelle profonde solidarité ne doit-il donc pas exister entre la pensée qui crée et la main qui exécute, entre la puissance qui conçoit et le talent modeste qui en remplit fidèlement les données et les indications?

Mais s'il est bon que professeurs et administrateurs suivent d'un pas également empressé la même voie, le même but, il est toutefois, chères élèves, un troisième élément indispensable au succès; cet élément, c'est *vous-mêmes*. En effet, sans correspondance de votre part, à quoi aboutiraient nos efforts? Au néant. Si votre volonté ne s'unissait à la nôtre, si un commun désir de perfectionnement et de progrès ne nous animait, nous ne rencontrerions, vous, que dégoût, et nous, que résistance dans la carrière; et nous arriverions au terme sans aucun bon souvenir du passé, sans aucune force pour l'avenir.

Apportez-nous donc, vous aussi, chères élèves, votre part de zèle, d'ardeur et de volonté. Ah! si nous

pouvions faire passer notre âme dans la vôtre, si vous
pouviez comprendre de quel grand, de quel immense
désir nous voulons votre bonheur, sans doute vous de-
viendriez tout feu pour l'accomplissement des devoirs
qui nous seront proposés, et, sous l'empire d'une
noble émulation, on ne saurait quelles sont les plus
heureuses, ou des maîtresses qui donnent les leçons,
ou des élèves qui les reçoivent.

Le champ varié des études est ouvert devant vous.
Souvent aride, rocailleux, difficile pour les voyageurs
timides et indolents, il devient fleuri, présente des
horizons pleins de charme, des perspectives infinies à
ceux qui s'avancent courageusement, dédaignant les
épines qui parfois bordent les sentiers et embarras-
sent le chemin.

Tour à tour les études modestes, mais si importantes, du langage et des nombres occuperont vos méditations.

Puis ce sera l'histoire avec ses tableaux variés et
dramatiques; ce seront les sciences naturelles, qui
nous apprendront à lire dans le grand livre de la nature; enfin les études littéraires, qui élèveront votre
esprit jusqu'aux créations sublimes des plus nobles
génies, et qui développeront en vous le sentiment
du vrai et du beau. Chères élèves, quel que soit l'attrait particulier qui vous entraîne vers l'une ou l'autre
de ces connaissances, donnez à *toutes* un soin également sérieux, afin de conserver l'admirable harmonie
de facultés, de sentiments et de lumières que l'éducation doit contribuer à développer et à entretenir en
vous. Les branches d'enseignement se prêtent un mu-

luel appui ; la lacune volontaire qu'on laisse sur un
point affaiblit le travail qu'on dirige vers un autre, et
il est rare qu'à l'école de l'expérience on ne regrette
les vides que laisse un travail capricieux et fantaisiste.

Pour vous, aspirantes institutrices, il est encore
une étude plus grave, plus austère, mais utile par-
dessus toutes, la pédagogie, cette recherche des moyens
et des ressources dont l'institutrice peut user pour
agir sur l'enfant, ce noviciat modeste qui n'est encore
que de la théorie, mais qui développe la conscience
des hauts *devoirs de l'enseignement*.

Appliquez-vous-y de toutes les forces de votre âme.
La supériorité de la bonne institutrice ne se compose
pas seulement du trésor des connaissances acquises,
elle comprend encore la puissance de communiquer
ses idées et le don d'influence qui s'exerce sur le
cœur et se transmet à la volonté. Vous devez faire
briller le flambeau de la science, mais il faudra que
vous sachiez en diriger les rayons de façon à éclairer
progressivement les esprits sans les éblouir ni les fatiguer. Faute de cette habile et intelligente distribution, vous produiriez les ténèbres au lieu de la lumière, vous mettriez le chaos à la place de l'ordre.

Mais toutes, soit que, élèves de l'école supérieure, vous
soyez appelées simplement à compléter vos premières
études, soit que, élèves du cours normal, vous veniez
vous préparer à la haute mission d'élever la jeunesse,
rappelez-le-vous bien : pour réussir il faut vouloir.

C'est la volonté qui fait la grandeur et la puissance
de l'homme. Sans la volonté, il est le jouet de ses passions, l'esclave de ses relations sociales, la victime des
événements qui le ballottent.

Avec la volonté, l'homme commande aux flots agi-
tés de son cœur comme autrefois le Christ à la
tempête, domine les situations, triomphe des obstacles; il suit invariablement le but qu'il s'est tracé, heureux quand ce but a été bien choisi ; il est digne de
la fin pour laquelle Dieu l'a créé.

C'est la volonté qui fait les héros, les bienfaiteurs
de l'humanité, les créateurs des inventions utiles ;
c'est aussi elle qui fait les vertus modestes du foyer,
la vie noble et digne.

C'est elle dont nous retrouvons l'éloge au fond de
ce magnifique portrait que l'Ecriture nous a laissé de
la femme forte, parce que, dans l'accomplissement de
toutes les vertus et de tous les devoirs, il faut de la
force, du courage, en un mot, de la volonté.

Appliquez-vous donc toutes, vous, jeunes filles de
l'école supérieure, vous, élèves-maîtresses, aspirantes institutrices du cours normal, appliquez-vous à
fortifier, mais ausssi à bien diriger l'admirable instrument de la volonté.

Que votre volonté soit ferme, mais gardez-vous
d'en faire l'asile de l'opiniâtreté; qu'elle ne poursuive
jamais que les choses justes, bonnes, honorables ;
que ses résolutions aient toujours la sanction d'une
conscience droite, et qu'elle sache au besoin s'ennoblir encore en s'inclinant devant une volonté supérieure et sacrée, devant une expérience plus consom-
mée ou une sagesse plus éclairée.

Alors, dans le présent, vous serez de bonnes et
courageuses élèves; l'énergie de votre volonté pour
l'accomplissement des plans qui vous seront tracés, se

communiquant à votre intelligence, donnera à votre
travail une égalité, une ampleur, une puissance toutes nouvelles, et vous sortirez d'ici, non point toutes
avec les lauriers de la victoire (le nombre des élus
est faible, vous le savez), mais avec les douces satisfactions d'un temps bien employé, de progrès réels
obtenus, d'intelligence développée, de mémoire meublée, d'imagination enrichie, de raison affermie, de
cœur agrandi par la conscience plus complète des devoirs de la vie.

Dans l'avenir, vous aurez préparé la consolation et
la joie de vos familles, assuré la dignité de votre conduite, la noblesse de votre caractère dans toutes les
situations où il plaira à Dieu de vous placer.

Puisse, chères élèves, ce doux rêve se réaliser !
puisse cet idéal, dont j'esquisse bien faiblement les
traits devant vous, devenir le but de vos efforts, la
boussole de votre conduite durant le cours de cette
année !

Et vous aurez rempli d'un bonheur indicible le cœur
de votre maîtresse et celui de ses collaboratrices ; vous
aurez les applaudissements affectueux de cette foule
de parents qui se presse autour de vous ; vous aurez
mis les jours incertains de l'avenir à l'abri d'une force
morale qui triomphe du malheur ; et l'on s'inclinera
à la fois et devant les protecteurs généreux qui vous
ont élargi la voie du perfectionnement, et devant la
pratique des vertus, l'accomplissement des devoirs,
l'exercice des sacrifices par lesquels, dès l'aube de la
vie, vous aurez assuré la dignité, le repos et la véné-
ration des cheveux blancs de votre vieillesse.

Paroles adressées aux élèves-maîtresses du cours normal et aux élèves de l'école supérieure le jour de la rentrée.

Au début de l'année scolaire qui commence, j'ai voulu vous réunir toutes, anciennes et nouvelles élèves des deux cours (du professionnel cours normal des institutrices, et de l'école supérieure des jeunes filles), pour exposer devant toutes les devoirs spéciaux, personnels, qui vous sont imposés et les devoirs réciproques qui établiront sur des bases convenables vos relations d'élève à élève.

Personnellement, quel que soit le cours où vos travaux vous ont fait admettre, il vous est imposé :

1º Une rigoureuse exactitude, soit dans les jours de classe, soit dans les heures d'entrée en classe. Toujours une sérieuse et bonne élève a été exacte à suivre le cours, et toujours une mauvaise élève s'est permis les plus faciles transgressions à cet égard.

2º Une régularité scrupuleuse dans l'accomplissement de tous les devoirs donnés, soit devoirs à écrire, soit devoirs à apprendre. C'est cette régularité qui fait les bonnes études ; c'est elle qui étend, agrandit, équilibre les facultés de l'élève bien douée par la nature, et en fait un sujet complet ; c'est elle qui compense le défaut de la nature chez l'élève médiocre,

qui assouplit les facultés rétives, qui, à la longue, conduit au succès, qui développe ce qui n'était qu'un
germe, et qui révèle même des facultés à l'existence
desquelles on ne croyait pas. Telle élève qui se suppo-
sait privée de mémoire est tout étonnée, après une
année de récitations préparées et faites consciencieusement, de se trouver une mémoire plus rapide et
plus richement meublée que celle qui en semblait
particulièrement douée au commencement, mais qui
a négligé de la cultiver.

3° La persévérance dans le travail. C'est une qualité si importante, que sans elle presque toutes les autres seraient annulées. Le succès n'est pas accordé
tout de suite : Dieu, avant de nous couronner au ciel,
nous a imposé le combat ici-bas ; il en est de même
pour tous nos travaux. C'est toujours d'un esprit faux
ou orgueilleux de se décourager parce qu'on n'a pas
réussi aussitôt. Je vous le demande instamment, et je
l'attends de vos bonnes dispositions, ne désespérez
jamais du succès ; il a toujours son heure, mais elle
sonne tard quelquefois.

4° Enfin la conscience dans le travail. C'est-à-dire
ne cherchez jamais des succès fictifs, ne marchandez
pas avec le travail : le succès obtenu par hasard doit
nous humilier et non nous enorgueillir. Je ne parle
pas de ces petites fraudes qui sont indignes de toute
personne qui se respecte, et qui malheureusement
sont trop souvent la ressource de certaines élèves.
Honte à l'élève qui s'en rendrait coupable ! Je la flétris à l'avance, et je la livre au juste mépris de ses
compagnes.

J'ajouterai à ces dispositions fondamentales l'habitude d'un silence scrupuleux en classe. Sans silence il n'y a plus d'ordre ni de leçon possible ; maîtresses et élèves s'épuisent dans de vains efforts et ne peuvent arriver à s'entendre. Les fautes contre le silence seront punies sévèrement, parce que le silence est la base de la discipline. L'oubli du silence mettrait en dehors de la postulance au prix d'éducation l'élève qui s'en serait rendue coupable.

J'ajoute encore : une profonde confiance de vous à nous. Soyez assurées de toute notre bienveillance et de tout notre dévouement ; apportez-nous en échange cette confiance vraie qui produit sérénité et sécurité, parce qu'on a foi aux personnes. Soyez, par exemple, toujours persuadées que les devoirs qui vous seront tracés sont choisis avec réflexion, qu'ils sont à votre portée, et que, si vous ne pouvez pas les exécuter, il y aura ou défaut d'attention de votre part, ou défaut de compréhension.

Relativement les unes aux autres, des devoirs vous sont également imposés : devoirs entre les élèves des différents cours, devoirs entre les élèves d'un même cours.

Elèves-maîtresses du cours normal, ayez de la condescendance et de la bonté pour les élèves de l'école supérieure, ces plus jeunes sœurs de la même famille à laquelle vous appartenez aussi. Si elles recourent à vous, aidez-les des conseils de votre expérience , prodiguez-leur la sagesse et la maturité que vous avez dû puiser dans vos précédents travaux ; mais ne faites jamais pour elles un devoir demandé, ne prêtez pas

4

un travail écrit : ce serait mal comprendre ce doux patronage d'affection et d'intérêt qui vous est dévolu ; ce serait leur montrer l'erreur à la place de la vérité et semer de déceptions leur existence d'élèves.

Elèves de l'école supérieure, soyez respectueuses et confiantes envers les élèves du cours normal ; elles sont vos aînées en âge et en instruction, et elles ont encore au-dessus de vous le choix d'une vocation sévère, le sentiment d'un but à atteindre, élevé, difficile, exceptionnel et accepté librement. Rappelez-vous que débutantes, mais débutantes réfléchies et ayant conscience des devoirs et des charges qui leur seront plus tard imposés, elles appartiennent dès ce jour, par leurs espérances et leurs travaux, à cette corporation des institutrices à laquelle on ne saurait apporter trop de respect et de reconnaissance, car la société leur doit sa moralisation presque tout entière.

Elèves d'un même cours, vous avez à remplir, les unes par rapport aux autres, des devoirs de politesse, d'indulgence et d'affection. Soyez remplies d'égards les unes pour les autres : la politesse est le charme des relations sociales. Repoussez la brusquerie, les plaisanteries grossières ; elles ne doivent pas appartenir à des jeunes filles bien élevées. Soyez pleines d'affection les unes pour les autres, mais d'une affection simple, naturelle, sans exagération. Je repousse d'une manière absolue ce tutoiement auquel des jeunes personnes qui se voient chaque jour se laissent trop facilement aller; je repousse également ces correspondances amicales qui usent le cœur et qui conduisent au verbiage du sentiment, partant au ridicule.

Soyez indulgentes les unes pour les autres, ne révélez pas malignement les défauts ou les ridicules de vos compagnes : c'est manquer à la fois à la charité et à la bonne éducation. Point de coteries : vous devez former une seule famille et non des sociétés rivales.

Enfin, Mesdames, il est un dernier devoir à vous signaler, un dernier conseil à vous donner : c'est l'émulation qui doit vous animer et vous exciter dans vos travaux.

L'émulation entretiendra parmi vous le feu sacré de la science ; elle vous propose de sérieuses connaissances à acquérir, les espérances de vos familles à couronner, la confiance de vos maîtresses à confirmer, enfin un noble idéal à réaliser, et votre bonheur augmentera à mesure que vous en approcherez de plus près. Mais ce bonheur, ce légitime orgueil n'est pas personnel, c'est celui de la classe entière. L'émulation qui vous animera vous fera applaudir aux succès de vos compagnes, comme elle vous fera battre le cœur à vos propres succès. L'honneur de la classe, voilà le grand but collectif à atteindre. « J'étais de cette génération d'élèves qui ont obtenu tant de succès dans tel concours, tel examen ; j'étais de cet établissement où les études sont fortes et où les cœurs sont unis. » Voilà, Mesdames, la bonne et réelle émulation, celle qui élargit les cœurs avec les intelligences. Laissez-moi croire qu'il en sera ainsi : c'est ma plus douce, ma plus chère espérance. Alors j'aurai atteint mon but, je n'aurai jamais plus rien à désirer, car j'aurai formé des élèves telles que mon cœur les désire.

Mesdames,

C'est un jour bien solennel que celui qui, couron-
nant vos travaux, apporte à quelques unes d'entre
vous la palme de la victoire, à toutes l'espoir du
succès.

Plus solennel encore peut-être est le jour qui vous
réunit de nouveau autour de nous et nous fait rentrer
dans cette vie de sérieuses études, de graves réflexions. Hier, c'était avec joie que nous nous appro-
chions de vous; aujourd'hui, c'est avec recueillement.

Une année recommence, Mesdames, année laborieuse, vous n'en doutez pas. Faut-il fortifier votre
courage, ranimer votre ardeur? Votre application,
votre persévérance jusqu'à ce jour ne nous sont-elles
pas le garant des parfaites dispositions que vous con-
tinuerez de nous apporter?

Initiées déjà aux premières abstractions de la science,
vous avez compris tout ce qu'elle a de grand, d'élevé,
de progressif, de religieux. Mais vous n'êtes encore
qu'à l'entrée de la carrière; quel espace vous reste à
parcourir! que de contrées inconnues à explorer! que
de champs fertiles vous seront aussi toujours cachés!
L'horizon de la science s'élargit à mesure qu'on s'en
approche.

Plusieurs des plus nobles branches de l'enseignement vont être soumises à votre appréciation.

Ce sera la littérature avec ses chants sacrés, ses
éternelles leçons, ses sublimes échos du Sinaï et du
Parnasse ; la littérature qui nous fait vivre dans le
présent, dans le passé, dans l'avenir ; qui nous sort de
la vie matérielle, et, sur les ailes de la pensée, nous
transporte dans les sphères de l'idéal.

Ce seront les sciences physiques, par l'étude desquelles les anciens commençaient celle de la sagesse ;
les sciences physiques avec leurs impérissables secrets, symboles frappants des mystères de la religion,
leurs phénomènes variés, leurs enchantements, leurs
prestiges, leurs lois à la fois simples et multiples.

Ce sera la doctrine chrétienne, science sublime qui
a pour objet l'Etre des êtres, le Créateur des mondes,
la Perfection immuable et éternelle ; science qui doit
être le commencement et la fin de toutes, comme
Dieu est le commencement et la fin de tout ce qui
existe.

Souvenez-vous de ne vous livrer à l'étude des connaissances intellectuelles qu'avec un religieux respect :
la science est sainte, elle est sacrée. Malheur à celui
qui n'y verrait que la satisfaction de la curiosité de
l'esprit ou l'instrument de l'orgueil humain ! Elle deviendrait pour lui une source de perdition. Pour vous,
institutrices, appelées à diriger l'élan des jeunes générations qui s'élèvent, que la science soit la cause
d'un perfectionnement moral qui vous rapproche de
la Divinité.

Une femme dont le souvenir sera toujours cher aux

élèves de l'école normale qui l'ont connue, comme elle sera toujours le modèle que se proposeront les directrices, aimait à vous répéter à pareille solennité : « Les racines de la science sont amères, mais les fruits en sont doux. » Oui, ils sont doux, Mesdames, ces fruits ; car c'est d'abord le sentiment du bonheur que Dieu a voulu que nous éprouvions à l'acquisition de toute richesse intellectuelle ; c'est ensuite la vertu rendue plus aimable et plus chère, l'élévation de l'âme vers ce qui est bien, ce qui est bon, ce qui est beau, l'affermissement du sentiment religieux.

Un an encore, Mesdames, et à votre tour vous aurez à supporter les soucis de la responsabilité, à apporter votre concours au grand œuvre de l'éducation de la société.

Peut-être alors, perdues au milieu du bruit du monde, en proie à des sollicitudes de chaque instant, à peine aurez-vous quelques minutes pour revenir sur votre passé et penser aux paisibles jours que vous aurez vécu avec nous. Nous vous demandons deux choses pourtant : un souvenir d'affection pour vos anciennes maîtresses, un souvenir de pieuse reconnaissance pour les hommes généreux qui vous prodiguent si libéralement les bienfaits d'une instruction dont nous sommes fières d'être les dispensatrices.

Avant de procéder, Mesdames, aux épreuves de grammaire qui vont ouvrir vos travaux de cette année, il nous semble nécessaire de vous adresser quelques mots sur la grandeur de la vocation que vous embrassez, et sur les rigoureux et sévères devoirs qui vous seront imposés, soit comme élèves des cours, soit comme institutrices.

La carrière de l'enseignement, Mesdames, est plus qu'une profession, c'est un sacerdoce ; l'institutrice tient entre ses mains l'avenir intellectuel et moral des enfants qui lui sont confiés. Combien n'importe-t-il pas qu'elle leur donne une bonne direction! Et non seulement son influence s'étend sur l'individu, mais encore sur la société entière ; car ces enfants dont elle forme l'esprit et le cœur composeront la génération future, et, selon l'impulsion qu'elle leur donne, la société lui devra son bonheur ou son malheur, sa prospérité ou sa décadence.

Comme élèves des cours, vous allez commencer par la réflexion et l'étude ce grand œuvre de l'enseignement. Bien des difficultés, bien des dégoûts peut-être porteront le découragement dans votre âme : il ne faut pas se le dissimuler, dans l'enseignement plus qu'ailleurs, les épines sont nombreuses et les fleurs bien rares. Mais souvenez-vous que la carrière de l'institutrice se renferme dans ces deux mots : *sacri-*

fice, dévouement ; que l'institutrice doit travailler sans cesse à son perfectionnement ; qu'elle doit pâlir sur d'arides in-folio ; qu'elle est faite pour donner à tous l'exemple ; qu'elle doit renoncer au monde, n'y pensant plus que pour ses élèves et les prémunir contre ses dangers, pour l'étudier, en un mot, et non s'y mêler.

La tâche est lourde, mais honorable, et si nous la considérons sous le point de vue religieux, aux yeux de la foi, elle est sublime.

Mesdames,

Voilà une distribution de prix bien modeste; mais si autrefois les Grecs s'estimaient heureux, après avoir combattu au péril de leur vie, d'être récompensés d'une simple couronne de laurier, vous éprouverez encore de la satisfaction dans cette proclamation faite sans retentissement, entre ces murs étroits et consacrant seulement les travaux, le mérite, la supériorité des élèves qui, mieux douées ou mieux placées pour l'étude, ont remporté de plus grands succès.

Les temps des révolutions sont malheureusement les temps des grands excès, mais ils sont aussi ceux des grandes vertus. Alors on voit des âmes d'élite mettre toute leur gloire dans l'accomplissement du devoir, toute leur satisfaction dans celle d'avoir fait le bien et d'avoir montré le bon exemple.

Vous, Mesdemoiselles, sans vous élever jusque là, soyez aussi heureuses, aussi fières de ces récompenses purement honorifiques qui vous sont décernées, que de la récompense matérielle, monument sensible qui accompagne ordinairement vos succès. Je ne sais, mais j'ai envie d'ajouter: soyez-le peut-être plus. La récom-

(1) En 1856, la distribution des prix se fit sans solennité ; le prix des livres fut affecté à soulager la misère des inondés.

4.

pense simplement morale a quelque chose d'intellectuel qui l'idéalise, qui l'élève en raison de ce qu'elle
est moins palpable.

Lorsque l'intelligence est grande et forte, elle fait
peu de cas de ces apprêts semés sur le chemin de la
vertu et de l'étude ; ce qu'elle veut surtout, c'est ce
témoignage intérieur d'avoir employé noblement ses
facultés, d'avoir avancé dans la route du progrès tracée par Dieu lui-même : ce témoignage, vous l'avez,
Mesdemoiselles.

Vous, nos jeunes élèves du cours des jeunes personnes, qui bientôt viendrez, nous l'espérons, vous
asseoir à ces mêmes bancs, participer à des leçons
plus fortes que celles que vous avez eues jusqu'alors :
d'abord, repos après cette laborieuse année d'études ;
ensuite, force et courage pour continuer comme vous
avez commencé.

Vous, nos chères élèves plus graves et plus sérieuses du cours normal, vous allez mettre en pratique ce
qui pour la plupart n'a été encore qu'une théorie.
Faites aussi provision de force et de courage. Dans
l'enseignement, bien des déceptions se trouvent à côté
du succès ; mais vous trouverez dans la religion l'appui nécessaire pour vous remettre à l'œuvre avec espoir, alors que le terrain se montrera le plus ingrat.
La femme, vous a-t-on dit, forme l'homme ; l'institutrice, ajouterai-je, forme la société. Dans notre époque plus que dans une autre, on a besoin de donner
cette éducation religieuse et solide qui seule peut assurer le bonheur et la prospérité des nations ; on a
besoin de femmes dévouées, comprenant leur mission

et se consacrant tout entières à la moralisation de ces jeunes êtres qui renouvelleront bientôt la société. Soyez ces femmes fortes, ces femmes dévouées, ces femmes courageuses et surtout ces femmes foncièrement pieuses, et la société vous dira un jour : Merci pour tout le bien que vous avez fait, merci pour le bonheur de la France ; et nous, Mesdemoiselles, en secret nous serons heureuses de penser que nous aurons été pour quelque chose dans tout ce bien accompli.

MORCEAUX PÉDAGOGIQUES. [1]

QUE DOIT ÊTRE UNE INSTITUTRICE A L'ÉGARD DE SES ÉLÈVES ?

L'institutrice qui comprend bien toute l'étendue de ses devoirs envers ses élèves, qui a creusé dans les profondeurs de son sacerdoce pour bien connaître les bases sur lesquelles doit reposer l'édifice qu'elle est chargée d'élever, qui, planant dans les régions supé-

(1) Ces divers écrits ont été trouvés épars dans des papiers nombreux contenant des programmes de travaux et des plans d'études. On voit que le besoin de fixer des pensées générales sur les devoirs de l'institutrice a seul guidé la main sur ces feuilles volantes ; nulle préoccupation du style, tout a été tracé au courant de la pensée et de la plume. Un examen attentif pourra relever des négligences dans la forme, mais le fond m'a paru si excellent que je n'ai pu sacrifier ces précieux conseils. D'autres pages ont assez prouvé quelle rigoureuse perfection Mlle Bollud savait donner à son style, pour que quelques légers défauts ne lui soient pas reprochés dans des compositions écrites rapidement, pour elle seule et destinées à rester dans son bureau.

M.-A. D.

rieures où elle doit puiser l'esprit de ses fonctions, s'y est sanctifiée, pour en redescendre et rapporter sur la terre, comme un génie tutélaire, l'enseignement qui élève, la parole qui instruit; l'institutrice qui s'est pénétrée ainsi de sa mission n'est pas seulement une maîtresse qui parle à l'intelligence de ses élèves, mais une mère, une amie, un guide éclairé qui parle à leur cœur pour les faire avancer dans la voie du bien et du progrès autant par l'autorité du commandement que par l'autorité de l'affection.

Maîtresse infatigable qui ne compte ni ses peines ni ses veilles, pourvu qu'elle arrive à son but, le perfectionnement de ses élèves; maîtresse vénérée autant par l'élévation des pensées et des sentiments que par la dignité de la parole, elle sera aussi une mère tendre et dévouée, une amie sincère pour comprendre toutes leurs faiblesses et y compatir, pour adoucir la sévérité de la morale par l'indulgence de l'affection, encourager la timidité, développer les nobles sentiments du cœur, présenter la vertu et le devoir avec l'attrait irrésistible de l'amitié, et obtenir, avec l'ascendant d'une mère et la douce parole d'une amie, ce que n'obtient pas toujours le ton absolu du commandement.

Réunissant toute sa bonté et son affection, toute son autorité et son expérience, elle sera ainsi un guide toujours disposé à conduire heureusement ses élèves sur le chemin de la vie, à leur aplanir les difficultés qu'elles peuvent y rencontrer, à les prémunir contre les écueils qui peuvent les faire échouer.

Malheur à celle qui oublierait un instant l'impor-

tance de ses devoirs et le quadruple caractère de maîtresse, de mère, d'amie et de guide qu'elle doit avoir
aux yeux de ses élèves; qui n'aurait pas continuellement à la pensée toute la portée de son influence,
tout le retentissement qu'aura dans l'avenir le moindre de ses enseignements! Elle aurait à se reprocher
bien des fautes, bien des malheurs dont elle serait la
cause; bien des vocations manquées et des existences
brisées, et la société lui demanderait un jour un
compte sévère de sa mission qu'elle aurait mal remplie.

Mais honneur et bonheur à celle qui a été consciencieuse dans l'accomplissement de ses devoirs! Elle
trouvera sa première récompense dans le bien qu'elle
aura fait, et goûtera une joie aussi pure et aussi vive
que celle de la mère voyant prospérer la nombreuse
famille qui lui doit le jour. Ses élèves seront sa famille; elles lui devront sinon la vie physique, du
moins la vie morale et intellectuelle, et le bien
qu'elles feront, la vertu dont elles donneront l'exemple, elle pourra à juste titre s'en regarder comme la
source.

IMPORTANCE DES FONCTIONS DE L'INSTITUTRICE ET LEUR INFLUENCE.

Ah ! combien de mal ou de bien peut faire l'institutrice à la société ! Qu'elle soit cette mère-institutrice
qui consacre ses soins à ses enfants chéris, ou cette
femme dévouée qui donne sa sollicitude et son amour
à ceux qu'elle a choisis pour enfants, n'en est-il pas
moins vrai que c'est elle qui tient entre ses mains les
destinées de ses jeunes élèves, que c'est elle qui les
fera avancer dans la voie du bien ou du mal, qui
établira l'ordre ou le désordre dans leurs notions encore confuses, qui dirigera leurs aptitudes ou émous-
sera leurs dispositions naturelles ?

Prenons le jeune enfant qui bégaye quelques mots :
ses idées sont obscures et brouillées, ses sentiments
versatiles ; il a des germes de vertu, d'ordre, de justice ; mais la religion est là qui nous dit que la pente
au mal, la concupiscence, pourra arrêter le développement de ces germes, les étouffer quelquefois. Eh
bien ! c'est à l'institutrice à rétablir l'ordre dans
ce chaos, à tourner vers le bien ces premières dispositions, à opposer une digue aux premiers efforts
du mal, à imprimer une bonne direction à tous ces
éléments divers, en un mot, à former, à dresser le
naturel de l'enfant.

Plus tard, lorsque l'enfant commence à raisonner et à juger, que son caractère a pris une forme, que son intelligence commence à briller, que sa volonté devient sensible, c'est encore à l'institutrice à développer les nouvelles facultés qui se montrent en lui, à donner de nouveaux aliments à cet esprit qui ne vit pas seulement de pain, mais de toute parole qui vient de Dieu, et la religion et l'instruction sont là : la première, connue déjà de l'enfant, pour remplir son cœur, élever son âme à cette sublime poésie, à cette sublime explication des choses dont Dieu est le mot ; la seconde pour développer et nourrir son intelligence, lui fournir les belles et nobles reosources des sciences et des arts, occuper son imagination, exercer son jugement, employer sa mémoire, perfectionner en lui l'être intellectuel.

Plus tard encore, lorsque l'élève est presque déjà femme, c'est aussi l'institutrice qui lui tracera ses nouveaux devoirs, qui lui apprendra ce qu'elle doit à la société et ce qu'elle peut en attendre, qui en fera une femme forte, sérieuse, à la hauteur de sa mission, une épouse dévouée, une mère tendre sans faiblesse, ou une femme sans énergie morale, sans force contre la joie ou la douleur, sans garanties suffisantes pour l'avenir.

Eh! dira-t-on, la jeune fille devenue femme, épouse, mère, l'œuvre de l'institutrice est terminée. Non, pas encore ; elle se continue tacitement, on peut dire, par la jeune femme elle-même avec la force d'impulsion qui lui a été imprimée ; car l'homme ne reste pas stationnaire, il faut qu'il avance ou qu'il recule. Or cette impulsion a commencé dans l'enfance, elle s'est accrue dans l'adolescence et s'est fortifiée dans la jeunesse; elle émane évidemment de l'institutrice. C'est donc de l'institutrice, de sa capacité, de sa conscience, que dépend en grande partie l'avenir moral et intellectuel des enfants.

LA BONTÉ.

L'un des principaux ornements de la femme, et qui semble fait pour elle en particulier, est la bonté. Cette aimable vertu, dont la vie du Christ fut la parfaite application et qu'il nous a imposée comme un devoir, en disant : « Aimez-vous les uns les autres, » répand sur la figure de l'enfant, comme sur celle de la jeune fille et de la femme, un air de douceur et de sérénité, qui attire à elle tous les cœurs et dispose tous ceux qui la voient à l'aimer.

Avec cette vertu, l'enfant ne sera ni espiègle ni moqueuse, car elle saura qu'en faisant rire les uns on fait pleurer les autres. Elle ne sera ni emportée ni capricieuse, car ces défauts rendent injuste et égoïste. Elle ne sera ni désobéissante ni paresseuse, car elle sait qu'en agissant ainsi elle chagrinerait ses parents et ses maîtres, et ce serait pour elle le plus grand des malheurs.

Elle ne rira pas d'une punition infligée à sa compagne, elle ne délaissera pas l'élève nonchalante qui aura oublié ses devoirs : elle consolera la première et aidera la seconde.

Le malheureux qui tend la main pour recevoir la pièce de monnaie qui lui procurera un pain trempé de ses larmes, l'ouvrier sans travail, et surtout l'en-

fant abandonné et sans mère, exciteront en elle la
compassion la plus vive, la compassion qui, née de la
sympathie, lui fait considérer tous ceux qui souffrent
comme des frères déshérités et pas plus coupables
qu'elle. On le voit, la sympathie amène après elle la
bonté; c'est elle qui la fait éclore, c'est elle qui l'ali-
mente ; sans elle ce n'est qu'une stérile politesse.

Efforcez-vous donc, institutrices, de la faire naître
dans le cœur de vos élèves, afin que plus tard, devenues bonnes, sincèrement bonnes, elles puissent
presque dire avec le poète :

...Je vois tous les cœurs voler à mon passage.

LA DÉCENCE.

Il est un voile ingénieux qui fait ressortir l'éclat de la beauté et fait paraître aimable la jeune fille la plus disgraciée de la nature.

Ce voile précieux qu'on peut comparer à la ceinture de Vénus, c'est la modestie.

La décence, qui est le premier vêtement de la femme, et dont elle ne pourrait se passer sans cesser d'être femme, la décence est innée chez elle, et, semblable à une belle plante dont la semence est partout, elle n'a besoin pour croître que de n'être pas exposée aux exhalaisons empoisonnées du vice.

Lorsque la jeune fille possède cette aimable vertu, sa toilette est toujours simple et de bon goût, ses mouvements réglés; ses yeux ont toujours une expression candide de douceur et de sérénité qui plaît et enchante, et toute sa personne, miroir fidèle de ce qui se passe dans son âme, ne laisse voir que des sentiments doux, purs et paisibles. On peut alors lui appliquer cette devise : « Moins elle se montre, plus elle est belle. »

Voyez au contraire cette coquette qui use de toutes les ressources de l'art pour se faire admirer: elle n'a que vingt ans, et déjà elle n'a plus la grâce de la jeunesse, tant ses mouvements sont préparés pour produire de l'effet; ses paroles sont prétentieuses, ses yeux sont tantôt nonchalants, tantôt animés; elle cherche partout des éloges, et elle obtient à peine un sourire de pitié mêlée de dégoût.

Peignez cela à vos élèves, institutrices, et certainement vous n'aurez pas besoin de flatter le premier portrait, d'en faire une longue description, pour les voir s'enthousiasmer de la jeune filles modeste, réservée et décente, et partager votre dégoût pour l'autre. Mais n'attendez pas qu'elles aient pris l'amour de la parure pour faire agir vos moyens; que la folle et rieuse petite fille soit déjà, à cinq ans, un modèle de décence; ne flattez ni sa personne si jolie, si gracieuse, ni ses vêtements où réside tout le goût de sa mère; qu'elle n'entende point ces éloges déplacés, quoique purs, qui pourraient troubler sa naïve candeur et lui préparer des chagrins pour l'avenir.

LA PRIÈRE ET LE TRAVAIL.

Lorsque l'homme eut péché, Dieu le rejeta et le condamna à la souffrance, à la mort.

Il ne l'abandonna point cependant; il eut pitié de sa détresse. Il vit le désespoir et le blasphème qui allaient s'emparer du proscrit et livrer son âme à toutes les angoisses de l'enfer. Il lui dit : « Travaille et prie, » et ces deux mots souverains transformèrent la vie de l'homme. Le travail et la prière s'assirent à ses côtés.

L'un fatigua ses bras, fit ruisseler la sueur de ses membres, mais lui donna un sommeil calme et paisible, dans lequel de doux rêves vinrent lui rendre le ciel qu'il avait perdu. C'était le travail.

L'autre lui fit courber sa tête et frapper sa poitrine avec componction; elle lui fit murmurer des paroles de soumission, et l'espoir rentra dans son cœur, et le front de l'homme se releva; il regarda le ciel avec confiance, et comme une chaîne d'amour se renoua soudain entre le juge sévère et l'exilé. C'était la prière.

Depuis ce jour, le travail et la prière ont établi leur séjour sur la terre, mais l'homme ingrat méconnut souvent leur aide secourable.

La prière fut méprisée par l'homme altier, et il s'écria : « Moi, je suis mon dieu, je suis ma force. »

Le travail fut haï, le riche s'en affranchit, le pauvre le subit comme une dure nécessité.

Hélas ! l'homme s'est trompé ; égaré à la poursuite du bonheur, il a méconnu la parole divine, et il a trouvé déception.

Privé de la prière, l'homme se dessèche moralement sous le souffle du scepticisme. La nature est pour lui un livre fermé qui ne parle plus à son cœur. Les doux sentiments de reconnaissance, les saintes aspirations qui l'élevaient aux régions célestes et le rapprochaient de Dieu, n'existent plus. Son imagination s'éteint, son âme se rétrécit; il ne vit plus que par les côtés matériels de son être.

Privé du travail sanctificateur, tel que Dieu l'imposa au commencement, l'homme perd toute sa dignité. *Riche*, il dédaigne le travail, il préfère devenir un être inutile, une créature oisive au milieu de la création agissante ; véritable parasite de la société, qui se nourrit à ses dépens, sans lui rien rendre de sa propre valeur. *Pauvre*, il courbe sa tête en frémissant sous le joug de fer du travail. Ce n'est plus un homme libre qui accomplit religieusement sa destinée, qui remplit sa tâche laborieuse, comme ces grands corps répandus dans l'espace, comme ces myriades d'esprits célestes qui obéissent aux ordres du Tout-Puissant; ce n'est plus une créature raisonnable qui se perfectionne par le travail dans son intelligence, dans son cœur, dans son adresse physique, qui se place à côté de Dieu en s'associant à sa puissance de création ; c'est un esclave qui ronge son frein et qui n'aspire qu'à se débarrasser de ses chaînes à quelque prix que ce soit.

Ainsi le travail, qui devrait relever l'homme d'après les volontés éternelles, l'humilie et l'avilit.

O homme, ne t'égare pas plus longtemps, ou tu sombreras dans l'abîme. Tu es créé pour le travail et la prière. Dieu, en te punissant, t'a laissé ces deux appuis, ces deux consolateurs, ces deux promesses du bonheur espéré. Tu seras malheureux et coupable tant que tu les dédaigneras.

Prie pour te réunir à Dieu qui te tend les bras d'un père, et qui ne t'a imposé l'exil sur cette terre que comme une punition passagère.

Prie, afin que ton cœur ne se ferme pas la plus constante, la plus douce des sources d'émotion, afin de trouver dans la nature une voix sympathique qui réponde à tes aspirations de tendresse infinie, car Dieu est dans la nature entière.

Prie, afin de te faire un asile de consolations et d'espérances pour toi et pour tous ceux que tu aimes.

Travaille, afin d'avoir le droit de vivre, afin de te sanctifier par la fatigue, afin de te perfectionner par l'effort; travaille, afin d'occuper tes nobles facultés et de les affermir par l'exercice; travaille, afin de pouvoir dire le soir avec confiance, en allant prendre le repos mérité : Seigneur, je t'ai prié, et tu as répandu sur moi la sérénité; j'ai travaillé, et j'ai tenté une vie nouvelle. Comme mes membres, mon esprit a tressailli de joie, et mon front s'est levé avec un légitime orgueil; car j'ai vu s'ouvrir devant moi un vaste horizon de jouissances nobles et sévères, dignes d'une

5

créature faite à ton image, dignes de toi, mon Dieu, qui m'as donné le grand exemple du travail, le jour où tu rendis le néant fécond et où tu accomplis la grande œuvre de la création universelle.

Oui, Seigneur, tout ce que tu as fait est bien. Sois loué à jamais.

LETTRES AUX ÉLÈVES

ET A QUELQUES AUTRES PERSONNES.

Lyon, le 18 juillet 1853.

Ma chère Emilie,

Votre gentille et affectueuse lettre m'a fait le plus vif plaisir. Je ne voudrais pas débuter par vous faire un compliment, de crainte d'exciter votre vanité; cependant je ne puis résister au besoin de vous dire que j'en ai trouvé le style charmant, beaucoup mieux encore que je ne m'y serais attendue pour une lettre faite rapidement. Vous rappelez-vous les premières lettres que je vous fis faire? Combien vous aviez de peine à trouver des pensées et à les coudre! Les idées de ma petite Anna sont encore embrouillées. Ah! il faut qu'elle se pique d'émulation et qu'elle se hâte de mettre l'ordre dans ce chaos, ou je prendrai son argument pour un prétexte de paresseuse.

Vous aimez donc bien la mer, Emilie? elle parle donc bien vivement à votre imagination? C'est qu'en effet ce doit être bien beau, bien majestueux, et l'on doit se trouver bien petit devant cette immensité.

L'Océan a souvent inspiré nos grands poètes, et ceux qui ont eu le bonheur de jouer sur ses bords dans leur enfance ont toujours revu l'Océan avec l'émotion qu'on éprouve à retrouver un vieil ami. Châteaubriand et lord Byron, parmi nos auteurs modernes, l'ont admirablement chanté. A votre retour à Lyon, je vous ferai apprendre un très-beau morceau de Byron ; il aura le double attrait de vous présenter de grandes pensées dites en beau style et de vous rappeler des impressions éprouvées.

La mer ne pourrait-elle pas vous inspirer à vous aussi quelques stances? Ce serait une seconde surprise à faire à votre maman. L'Océan rappelle tant de souvenirs ! il est si varié dans ses aspects ! Les plantes marines qui croissent sur ses bords, le mugissement de la vague, les petites barques qui se perdent dans son immensité et qui de loin apparaissent semblables à l'aile de quelque oiseau marin, tout cela doit fournir une multitude d'images gracieuses ou sévères. Essayez, ma chère Emilie ; il faut autant que possible travailler sur des thèmes auxquels on puisse s'identifier. C'est le moyen de développer l'imagination sans la rendre chimérique.

Je ne vous ai encore rien dit de votre jolie petite ville de Dieppe, que vous me semblez déjà beaucoup aimer. L'établissement des bains y est magnifique, dit-on, et fréquenté par une multitude de baigneurs et de baigneuses qui en rendent le séjour animé. S'il en est ainsi, vous ne pourrez guère réaliser vos projets de travail. Cette ville était, au XIIᵉ siècle, un pauvre village où s'élevaient seulement quelques misérables cabanes de pêcheurs. Voyez combien depuis elle a pris d'importance. Comme toutes les villes maritimes, elle a produit beaucoup de marins ; vous donnerez un souvenir à la mémoire de Duquesne, dont les os furent emportés en Suisse à la révocation de l'édit de Nantes, et à qui actuellement une statue est élevée à Champlain, et à ce riche armateur Ango dont la renommée est si comique.

Vous ne m'avez rien écrit sur Paris ; cette ville si grandiose, si antique, qui a vu tant d'événements divers, n'a-t-elle rien dit à votre imagination ? Peut-être c'est cette variété même qui empêche tout d'abord les impressions d'être assez distinctes. Mais vous avez eu une bonne pensée à Rouen pour Jeanne d'Arc, et dont je vous remercierais volontiers au nom de cette héroïne, s'il était nécessaire de remercier une Française pour avoir rendu hommage à la mémoire d'une héroïne française. Puisque vous aimez beaucoup Jeanne d'Arc, et vous avez bien raison, apprenez donc la pièce de vers qui a été faite sur sa mort par Casimir Delavigne ; elle est, je crois, dans les exercices de mémoire que vous avez dû acheter à Paris. Lorsque vous serez revenue à Lyon, je me propose de vous faire commencer une série de lectures qui accompagneront vos études et qui en seront le complément. Tous les jours vous y consacrerez une heure. Vous commencez à sentir les beautés littéraires, et ces lectures vous seront utiles sous tous les rapports.

Depuis votre départ, ma chère Emilie, nous avons eu des temps horribles ; mais ils n'ont pas eu les caractères de permanence que vous leur connaissez. Le

jeudi est devenu inconstant. Je n'ai pas été à Villeurbanne le samedi que vous êtes venue me dire adieu ;
mais je suis montée rue de l'Arbre-Sec à huit heures moins un quart pour vous revoir et dire adieu à
votre maman, à qui je n'avais presque rien dit la
veille. Vous n'étiez pas encore rentrée. Je vais aller
aujourd'hui demander votre adresse de Dieppe, que
vous avez oublié de me donner. Pressez un peu votre
petite sœur Anna ; dites-lui que si je ne reçois pas
bientôt une longue lettre d'elle, je la croirai paresseuse comme elle est poltronne, car je ne doute
pas que ce ne soit elle qui ait le plus gémi en passant
sous les vingt-cinq voûtes du chemin de fer. Si ce n'est
pas vrai, à elle de s'en défendre ; elle sait bien s'en ac-
quitter quand elle veut.

J'aurais encore bien des choses à vous dire, ma
chère Emilie, et je voulais vous parler de tous les devoirs que vous deviez faire à Dieppe ; mais je me fie
complètement à votre raison et à votre ardeur, et si
vous ne pouvez pas tout faire, je serai parfaitement
convaincue qu'il n'y aura eu aucun manque de volonté
de votre part. J'attends cependant avec impatience les
inspirations que doit vous donner l'Océan.

Adieu, ma chère Emilie ; rappelez-moi au souvenir
de vos deux mères, et présentez-leur mes civilités
empressées. J'envoie à Anna un baiser gros en raison
de la rapidité qu'elle va mettre à m'écrire ; et vous,
mon Emilie, je vous embrasse de tout mon cœur, et je
vous assure de ma tendre amitié et de mon affectueux
dévouement.

Lyon, le 31 juillet 1853.

Je saisis à la course quelques instants pour vous écrire, ma chère Emilie. Voici la fin de l'année, et je suis surchargée de travaux de concours qu'il me faut vérifier. Nous avons notre distribution le 21 août. Serez-vous de retour, bien sûr ? et si le temps nous favorise mieux que l'année dernière, j'espère que vous viendrez à cette belle cérémonie. Peut-être sera-ce à l'Alcazar.

Votre petite composition n'est pas mal ; mais, ma chère Emilie, que de fautes d'orthographe, dans votre lettre surtout ! Vous avez encore bien besoin de faire des dictées. Je vous renvoie votre composition corrigée ; vous verrez que j'y ai apporté si peu de modifications que ce n'est presque rien. Toutes vos pensées portent et ont un certain caractère pittoresque qui convient au sujet. Je vous ai indiqué les fautes d'orthographe, mais celles-là je ne les ai pas corrigées.

C'était ces jours derniers la fête de sainte Anne ; avez-vous envoyé vos vers à votre maman, et en a-t-elle été satisfaite ? Dites-moi tout cela dans votre prochaine lettre : je m'intéresse de loin comme de près à tout ce qui vous concerne. Sous le rapport de la poésie, vous êtes supérieure à Mlle F. ; elle n'a pas encore pu me faire quatre vers un peu bien tournés, et les vôtres sont assez faciles. Vous croyez que j'ai

une trop grande opinion de vous en vous demandant
des vers sur l'Océan. Je vous le demande à titre de récréation, lorsque vous serez revenue à vos études
régulières. Ce n'est pas si souvent que je vous dirai
d'invoquer la muse de la poésie ; il faut surtout faire
de bonne prose. Mais, dans certaines circonstances,
savoir tourner deux ou trois vers est très-agréable
aussi.

Vous m'avez cité bien heureusement les vers de
Boileau :

> Vingt fois sur le métier, etc.

C'est là presque tout le secret de bien écrire ; rarement les personnes ayant de la facilité et se corri-
geant peu écrivent bien. Nos grands auteurs ont quelquefois travaillé certaines parties de leurs ouvrages
avec une opiniâtreté dont peu de personnes ont l'idée.

Cependant, s'il faut écrire avec une sage lenteur et
revoir beaucoup avant de considérer comme achevée
la composition proprement dite, il faut, au contraire,
s'habituer à écrire la lettre avec une extrême rapidité ;
jamais de brouillon. La lettre est une conversation, et
elle doit en avoir tous les caractères de spontanéité.

Je vous remercie beaucoup de la fleur de chèvre-
feuille que vous m'avez envoyée. Je l'ai déposée entre
les feuillets de la grande histoire de France de Laval-
lée, au récit du combat d'Arques. Ce sera un petit
brin de réalité actuelle mêlé aux souvenirs de faits
qui n'existent plus que dans la mémoire. Les enthou-
siastes, en voyant la fleur gracieuse, se transporteront
en pensée aux ruines du château d'Arques et verront se

peindre à leur esprit une multitude de contrastes poétiques : la nature toujours fraîche et féconde là où la main de l'homme a été impuissante à conserver, la fleur de joie et de plaisir née au milieu des champs de la désolation... Je ris en vous écrivant cela, car je me donne de petits airs de Châteaubriand, lui qui aimait tant les contrastes, surtout au milieu des ruines.

Regardez toujours bien comment est fait un vieux château, afin d'avoir des descriptions à votre disposition lorsque je vous donnerai des sujets moyen âge, accomplis au fond d'antiques manoirs et de sombres castels.

Je babille bien, et le temps me presse. Je suis obligée de terminer. Continuez vos promenades maritimes, bercez-vous au sein de l'Océan, faites provision de joyeux souvenirs pour la saison d'hiver, et écrivez-moi aussi de longues lettres ; ne suivez pas, ma chère Emilie, mon exemple, et quoique je n'aie pas rempli mes quatre pages, écrivez-m'en quatre bien garnies et cinq s'il le faut.

Je vous embrasse, ma bonne Emilie, du plus profond de mon cœur, et j'envoie deux baisers à ma petite Anna. Veuillez présenter mes salutations respectueuses à vos deux mères. Si j'avais pu vous écrire avant le 26, je vous aurais dit de joindre mes vœux pour Mme P. à ceux de toute votre famille. Il faut que je vous dise en passant, si toutefois vous ne le savez pas, que *Anna* signifie en langue hébraïque *gracieuse*.

Votre maîtresse tout affectueuse.

5.

Lyon, le 19 mai 1854.

Ma bien chère Emilie,

Si vous avez du plaisir à revenir de temps en temps causer avec votre ancienne et dévouée maîtresse, croyez qu'elle n'en n'éprouve pas un moins vif lorsqu'elle se met à vous écrire.

Ma pensée, depuis votre départ, s'est bien souvent reportée à Dijon. Que fait-elle ? a-t-elle commencé ses nouvelles leçons ? a-t-elle complété le travail qu'elle avait ébauché à Lyon ? Voilà ce que je me disais, et puis j'ajoutais : Les études d'Emilie ont plusieurs fois été interrompues, il y a bien des lacunes dans son éducation, de longtemps encore elle ne pourra les combler toutes; mais elle a de l'ardeur, elle n'épargnera rien pour y parvenir.

Il faut que vous deveniez, ma chère Emilie, une jeune fille d'une instruction véritablement solide et variée. Apportez à poursuivre ce but toute l'énergie de votre volonté. Dieu vous a assez bien douée sous ce rapport, profitez-en.

Travaillez beaucoup avec votre nouveau professeur, mais travaillez seule aussi. Vous pouvez faire seule infiniment. A votre âge et avec votre raison, c'est la

tâche qu'on se donne, le travail qu'on s'impose à soi-
même qu'on fait le mieux. Je vous ai envoyé dans la
lettre d'Anna quelques indications; suivez-les d'abord,
puis, si vous avez quelque chose qui vous embarrasse,
si vous avez quelque partie de vos études que vous
désiriez revoir spécialement ou travailler seule, écri-
vez-le-moi, je vous donnerai tous les conseils dont
vous aurez besoin. Je n'ai rien pu vous faire faire en
littérature. Commencer un cours de littérature eût
été chose déraisonnable; noûs n'avions pas assez de
temps. Vous allez faire ce travail à présent. Je vous recommande beaucoup votre style : il avait un peu perdu
pendant votre repos de trois ou quatre mois, et vous
avez un peu de peine à vous y remettre. Frappez-le
davantage, je veux dire, faites-le plus concis ; évitez
les longues phrases embarrassées, les développements
inutiles ; ne dites dans une composition que ce qui
est intéressant. Vous avez pour cet exercice moins de
facilité que pour d'autres ; il faut travailler davantage.
Fécondez votre imagination par de bonnes lectures,
mais ne les faites pas trop vite ; résumez-les ensuite,
résumez-les : c'est le moyen de vous familiariser avec
les pensées, les expressions des bons auteurs et de
vous les approprier.

Anna, ma chère Emilie, travaille toujours avec
ardeur ; mais nos leçons ont encore été coupées
par des indispositions, par le déménagement à la
campagne. Elle vous a écrit il y a quelque temps,
mais vous avez dû recevoir sa lettre bien tard, car
elle est restée plusieurs jours oubliée dans la poche
de M. Joseph. Pauvre Anna! quoique vous ne lui

en disiez rien, elle compte bien un peu vous voir avec Mme V. En effet, vous résignerez-vous à rester à Dijon, tandis que votre maman bien-aimée sera à Lyon? Je pense un peu comme elle, quoique la réflexion me dise que la raison sera la plus forte en vous, et que vous vous soumettrez à une privation de quelques jours plutôt que de vous interrompre encore. Lorsque vous m'écrirez, et j'espère que ce sera bientôt, vous me direz tout ce que vous faites. Tenez-moi au courant de vos progrès ; j'y prendrai bien part. J'ai commencé lundi les leçons de votre amie Cécile. Je lui ai commencé un cours de littérature et un cours d'histoire générale où je suivrai la marche séculaire. Voilà ce qu'il vous faudrait faire à présent, d'autant plus que vous n'avez presque pas travaillé l'histoire ancienne : c'est là le complément indispensable de vos études en histoire. C'est en outre un travail bien intéressant, et sans doute vous l'avez déjà commencé à Dijon. Mais en étudiant de nouvelles histoires, n'oubliez pas de revoir l'histoire de France et l'histoire d'Angleterre.

Ne vous étonnez pas, ma chère Emilie, si j'entremêle ma lettre d'une multitude de conseils qui la font ressembler presque à une leçon : c'est que si je vous aime, je cherche plus encore à vous être utile et à exciter en vous le désir du perfectionnement qui doit être le noble but de notre vie. Je veux être fière de mon élève, et ce qu'elle n'a pu faire avec moi, qu'elle le fasse seule, qu'elle le fasse avec d'autres, mais surtout qu'elle le fasse, et qu'elle le fasse bien.

Enfin il me faut terminer cette longue épître, mais

ce ne sera pas sans vous renouveler, ma bonne et bien chère Emilie, l'assurance de toute mon affection de maîtresse et d'amie. Cette affection vous est assurée pour la vie. Vous trouverez toujours en moi dévouement et sincérité, et il me serait impossible de vous accorder moins.

Votre affectionnée.

Villeurbanne, 26 septembre 1854.

Si j'avais pu suivre le vœu de mon cœur, je vous aurais écrit bien plus tôt, ma chère Emilie. J'étais un peu malade lorsque votre affectueuse lettre est arrivée, et depuis j'ai été tellement dérangée, qu'il m'a été impossible de saisir un moment de calme pour reprendre mon aimable correspondance.

Merci d'abord de votre bon souvenir, de vos affectueux regrets, ma chère Emilie; je mentirais bien fort si je ne convenais que je les ai recueillis précieusement. Toutefois, ma jeune amie, ne vous laissez pas trop dominer par cette absence de sympathie réelle pour votre nouvelle maîtresse, que je crois avoir remarquée par le ton de votre lettre; dans votre intérêt, je serais presque heureuse de m'être trompée.

Efforcez-vous de saisir en elle ce qu'il y a de dévoué pour vous, et dans son enseignement ce qu'il y a d'intéressant; et en peu de temps vous trouverez plus de plaisir à l'étude, et vous sentirez revivre votre ardeur d'autrefois. Les anneaux de vos études ont été souvent séparés; peut-être s'efforce-t-elle de les relier en comblant les lacunes, en fortifiant certains endroits faibles, et ce travail a quelque chose d'ingrat. Passez là-dessus: vous êtes trop raisonnable pour vous laisser décourager par ces épines, et vous aurez la douce satisfaction d'arriver à un beau et bon résultat.

J'ai appris par les demoiselles G. que vous êtes à la campagne et que vous ne travaillez pas dans ce moment. Pour vous, ma chère Emilie, les interruptions dans vos études ne doivent plus être des repos forcés, mais des haltes encore utiles. Travaillez alors toute seule; je vous le répète, vous pouvez faire beaucoup par vous-même. Faites de bonnes, d'instructives lectures, et après un sommaire, une analyse, un résumé rapide, pour les fixer dans votre mémoire; par exemple, lisez simultanément un abrégé d'histoire ancienne et le *Voyage du jeune Anacharsis*. Pour les autres histoires suivez le même plan. Votre maîtresse, et à son défaut M. V., peuvent vous indiquer les meilleurs auteurs à lire. En littérature, qui vous empêche de lire à l'avance La Harpe, et même de continuer seule le travail que vous avez commencé avec votre maîtresse, et de le lui soumettre ensuite?

Vous me demandez des nouvelles du choléra à Lyon. Je pense qu'il est trépassé, car je n'en entends presque plus parler; cependant on dit qu'il y a eu, du 21 juin à ces jours-ci, 450 cas, sur lesquels 270 décès.

Votre petite sœur Marie vient de nous apprendre qu'elle va rester à Lyon cette année et travailler avec moi. Ainsi j'aurai toujours deux sœurs. La pauvre Anna ne peut pas faire grand' chose; elle est toujours malade. Qu'elle a attendu avec impatience une lettre de vous! Allons, mettez-vous en train; vous lui devez le bon exemple. Elle vous aime beaucoup.

Vous n'avez pas vu les demoiselles G. ces vacances; elles sont restées à Aix. Hélène, selon toute probabilité, va suivre le cours. Cécile continuera son grand cours d'histoire et de littérature. Elle va probablement vous écrire ces jours-ci ; comme moi, elle est retardataire.

Vous rappelez-vous cette charmante petite Russe avec laquelle vous avez concouru plusieurs fois, Marie V.? Elle est au ciel. C'est une désolation profonde pour sa pauvre mère ; elle était si douce, si bonne, si remplie d'esprit ! Elle se faisait tant aimer de tout le monde !

Vous savez qu'elle était allée demeurer à Montpellier ; elle était délicieusement bien dans une espèce de château, entourée de jardins, de bois, et cependant à proximité de la ville. Elle raffolait de la France. Son beau-frère l'emmène faire un voyage ; elle visite Bordeaux, Paris. A son retour, elle est un peu fatiguée, la fièvre typhoïde se déclare, l'influence cholérique s'y joint ; elle est morte quelques jours après, le 15 août, le jour de sa fête. Pauvre chère enfant !

Mlle M. est à Sedan, vous savez. Mlle F. reste à Lyon ; elle va passer ses étés sous les beaux ombrages de Collonges, mais cela ne l'arrête pas ; elle vient toutes les semaines avec son carton et ses cahiers. Je lui ai fait faire deux pièces de comédie. Aimeriez-vous ce devoir ? Elle rit beaucoup de se voir transformée en auteur. Je me hâte cependant de vous dire que ce sont de très-petites compositions ; mais elles suffisent pour le but que je me propose, et ce qu'elle a fait est assez gracieux.

Ma chère Emilie, si je ne vous écris pas souvent, je vous écris bien longuement. Ne restez pas si longtemps cette fois-ci pour me répondre. Que je puisse dire en réalité : A bientôt, comme je le dis de cœur.

Présentez mes civilités empressées à Mme V., et vous, ma chère Emilie, recevez deux baisers bien affectueux.

Commencée le 19 novembre 1854.

Ma chère Emilie, je ne veux pas faire trop attendre ma réponse, d'abord parce qu'il m'est doux de vous écrire, ensuite parce que je vous dois l'exemple de l'exactitude à ses promesses. Vos lettres me font un extrême plaisir, croyez-le bien, ma chère amie; je vous ai voué une très-vive affection, et j'ai bien regretté de ne pouvoir vous poursuivre jusqu'au bout. Malgré le peu de sympathie que vous éprouvez pour votre nouvelle maîtresse, travaillez avec ardeur, profitez du beau temps de votre jeunesse : c'est le temps où il faut s'amasser des provisions pour plus tard. C'est de vous qu'il s'agit avant tout, et le fruit que l'on retire de son travail est une richesse que nul ne peut nous ravir, et qui dans le malheur est une source de consolation, comme dans le bonheur une source de jouissance. La méthode de votre maîtresse pourrait être plus variée ; cependant il n'y a pas de méthode qui, bien soutenue, ne conduise à de bons résultats. Vous faites très-bien, ma chère Emilie, de faire quelques travaux indépendants de ceux que votre maîtresse vous donne. Si vous vouliez en histoire de France un livre qui, sans être trop étendu, fût intéressant, je vous conseillerais l'*Histoire de France* de Mlle Gombaud. Il y a en outre dedans une multitude d'indications d'exercices historiques que vous pourriez faire.

Savez-vous bien votre géographie? Indépendamment des rédactions que vous faites avec votre maîtresse, apprenez beaucoup par cœur dans votre traité. La géographie est autant une science de mémoire que de raisonnement.

Reprise le 11 décembre.

Voici une lettre qui est restée suspendue plus de trois semaines; elle vous prouvera que si je suis en retard pour vous l'envoyer, je ne suis pas en retard de penser à vous. Vos sœurs ont commencé leurs leçons, mais nous n'avons pas encore pu y mettre beaucoup de régularité, soit par empêchement de ma part, soit par empêchement de la leur. Vous savez que Victorine reste avec ses sœurs. Emile est aussi à la maison, toujours bien gentil; il ne me craint plus; lorsque j'arrive, il me donne de bonnes embrassades. Les demoiselles G. ne travaillent pas mal. Hélène a une étourderie qui lui fait faire à tous moments des fautes amusantes.

Lorsque vous me répondrez, dites-moi bien minutieusement ce que vous faites et ce que vous lisez; d'après ces renseignements, je pourrai vous indiquer quelques lectures à faire. Si vous pouviez vous procurer l'*Histoire ancienne* de Le Bas, vous feriez très-bien de la lire; elle est extrêmement bien écrite. Je vous recommanderais encore l'*Histoire générale* de Ségur.

Avez-vous le recueil des exercices et morceaux de lectures par Théry? Vous y trouveriez beaucoup de fragments de prose et de poésie à lire et à apprendre par cœur. Les biographies qui les accompagnent pourraient servir de complément à vos résumés du cours de La Harpe.

Ma chère Emilie, vous n'avez pas autant affaire que moi ; ne me gardez pas rigueur, écrivez-moi bientôt, et si le temps vous manque, faites comme moi, écrivez votre lettre en deux parties.

Ma chère Emilie, je termine cette lettre bien incomplète ; lorsque j'aurai un peu de temps, je vous promets que je vous en écrirai une bien longue. En attendant, ma bien chère Emilie, croyez toujours à l'affection et au dévouement de votre ancienne maîtresse et amie qui vous embrasse de toute la force de son cœur.

Lyon, le 28 avril 1855.

Ne me dites plus, ma bonne Emilie, de ne pas me presser de vous répondre ; vous voyez que j'use trop largement de la permission octroyée. Je pense cependant bien souvent à vous. Je demande souvent de vos nouvelles à vos sœurs ; mais rarement, il est vrai, elles peuvent répondre à mes questions. Pourquoi leur écrivez-vous si peu ? Elles sont tout de bon fâchées ; j'ai beau leur dire : Ecrivez toujours ; je crois qu'elles en ont pris leur parti. Franchement, pour beaucoup de raisons, vous devriez le faire. D'abord, elles vous portent une sincère affection, et il n'y a pas tant d'affections vraies dans la vie pour faire fi de quelques unes. Ensuite, vous n'avez pas de meilleur exercice de composition à faire. Dans les compositions proprement dites, on place souvent des sentiments de convention ; dans la lettre, on reste soi ; on demeure encore au milieu des événements où nous nous trouvons journellement ; notre esprit s'exerce à dire agréablement les choses de la vie ordinaire, nos sentiments, notre langage, y gagnent. Presque toujours les personnes qui écrivent bien la lettre causent bien. On a vu souvent celles qui, à esprit reposé, font de magnifiques compositions, être raides, gauches, empesées dans la conversation.

Pour tous ces motifs, ma chère Emilie, surmontez

votre paresse à écrire, et lâchez un peu la bride à
votre plume.

Vous avez écrit à Cécile ces jours derniers; vous
l'en aviez tellement déshabituée, que ç'a été presque
un événement. Malheureusement c'est une circonstance bien triste qui vous a redonné du temps et de
la liberté. J'ai appris par Anna la grande perte qui
vient de frapper votre famille de Dijon. Que de familles
ont eu déjà à déplorer de semblables catastrophes!
que de familles encore en auront à pleurer! Pauvre
Crimée! c'est un gouffre, et qu'en adviendra-t-il?

A présent que votre temps n'est pas autant réclamé par le monde, comblez-en le vide par des études sérieuses. Je n'ai pas besoin de vous dire de
travailler avec une ardeur croissante; vous le faisiez
déjà la dernière fois que vous m'écrivîtes. Travaillez surtout beaucoup vous-même, faites de bonnes lectures. Lisez nos grands historiens, Thierry,
Barante, Ségur, Thiers; nos critiques, Villemain,
Sainte-Beuve; quelques fragments de Mme de Staël,
de Châteaubriand ; nos grands tragiques. Com-
parez les ouvrages aux bonnes critiques que vous
pouvez avoir sous votre main pour former et fixer
votre goût. Ne repoussez pas les ouvrages légers du
grand siècle, comme le voyage de Chapelle, les lettres
de Mme de Sévigné; lisez encore nos grands orateurs
sacrés. Voyez que de richesses il vous reste à explorer. Nourrissez-vous surtout des auteurs classiques,
puis vous arriverez aux auteurs romantiques de notre siècle.

Je me laisse toujours aller à vous donner des con-

seils, comme si vous n'en rencontriez pas suffisamment autour de vous. Ah ! c'est que je regrette toujours de n'avoir pas pu vous achever.

Vous étiez bien enrayée avec moi, et que de choses
j'avais le projet de vous faire étudier ! Allons, c'est
inutile.

Disons un mot de votre carême. Avez-vous de bons
prédicateurs ? Dans la patrie de Bossuet, il semble
qu'il ne puisse pas en être autrement. A Lyon, le père
dominicain Souaillard a fait fureur. On peut dire
qu'on allait *en père Souaillard* comme autrefois
Mme de Sévigné disait qu'on allait *en Bourdaloue*. Je
ne vous dirai pas toutes les scènes tragiques ou co-
miques provoquées par l'affluence de l'auditoire ; mais
les dames G., qui l'ont suivi très-exactement, vous ont
peut-être déjà esquissé son talent et cité quelques
uns de ses traits piquants. Pour moi, j'ai été un peu
obligée de l'admirer par ouï-dire ; je n'avais pas le
temps d'aller m'étouffer pendant deux heures sur la
place Saint-Jean.

Voilà une bien longue lettre, et si je vous ai fait
attendre, vous me pardonnerez en faveur de ces
quatre pages si remplies.

Je vous embrasse bien affectueusement, ma chère
Emilie, et j'ose croire que je recevrai bientôt de vous
une longue épître.

A bientôt donc.

Votre amie.

Lyon, le 19 novembre 1855.

Ce soir je suis en train d'écrire à mes amies ; il faut par conséquent finir en vous écrivant, ma chère Emilie. Vous avez sans doute été étonnée, ma jeune amie, de me voir tarder tant à vous répondre. Cela n'a pas dépendu de ma volonté. J'ai été malade pendant plus d'un mois au commencement de cette année. J'ai eu un refroidissement qui s'est changé ensuite en fièvre muqueuse. Heureusement on l'a empêchée d'arriver à son apogée, et on a pu la couper de bonne heure. J'avais été obligée d'abandonner le cours pendant ce temps à des mains étrangères ; figurez-vous, ma chère Emilie, comme j'ai eu affaire ensuite. Ce n'est qu'à présent que les choses ont repris leur courant habituel. Lorsque vous m'aviez écrit, Emilie, vous étiez tout enthousiasmée de la grande ville. Cette première impression n'a-t-elle subi aucune modification depuis ? et vos souvenirs de l'exposition sont-ils toujours aussi frais ? Je vous vois sourire à toutes ces questions et me répondre : Oui, mademoiselle ; et moi je vous dis : Non. Si je me trompe, vous m'apporterez vos preuves dans votre prochaine lettre.

Qu'avez-vous fait, ma chère Emilie, depuis votre rentrée à Dijon ? Avez-vous repris le cours de vos études ? Travaillez, travaillez à présent que vous avez le temps et la facilité ; plus tard les mille soucis de

la vie nous deviennent un obstacle insurmontable.
Car avant tout, dans la société, il faut remplir les devoirs positifs ; puis, les facultés détournées, distraites,
perdent de leur puissance. Cependant le monde nous
laisse assez de temps et nous offre assez d'occasions
pour que nous puissions jouir des provisions amassées.
La fourmi fait ses provisions pour l'hiver ; faites vos
provisions de connaissances intellectuelles pour l'âge
mûr, pour la vieillesse, afin d'apprécier les joies de
la vie et de soutenir avec fermeté les peines qu'elle
présente.

Je retombe toujours malgré moi dans la morale,
mais il faut passer à ses vieux et bons amis quelques
radoteries. Une radoterie partie du cœur vaut mieux
qu'une nouveauté spirituelle qui n'est sortie que de
la tête, et vous savez que si je m'en permets avec
vous (je veux dire une radoterie), c'est parce que je
vous aime.

En conséquence de cela, j'attends bientôt une lettre
de vous, et à ce propos j'ai envie de vous faire un reproche. Vous ne m'écrivez que lorsque je vous ai répondu ; vous devriez être moins précise et m'écrire
deux lettres pour moi une ; vous savez que j'ai si
peu de temps ! Il est vrai que vous n'avez pas la passion de la correspondance, et que cela vous excuse un
peu ; mais je voudrais bien que vous fissiez un petit
effort pour l'exciter, voire même la faire naître, si
elle n'existait pas du tout.

J'attends et j'espère, ne trompez pas mon espoir ;
comptez toujours, du reste, sur ma vive et sincère
affection. Je vous suis dévouée comme à une petite

6

amie, et lorsque vous m'écrivez, vous me faites un véritable plaisir ; vous m'en faites encore un plus grand lorsque vous venez à Lyon, et que je revois votre visage tout gai, tout riant, tout joyeux, et que vous venez vous faire embrasser au front.

A défaut de baisers, ma chère Emilie, recevez l'assurance de mon inaltérable amitié, ou plutôt conservez la vôtre à votre vieille amie.

Uriage, 17 juin 1858.

Ma bien chère Emilie, je passerai rapidement sur
le plaisir que m'a causé votre lettre, qui, si elle
n'a point été la première, n'a point été du tout une
des dernières à m'arriver. Vous êtes mon élève chérie, et je savais bien que vous m'écririez ; aussi je n'ai
ni espéré ni attendu, j'étais certaine.

Vous m'avez apporté de bien mauvaises nouvelles,
ma bonne Emilie. Cette pauvre Anna est donc bien
souffrante? Ma sœur m'avait écrit qu'elle était fatiguée
de douleurs de rhumatisme, mais j'étais loin de
croire à des souffrances si aiguës et si générales. Je
me suis rappelé deux circonstances qui ont pu aider
à l'explosion de cette maladie : vous avez couché dans
une chambre fraîchement réparée, et vous y avez gagné
un gros rhume ; et une autre fois vous avez dîné en
plein air après la pluie : c'est le jour où vous avez
conquis vos balafres. Quelle que soit la cause, elle est
malade, et voilà ce qui est certain. Si, au lieu de l'envoyer à Aix dans un mois, M. P. l'envoyait tout de
suite à Uriage, cela vaudrait bien mieux pour moi ;
j'y gagnerais une aimable compagnie qui me rendrait un peu moins monotone mon séjour. Et vous,
mon Emilie, vous vous mêlez aussi d'être malade?
Combien de fois avez-vous été grippée depuis cette
année? Restez-en là, et surtout point de maux d'estomac jusqu'à vos examens.

Il y a un mot que j'aime beaucoup dans votre lettre :
« Je travaille *avec rage*. » S'il fallait prendre cette expression au pied de la lettre, je vous dirais qu'il y a
peut-être trop, et que votre ardeur s'épuisera avant
d'arriver au terme ; mais j'y donne la valeur d'une
hyperbole qui rend votre ardeur et votre entrain, et
je suis très-satisfaite. Oui, ma chère petite amie, il
faut faire l'impossible jusqu'à vos examens. Je veux
absolument que vous réussissiez. Habituez-vous à
vous maîtriser, à posséder votre émotion, à vous
abstraire au milieu des personnes qui vous entourent :
ce sont des dispositions extrêmement favorables pour
un examen. Je suis bien aise que Mlle G. vous convienne. Je crois que c'est bien la nature d'esprit qu'il
faut pour vous animer, vous exciter ; elle est très-
précise, très-vive dans ses reparties, douée d'un
aplomb imperturbable, et ces qualités se communi-
quent de proche en proche. Corrigez bien sévèrement vos dictées, faites bien attention à vos accents ;
vous en avez oublié plusieurs dans votre lettre. Comment va votre arithmétique ? Faites-vous donner de
temps en temps des questions et des problèmes difficiles, et résolvez-les comme pour un examen, c'est-à-
dire en donnant à la copie du problème, à la so-
lution et aux explications la forme que vous leur
donnerez le jour des examens. Donnez-vous vous-
même de temps en temps des sujets d'histoire sainte,
et traitez-les comme vous le ferez au grand jour ; je
les verrai à mon retour. Apprenez bien votre histoire
sainte, et surtout, comme vous me le dites, apprenez
à *parler*, et j'ajoute à ne pas vous effrayer lorsqu'on

vous fait des objections, à soutenir avec calme et net-
teté une opinion dont vous croyez être sûre.

Pour moi, ma chère Emilie, je ne vais pas mal aux
eaux ; cependant je ne puis pas signaler encore un
résultat sensible. Peut-être dimanche vais-je commencer les douches écossaises. Je ne m'amuse ni ne
m'ennuie à Uriage. Je suis mon traitement aussi consciencieusement que possible. J'herborise autant que
je puis; mais je suis un peu paresseuse, et je trouve
parfois mon livre trop lourd. Nous n'avons pas encore beaucoup de foule, mais les élégantes commencent à étaler leurs toilettes bleues, blanches, roses.

Savez-vous, ma chère Emilie, que je suis presque
contente que vous vous trouviez si triste, si malheureuse en mon absence au cours? C'est un égoïsme
dont je m'accuse, mais dont j'ai peine à me repentir ;
cependant je vous demande de remplir, en pensant à
moi, le vide de ma présence par votre ardeur, votre
entrain, votre persévérance au travail quand même,
afin qu'à mon retour je puisse embrasser mon Emilie
doublement, et parce que je l'aime, et parce qu'elle
aura été une élève modèle, et que je pourrai la présenter en toute sécurité devant ses juges.

Adieu, ma bonne Emilie; je vous embrasse comme
je vous aime, c'est-à-dire de tout mon cœur. Embrassez Anna pour moi, et présentez mes respectueuses civilités à Mme P. Maman vous remercie de
votre bon et affectueux souvenir, et elle demande aussi
à vous embrasser.

Votre maîtresse et amie.

Uriage, 7 juillet 1859.

Je m'imagine vous voir toute furibonde, ma chère
Emilie, parce que je ne vous ai pas encore répondu.
Mlle G. toutefois a dû vous dire que je ne vous oublie
pas, et pour quelle raison je suis en retard. Vous êtes
toujours ma bien chérie, mon Emilie, et si tous mes
vœux, toutes mes prières s'exauçaient, vous seriez
toute votre vie bien heureuse. Mais notre existence,
Dieu ne le veut pas, ne coule pas toujours si doucement ; nous nous amollirions, et nous n'aurions pas le
mérite de nos vertus. Il faut tous nous attendre à des
peines plus ou moins sérieuses, à des combats à soutenir, et il faut nous y préparer en faisant une grande
provision de force morale.

La force morale ne vous manque pas, mais elle
n'est pas assez égale, pas assez disciplinée ; elle vient
trop du dehors, pas assez de vous-même ; partant,
vous êtes trop accessible au découragement. Ainsi,
par exemple, au lieu d'accomplir purement et simplement les devoirs qui vous sont imposés, je voudrais
vous voir aller vous-même au-devant du devoir, vous
voir vous imposer vous-même votre tâche, votre but
à atteindre. Comme je vous le disais un jour, vous
devez être pour votre mère un second elle-même.
J'aimerais à vous voir remplir ces fonctions de ménagère ; j'aimerais à vous voir suivre affectueusement

les travaux de vos sœurs et les encourager, puis, vous occupant enfin de vous-même, compléter vos études par de bonnes lectures, de sérieux résumés, des analyses d'ouvrages.

Tout cela c'est un idéal, dites-vous. Possible ; mais on approche plus ou moins d'un idéal, et nous sommes essentiellement perfectibles. Je vous aime sérieusement, mon Emilie ; aussi je suis jalouse pour vous de toutes les perfections.

Ma vie aux eaux est assez monotone ; je m'y ennuie passablement, parce que je brûle de retourner à Lyon. J'ai été fatiguée ces temps derniers ; ces jours-ci je vais mieux. Je me promène autant que possible à la promenade du soir, je me moque des élégantes ; dans le jour je cueille dans les bois des fleurettes, ce qui me fait penser si mon Emilie fait de la botanique et si elle a acheté son Chirat.

Hélène m'a écrit une fois depuis qu'elle est à Paris ; je lui ai répondu, mais je n'ai pas eu de nouvelle missive, et je suppose que sa main se rouille et que son cœur se refroidit pour les amis de Lyon. Cependant elle est bonne, et j'aurais bien voulu qu'il s'établît entre elle et vous un affectueux échange de lettres. Je ne crois pas que Cécile vous oublie ; au fond elle vous aime, mais il y a des époques dans la vie où on a des éblouissements. Si la famille G. reste fixée à Lyon, soyez sûre qu'un jour ou l'autre vous les reverrez, et qu'ils seront bien heureux de vous retrouver.

Si j'avais moins d'autres lettres à écrire, je prolongerais ma causerie ; mais il faut réserver une petite part pour tout le monde. Adieu donc, mon Emilie,

mais à bientôt ; je pense revenir mercredi 14, si aucun obstacle ne surgit. Je ne vous dirai pas : Aimez-
moi toujours bien, parce que je suis aussi sûre du
cœur de mon Emilie que du mien ; mais je vous dirai : N'ayez jamais de doute sur moi, mon affection
pour vous est inaltérable, elle est pour la vie. Présentez mes respects à Mme P., mes amitiés à Anna et Victorine, qui ne s'en soucient pas, je crois, beaucoup, et
vous, recevez les meilleures caresses de votre amie.

Villeurbanne, 27 septembre 1857.

C'est de mon gîte de Villeurbanne que je réponds
à votre charmante lettre, ma bien chère Antonine.

Après quarante-deux jours de séjour à Uriage, j'ai
enfin dit adieu aux bains et aux douches. Je vais mieux,
beaucoup mieux ; mais je croyais au miracle d'une
guérison complète et subite, et je vois qu'il me faudra encore longtemps de la patience et de la résignation. Je ne suis pas imprudente comme vous, cependant, et je ne fais point d'excursion lointaine, au risque
d'être malade au retour. Oh ! vous avez été bien sotte,
et il faut que je vous gronde très-fort. Compromettre
ainsi, pour ce vieux Pilat tout chauve et tout blanchi,
le bon effet du repos des vacances, c'est abuser de cet
encens qui s'élève de la terre au ciel, et qu'on appelle
l'enthousiasme ; c'est affliger tous vos amis, et moi
surtout en particulier, qui vous aime comme une mère
qui tremble sans cesse pour son petit enfant. Je me
figure vous voir, depuis ce jour, toute pâle, toute gre-
lottante, peut-être obligée de garder la maison, qui
sait ? Vous m'avez sérieusement mise en peine et maman aussi, qui vous aime de tout son cœur.

Puisque vous n'avez pas été sage, je vais vous imposer une punition : vous resterez quinze jours de
plus à la campagne, vous ne sortirez qu'à midi, vous
vous dorloterez bien ; rentrée à la ville, vous ne veil-

6 .

lerez plus tard, et si vos leçons vous fatiguent, vous
en renverrez. Si vous ne m'obéissez pas, je ferai la
méchante tout de bon ; je porterai plainte à votre
mère, et je vous ferai bien du chagrin pour vous obliger à vous soigner et à vous bien porter.

Voyez, vous m'obligez à parler en médecin grave
et sévère, moi qui ne voudrais que vous sourire et
vous dire des choses gracieuses. Allons, vous serez
bien sage dorénavant.

J'aurais voulu vous répondre plus tôt, mon aimable
correspondante, mais nous sommes parties d'Uriage peu
de jours après votre lettre ; nous avons fait une tournée dans les campagnes du Dauphiné, le pays de mon
père, puis nous sommes venues prendre le bateau au
pont de Cerdon pour jeter en passant un coup d'œil sur
les pittoresques montagnes du Bugey et les vastes plaines de la Bresse. Là encore vous avez été déçue, et vous
m'avez suivie peut-être sur la ligne monotone du chemin de fer, tandis que nous courions les *risques* d'une
navigation. Ne riez pas de ce grand mot ; nous avons
failli rester au milieu du Rhône, et j'ai trouvé que si
une petite promenade sur l'eau pouvait présenter des
éléments si dramatiques, un voyage en grande mer
sur l'Océan, dans des parages un peu difficiles, doit
être terriblement solennel. Mais ne vous inquiétez
pas, nous sommes arrivées, et très-heureusement arrivées ; et ces accidents, à présent que je suis au port,
me font l'effet d'un trait pittoresque dans une suite de
faits monotones. Cela ne nous a pas empêchées d'admirer les bords du Rhône, bien plus variés et plus
imposants que les rives tant vantées de la Saône ; avant

le Saut surtout, il y a un passage d'une beauté incomparable ; j'en ai été littéralement éblouie. J'aurais voulu vous avoir auprès de moi, ma poétique Antonine, pour jouir de votre admiration et de votre enthousiasme, épier vos impressions ; car votre âme est un livre gracieux où je sais lire. Ah ! si j'avais su que vous n'iriez à aucune eau, je vous aurais emmenée avec moi à Uriage ; vous auriez pris des bains fortifiants, nous nous serions promenées beaucoup, nous aurions herborisé dans les bois, qui sont peuplés de fleurs délicieuses, et je vous aurais ramenée bien portante. J'ai fait plusieurs excursions qui vous auraient presque autant enchantée que le mont Pilat : au magnifique château de Vizille, qui a vu le berceau de la Révolution ; au beau lac de Laffrey, aussi bleu qu'un beau ciel d'Italie ; au pont de Clay, où vous auriez fait répéter mon nom à l'écho ; aux grottes de Sassenage, où vous auriez pénétré, tandis que je suis restée à l'entrée.

En place de tout ce que j'ai perdu, je veux que vous me donniez un grand jour à Villeurbanne. Si je ne suis pas encore rentrée en classe, ce sera indistinctement un des jours de la semaine ; si mes classes sont ouvertes, nous prendrons jour pour un jeudi. J'ai encore quelques fleurs qui seront toutes fières que vous vouliez les cueillir. A bientôt donc, ma chère Antonine ; mon cœur vous appelle, et en même temps il souhaite que vous tardiez le plus longtemps possible, pour vous laisser le temps de vous reposer. Quoi qu'il en soit, veillez sur votre santé autant que vous m'aimez, et je n'aurai plus que des compliments à faire à mon élève bijou, que j'embrasse par-dessus trois et quatre fois du fond du cœur.

Votre amie.

J'ai mis dans mon livre de prières les jolies petites fleurs que vous m'avez envoyées.

Uriage, 5 juillet 1858.

Je veux bien vous envoyer, ma chère Antonine, tous les charmes, tous les attraits, toutes les douces brises d'Uriage; mais, hélas! toutes ces belles choses sont bien affaiblies par les préoccupations d'une baigneuse. Vous voudriez que je fisse de longues excursions le soir, caressée par le souffle du zéphyr. Point du tout : une baigneuse sérieuse ne reste pas dehors après le coucher du soleil, et il se couche de bonne heure dans notre vallée; les montagnes nous en prennent les trois quarts. Force nous est donc de nous promener aux plus rudes ardeurs de M. Phébus. Aussi je vous assure que lorsque vient le soir, assommée par la douche, exténuée par le bain, tuée par une longue promenade, il faut encore bien du courage pour prendre la plume et écrire à ses amis à la lueur de Phébé, lorsque Morphée vous tend ses bras les plus caressants. Je vous écrirai cependant, petite gâtée; mais ma lettre sera-t-elle aussi longue que je le voudrais? Peut-être bien non. Je devrais vous envoyer un volume en échange de votre missive, vrai chef-d'œuvre de grâce et de sentiment, et, hélas! trois fois hélas! il me semble que le soleil volatilise mon imagination et qu'elle s'évapore avec les bouffées du vent chaud.

Je ne vous entretiendrai pas, la plus gentille des amies, de mes voisins de table d'hôte, pour une très-bonne raison, c'est que nous n'avons pas adopté ce mode d'existence, qui, pour parler le langage de la trentaine, est trop cher. Je ne vous dirai rien des gens qui m'aiment à première vue, parce qu'ils sont surtout, je crois, dans le cœur de mon Antonine, et qu'ici les belles robes et les airs de reine obtiennent plus facilement ce succès. Je vous parlerai, si vous voulez, de mon lieu d'exil. C'est un joli vallon, embelli ou gâté, suivant les goûts, par l'art et la présence de l'homme, ouvert vers le midi, d'où le soleil arrive en chaudes effluves; fermé au nord par des coteaux qui semblent placés là tout exprès pour jouer le rôle de réflecteur. La partie orientale est la plus boisée, la plus intéressante, et le plus souvent le but de nos excursions. C'est là que nous venons chercher la fraîcheur en plein midi. J'y ai souvent cueilli des fleurs, je n'ose dire herborisé. A votre intention, j'ai réuni une douzaine de fleurs séchées que j'ai placées entre les feuillets d'une collection de journaux coupés (c'est mon herbier), et je les soumettrai à votre science. Si j'avais votre ardeur intrépide, j'aurais probablement gravi toutes les montagnes environnantes, au risque de recevoir de bonnes semonces de MM. les docteurs; je serais allée admirer les ruines de la Chartreuse de Prémol, me geler vers la cascade de l'Oursière, gravir le sommet de Chaurousse, le mont Blanc de ces contrées, d'où l'on découvre mon Lyon tant aimé; je me suis contentée de gravir, sur un âne qui m'a jetée deux fois par terre, une montagne dite des Quatre-Seigneurs, et du faîte de laquelle on contemple les sommets neigeux des Alpes, les cours du Drac, de la Romanche et de l'Isère, et la forteresse de Grenoble. N'allez pas croire cependant que je sois casanière ; relativement je suis une des plus intrépides d'Uriage.

Un mot de notre chambrette. Elle donne sur le midi ; j'aime à voir, quoique de loin, le ciel bleu de l'Occitanie, et de notre fenêtre j'embrasse tout l'ensemble de la vallée. Les montagnes des Hautes-Alpes, avec leurs triples étages grisâtres, terminent l'horizon vers le midi. Je vois parfaitement venir et s'étendre l'orage, et c'est alors un spectacle vraiment beau.

Je crois qu'en vous écrivant ma plume s'anime de la vivacité de mon affection pour vous, et qu'elle court plus rapidement sur le papier. Cependant oserai-je vous avouer qu'une grande inquiétude me préoccupe ? Demain on vient me frapper à cinq heures pour aller à la douche ; or, pour ne point manquer l'heure, je me tiens éveillée une heure à l'avance, sinon je courrais risque de m'oublier, et l'on me mettrait bel et bien à la queue. Comprenez-vous la conclusion ? Il faut donc que je termine ; d'ailleurs vous me dites tant de jolies et flatteuses choses dans certaine partie de votre lettre, que la modestie me fait un devoir de n'y pas répondre, quoique mon humilité ne soit pas assez complète pour empêcher qu'elles ne viennent de temps en temps bruire doucement à mon oreille. Ne me dites plus rien de semblable, ma chère Antonine ; vous me rendriez vaine, et je serais obligée de fuir mon aimable tentateur. En attendant cette rude alternative, je vous embrasse de tout mon cœur, bien heureuse de l'espoir que la semaine prochaine je pourrai le faire réellement. Adieu, mon aimable Antonine; je voudrais que mon cœur fût transparent, pour que vous pussiez y voir tout ce qu'il renferme d'affection pour vous.

Je ne suis plus votre maîtresse, mais votre amie.

P. S. — Maman raffole toujours de Mlle Antonine, qu'elle appelle la plus aimable de mes élèves.

Veuillez dire à Mlle R. que son affection pour moi est claire comme le jour, mais qu'elle ne tient pas ses promesses; son nom ne m'a pas été signalé parmi les élèves du cours normal, troisième année, qui font des efforts pour parler.

Villeurbanne, 6 septembre 1858.

Ma chère Antonine,

Si vous aviez été petit oiseau bleu, mercredi, jeudi, vendredi, vous m'auriez trouvée dans des dispositions pour vous voisines de la colère. Je me raisonnais longuement pour me calmer et m'exhorter à la douceur, et je n'y réussissais qu'à grand'peine ; car si vous avez été confuse en ne voyant personne au pont, j'ai été singulièrement déçue de ne pas vous voir fidèle au rendez-vous. Nous sommes allées quatre fois pour vous recevoir à l'omnibus, à dix heures et demie, à onze heures et demie, à midi et demi, à une heure et demie, et toujours point de Mlle M. Vous avez déteint en gris toute la journée sur ma gaîté avec ces demoiselles. Le problème insoluble se présentait sans cesse à mon esprit : Pourquoi n'est-elle pas venue aujourd'hui ?

Ah ! j'ai été quelquefois jusqu'à me dire : « Elle ne m'aime pas autant qu'elle me le dit. » C'était une grosse sottise, n'est-ce pas ? Mais aussi où aviez-vous été chercher que je demeurais à Monplaisir, et qu'il fallait aller prendre la voiture au pont de la Guillotière ? Je demeure à Villeurbanne, rue Sainte-Anne, près du couvent du Sacré-Cœur de la Ferrandière, et il fallait aller prendre la voiture vers le Collége, au pied du pont du Collége.

Saurez-vous bien mon adresse à présent? Vous m'avez dit que vous viendriez me surprendre un jour quelconque; dépêchez-vous, car il faut que je vous fasse une confession : je crois qu'il y a encore dans mon cœur un peu de rancune, et votre présence est nécessaire pour tout faire disparaître.

Qu'avez-vous fait le reste du jour où vous m'avez joué ce vilain tour? Je serais curieuse de le savoir, et surtout la couleur de vos pensées.

Vous êtes bien loin de moi à présent, dans votre Maclas bien-aimé ; amusez-vous et reposez-vous bien. Mais que j'aurais mieux aimé vous le dire de vive voix ! Il me semble que je bondis en vous l'écrivant. Pourquoi n'ai-je pas pu vous parler aux examens? et pourquoi n'avez-vous pas pu, dans toute la semaine, prendre un petit moment pour monter à la maison? Je vous aurais fait voir un herbier, ou du moins un commencement d'herbier dont on m'a fait cadeau. Il y a de si jolies renoncules, et des gentianes, et des fougères, et l'on m'a promis de me le continuer.

Chère sotte, n'allez pas encore vous tromper pour venir chercher votre baiser de réconciliation. Je ne vous laisserai voir mon herbier qu'à cette condition. Cependant, si vous me faites l'honneur de venir visiter mon gîte, ayez la précaution de passer chez la concierge, rue Pizay, parce qu'il serait possible que je fisse une absence de quelques jours, que j'irai passer dans le Dauphiné, chez une amie, et je serais désolée de ne pas y être pour vous recevoir. Je m'étais donné bien de la peine, la semaine dernière, pour balayer mon jardin, afin qu'il ne fût pas trop indigne de vous; il ne sera pas si propre peut-être lorsque vous viendrez, mais il y aura encore des véroniques, des asclépias, des lantanas, des daturas pour saluer votre présence, pourvu que vous ne tardiez pas trop.

Malgré mon reste de mauvaise humeur, chère Antonine, je vous aime toujours bien, et je souhaite de tout mon cœur que vous reveniez de vos voyages fraîche, grasse, reposée; vous en avez bien besoin. Ne faites pas de trop longues excursions, et ne bravez pas la pluie, comme vous avez fait l'an dernier. Vous m'avez donné un conseil que je suis très-fidèlement; usez-en largement pour vous-même, laissez-vous aller aux douces inspirations de dame Paresse, dans ce mois qui lui est consacré par les maîtresses et les écoliers. Je vous l'ordonne en vertu de mon autorité, et si vous me désobéissez, je me fâche très-fort; j'irai vous dénoncer à votre mère et vous ferai quitter les leçons pour les fourneaux.

Adieu, mon élève bijou; pour finir il faut que je vous embrasse, vous l'exigez, quoique j'aie bien envie de vous dire : à votre prochaine visite.

Votre amie.

Maman me charge de beaucoup de choses pour vous; mais il y a aussi un mélange que je lui laisse à charge de vous expliquer lorsqu'elle vous verra.

20 septembre 1858.

Petite chérie, n'ai-je pas bien raison de vouloir être toujours fâchée contre vous? Le 15 et le 16 ont encore passé sans que je vous visse; pour vous en punir, je vais passer huit jours dans le Dauphiné, et je m'arrangerai à ne pas penser une seule fois à vous. Il est vrai qu'en faisant remettre ce billet à madame votre mère, je ferai demander la coiffure que vous m'avez séquestrée si longtemps; mais lorsqu'on me dira qu'elle me va bien, qu'elle est pleine de goût et de grâce, je ne dirai pas qu'elle a été faite par une demoiselle qui a plus de goût et de grâce encore, je ne dirai rien du tout, et je parlerai de la pluie et du beau temps, si je ne trouve pas quelque autre sujet plus intéressant pour faire la diversion. Mon jardin avait hier un beau datura violet, une belle fleur de la Passion; mais si vous venez un jour dans mon gîte, je vous cacherai tout ce que j'ai de plus joli. Où êtes-vous à présent? sur quelque crête escarpée? Quelque jour vous serez transformée en chamois ou en biche, je dirais en gazelle aux yeux noirs, s'il y avait des gazelles dans nos montagnes.

Adieu, *cara amica*; je vous embrasse malgré moi. Je pars demain matin; souhaitez-moi bon voyage de loin.

Uriage, 8 juillet 1859.

Vous ne vous êtes pas trompée en interprétant mon impatience; je crois même que j'avais déjà une petite teinte de mauvaise humeur. Quant à la cause de votre retard, je ne veux rien dire; malgré moi je gronderais, et comme ce serait en vain, que vous êtes incorrigible, j'aime mieux m'en abstenir.

Voyez cependant ce que l'on gagne à ne suivre que les entraînements de sa tête : on fait imprudence sur imprudence, et l'on va où est notre pauvre amie (1). Ah ! que cette triste nouvelle m'a affligée ! Je comptais tellement la voir au retour ! Je me promettais un malicieux plaisir de lui rappeler ce jour où nous avions failli ne plus nous entendre ; mes projets d'affectueuses liaisons allaient plus largement que jamais, et tout est fini. C'est une amie de moins, et une des plus sûres, des meilleures pour ma vieillesse. Je vous assure qu'elle me laissera longtemps du vide. Geneviève m'a écrit à son sujet la lettre la plus touchante, la plus sentie. La pauvre enfant ! cette mort d'amie a ravivé tous ses douloureux souvenirs de famille et éveillé des pensées superstitieuses qui ne sont, j'en suis sûre, que l'effet d'une imagination frappée, mais

(1) Mlle Joséphine R., morte d'une fièvre causée par excès de travail.

qui n'en sont pas moins pénibles et décevantes; aussi me tarde-t-il de la voir pour la sonder.

Je reste quelques jours de plus à Uriage, ma chère amie. Selon toute probabilité, nous ne partirons que mercredi 14; ainsi hâtez-vous, ou retardez-vous pour que j'aie le temps de vous voir ou à Lyon ou à Uriage. J'ai mis de côté pour vous une belle boussole entourée de *turquoises* pour vous aider à vous orienter dans vos excursions; car je suis convaincue que vous en ferez plus que moi. Je suis encore plus casanière cette année que l'an dernier. J'ai été toute grondeuse ces jours derniers; le médecin m'a défendu toute grande course qui pourrait développer un peu d'irritation, et je sens bien que je n'en puis pas faire. Aussi comme mon herbier est mince, et comme ma mère le secoue! S'il y résiste!... En place j'ai une belle joubarbe rose sur ma fenêtre, et qui vient des rochers du Bourg-d'Oysans. Ce n'est pas moi qui l'y ai été chercher. Je la soigne avec une sollicitude maternelle, et elle étale ses étoiles roses avec une gracieuseté incomparable. J'ai encore des sédums jaunes qui supportent, sans recevoir une goutte d'eau, les ardeurs du soleil de midi, et sans vouloir se faner.

Mademoiselle la chercheuse d'orchis, d'ophrys, d'ornithogales (vous m'en réserverez un échantillon de celles-ci) et de lis martagons flétris, venez vite faire votre moisson de fleurs à Uriage. A l'instar de Pompée, frappez la terre de votre petit pied, et à l'instant il en sortira des légions de petites beautés rustiques que moi, aveugle, je n'ai pas su découvrir. Je ne serai pas jalouse de vos succès, parce que je participerai au

résultat. Cependant j'ai reconnu de très-jolies euphraises dans le bois de châtaigniers; le long d'un
mur, beaucoup de linaires que vous aimez tant, et sur
la lisière des champs force spéculaires ou miroirs-de-
Vénus, et ne me jugez pas trop mal. J'ai encore vu
d'autres petites bêtes de fleurs qui n'ont pas voulu me
dire leurs noms, et une grande fleur à tête blanche
que je prends pour une rubiacée et que je vous recommande; il y en a beaucoup près de la fontaine
ferrugineuse. Je vous parle comme si vous étiez déjà
du pays. Que vous auriez donc mieux fait de venir à
Uriage avec moi! En combinant nos deux forces,
l'une calmante, l'autre excitante, nous aurions fait des
merveilles. Mais adieu, J'ai encore une douzaine de
lettres à faire; il faut que je réponde au moins un
petit mot à tous ceux qui m'écrivent. A vous le plus
long et la part la plus intime de mon cœur.

Je n'ajoute qu'un petit mot, tout humble, tout modeste, mais que je vous recommande : soignez-vous
un petit peu.

Mme Bollud, qui me dit en ce moment qu'elle vous
aime bien, envoie un bon baiser à sa petite Antonine.
Si je ne vous vois pas, vous m'écrirez bien des nouvelles de votre mère.

Lyon, 29 juillet 1859.

Ma chérie, je ne veux vous écrire qu'un mot, c'est
que je vous aime de tout mon cœur. Je suis rassurée
sur votre santé; j'ai eu de vos nouvelles par vous,
par la petite sœur, par Mlle D. et par votre maman
que la mienne a été voir une seconde fois, et je sais
que votre petite mine recommence à se roser et vos
yeux à sourire. Je suis horriblement affairée dans ce
moment; l'examen de la fin d'année du cours normal
commence lundi à dix heures, et c'est grand émoi,
vous pensez, parmi les élèves. Aussi, ma gentille
amie, je né vous ferai pas longue missive; je vous laisserai vite à l'agréable compagnie de vos belles dames;
je vous donnerai un bon baiser, et je vous dirai adieu
en vous demandant de m'adresser quelques unes de
vos jolies pensées, vous qui avez encore le loisir de
penser et d'écrire.

Je suis honteuse de vous adresser une lettre si
courte, mais impossible de faire autrement.

9 novembre 1860.

Ma chère Antonine,

Demain vous aurez cessé d'appartenir à la noble
phalange des vieilles filles, vous aurez reçu le grave
et doux nom d'épouse; vos affections de jeunesse vont
pâlir devant un sentiment nouveau qui est trop légitime et trop naturel pour que j'essaye d'en atténuer l'é-
tendue et la souveraineté. Permettez-moi de vous laisser ce tout modeste souvenir qui n'a qu'un mérite, celui
de durer indéfiniment. Vous le placerez parmi vos bre-
loques, et, lorsque vos graves occupations vous donneront quelques minutes de répit, vous l'ouvrirez, et
vous y trouverez toujours le nom de celle qui vous
aime de toute son âme.

J'aurais voulu vous voir encore une fois avant votre
mariage; mais je ne suis libre ce soir qu'à trois heures et demie, et il faut que je parte. Acceptez donc
mes vœux, bonne et chère Antonine: que le ciel vous
donne tout le bonheur que vous méritez, c'est peut-
être trop; mais au moins qu'il vous donne un doux et
gracieux intérieur, un mari bon et dévoué qui vous
dédommage des peines inséparables de cette pauvre
vie, je le lui demande bien ardemment.

Les commencements de votre union sont bien tris-

7

tes, hélas ! mais les bonnes filles sont bénies, et Dieu
mesurera l'épreuve à votre force.

J'irai vous voir la semaine prochaine ; le temps
me dure de vous embrasser et de lire dans vos yeux.

Adieu, bonne et chère amie ; je prierai bien demain pour vous.

Lyon, 22 décembre 1858.

Ma chère Hélène,

Ma première parole sera pour vous exprimer mon agréable surprise d'une si prompte missive. J'avais plusieurs fois répété à Emilie que nous aurions des nouvelles de vous juste au renouvellement de l'année; vous avez fait mentir ma prophétie, je vous en remercie de tout mon cœur. Reste votre sœur qui a largement dépassé les quinze jours au bout desquels elle ne devait pas manquer d'écrire à ses amies. Emilie serait très en colère, si le voyage qu'elle a fait à Dijon n'avait produit diversion ; mais bientôt elle criera au crime de lèse-amitié.

Je vous aime deux fois plus, ma chère Hélène, pour votre fidélité à mon bien-aimé Lyon. Le pays où nous avons commencé à respirer, c'est la patrie du cœur. Quoi ! votre sœur se laisse prendre aux charmes trompeurs de la grande ville ! Elle n'a donc pas l'amour du clocher, elle ne chérit donc pas ce doux nid placé au milieu de la grande patrie, pour mêler les émotions intimes, le suaves souvenirs d'enfance au grand et sérieux sentiment de la patrie ? Grondez-la bien fort de ma part ; car, comme vous, ma petite amie, je suis Lyonnaise de cœur et d'âme. Les Lyonnaises deviennent travailleuses : Mlle C. est presque exemplaire de régularaité dans ses devoirs ; Victorine P., qui suit l'école supérieure, commence à se plier à ce travail de chaque jour.

J'ai une triste nouvelle à vous apporter : nous avons enterré ces jours derniers M. C. Figurez-vous quelle désolation pour sa famille : il était encore dans toute la vigueur de l'âge, et il laisse trois enfants dont l'aînée est une demoiselle de dix-neuf ans. Il a souffert horriblement pendant deux mois, et nous sommes encore tous consternés de ce coup douloureux.

Il me reste à vous parler de mon *castel ;* ce n'est point un château en Espagne, mais un véritable *castel* à Villeurbanne, puisque *castel* il y a. Comment avez-vous été acheter de ce vilain côté ? dites-vous. Quand vous serez de retour à Lyon et que vous serez venue visiter ma villa, vous ne me trouverez peut-être pas si mauvais goût ; nous avons tous les agréments de la proximité, de la plaine et du point de vue. Figurez-vous les bords d'une côte dominant la vallée du Rhône, la plaine de Villeurbanne et des Charpennes. Les montagnes du Lyonnais se dessinent devant nous, le mont Toux, le mont Cindre avec son ermite, Montessuy avec son fort, le château de la Pape, une vingtaine de petits villages échelonnés sur le flanc des montagnes. Dans d'autres directions, nous pouvons distinguer les crêtes des montagnes du Bugey et la tête neigeuse du mont Blanc. Point de ces hideuses fabriques à noires cheminées, point de ces agglomérations d'habitations qui rappellent la ville, moins sa propreté, mais la campagne et de véritables paysans.

Vous plaindrez-vous, ma chère Hélène., de mon exactitude et de la longueur de ma lettre? J'ai la main lasse. Moi, je me plains de ce que vous ne m'avez pas donné des nouvelles de votre bonne mère; il est vrai que votre silence doit être d'un bon augure. L'air et les études sont-ils favorables à votre frère? me garde-t-il toujours rancune? Visitez-vous les monuments? Voilà bien des sujets pour votre prochaine lettre. Vous m'y joindrez quelques mots pour me confirmer le rétablissement de votre santé, et vous m'y direz une fois de plus que vous m'aimez de tout votre cœur, comme je vous suis dévouée de toute mon âme.

J'embrasse Cécile la Parisienne, Hélène la Lyonnaise, et je prie Mme G. d'accepter mes respectueuses et affectueuses salutations, auxquelles se joignent celles de ma famille.

Votre amie.

Lyon, 16 mai 1859.

Ma chère Hélène, êtes-vous encore à Paris? êtes-vous
à Lyon? Telle est la question que je m'adresse depuis
quelques jours et qui me donne de la tristesse, car
j'avais espéré qu'à Paris vous prendriez la peine de
m'écrire quelques lignes.

Lorsque je suis tentée de me fâcher de votre silence, je me dis que vous êtes peut-être malade, et
qu'il ne faut pas vous juger sans vous entendre. Enfin,
pour me sortir d'inquiétude, à tout hasard je vous écris.

Que faites-vous à Paris? prenez-vous vos leçons?

Que devient votre sœur? est-elle encore à Naples?
Je voulais vous prier de lui dire de m'apporter une
pierre du Vésuve en souvenir, mais c'est sans doute
trop tard. Je m'amusais de réunir sur cette pierre lointaine les souvenirs lugubres du volcan, les tableaux
gracieux des paysages de Naples et les sentiments de
l'amitié. Lorsqu'on va visiter le Jourdain, on rapporte
pour ses amis des bouteilles de l'eau du fleuve sacré.
Pourquoi ne pas agir d'une manière semblable pour
le volcan aux poétiques traditions?

Ma chère Hélène, si vous n'êtes pas encore partie,
écrivez-moi au plus vite, et n'oubliez pas de me donner des nouvelles de votre bonne mère et de me dire
comment elle a supporté les jours de la séparation.

Présentez-lui mes sentiments respectueux.

A vous mon amitié.

Votre maîtresse et amie.

Lyon, 1er juin 1859.

Ma chère Hélène, je vous fais attendre plus que je n'aurais voulu ma réponse, un peu parce que je suis paresseuse, vous savez que je vous ai fait ma profession de foi ; un peu parce que pendant plusieurs jours je me suis demandé si vous ne viendriez pas à Lyon.

Votre sœur, je le sais, est arrivée depuis une dizaine de jours. Est-elle restée ici ? a-t-elle été vous rejoindre à Paris ? Voilà un problème d'histoire contemporaine qui m'intéresse beaucoup. Quoi qu'il soit, je vous adresse ma missive encore rue Bonaparte.

On m'a dit que probablement votre beau-frère se fixera à Paris ; ma chère Hélène, vous allez, s'il en est ainsi, devenir Parisienne et oublier mon bien-aimé Lyon. Ah ! de grâce ne soyez pas complètement infidèle, et conservez un souvenir affectueux pour ma bonne ville.

Je connais de réputation votre professeur ; j'ai même un de ses cours d'histoire à la maison. Je le juge parfaitement comme vous, et ses leçons doivent être extrêmement intéressantes, si j'en juge par le style entraînant de ses ouvrages. Je suis bien aise que vous ayez enfin trouvé quelqu'un qui vous convienne ; travaillez de toutes vos forces à présent que vous en avez le temps et le goût ; faites vos provisions pour les jours où, détournées par le plaisir ou le devoir, nous devons vivre de nos seules acquisitions.

Quand vous reverrez sœur D., dites-lui que je suis heureuse de son souvenir, que je l'aime toujours et que je pense souvent à elle.

A présent, chère Hélène, adieu. Je vais partir pour ma *villa*, il faut vous quitter. Présentez mes sentiments respectueux à votre bonne mère, et vous, continuez de m'aimer un peu ; je vous le rends de tout mon cœur.

Votre maîtresse et amie.

Uriage, 21 juin 1859.

Ma chère Isaure, ma bonne Antoinette, comme je vous aime également toutes deux, je veux vous adresser en même temps mon premier billet. Mlle G. ne m'a encore rien dit de particulier sur vous, je veux dire sur votre travail, quoiqu'elle m'ait déjà entretenue de l'aimable caractère de mon Isaure ; mais je veux plus que cela, je veux les qualités qui s'obtiennent par la volonté, et je veux que vous deveniez en mon absence les modèles de la classe. Plus de découragements, plus d'inquiétudes, mon Antoinette, mon Isaure ; poursuivez un noble but sans vous laisser entraîner par les épines qui nous accrochent toujours, quoi que nous fassions, dans ce buisson de la vie. Si vous saviez comme je vous aime et comme je désire que vous deveniez heureuses et complètes par la force de votre caractère ! Exercez-vous à saisir le bon côté des personnes et des choses ; croyez-moi, il y en a toujours un, et on le trouve toujours, pourvu qu'on sache chercher et attendre en croyant à la sollicitude paternelle de la divine Providence.

Adieu, mes jeunes amies ; je vous embrasse comme je vous aime.

Uriage, 29 juin 1859.

Bien chère jeune amie, rassurez-vous; vous ne serez pas obligée de m'aimer quand même je vous oublierais. Je ne vous oublierai pas, je vous assure. Souvent, plus souvent que vous ne croyez, je pense à vous; je m'afflige et je m'inquiète lorsque je devine toutes les agitations de votre jeune âme; puis je me rassure et j'espère en me rappelant que votre confiance en moi est si absolue, que souvent j'ai obtenu de vous des sacrifices, des résolutions qui coûtaient à votre caractère.

Oui, ma chère amie, la vie vous réserve des épreuves peut-être encore plus lourdes que celles par lesquelles vous croyez déjà avoir passé. Mais il est une pensée qui fait partout et toujours, dans la douleur et dans la joie, notre force et notre sérénité : c'est celle du devoir accompli. Là est tout le secret de la dignité de notre existence ici-bas, la certitude de la vertu, le principe même du véritable bonheur.

Et votre devoir, ma chère enfant, j'en ai l'intime, la profonde conviction, c'est de rester auprès de votre mère, c'est de devenir un second elle-même, de la consoler dans ses tristesses, car elle en a aussi; de la soutenir et de l'encourager, car qui sait si de douloureuses épreuves ne lui seront pas, hélas! réservées, et si le cœur de sa fille ne sera peut-être pas l'unique

cœur contre lequel elle puisse un jour s'appuyer et se
reposer? Acceptez donc votre mission avec ardeur,
enfant bien-aimée; elle est grande et belle, elle est
douce, car elle est en harmonie avec tous les bons
sentiments que Dieu s'est plu à déposer dans le cœur
de l'homme. Bonne Antoinette, si rien ne vient déranger mes projets, je serai peut-être bientôt auprès
de vous. Courage donc et confiance; ne soyez plus
mater dolorosa.

Je vous aime et je vous embrasse de tout mon
cœur.

Uriage, 14 juillet 1859.

Ma chère Marie,

Me voici à la veille de mon départ, et je ne vous ai
pas encore écrit. Pourquoi? C'est qu'aux eaux, lorsqu'arrive la fin de la journée, on ne va pas se reposer
en causant de loin avec ses amies; on va tout pro-
saïquement se coucher pour se préparer à un lendemain qui amène ou un bain, ou une douche, ou une
purgation, toutes choses qui raniment fort peu. Aussi
que de beaux projets j'ai laissés en route! Je repousse
tout ce que je n'ai pas fait aux vacances, pourvu
qu'elles ne me jouent pas le même tour. Donc, ma
chère Marie, ne croyez pas que je vous ai oubliée,
si je ne vous ai pas répondu. J'ai cédé à la fatigue, à
la lassitude, voilà tout. Continuez de m'aimer, comme
vous avez fait jusqu'à présent, et je ne serai pas en
retard d'affection; vous êtes une des anciennes élèves
auxquelles je pense avec le plus de plaisir, et vous
savez de reste que vous avez toujours été ma petite
Marie chérie; je vous ai aimée et je vous aime non
seulement parce que vous avez été une intelligente,
une travailleuse élève, mais parce que vous avez été
et vous êtes une fille bonne et dévouée, et cette qualité
est inestimable à mes yeux. Dans notre siècle pré-

sentant les deux excès du positivisme et du roman-
tisme nuageux, on voit trop souvent méconnues les
vertus modestes de la famille, et celles-ci je les mets
au-dessus de toutes les autres. Soyez toujours ce que
vous avez toujours été, et je ne cesserai de vous aimer de toute mon âme. Je me dis souvent avec bonheur que vous êtes du nombre des élèves qui devien-
dront avec le temps mes amies et mes compagnes de
la vieillesse. Puisse cette douce pensée se réaliser!

Veuillez présenter à madame votre mère nos affectueux souvenirs pour maman et pour moi, et vous,
ma bonne Marie, recevez les baisers les plus caressants de votre maîtresse et amie.

Uriage, 11 juillet 1859.

Ma Geneviève, votre lettre est une fleur de sentiment que je conserverai précieusement par souvenir
de vous et de celle que nous regrettons si profondément. Merci de votre bonne pensée d'avoir été lui
porter une couronne à mon intention ; c'est le cœur
qui vous l'a inspirée, et je vous ai reconnue. Nous ne
la reverrons plus, cette bonne Joséphine si dévouée,
si affectueuse ; mais elle est heureuse, et elle a déjà
reçu la palme du combat. Que cette séparation, qui
nous a été si douloureuse, ne ranime pas trop vivement les anciennes souffrances de votre cœur. Enfant,
la vie n'est qu'épreuves, et il ne faut pas nous laisser
envahir par la mélancolie ; Dieu ne le veut pas, lui qui
a mis la force au nombre des vertus. Vous avez une
grande mission à remplir sur cette terre, et, s'il vous
a laissée seule pour l'accomplir, c'est par une raison
providentielle que nous ne pouvons pas saisir, mais
qui existe certainement.

Bien-aimée Geneviève, parlons un peu de vos devoirs de maîtresse d'école. Je suis si persuadée que
vous vous en êtes acquittée parfaitement, que je me
réjouis à l'avance de toutes les affectueuses et reconnaissantes choses que les élèves vont me dire de vous ;
car vous êtes aimée au cours, Geneviève, vous y avez

laissé de profondes racines, et votre présence est ac-
clamée par toutes.

Je suis obligée de vous faire une lettre bien courte,
mais je vous reverrai bientôt ; chargez-vous, s'il vous
plaît, de remettre les billets ci-joints, les élèves seront
heureuses de les recevoir de vous.

Adieu, mais à bientôt ; il me tarde de vous revoir,
enfant aimée.

Toute à vous.

Villeurbanne, 29 septembre 1859.

Ma chère Joséphine,

Quelle longue attente! Que pensez-vous de moi dans le secret de votre cœur? Si vous saviez, ma bonne Joséphine, combien nos deux campagnes nous causent d'allées et de venues, combien elles absorbent notre temps, vous comprendriez tout de suite combien il m'est difficile de trouver le temps d'écrire.

Vous m'avez fait des descriptions ravissantes du Bugey, qui, je le sais, mérite bien votre admiration. Je connais de réputation l'Albarine aux eaux limpides, chantée par tous les poètes *bugistres* (si le mot est bien français). Vous devez aussi rencontrer les habitants bien épris des beautés de leur pays, car ils passent pour être singulièrement fiers. C'est après tout un orgueil qui est bien permis, lorsqu'il n'arrive pas jusqu'au dédain; vous savez que j'en suis pour les sentiments patriotiques.

Promenez-vous bien dans les montagnes, humez-en l'air vif, et restez-y aussi tard que possible : vous avez besoin de vous fortifier; vous êtes un peu étiolée, et pour l'enseignement, auquel vous vous consacrez, il faut une forte santé. Ajoutez à tous ces exercices corporels l'habitude de reproduire le soir, en quelques

mots, le résumé de vos travaux et de vos émotions de
la journée. Le tout réuni formera une excellente
gymnastique du corps et de l'esprit. Si vous étiez plus
rêveuse, je ne vous donnerais pas ce conseil, il y
aurait du danger; mais vous êtes calme et sérieuse,
et cette revue écrite de votre journée donnera de l'é-
nergie à votre esprit et plus d'impulsion à vos travaux. Remerciez bien, ma bonne Joséphine, tous les
membres de votre famille de leur bon souvenir. Vous
devez être bien heureuse auprès de votre sœur tant
aimée et qui vous aime tant; vous faites aussi la petite maman, et vous vous exercez ainsi gaîment à faire
plus tard l'institutrice. A votre retour, je m'occuperai
de vous autant qu'il sera en mon pouvoir; peut-être
vos commencements iront-ils un peu lentement, mais
il ne faudra pas vous en inquiéter. En ce moment-ci,
je ne forme qu'un vœu immédiat, c'est que vous me
reveniez une robuste montagnarde, aux allures décidées, et alors vos airs timides et réservés ou plutôt
timorés, pour me servir de l'expression de M. M.,
s'effaceront bien tout seuls.

J'ai revu Mlle C. depuis vous. Ce bon petit lutin est
venu avec sa mère, mais je crains qu'elle ne soit
malade; elle devait nous apporter son accordéon, et
elle n'a pas encore reparu. Si vous lui écrivez bientôt,
vous lui ferez des reproches de ma part; ils feront un
singulier circuit et lui arriveront imprégnés des senteurs jurassiques. Mlle G., qui est venue me voir hier,
revient au cours l'année prochaine; mais il paraît que
Mlle P. est repartie pour Paris et qu'elle laisse là
ses études, et tout cela sans m'écrire un mot. Que

penser à présent des démonstrations affectueuses ?
Cette jeune fille avait souvent réclamé mes conseils et
mes consolations, et elle semblait digne de tout intérêt et par sa position et par son caractère. Voilà les
déceptions auxquelles il faut s'attendre dans la vie de
l'institutrice ; mais il faut n'en diminuer ni son ardeur ni son dévouement, et de temps en temps la récompense est au bout. Vous serez, vous, une de mes
fidèles, n'est-ce pas, ma bonne Joséphine ? Je le crois,
parce qu'il me semble que nous nous sommes définitivement bien entendues.

Ma famille vous aime et vous embrasse, et moi,
chère Joséphine, je vous accorde tous les sentiments
d'une ancienne maîtresse et d'une amie.

Sans date.

Vous avez subi votre examen d'une manière satis-
faisante, ma jeune amie, et vous savez que j'ai été la
première à vous en féliciter.

En applaudissant à ce succès, je pensais au bonheur
qu'il donne à vos parents et à l'avancement qu'il vous
procure, et j'espérais que vous vous en rendriez de
plus en plus digne par votre application, votre modestie, votre ton et vos manières.

Mais, ma chère amie, j'ai appris que depuis ce
moment, vous exagérant sans doute vos mérites, vous
aviez pris un air maniéré, un ton de suffisance que je
déplore véritablement.

Eh quoi ! Louise, pensez-vous déjà être un personnage important, parce que vous avez passé de l'école
élémentaire à l'école supérieure ? Avez-vous oublié
que la simplicité de manières est le plus grand charme
de votre âge, et que même elle est le partage des véritables femmes de talent ?

Vous croyez peut-être, mon amie, vous élever dans
l'esprit des personnes qui vous voient, en prenant un
air pédant et affecté. Vous vous trompez ; vous ne
réussirez qu'à vous faire détester et haïr. La modestie
est et sera toujours la marque du véritable mérite. On
estime peu ces sots savants qui, tout bouffis de leur
mince savoir, en font étalage, et semblent par leurs

manières guindées, leur parole pesante, leur air dé-
daigneux, commander le respect à tous ceux qui les
approchent.

Vous n'êtes pas encore arrivée à ce point, mon
amie ; mais je veux vous signaler dès le principe les
conséquences d'un défaut, non pas grave sous le rapport moral, mais qui attire inévitablement le ridicule
sur ceux qui s'y livrent.

J'aime à croire que mes paroles auront sur vous
l'autorité qu'elles ont toujours eue, et que vous suivrez
avec votre confiance accoutumée les conseils que vous
adresse votre meilleure amie.

Sans date.

« Que pensez-vous de l'usage des souhaits du premier de l'an ? » me dites-vous un peu malicieusement dans votre dernière lettre.

Ce que j'en pense, ma bien chère amie, c'est d'abord que je suis heureuse qu'il me procure l'occasion de vous dire une fois par année les vœux que je forme tous les jours dans le fond de mon cœur pour votre bonheur. Ensuite, ma chère amie, si nous considérons la chose un peu philosophiquement, nous y trouvons bien d'autres avantages que cette jouissance personnelle de sentiment.

N'est-ce pas vrai, Laure, que l'homme a besoin d'être attaché à Dieu par les cérémonies du culte ? Pourquoi donc l'affection, la bienveillance, qui doivent présider aux relations sociales, ne seraient-elles pas entretenues, fécondées par l'accomplissement de quelque obligation solennelle, qui resserre le lien de la famille, de l'affection, de la société ? Tel est, il me semble, le but des vœux, des souhaits, des visites et des embrassements du premier de l'an.

Cet usage est bien ancien, il a vécu des siècles. S'il n'avait aucune partie morale, s'il n'était pas un principe fécond en bons résultats, aurait-il existé si longtemps ? Je ne le crois pas. La société est bien légère, bien inconstante ; mais cependant elle n'aime pas, elle ne conserve pas constamment les mauvaises choses ; elle les a vite distinguées des bonnes et les réprouve bientôt.

Voyez en effet, ma chère amie, si, en entrant dans quelques détails, nous ne trouverons pas de bons résultats dans cet antique usage.

Deux familles s'étaient désunies. Le premier de l'an s'approche. Elles vont se porter cérémonieusement les vœux de bonne année, l'usage le demande ; mais ce jour rappelle tant de souvenirs de famille, que l'émotion gagne bientôt les cœurs, et le baiser de cérémonie se transforme en baiser de réconciliation.

De la froideur existait entre deux personnes naguère liées d'une étroite affection ; on avait mutuellement des reproches à se faire. Cependant le désir du pardon était au fond de l'âme ; on attendait seulement une occasion de renouer, sans que l'amour propre fût obligé de faire trop de concessions. Le premier de l'an se présente. On se faisait des vœux jadis ; pourquoi ne s'en ferait-on pas actuellement qu'on en a plus besoin que jamais, puisqu'on ne possède plus un des plus puissants principes du bonheur sur cette terre, la douce, la tendre amitié ? Sous l'empire de cette pensée, on s'écrit pour regretter ce temps où l'on s'aimait, pour s'envoyer encore du fond du cœur ces vœux que l'on ne peut s'empêcher de formuler secrètement pour ceux qu'on a aimés, et voilà que ces deux cœurs séparés se retrouvent battant à l'unisson, vibrant des mêmes sentiments, et l'amitié au parfum céleste se répand de nouveau dans ces cœurs qu'elle embaume de douces senteurs.

Tenez, amie, en faisant ces réflexions, des larmes me viennent aux yeux. Ah! si jamais des circonstances malheureuses venaient à séparer des cœurs si sincèrement unis, que le premier de l'an nous rapproche et renoue le lien de notre affection.

Je viens de considérer des circonstances extraordinaires qui bien heureusement ne se présentent pas souvent dans la vie. Mais, sans aller si loin, le jour de l'an dans la simple famille n'a-t-il pas quelque chose d'attendrissant? N'avez-vous jamais été émue lorsque vous avez contemplé un grand-père aux cheveux blancs recevant les baisers de ses petits-enfants, petits anges aux cheveux blonds, approchant avec une joyeuse impatience leur front de ses lèvres aimantes ? N'avez-vous jamais contemplé avec bonheur la joie bruyante et enfantine qui, depuis le père jusqu'à l'enfant au berceau, anime tous les membres de la maison au repas de famille? En sortant de la famille et nous reportant à ces jours où vous grandissiez en science et en vertu sous les yeux de notre bien-aimée institutrice, ne vous rappelez-vous pas avec émotion ces moments où, devenues éloquentes par l'impulsion de l'affection, comme elle nous le disait elle-même, nous venions lui dire : « Nous apprécions les soins dont vous nous entourez, nous vous en vouons une reconnaissance éternelle, nous vous devons la vie du cœur, de l'intelligence ; ce n'est qu'avec de l'affection, de la reconnaissance, que nous pourrons reconnaître votre dévouement, car l'on ne pourrait jamais le payer. »

Ne vous rappelez-vous pas ces visites aux pauvres lorsque nous leur portions leurs étrennes? Ils nous disaient : « Vous avez pitié de notre nudité ; que Dieu, qui a toujours écouté les pauvres, vous rende au centuple ce que vous faites pour nous ; qu'il répande sur vous des bénédictions pendant cette année. »

Ne nous plaignons donc plus des petits désagréments attachés au jour de l'an. La somme du bien l'emporte sur celle du mal. Quelle est la chose, quelle est l'institution humaine qui ne présente un côté faible, attaquable ? Parce qu'il y a quelques visites qui ne sont inspirées que par l'usage, parce que beaucoup des vœux que nous recevons ne sont que des banalités, peut-être des mensonges, faudrait-il abolir ces visites si franches, si sincères, resserrant le lien des familles, de la société, ces vœux qui permettent au respect, à la reconnaissance, trop habituellement obligés au silence, de parler une fois dans l'année ? Ce ne serait pas sage, ma chère amie ; ce serait vouloir juger d'une chose en ne la voyant que du mauvais côté.

J'ai rempli ma tâche d'avocat consciencieux ; je me flatte même, voyez ma présomption, que j'ai gagné ma cause. On dit que lorsqu'une femme parle, si elle est belle, elle a doublement de persuasion ; pourquoi ne pourrait-on pas attribuer le même privilége à la puissance de l'amitié ?

Je me résume, ma chère amie. Je vois de grands avantages dans l'usage du premier de l'an ; s'il n'existait pas, je l'instituerais, afin d'assurer une fois de plus ma bien chère Laure de l'affection de sa fidèle amie.

Sans date.

Vous ne connaissez pas, me dites-vous, ma jeune amie, les avantages de l'instruction, et c'est ce qui vous empêche de vous livrer avec ardeur à l'étude.

Ils sont grands et nombreux cependant, ces avantages ; je vais essayer de vous en indiquer quelques uns : peut-être après sentirez-vous moins ce dégoût pour une chose si importante.

Sans nous élever à une grande hauteur, voyons ce qu'est dans le monde la femme sans instruction, le rôle qu'elle y joue, si elle se trouve à même de remplir aussi noblement et aussi consciencieusement les graves devoirs qui lui sont imposés. Dans le monde, hélas ! la femme sans instruction est un être presque nul ; ses sentiments restent dans un terre-à-terre qui les empêche de prendre l'essor lorsque les circonstances le demandent. Elle ne sait aucune des choses nécessaires dans l'usage de la vie. Est-elle à la tête d'une maison, d'un commerce, elle est incapable de faire elle-même ses affaires ou de les faire bien, de régler les plus simples comptes, de se donner une juste idée de ses dépenses. Est-elle dans un salon, reçoit-elle des visites, elle s'y trouve déplacée, car elle n'a pas pris la peine d'épurer son langage ; de sa bouche sortent des locutions, des formes de discours grossières, qui provo-

8

quent le rire et la couvrent de confusion ; jamais le
terme propre ne lui arrive, jamais un tour agréable,
une pensée fine et délicatement rendue ne vient orner
sa conversation.

Vous le voyez donc, mon enfant, l'intruction n'est
pas inutile, et prise dans ce qu'elle a de plus simple,
de plus élémentaire, elle nous facilite l'usage de la
vie. Mais élevons-nous à des régions supérieures, et
voyons son importance pour le bonheur de la vie. De
combien de jouissances n'est-elle pas la source ? C'est
elle qui nous initie aux secrets de l'histoire ; elle qui
nous fait fouiller dans la nuit des temps pour y découvrir, à l'origine des sociétés humaines, les premières
traces des sciences et des arts ; elle qui éclaire notre
intelligence, la développe, l'élève ; elle qui nous fait
assister aux progrès de la civilisation et qui nous en
fait sentir tous les avantages ; elle qui nous apprend à
puiser, dans les ouvrages des penseurs de tous les
temps, de nouvelles connaissances, de nouvelles lumières, à nous inspirer de leurs pensées, à nous pénétrer de leurs sentiments.

C'est elle aussi qui rend notre foi plus vive en nous
déroulant toutes les merveilles de la nature, en nous
faisant admirer les magnifiques lois qui régissent le
monde, la puissance de Dieu, sa grandeur et sa providence.

Comprenez-vous maintenant, ma jeune amie, que
les avantages de l'instruction sont immenses, incalcu-
lables ; car je n'ai fait encore que vous indiquer les
plus saillants, ceux qui, pour ainsi dire, sautent tout
d'abord aux yeux ?

Ne me dites donc plus que l'étude vous ennuie ; car sans étude point d'instruction, sans instruction une vie mal remplie, mal comprise. Mais je n'ai pas besoin de vous dire tout cela ; mon Emilie est trop raisonnable et trop spirituelle pour n'avoir pas compris que son objection est mauvaise, et dans sa prochaine lettre elle fera certainement amende honorable à l'instruction.

Adieu, ma bonne enfant ; devenez bien instruite, quoique le mot vous déplaise.

Sans date.

Ma chère Elise,

J'ai vu des larmes dans vos yeux, et cela m'a émue. Je voudrais pouvoir les sécher, rendre le calme et la sérénité à votre âme, vous faire accepter la vie avec ses nombreuses peines et ses petites joies, sans aucun regret inutile sur un passé brillant, sans inquiétude sur un avenir incertain et que l'homme ne doit même pas chercher à sonder. Je voudrais tout cela, et je n'ose le tenter. Ma parole quelquefois a aiguisé vos souffrances au lieu de les calmer. Vous êtes susceptible, la simple vérité vous choque quelquefois, et vous aimez, hélas! les paroles qui vous bercent d'une douce harmonie et font luire à vos yeux les lueurs brillantes d'un mirage peut-être trompeur. Si vous vouliez être calme et confiante, croire qu'une affection sincère, parce qu'elle n'est point exagérée, inspire mes paroles, je vous dirais : Elise, aimez la sphère modeste où Dieu vous a placée, un peu tard peut-être : c'est le devoir, c'est le bonheur. Dieu vous impose des peines, il les a mesurées à la force de votre caractère ; peut-être aussi étaient-elles, dans ses vues providentielles, nécessaires pour vous faire acquérir les vertus que sans elles vous auriez ignorées. Il est une pensée qui m'a toujours soutenue, et qui m'a toujours fait du bien au milieu des peines que j'ai rencontrées. Qui n'en a pas? C'est que Dieu les avait décidées dans sa sagesse et sa bonté; c'est que sa main est paternelle malgré toute sa sévérité, qu'il sait mieux que moi ce qui m'est utile, que le mal physique n'est pas un mal absolu, et qu'il est nécessaire quelquefois pour nous retremper. Appuyée sur ces réflexions, je me suis toujours sentie ranimée; j'ai levé les yeux vers le ciel, et j'ai trouvé que, lorsque les hommes manquent, Dieu reste, et qu'il vaut mieux que tous ensemble.

Pourquoi, ma pauvre amie, regardez-vous toujours dans votre position ce qu'elle a de désagréable? pourquoi ne regardez-vous pas ce qui la relève? Vous n'avez pas une idée saine de la véritable grandeur; vous la mettez dans les agréables relations, dans la position, dans les qualités brillantes, les titres, les honneurs. Mensonge que tout cela! C'est la grandeur factice, la grandeur que font les hommes, que l'on encense aujourd'hui, que l'on foule aux pieds demain, dont les sages se moquent, que les insensés jalousent, que tous, dans leurs heures de sagesse, apprécient peu de chose. La véritable grandeur, c'est la correspondance à la mission que Dieu nous a donnée, l'énergie que nous apportons dans le malheur, le bien que nous faisons quelque petit qu'il soit, l'utilité dont nous sommes pour nos semblables.

Sans date (1).

J'espère, Madame, que vous trouverez dorénavent N. moins fastueuse dans l'expression de ses sentiments, moins surchargée de clinquant, mais simple, naturelle et plus vraie.

Je m'attache à donner de la gravité à ses sentiments. Plus adonnée au travail, elle s'y soumet sans résistance. L'amour du travail, le sentiment de la famille, sa mère que jusque là elle craignait trop peu, je crois, la déférence et le respect qu'elle lui doit, telles sont les pensées auxquelles je la rappelle sans cesse. Sans doute nous devons aimer souverainement le bon Dieu, mais nous devons aussi aimer beaucoup notre mère. C'est le palladium d'une jeune fille. Point de vertu complète si la pensée de sa mère ne s'élève dans son cœur forte et puissante à côté de celle de Dieu.

N. a besoin d'occuper l'activité de son âge et de son caractère; je crains pour elle le désœuvrement. Elle doit élever l'horizon de son esprit par les travaux de l'intelligence qui la préparent à la carrière qu'elle a choisie; mais elle doit aussi se façonner à la vie pratique et élever l'horizon de son âme et de ses devoirs en cherchant les moyens d'être utile et bonne.

(1) Ceci est un fragment d'une lettre adressée à une parente d'une jeune élève qui a corrigé en elle certains défauts signalés dans de précédentes missives.

Villeurbanne, le 5 septembre 1863

Ma chère Maria, merci de votre bonne et affectueuse lettre. Elle ne m'a pas dit que vous m'aimiez, je le sais depuis longtemps ; mais elle m'a dit que vous êtes fidèle à votre parole, et que je ne me suis pas trompée en vous aimant, parce que vous avez un bon cœur.

Que pensez-vous que sera ma réponse ? Sans doute je vais voyager en esprit au milieu de vos montagnes, vous suivre au milieu de vos excursions, admirer avec vous vos torrents et vos cascades. Il en n'est rien, chère amie ; je puis bien vous donner ce nom à présent que vous n'êtes plus ma chère et mutine élève. Devinez donc. Hélas ! je vais encore une fois faire la moraliste, mais dans le plus profond secret. Ce sera tout renfermé entre ce papier, vous et moi. Je veux, au moment où vous achevez la période de votre vie enfantine, faire une excursion dans un passé qui ne doit plus être pour nous qu'une leçon, afin de nous préparer un avenir moins orageux. Vous souriez à ce mot *orage*, et vous le trouvez un peu fort peut-être. A première vue, chère enfant, vous avez raison ; mais en réfléchissant vous verrez que mon expression est juste. En effet, tout est relatif dans une existence aussi calme, aussi modeste que l'est celle d'une jeune fille ; les orages n'ont pas le caractère désastreux qu'ils ont plus tard, et cependant ils existent déjà, et à un œil exercé il est facile de reconnaître les passions qui se développeront avec le temps. Eh bien! ma chère Maria, souvent vous m'avez profondément attristée, souvent j'ai sondé avec effroi les profondeurs de l'avenir en voyant quelles dispositions rétives, altières, vous apportiez dans la vie. Vous avez un bon cœur (sans cela vous aurais-je particulièrement aimée?), mais vous n'avez pas assez discipliné votre volonté; vous vous laissez souvent dominer par des mouvements fougueux que vous regrettez ensuite, et qui plus tard pourraient vous amener de grands malheurs. Vous avez rencontré jusqu'à présent autour de vous des affections bien dévouées, qui ont tout assoupi, tout calmé, qui ont toujours regardé en vous ce qu'il y a de bon et de consolant; mais il n'en sera pas toujours ainsi, et dans la vie vous pourrez rencontrer, et vous rencontrerez certainement, des personnes qui auront intérêt à saisir vos défauts, à les exploiter, à les divulguer. Combien l'on est fort alors, lorsqu'on a un caractère inattaquable, et que l'on commande forcément le respect, même à ceux qui ne vous aiment pas! Qu'on est faible, au contraire, si l'on a laissé son caractère se soumettre aux fluctuations du caprice!

Autre chose, ma chère enfant: jusqu'à présent vos étourderies n'ont pas eu de conséquences fâcheuses; mais plus tard, ô Maria, ne jouez pas ainsi avec votre bonheur. Combien une imprudence, un coup de tête, combien l'habitude de ne pas se dominer, produisent de tristes résultats! Je ne veux pas assombrir votre front, enfant; je veux au contraire y fixer ce calme, cette égalité, cette sérénité qui révèlent à la fois une âme pure et une âme forte.

Ne me dites pas : Je ne puis pas être ce que vous désirez ; je vous répondrai : Vous le pouvez si vous le voulez. Dieu vous a mis de l'énergie dans l'âme, de l'affection dans le cœur, mais de l'indépendance dans la tête ; avec cela, il faut que vous deveniez une femme supérieure par votre cœur, par votre caractère et votre volonté, ou bien, par une pente insensible dont vous ne vous apercevrez pas vous-même, vous deviendrez un être imparfait et bien malheureux dont je ne vous ferai pas le portrait.

Au nom donc de ma vieille affection, je viens, ma chère Maria, je viens vous dire : Faites votre choix à présent que vous allez entrer dans la vie sérieuse, et prenez la bonne voie, la voie difficile au commencement, mais la voie toujours sûre, toujours honorable, et qui conduit au véritable bonheur. Prenez à tâche, à partir d'aujourd'hui, de corriger vous-même tout ce qu'il y a de répréhensible dans votre caractère. C'est une noble tâche, croyez-le. Faites-vous à vous-même le tableau des devoirs que vous avez à remplir et des qualités qui doivent être votre partage, et cet idéal une fois tracé, rapportez-y toutes vos actions, toutes vos dispositions ; enregistrez jour par jour vos progrès, et, s'il y a des rechutes, ne vous effrayez pas : Dieu se plaît quelquefois à nous laisser dans notre faiblesse pour nous rappeler que toute force n'est qu'en lui.

Savez-vous, chère Maria, que j'ai bien grande confiance en vous ? Ce n'est pas à toutes les jeunes per-

8.

sonnes que je confierais à elles seulement le soin de
leur perfectionnement; mais je vous en crois capable,
avec la grâce de Dieu, et n'avez-vous pas vu qne toujours j'ai eu raison lorsque je vous ai dit que vous
étiez capable d'une chose? Croyez donc à ma parole
cette fois, et croyez-y de toute la force de votre âme. J'ai
besoin que vous m'en donniez l'assurance, chère Maria,
et j'attends avec impatience votre réponse; d'ici là,
ma chère amie, je vais prier Dieu de toute mon âme
qu'il vous donne une résolution généreuse, afin que
je puisse présenter un jour à Dieu vos vertus et les
efforts que vous aurez faits pour y parvenir, comme
une compensation de ma propre faiblesse.

Revenons à présent à notre séjour à Belmont. Epre-
nez-vous toujours d'enthousiasme devant cette grande
nature. Au sein de la solitude, la voix de Dieu parle
mieux à notre cœur; les petites passions se taisent, ce
qu'il y a en nous de grand se relève, ce qu'il y a de
noble s'agrandit, et tout notre être devient meilleur.
Jouissez donc de ces beaux jours d'automne avec joie
et reconnaissance. Servez de bonne sœur et de vraie
petite maman à Joséphine; cultivez cette jeune âme,
ce jeune cœur, cette jeune imagination. C'est un grand
bonheur d'être utile. N'allez pas croire que je veuille
faire de vous une pédagogue; c'est un but élevé que
je veux donner à vos pensées, au lieu de les laisser se
perdre dans des frivolités. Embrassez cette chère enfant pour moi; dites-lui que je l'aime bien et pour elle,
et pour vous, et pour sa chère maman que j'aime de
tout mon cœur, et que, si elle travaille bien cette
année, si elle tient bon compte de toutes les observa-

tions que j'aurai à lui faire, elle me donnera tout le bonheur qu'il est possible, à son âge, de donner.

Et vous, chère Maria, que .faut-il vous envoyer? mes baisers? mes étreintes? Non, mais la meilleure part de mon cœur.

Votre amie.

Lyon, le 20 mai 1864.

Ma chère Maria,

Le moment solennel approche ; permettez-moi de vous arracher un moment aux distractions forcées qu'amènent toujours les préparatifs d'un acte si important. Vous avez donné tout ce qu'il faut aux détails extérieurs ; recueillez-vous à présent, et pensez aux dispositions qui doivent vous animer. Le mariage est une époque de renouvellement pour la jeune fille ; bien compris, il développe en elle tout ce qu'il y a de bon, il révèle des aptitudes inconnues, il fait éclore des qualités nouvelles par les occasions nouvelles de dévouement, de prévoyance qu'il fournit.

Mais, mal compris, il développe dans la femme tout ce qu'il y a de frivole ; il ne devient qu'un moyen légitime de briller dans le monde, de se créer des besoins factices, de régner sans souci de ses devoirs.

Je ne doute pas, chère enfant de mon cœur, que ce ne soit le premier idéal que vous vouliez réaliser. Cependant j'ai cru nécessaire de diriger votre attention vers ce côté. Je ne vous dirai pas, chère Maria : Corrigez en vous tel défaut, acquérez telle qualité ; je vou

dirai : Ayez la sérieuse volonté d'être une *bonne
femme* dans toute l'acception sévère, complète et
élevée. Priez Dieu sincèrement qu'il vous bénisse dans
vos efforts, puis laissez-vous conduire par votre cœur,
et ayez confiance. Priez donc avec ardeur, chère enfant, priez Dieu, afin que vous le sentiez avec vous
lorsque la bénédiction nuptiale descendra sur vous.
Tous ceux qui vous aiment prieront de toute leur âme,
mais votre prière ne sera-t-elle pas la plus touchante
au cœur de Dieu? Ma prière à moi sera que la jeune
fille que j'ai beaucoup aimée parce que son cœur est
bon et sincère, quoique sa tête ait été quelquefois
indocile, se relève, après la réception de l'auguste sa-
crement, une digne femme au cœur d'or, comme par
le passé, avec tout ce que le caractère égal, un esprit
droit, une volonté modeste, mais ferme dans les choses utiles et bonnes, peuvent ajouter à cet élément du
bonheur domestique.

Excusez-moi de faire encore une fois la moraliste,
mais mon cœur m'en faisait un besoin, et je suis sûre
que votre cœur me comprendra. Mon cœur appelle
sur vous toutes les joies de la terre ; mais quelque
parfait que soit le bonheur, il y a toujours dans la vie
les heures difficiles. Soyez digne de tous les bonheurs
par la réunion de toutes les vertus, de toutes les
qualités possibles. Soyez aussi préparée aux épreuves
inséparables de la vie.

Adieu, chère Maria, mais au revoir bientôt. Laissez-
moi vous embrasser de toute mon âme ; laissez-moi
vous dire aussi qu'après votre mère vous n'avez pas
d'amie plus sincère, plus attachée que moi.

C'est manquer de foi que de manquer de force.

C'est manquer d'espérance que de regretter le passé.

C'est manquer d'amour que de gémir et pleurer.

Aime, espère et prie, et Dieu parlera toujours à ton âme ; il te dira :

J'ai formé le cœur de l'homme, et les aspirations de ce cœur doivent s'élever vers moi.

J'ai fait reluire au-dessus de l'horizon variable de la vie l'espérance, étoile de l'âme ; attends ma justice et ma miséricorde.

J'ai placé la foi au cœur pour qu'elle fît éclore la prière. Prie pour te purifier, prie pour te faire bénir, prie pour persévérer.

Villeurbanne, 17 septembre 1864.

Ma chère Marie-Louise,

J'ai mis de côté vos deux dernières lettres, et je les ai placées sous mes regards pour qu'elles me rappellent sans cesse que je dois une petite causerie à cette chère enfant que le bon Dieu a placée au milieu des montagnes pour... Mais je m'arrête, et je laisse à votre maman le soin de finir ma phrase. Ma chère Marie-Louise, vous vous plaignez de mon retard à vous répondre ; je tiens à me faire absoudre, quoique je commette souvent le péché de paresse lorsqu'il s'agit d'écrire. Si d'autres de vos compagnes étaient là, elles ajouteraient : Et de sortir et de faire des visites. Car décidément votre ancienne maîtresse est une casanière. Prenez-en votre parti, petite chérie, et figurez-vous-la sous les traits de ces bonnes grand'-mères dont les pieds et les mains sont forcément immobiles, mais dont le cœur est toujours actif, toujours chaleureux. Ainsi, quoique je ne vous voie plus, ma chère enfant, que je ne vous entende plus venir me faire vos naïves confidences, je vous aime toujours bien, allez, et il ne se passe pas beaucoup de jours sans que je pense à vous. Croyez-vous donc, chérie, que l'on puisse arracher si facilement du cœur ce qui y est resté si longtemps et ce qui y est entré si avant? Je

ne vous ferai non plus jamais l'injure de supposer que vous puissiez m'oublier ; car si cela pouvait
être, vous seriez tout à fait inférieure à l'idéal que je
me suis fait de vous. C'est donc entre vous et moi à
la vie et à la mort. Les événements pourront nous
éloigner peut-être plus encore l'une de l'autre : la
destinée est si bizarre ! Mais toujours à un moment
donné, lorsque vous viendrez frapper à ma porte, à
mon souvenir, à ma vieille et sincère amitié, vous
me trouverez aussi dévouée, et moi toujours je serai
heureuse de penser que vous vous rappelez de temps
en temps avec bonheur ces jours du matin de votre
vie, où j'étais votre maîtresse pleine de tendresse, et
où vous étiez mon élève pleine d'affection et de confiance.

Quelques mots à présent, ma chère amie, sur votre
vie actuelle.

Quoique vous soyez bien solitaire dans vos belles montagnes, et que vous vous considériez un peu comme
recluse, franchement je ne vous trouve pas trop à
plaindre. Comme vous devez être utile, indispensable
à toute cette petite colonie dont vous êtes, malgré vos
aspirations rêveuses, la gaîté et l'entrain ! N'est-ce pas
un bonheur, un bonheur immense ? Savourez-le,
chère enfant : lorsque le soir vous avez fait sourire
votre mère, égayé le front de votre père, déposé dans
le cœur de vos jeunes élèves quelque bonne semence
pour l'avenir, ne vous endormez-vous pas bien contente ?

Votre journée n'a pas été stérile, et vous êtes sûre
d'avoir rempli le devoir que le bon Dieu vous a im-

posé, d'avoir fait fructifier le talent qu'il vous a
confié.

Vous avez conservé de nombreuses relations avec
vos anciennes compagnes; je vous en fais mon compliment; j'aime que l'on reste fidèle aux premières
affections quand elles ont été bien placées : c'est la
poésie et la noblesse du cœur. Plus vous avancerez
dans la vie, plus vous sentirez que les vieilles amitiés
sont les meilleures.

Quelle longue lettre! Serez-vous contente? Allons,
écrivez-moi bientôt et souvent, et ne comptez pas mes
réponses.

Toujours toute à vous.

Villeurbanne, 23 mars 1865.

Ma chère petite Marie-Louise augure peut-être de
mon silence que je ne pense pas du tout à elle ; elle
serait alors complètement dans l'erreur. Je me suis
au contraire rappelé souvent le souvenir de sa fidèle
affection, et je me berçais dans cette douce pensée. J'ai
souvent relu sa bonne dernière lettre ; j'ai souvent
songé à la démarche empressée de M. votre père pour
savoir de mes nouvelles, lorsque vous étiez très-
inquiète à mon sujet. Pourquoi donc, vous dites-vous,
ma chère enfant, Mlle Bollud ne m'a-t-elle pas écrit
plus tôt ? Pourquoi ? Hélas ! ma chère petite, c'est que
depuis trois mois je garde la maison, et que l'état de
souffrance dans lequel je me suis trouvée me rendait
plus facile de penser que d'agir. Je vais mieux à présent, mais le soleil ne veut pas revenir nous visiter,
et cela me désole, car mon rétablissement définitif
est subordonné au retour des beaux jours et de la
chaleur. Avez-vous dans vos chères montagnes un
hiver aussi désagréable et aussi prolongé que nous ?
Peut-être oui, mais vous ne vous en apercevez pas :
la jeunesse sourit aux frimas comme aux fleurs et aux
douces brises, tandis que moi je suis décidément
vieille. Quand je suis au milieu de mon cher troupeau,
je me crois encore jeune ; votre gaîté, vos joyeux
éclats de rire réagissent sur moi, et j'ai vingt ans de

moins. Priez le bon Dieu, ma chère Marie-Louise, qu'il me rende non pas la jeunesse, puisqu'il n'y a plus de fontaine de Jouvence, mais la santé qui y supplée. Puis, lorsque vous viendrez à Lyon, vous viendrez me voir et babiller gaîment comme au bon vieux temps. Je tourne à l'élégie, je ne sais pas trop pourquoi ; je ne voudrais pas cependant vous attrister. Parlons plutôt de vos gentilles élèves. La composition que vous m'avez envoyée est charmante pour une enfant de cet âge. Continuez de développer avec amour ces jeunes plantes qui vous sont confiées ; il y a de l'étoffe, et vous serez bien heureuse lorsque vous aurez fait sortir de leur cœur tout ce qu'il y a de bon, et de leur intelligence tout ce qu'il y a d'élevé. Remplissez bien consciencieusement votre tâche d'institutrice. Vous n'avez que deux élèves à cultiver, mais rappelez-vous que ce sont deux âmes immortelles. A vous de leur donner, par vos doux enseignements, un cœur généreux et compatissant, une conscience droite et une volonté ferme. N'en faites pas seulement des jeunes filles bien élevées aux yeux du monde, mais qu'il y ait dans leur âme des ressources pour les heures sombres de la vie, des trésors de dévouement pour ceux qui souffrent et ceux qui nous aiment, enfin la passion du devoir qui agrandit tout, qui élargit tout, et qui souvent supplée à tout.

Vous voyez, petite Marie-Louise, que je ne vous épargne pas les responsabilités. N'y a-t-il pas de quoi s'effrayer un peu ? Eh ! non, ma chère ; qui donc de nous est à la hauteur de cet idéal de l'institutrice ? Mais faisons la chose en toute simplicité, avec un

cœur droit et la sérieuse bonne volonté de bien faire,
et Dieu viendra lui-même suppléer ce qui est insuffi-
sant en nous, corriger ce qui est imparfait, et faire
fructifier par sa grâce ce que nous sommes incapables
de faire par nous-mêmes.

Vous remercierez bien, Marie-Louise, vos par-
rents de leur bon souvenir à l'occasion du jour de
l'an ; j'y réponds un peu tard, mais je vous ai déjà
dit que mon cœur n'y est pour rien.

Votre amie toujours affectueuse et dévouée.

Villeurbanne, 24 novembre 1864.

Madame,

J'ai appris avec une profonde douleur la perte cruelle que vous venez d'éprouver (1), et, dans l'impossibilité où je suis d'aller vous exprimer moi-même toute la part que je prends à votre chagrin, je n'ai pas voulu laisser passer plus longtemps avant de vous dire ma sympathie et mes regrets.

Chère Madame, Dieu vous a frappée d'un de ces coups pour lesquels la parole humaine est impuissante à trouver des consolations. Que Dieu, qui vous envoie l'épreuve, vous accorde la résignation que lui seul peut donner, et la force qui vous est nécessaire pour accomplir les immenses devoirs dont vous êtes désormais chargée seule. Il vous a enlevé le compagnon de votre vie, mais il vous a laissé de bons enfants qui adouciront votre tâche et qui s'efforceront de consoler leur mère en se rendant dignes de leur père. Voilà de ces dédommagements que la Providence sait nous préparer.

Ma bonne Marguerite, le moment est venu de déployer tous les trésors de votre cœur ; à vous surtout

(1) Mme R. avait perdu son mari.

d'être la joie, le repos, le sourire de votre excellente mère.

J'espère pouvoir aller bientôt vous voir, bonne Madame ; mais en attendant croyez bien à mon fidèle souvenir et à ma bien sincère affection.

Villeurbanne, le 9 février 1865

Madame,

Je ne puis pas attendre le moment où je pourrai aller vous exprimer moi-même la part que j'ai prise à l'immense malheur qui vous a frappée (1). Ce moment, je le vois, est encore trop éloigné ; permettez-moi de vous dire dès à présent combien je sympathise à votre douleur.

Les voies de Dieu nous sont inconnues, chère Madame ; l'épreuve entre dans les décrets de sa divine providence, mais lorsque sa main frappe, quelque cruel que soit le coup, il faut se rappeler que sa main est toujours celle d'un père. Inclinez-vous donc, Madame, avec résignation : un jour vous réunira à celui que vous pleurez si amèrement, et dont les qualités vous rendaient si justement fière ; mais d'ici là Dieu vous a laissé d'autres enfants à aimer, et qui, eux aussi, peuvent satisfaire votre orgueil et votre amour de mère. Pensez à eux, reportez-vous vers ces trésors plus chers que jamais. Ah ! qu'ils se rappellent aussi qu'à présent ils doivent vous aimer doublement. Mais qu'ai-je besoin de dire cela, moi qui connais si bien le cœur de vos aimables filles, tout affection, tout

---

(1) Mme P., mère de cette chère Emilie, à qui sont adressées plusieurs lettres du commencement de ce recueil, venait de perdre son fils.

spontanéité? Leur tendresse a déjà, j'en suis bien sûre, adouci votre douleur ainsi que celle de leur bon père. Laissez-moi, Madame, me joindre à elles et vous dire : Courage, courage ; Dieu n'éprouve que pour couronner ensuite.

Il y a encore du bonheur pour vous sur cette terre, il y a une suprême consolation dans l'éternité.

Emilie m'a, ces jours derniers, rassurée sur votre santé ; mais cette santé, l'héroïque force d'âme dont vous avez fait preuve, se soutiennent-elles ? Je serais bien heureuse si une de ces demoiselles pouvait m'écrire quelques mots sur votre situation actuelle à tous. Je ne suis pas une étrangère, je suis une amie, et je souffre doublement de vous voir affligée et de ne pouvoir aller vous aider à porter votre douleur.

Permettez-moi, Madame, de vous serrer la main et d'embrasser affectueusement mes chères amies Emilie, Anna et Victorine.

Toute à vous de cœur et de sympathie.

Villeurbanne, 23 mars 1865.

Votre lettre m'a bien fait plaisir, ma chère Louise, et je suis tout heureuse de venir vous le dire. Croyez que, dans la réclusion forcée où m'a mise la maladie, les naïfs témoignages d'affection de mes élèves, qu'un rien détermine, que souvent même un reproche affectueux fait naître, m'ont souvent manqué. Aussi les quelques lettres affectueuses qui m'ont été adressées, les visites qui m'ont été faites, m'ont-elles produit l'effet de doux rayons de soleil qui venaient me réchauffer. Je vous aime bien toutes, mes chères enfants, mais je vous aime surtout pour vous, et lorsque je sens battre vos cœurs pour quelque chose de généreux, lorsque je sens votre intelligence s'ouvrir non seulement à la science, mais encore à ce qui est élevé dans l'ordre moral comme dans l'ordre intellectuel, lorsque je vois ces petites imperfections qui sont, hélas! le fait de notre pauvre nature humaine, s'atténuer peu à peu et se remplacer par quelque chose de meilleur, alors j'éprouve des émotions délicieuses que Dieu seul connaît. Je prie souvent Dieu pour vous toutes, et je lui demande non seulement de vous donner le succès, mais aussi de vous rendre *bonnes* dans le sens élevé et fécond de ce mot, de vous élever moralement à la hauteur de la tâche que vous avez embrassée, d'ennoblir votre caractère, et de vous faire.

9

avec le temps, des femmes dignes du respect et de la sympathie de tous. Et j'insiste sur ce dernier point, car il faut non seulement avoir des qualités solides, mais il faut posséder aussi ces qualités extérieures et douces qui seules rendent la vertu aimable.

Ce que vous m'avez dit sur votre dernière composition m'explique pourquoi elle avait un extérieur si négligé. Cependant je vous ferai observer, ma bonne Louise, que, même lorsque vous composez rapidement, il faut que votre travail respire l'ordre. De même qu'un certain parfum d'aménité et de grâce doit se joindre à nos actes les plus vulgaires de la vie, de même il faut que dans nos travaux intellectuels les plus hâtés on retrouve l'empreinte de l'ordre et de la précision. Cela n'est pas bien facile, dites-vous. Je le sais, mais on y arrive avec la persévérance. C'était pour vous faire atteindre ce but que j'avais demandé qu'on m'envoyât les compositions pédagogiques précédées du plan que vous auriez conçu, et auquel tous les détails auraient été subordonnés. Je ne m'explique pas pourquoi on ne l'a pas fait. Je suppose que les préoccupations des compositions semestrielles ont un peu troublé la tête.

Voilà une bien longue lettre, vous ne vous plaindrez pas de votre part, ma chère Louise ; joignez-y les sentiments les plus affectueux et les plus dévoués de votre vieille maîtresse.

Villeurbanne, 6 mai 1865.

Chère Madame,

Voilà plusieurs jours que je voulais vous écrire la part que j'ai prise à votre peine; mais j'ai été tellement fatiguée pendant quelque temps, que je n'avais pas le courage de prendre une plume.

Vous savez que si mon corps est paresseux, mon cœur ne l'est pas, et vous ne doutez pas que nous nous soyons plusieurs fois demandé, depuis la réception de la triste nouvelle, comment vous avez passé ce douloureux moment (1).

Et à présent que vous avez fini ce long dévouement auquel vous vous étiez consacrée avec tant de cœur, n'avez-vous point de nouvelles peines? Si la maladie est pénible, c'est surtout lorsqu'elle nous sépare de ceux que nous serions si heureux d'aller voir; mais vous, Madame, à présent que vous êtes plus libre, ne pourrez-vous pas vous mettre en route pour venir visiter la pauvre malade? Vous devez avoir besoin d'air et de soleil après votre longue réclusion forcée; venez, vous savez que vous trouverez toute

(1) Mme D. avait perdu un frère bien-aimé à qui elle avait donné des soins pendant une maladie de plus de deux années. C'est la dernière lettre qu'écrivit Mlle Bollud.

une tribu de fidèles amis à Villeurbanne. Je confie à ma chère petite Marie, qu'il me tarde bien de revoir, la réalisation de ce projet. Ce n'est donc pas en vous disant adieu que je veux terminer cette lettre, mais en vous disant : A bientôt.

Chère Madame, chère petite Marie, je vous embrasse toutes les deux de tout mon cœur, vous savez qu'il n'est pas trop banal; maman se joint à moi pour vous embrasser, et elle insiste pour votre prochaine visite.

Toute à vous.

CORRESPONDANCE AVEC Mme G.

14 octobre 1845.

Je viens remplir ma promesse, ma bonne amie, et causer un petit moment avec vous. Il me semble que si j'étais à vos côtés, j'aurais mille choses à vous dire ; mais bien que notre liaison ne soit pas très-ancienne, je vous connais et vous apprécie depuis assez long-temps pour trouver beaucoup de plaisir à vous écrire, ne pouvant converser avec vous.

Lorsque vous ne me regardiez encore que comme votre maîtresse, j'avais déjà jeté les yeux sur vous, ma chère amie ; votre joli caractère, votre position si intéressante, les petites confidences que vous m'avez faites de vos ennuis, tout cela m'avait attirée vers vous. Vous occupiez déjà, il y a six mois, la première place dans mon cœur ; je ne pouvais ni vous le dire, ni vous le témoigner : la position d'institutrice est si délicate ! la jalousie des jeunes filles est si terrible ! En revan-

che, je ne parlais que de vous à ma famille bien désireuse de connaître celle dont je faisais de si grands
éloges. Je me disais même quelquefois : Si nous pouvions un jour être deux amies ? si mon affection pouvait lui aider à supporter les chagrins dont si jeune elle
a été abreuvée ? Mes souhaits se sont accomplis, du
moins en partie. Vous êtes la seconde personne à qui
j'ai voué une amitié de sœur, mais vous ne serez pas
inconstante comme la première. Etourdie et légère,
elle ne put s'accommoder de mon affection toute grave,
toute sérieuse ; au bout d'un an, nous avions presque
cessé de nous voir. Ces sortes de ruptures font trop de
mal ; mieux vaudrait ne s'aimer jamais. Basé sur une
estime mutuelle, fondement essentiel de toute sincère
et véritable amitié, j'espère, ma chère Fanny (vous me
laisserez bien vous appeler ainsi de temps en temps),
j'espère que le sentiment qui nous lie l'une à l'autre
croîtra tous les jours et ne servira qu'à notre perfectionnement : vous savez que c'est le but de toute la
vie. Je lisais la semaine dernière dans un livre dédié
aux institutrices, mais très-bon aussi pour les jeunes
filles et les jeunes mères, qu'il était bien rare de voir
deux femmes traverser ensemble les écueils de la vie
et se retrouver dans leur vieillesse toujours aussi aimantes, toujours aussi attachées ; si cette charmante
rareté se réalisait pour nous! Vous m'avez bien dit
quelque chose qui me ferait craindre sinon le contraire, du moins que tous nos beaux projets ne fussent
rompus par le milieu ; mais je ne veux pas y penser.

Vous voyez que je vous écris sans prétention, sans
m'inquiéter même si je fais des redites ou non ; je

veux que vous m'écriviez sur ce ton. Je veux vous
prier aussi de me dire l'heure à laquelle vous viendrez
dimanche : si c'est le soir, j'y serai toujours ; si c'est
pendant le jour, je sors quelquefois, et il se pourrait
faire que vous vinssiez juste au moment que je n'y
serais pas, ce qui me fâcherait beaucoup.

Je me hâte de vous dire adieu pour aller écrire un
petit mot à votre gentille petite sœur ; c'est ainsi que
je l'appelle.

Celle qui sera toujours pour vous
une amie sincère et dévouée.

28 décembre 1846.

Je ne sais comment m'excuser auprès de vous, ma bonne Fanny. Vous faire promettre une visite et ne pas la faire, ne pas vous écrire seulement comme vous me le demandez! Oh! je suis bien coupable, mais pas volontairement, je vous l'assure. Aussi je réclame de force mon pardon avec un gros baiser la première fois que nous nous verrons. Vous me dites que je deviendrai grave parce que je suis directrice. Non, je ne deviendrai pas grave et composée avec vous; je serai toujours l'ancienne petite adjointe, l'ancienne petite amie qui vous aime de tout son cœur, qui désire tous les jours de vous voir, et qui regrette d'être condamnée à de si longues abstinences.

Savez-vous, Mademoiselle Fanny, que vous avez de l'esprit comme un petit démon? Vous me faites peur, je n'ose pas lutter avec vous; mais vous êtes bonne aussi comme un ange. Vous m'aimez bien, je vous aime encore plus; ainsi je me hasarde encore à parlasser, babillasser avec vous.

J'ai commis une grosse étourderie jeudi : espérant pouvoir aller vous voir dimanche soir, j'avais fait une petite lettre dans laquelle je vous en avertissais; je devais la remettre à Mlle D., et justement après la leçon je l'oublie. Je m'en suis repentie, puisque je n'ai pas pu aller m'excuser auprès de vous.

Je n'ai pas encore eu le temps de regarder le cahier que vous m'avez fait remettre; comme j'espère bien que vous viendrez me voir dans mon nouvel appartement, nous chercherons ensemble comment il faudra le finir. Nous serons plus rapprochées maintenant, ma bonne Fanny, nous pourrons plus souvent nous visiter; du moins vous pourrez venir plus souvent, car sans cela je serais jalouse de Mlle D., de mon élève. Je n'ose pas dire cela; ne le lui répétez pas, ce ne serait pas digne de ma part.

Je ne sais pas ce que je vous écris maintenant; mes phrases doivent être bien mal tournées, car je pense à la fois à ce que je vous écris et à ce qu'on dit près de moi.

Ainsi adieu, et j'espère pour bientôt au revoir.

Votre amie la plus sincère.

9.

Sans date.

Tu souffres donc bien, ma bonne Fanny? Oh! que ta lettre m'a rendue triste! J'avais presque envie de pleurer après l'avoir lue. Pourquoi faut-il qu'aux chagrins extérieurs que tu éprouves se joignent encore ceux que te causent ton cœur et ton imagination? Bonne Fanny, oh! tu as bien raison de ne pas douter de mon amitié. Si je pouvais quelque chose pour toi, comme je le ferais avec empressement! Si je pouvais te voir, te parler souvent, du moins je pourrais te consoler, te caresser, t'embrasser; peut-être serais-tu moins malheureuse. Chère amie, ne te laisse pas aller à ton abattement; pense donc dans tes moments de chagrin à ta Marie, elle partage bien vivement toutes tes peines, et il me semble que lorsqu'on peut se dire : J'ai un cœur qui souffre ce que je souffre, qui comprend mon affliction, il me semble qu'on est moins à plaindre. Tu es bien abandonnée et bien livrée à toi-même, et c'est pour cela que tu te réfugies dans ta pensée et tu te laisses aller à tout ce qu'elle te suggère. Eh bien! je ne veux plus te laisser aussi seule, je ne veux pas que tu te laisses aller au découragement; il te mènerait bien vite. Lorsqu'on est bien triste, bien désolé, et qu'on a raison de l'être, c'est alors quelquefois que la consolation est le plus près; moi, je veux être ta consolation. J'irai te voir plus souvent que je ne le fais;

j'irai, vois-tu, parce que je te le dois ; je dois faire tout
ce que je peux pour te guérir, parce que tu es mon amie,
mon amie la plus chére, ou plutôt mon unique amie.
Peut-être, lorsque je monterai chez toi, ne pourrai-je
que t'entrevoir ; mais tu pourras te dire : Quelqu'un
pense à moi, et cela console. Je verrai dans tes yeux si
tu es triste ou si tu es calme, et dans le premier cas, je
te dirai vite un mot pour rasséréner un peu tes esprits, et dans le second, pour te faire persévérer.
Ecoute, ma bonne Fanny, il faut remplir un peu le vide
de ton esprit. Tu lis beaucoup, il est vrai, et cela l'occupe un peu ; mais la lecture quelquefois, loin de faire
du bien, exalte l'imagination, elle nous énerve. Lis un
peu moins, écris-moi un peu plus. Veux-tu faire une
convention ? Nous nous écrirons toutes les semaines.
Moi, je manquerai quelquefois à l'appel : ce ne sera pas
oubli, mais par manque de temps, tu en es bien certaine ; mais toi, tu seras l'exactitude même : tu ne seras
pas le pain de chaque jour, mais le pain régulier de
chaque semaine. Le veux-tu ? Je le désire bien. Si tu
savais comme ta lettre m'a fait de la peine ! J'ai de la
tristesse pour jusqu'au moment où je te verrai et où
tu me diras que tu es plus calme.

Je ne te dis rien du tout de notre chère petite Adeline (1). Je suis bien coupable à son égard ; si je te disais cependant que j'avais commencé pour elle une
petite lettre samedi, et que, pensant que tu étais partie,
il était trop tard ! Je te charge, si tu la vois cette semaine, de lui dire encore tout ce que tu pourras trou-

(1) Jeune sœur de Mme Fanny G.

ver en ma faveur, et bien sûr cette fois je lui écrirai samedi de cette semaine.

Adieu ; je t'embrasse bien vulgairement de tout mon cœur, mais tu comprends ce que cela veut dire.

Ton amie tout entière.

Sans date.

Tu vas être étonnée sans doute, ma chère Fanny, lorsque tu recevras ce petit billet; mais hier je n'ai presque rien pu te dire. Nous n'avons parlé que tableaux, et c'est fort intéressant, mais bien moins, je te l'assure, que de se dire ses petites affaires. Je voulais hier te prier de me faire remettre les journaux que tu as chez toi; ma sœur voudrait copier un dessin de manchettes, et je ne sais pas dans quel numéro il est.

Et à propos de manchettes, je pense que tu as toujours mon discours d'ouverture; fais bien attention de ne pas le perdre, il faut que tu me le rendes. Ne dirait-on pas à m'entendre que je parle à une petite fille? Tu me le passes bien; c'est l'habitude du commandement qui l'emporte. Tu trouveras ci-jointe une lettre pour ta sœur; elle est remplie de répétitions du commencement à la fin. Je veux à toute force que ces dames ne la voient pas, je ne sais même pas si elle peut lui être remise mal soignée comme elle est; tu me le diras franchement, et si tu la trouves trop négligée, je me déciderai à la refaire. Cette lettre, celle de ta sœur, est faite depuis le jour que j'ai été te voir et que tu n'y étais pas. Je crois que j'ai fini tout ce que je voulais te dire. Ah! je pense aux sujets de composition que tu m'as demandés; je vais t'en donner un

qui t'amusera beaucoup : c'est l'éloge de la *patience*.
Tu dis tout bas que je suis malicieuse, je t'assure que
non ; je l'ai donné au cours normal, et je voudrais savoir comment tu le ferais. S'il t'ennuie, je t'en *dispense*
cependant bien volontiers. Oh ! voilà un mot de trop,
tu ne vas voir que cela dans ma lettre. Je ne sais pourquoi je me laisse tant aller lorsque je suis avec toi ; ma
plume court, je ne peux pas m'arrêter. Tu vas me dire
que j'ai la maladie de Mme de Sévigné, mais que je
n'en ai pas le talent.

Adieu cependant, il faut que je finisse. Je t'embrasse
mille fois.

Ton amie à présent et toujours.

Sans date.

Il faut que je fasse compliment à ma Fanny de l'exactitude qu'elle apporte à mes leçons, de l'empressement qu'elle montre à me voir, lorsqu'elle sait si bien que pendant deux longues heures elle pourra me contempler, me considérer, m'écouter tout à son aise sans qu'elle m'enlève rien de tout mon temps dont je suis obligée d'être si avare. Il fut un temps où l'on me disait : « Que j'envie le bonheur de tes élèves ! que je serais heureuse de le partager avec elles ! » Qui s'y oppose maintenant ? Mais probablement qu'on n'y attache plus autant de prix. O inconstance du cœur !... O amitié de la terre, que vous êtes peu durable ! Amie, tu es probablement lancée dans les plaisirs, tu vas en soirée, et tu es lasse le lendemain ; tu as peur d'affronter une fatigue pour voir celle que tu appelais naguère ton ange gardien, celle dont l'âme sincère t'a donné tout ce qu'elle a d'amour, de dévouement, celle qui t'aime jusqu'à te dire ce qu'elle trouve de pas bien en toi. O Fanny ! Mais je te comprends : de douces paroles retentissent à ton oreille, des compliments flatteurs t'enchantent, et la voix d'une politesse, d'une amabilité vraie ou non te paraît plus agréable que l'allure un peu froide de celle qui se permet de morigéner. Pauvre amie ! Déjà Mme X. l'emporte sur moi ; que sera-ce plus tard ? Mais rassure-toi : lorsque j'ai

aimé, j'aime toujours. Je sais refouler au fond de mon
cœur tous mes sentiments, et à la seule tristesse excep-
tée, qu'un œil scrutateur et habile pourrait découvrir
en me regardant attentivement, on pourrait me croire
parfaitement indifférente ; mais au fond de mon âme
veille toujours le sentiment, et il suffit d'un seul appel
pour ranimer ce qui semblait éteint. Il te suffira aussi
toujours d'un mot de confiance de ta part, d'un épan-
chement sincère, pour me retrouver telle que j'ai toujours été.

O amie, les amis véritables sont rares ; on a beaucoup de connaissances, peu d'amis. Sois sûre que tu as
fait battre un cœur bien sincèrement pour toi ; ne
l'oublie jamais, surtout lorsque tu auras quelque
peine : c'est alors surtout, vois-tu, que je suis la plus
aimante. Nous sommes bien jeunes toutes les deux,
nous avons besoin de conseils : moi, je n'en manque
pas ; toi, qui te les donnerait ? Pardonne-moi, amie,
si je me permets quelquefois de t'en donner ; je ne
comprends pas l'amitié sans cela. Il est si doux de pouvoir se confier mutuellement ses pensées, de pouvoir
se dire franchement comment on se trouve ! Je l'ai
fait, fais-le aussi. Je t'aime comme une sœur, je dis
plus, comme une mère, et les mères, plus elles aiment, moins elles passent. Passe-moi donc mes sentiments de mère ; je suis si heureuse de la confiance de
mon enfant ! Que penseras-tu de cette lettre ? Tu vas
croire mon imagination malade ; eh bien ! non, j'avais
besoin de te dire tout cela. J'ai peut-être encore bien
des choses à te dire, car mon âme déborde ce soir d'affection pour toi ; mais je ne peux pas tout écrire : cela

se pense, cela peut se dire, on ne peut pas le fixer
cela sur le papier. Ah! je ne finis pas, et je reviens à mes pensées; que je suis extraordinaire! Mais
viens ce soir me voir si tu le peux, tu t'assureras que
je ne suis pas folle, car je crains que tu ne le croies. Si
tu savais tout ce qui se passe dans mon âme! Je crois
que je suis un peu égoïste et jalouse; je voudrais mé-
tamorphoser ce papier en moi. Il y a une pensée qui
me poursuit continuellement : c'est que je crains qu'on
ne se trompe sur mon caractère ; parce que je suis
froide parfois, qu'on ne croie que je le suis au fond. Il
sera de cela ce que Dieu voudra.

Lorsque j'ai commencé cette lettre, je voulais te
dire de m'envoyer le canevas ou plutôt la composition
que je t'ai prêtée sur Attila arrêté devant Rome par
saint Léon. N'oublie pas de me l'apporter ce soir ou
de me l'envoyer demain ; il faut que je l'aie avant lundi
pour en préparer le canevas, devant donner ce sujet
lundi au cours normal.

Adieu ; je me suis un peu déchargée de ce que j'a-
vais sur le cœur. Je n'ai pas besoin de te dire que je
t'aime, ni comment ; je n'en suis plus là. Toi, aime-
moi toujours.

Ta sincère et fidèle amie.

8 août 1847.

Je ne sais si je n'ai pas aujourd'hui raison de t'appeler *mon infidèle*. Es-tu morte ou en vie? Voilà au moins un siècle que je n'ai entendu parler de toi, et il paraît que tu te tiens dans le *decorum*. Cependant, belle indifférente, vous me deviez une visite; je comptais sur vous dimanche, et vous m'avez fait user sans aucun résultat mon temps à vous attendre. Heureusement que des *amies* sont venues remplacer l'amie *inconstante*. Parlez des affections de ce monde; ah! elles sont bien éphémères.

Cependant moi je suis bête à force d'être bonne, d'être fidèle; j'écris ce billet rien que pour que mon amie ne reste pas avec le nombre treize qu'elle dit être mauvais. Quelle longanimité! Mais faites bien attention, Mademoiselle; rappelez-vous ces paroles du Saint-Père : « Le temps de la miséricorde est fini, celui de la justice commence. » Prenez garde que le temps de mon indulgence ne finisse pas.

Je faisais apprendre à mon Octavie, cette semaine, la fable des *Deux Amis;* je voudrais bien que tu l'apprisses aussi. Je ne sais s'il t'a pris l'envie d'aller loger au Monomotapa; fais en sorte de revenir tout de suite avec les bons sentiments qu'on doit y prendre. Je me creuse la tête pour te chercher encore quelques bêtises, et je n'en trouve plus. Je pense que tu n'as pas

oublié les *foréts agitées par le vent*. Voilà un sujet
qui doit aller à ton imagination, toi qui as des rémi-
niscences de Belle au bois dormant. Mais sans rire
il faut que tu me fasses cette composition, et bien,
pour qu'elle puisse servir de modèle.

Adieu. Tant pis, je n'ai plus rien à te dire. Tu embrasseras Adeline pour moi, mais moi je ne t'embrasse pas. Ecoute cette dernière malice :

Ton *ex*-amie. Oh! oh!

Sans date.

Mon Dieu, ma bonne, que de reproches ! Réellement tu étais en verve ; s'il n'y avait que ce que tu appelles tes belles phrases, et ce que j'appelle, moi, l'expression de ton cœur aimant, je me fâcherais à mon tour. Si tu savais pourquoi je ne t'ai pas écrit la semaine dernière, tu ne me gronderais pas. Il est vrai que je n'en sais rien trop moi-même ; c'est beaucoup de raisons, et et ce n'en est point. Explique-toi cela si tu peux ; je vais t'aider. La semaine dernière, j'étais excessivement mal disposée ; tous les jours je me disais : « Il faut que tu écrives à Fanny. Oh ! si tu ne lui écris pas, elle sera fâchée ; mets-lui devant les yeux toute ton âme, et elle te raffermira (car, bien que j'aie l'air femme forte, je ne le suis pas toujours). » Eh bien ! crois-tu que je n'avais pas la force de prendre la plume ? Je ne sais pas ce qui me préoccupait, mais j'avais comme des envies de pleurer, et je n'aurais pu dire pourquoi ; je ne dis cela qu'à toi. Comprends-tu cette nature bizarre ? Oh ! dis-moi que je suis *inexplicable*. Voilà cependant comment je *m'explique* : je suis à la fin de l'année, et je suis inquiète de nos examens, de cette distribution de prix, de ces rapports à faire ; je n'ai que vingt ans, et cela m'écrase. Comment ne pas te réfugier dans le sein de ton amie ? me dis-tu. Eh bien ! je ne sais pourquoi, mais j'aurais voulu être

seule. Je pensais à toi, et je ne pouvais réunir mes
idées ; c'était comme du feu qu'il aurait fallu empêcher
d'embraser. Comment faire? Mes idées ressemblent
parfois à un pêle-mêle où je ne comprends rien ; il
faut cependant que je les réunisse, car il n'est pas
possible de dire là : Je suis mal disposée, et je n'y af-
fronterais pas l'épithète de capricieuse ou de senti-
mentale. Alors on prend tout son courage, et l'on fait
ce que l'on peut : on se donne quelquefois bien de la
peine pour arriver à quelque bonne médiocrité, mais
on tâche de dorer tout cela de couleurs aussi animées
que possible. Sais-tu comme je t'écris? Je suis appuyée
contre le dossier de ma chaise ; à me voir, on dirait
que mes doigts ne bougent pas, que je suis plongée
dans quelque méditation, ou que je vais dormir, et j'en
ai bien envie. Cependant, si tu pouvais me voir, je
crois que tu verrais ma figure reprendre quelque expression, car je sens mes idées s'éclaircir à mesure
que je t'écris. Je suis sûre que tu vois aussi mon écriture devenir plus illisible ; car, lorsque je ne suis pas
en train, mon écriture a plus de mollesse, mais plus
de régularité. Enfin je crois que j'ai fini toutes mes
doléances, et l'on serait tenté, à m'entendre, de me
prendre pour un Jérémie de nouvelle espèce. Si je
donnais des leçons de littérature, je n'offrirais pas ma
lettre pour un modèle du genre, car je manque essentiellement aux principes de la saine littérature :
il faut d'abord, dit-elle, s'occuper de la personne à
qui l'on écrit, et je commence par moi ; mais moi c'est
toi, et tu me le passes.

Tu me demandais un jour où je trouvais ce que

j'écrivais, et moi je peux te demander à mon tour où
tu prends le moyen de dire si bien ce que tu éprouves;
mais je sais où. Je vais m'appliquer aussi ce que tu
m'as dit. Tu es pour moi le baume à mes ennuis; car,
depuis que je t'écris, je t'assure que je suis beaucoup mieux physiquement et moralement. Ce que
c'est que d'être intimes! Comme on a de l'abandon!
Comme on écrit une à une ses paroles, sans s'inquiéter
de leur suite, de leur enchaînement! On voltige, on va
et vient, on pense à une chose et on la dit, on ne s'inquiète pas de toute cette légèreté : n'a-t-on pas une
amie qui vous suit volontiers dans tous vos voyages
de la pensée? Je me dilate, vois-tu, en t'écrivant; c'est
un bien-être indéfinissable, et je vois avec un véritable regret approcher la fin de ma lettre. Que c'est
doux une causerie d'amie! C'est le bonheur. Comment
définit-on l'amitié? Je n'en sais rien, mais il me semble que c'est quelque chose qui vous remue tout doucement, qui vous met bien à l'aise, qui vous console,
qui vous fait rêver, quelque chose de mystérieux
enfin. Comme l'on trouve à remplir du papier lorsqu'on s'aime d'une affection comme la nôtre! Je ne
sais, mais mes paroles s'envolent de mes lèvres, et
puis elles se fixent sur le papier sans que je sache
comment. Sans doute je redis bien souvent les mêmes
choses, mais mon cœur se récrée et se renouvelle, et
je trouve du plaisir à me répéter; je ne sais si tu en
as à m'écouter.

Mon Dieu! mon Dieu! me voilà à ma dernière page.
Que de choses encore à t'écrire! D'abord je suis très-
inquiète de ta santé; tâche de m'en faire savoir des

nouvelles. Ensuite tu es une grosse sotte de me dire
que je ris de ce que tu me dis; mais il faudrait que
je n'eusse pas le sens commun. Oh! si tu savais quelle
envie j'ai eue après avoir reçu ta lettre! Il est venu
une jeune personne qui n'entend pas très-bien l'amitié, et qui s'est mal conduite avec une de ses amies;
j'avais envie de lui faire voir ta lettre pour lui faire
comprendre ce que c'est qu'une véritable affection,
mais j'ai résisté à la tentation. J'ai bien envie de
prendre encore du papier, mais pour le coup tu aurais, toi, le droit de rire, et je ne veux pas.

Adieu, bien-aimée.

Sans date.

Qu'as-tu pensé de mon manque de parole, ma bonne Fanny, cette après-dînée? Je n'en sais rien, mais je suppose que tu m'as bien accusée. Eh bien! cependant je ne suis nullement coupable. J'ai des vacances infernales, je n'ai pas une minute à moi; il faut que tout le monde vienne me voler mes instants, et je trouve que j'en ai déjà si peu.

Qu'est-ce que six semaines lorsqu'on a à préparer tout le travail d'une année, et qu'il faut en même temps faire des visites et en recevoir? Je ne sais si je t'ai dit qu'on est venu me chercher dans un pensionnat-externat de Lyon pour faire l'examen des élèves. Cela m'a volé lundi trois grandes heures et autant ce matin. Je suis rentrée aujourd'hui à près de deux heures et demie, parce qu'il avait fallu de plus aller chez mon libraire pour voir des livres que je dois acheter; tu vois si alors j'avais le temps d'aller à Saint-Clair. A tout prendre, je n'ai pas bien regretté cette distribution de prix; nous nous serions bien vues pendant trois heures, mais qu'aurions-nous pu nous dire? Rien, ou du moins rien d'intime, et alors notre plaisir n'eût pas été bien grand. Ce que j'ai regretté vivement, c'est d'abord l'inquiétude ou plutôt l'impatience que tu as certainement éprouvée, et puis de n'avoir pu assister au couronnement de ma bonne petite Adeline ; mais si je n'ai pu joindre mes baisers aux tiens, j'ai bien pensé à toi et à elle, et j'ai pensé aussi que ce n'était que différé, car je m'imagine bien que tu n'auras pas la cruauté de me faire expier mon inexactitude. Voici sur quoi je compte : tu pars probablement demain avec ta sœur pour la campagne ; eh bien ! il faut que tu viennes absolument demain me faire tes adieux avec elle, et c'est sans réplique. Tu penses bien que ta sœur est fâchée contre moi, que tu es bien tentée de l'être aussi, et il faut que tout se répare dans un baiser. Tu dis sans doute que ce serait à moi à aller le chercher, mais tu sais bien que je ne peux pas. Allons, ne fais pas la méchante, ou c'est moi qui gronderai à mon tour.

Adieu, ma bien-aimée chérie ; je t'embrasse mille fois par la pensée.

29 septembre 1847.

Mauvaise amie, qui ne craint pas de me dire qu'elle ne m'aime pas ! Que veux-tu que je te dise avec tes vilaines et adorables lettres ?

Puisque tu crois que je suis capable d'en aimer une autre que toi, que tu vas jusqu'à oser me dire que ton amitié m'est à charge, je veux te bouder et ne plus t'appeler que *Mademoiselle*. Vous étiez bien jolie cependant, Mademoiselle Fanny, lorsque je vous parlais de Mlle Désirée, que je ne connais, selon votre expression, ni d'Adam ni d'Eve, que j'ai vue deux fois pour l'examiner, et à qui je n'ai plus pensé que pour vous en parler ; ce qui vous a fait prendre un petit air si amusant, que je vous aurais croquée, si je n'avais pas craint d'être appelée anthropophage. Voyons, Mademoiselle la jalouse, croyez-vous que je donne mon affection à la première venue, et que la directrice du cours normal veuille jamais appeler *amie* une élève ou une personne qui ait été sous sa férule, à moins que ce ne soit une petite perfection qui s'appelle Mlle Fanny? Ah ! on veut sonder mon cœur ! Eh bien ! mon cœur s'ouvre souvent à demi pour des élèves qu'on aime à la façon des mères, mais il ne s'est ouvert entièrement qu'une fois pour... Je ne vous dirai pas pour qui, vous seriez trop fière.

Que c'est gentil de dire *vous !* J'ai presque envie de

reprendre cette bonne habitude ; qu'en penses-tu ? Je suis sûre que tu vas chiffonner ma lettre de dépit. Eh bien ! tant mieux ; je suis un peu de mauvaise humeur, tu le seras aussi : ce sera une harmonie de plus entre nous. Voilà un bel accord.

Sais-tu que tu m'as fait rougir avec tes douze grandes pages, parce que moi... Mais non, je ne te dis rien ; je t'embrasserai, et tu pardonneras ma paresse. Tu es comme Mme de Sévigné, tu as l'amour d'écrire ; moi je suis comme Mlle de La Fayette, je suis lasse, et j'ai envie de te dire comme elle : « Eh ! ma belle, qu'avez-vous à crier comme un *aigle?* » Tu vois que je te suppose de belles dispositions ; ne crois pas que... Non, non, j'aurais trop à dire, ce sera pour une autre fois, et mieux lorsque je te verrai ; tu riras de mes réticences, en voilà déjà une demi-douzaine, c'est probablement leur jour.

Tu te livres à de grandes méditations au clair de lune, sais-tu, ma grave amie ? Moi, tout bonnement, en voyant un beau ciel étoilé, de grands arbres et de gracieuses fleurs qui ouvrent ou referment leurs calices remplis de senteurs embaumées, je me dis : La campagne est une amie ; voilà le parfait bonheur sur cette terre.

Mon petit Vatel au berceau, vous faites donc de la bonne cuisine, et vous voulez m'en faire goûter. J'en ai bien envie, et petite maman aussi, que tu m'as dérobée, soit dit entre parenthèses ; mais, belle cuisinière, je crains de trouver nez de bois chez toi, comme lorsque tu es venue à la maison, et je t'assure que la course est trop longue pour t'aller porter ton cordon-bleu de *cuisino erudito* et ne pas te trouver. Je suis allée ce matin chez ta bonne pour lui demander si tu venais dimanche à la ville ; elle m'a dit que c'était possible, et j'ai remis dans mon portefeuille mon projet de descente ou d'ascension, je ne sais pas lequel des deux, à Francheville. Si tu ne viens pas dimanche, écris-le-moi, en m'indiquant la route à suivre pour arriver à la charmante villa, et peut-être qu'alors je pourrai... Je ne te l'assure pas ; je veux te réserver la surprise (de me voir où de ne pas me voir). Voilà bien du papier, bien des phrases employés à ne rien dire (style original copié sur Mlle Fanny, qui a toute la modestie de La Fontaine).

Que faut-il que j'ajoute pour remplir la page blanche qui me reste, et qui soit aussi intéressant ? Soit dit sans orgueil, j'ai la prétention d'intéresser mon amie, lors même que je lui dis des choses fort peu intéressantes. Prenez cela pour vous, mon amie, et rappelez-vous que deux amies qui s'aiment véritablement trouvent toujours fort attachant ce qu'elles lisent l'une de l'autre. Ainsi, lorsque vous me faites toutes vos élégies sur la longueur de vos lettres et le peu de plaisir que j'ai peut-être à les lire, je suis tentée de me fâcher, et lorsque je vois, avant ou après, une aventure plaisante racontée avec votre esprit malin et enjoué, je pense involontairement au sourire mêlé de larmes d'Andromaque ; cela me fait tant de peine que je me surprends une larme à la paupière.

Allons, mon amie, il faut rire, bien rire à vingt ans ; on ne rit pas plus tard. Il faut laisser tous les soucis de côté ; il ne faut pas que la tristesse perce à travers la gaîté. N'es-tu pas dans la saison des roses ? Ne te laisse pas prendre aux épines qui te piquent quelquefois : c'est dans l'ordre des choses. Je te veux gaie comme l'oiseau qui chante du matin au soir, légère et sauteuse comme la biche. Avec une amie véritable qui partage toutes vos peines, tous les maux ne se trouvent-ils pas adoucis ? Surtout plus de ces craintes d'être trop longue avec moi, cela me fâcherait.

Mon petit ange, voilà un tiers de ce que tu m'as envoyé ; j'ai écrit bien fin, afin qu'il en allât davantage ; tu m'en sauras gré, car j'ai bien à faire. Sais-tu, ma bonne Fanny, que lorsque je pense à ce que tu es pour ton frère et ta sœur, et comme tu t'acquittes bien de ta tâche, je te vénère ? Aussi il n'y a pas d'autre expression pour te désigner que j'aime mieux, que celle-ci : mon ange. Oui, ta petite sœur doit t'aimer ; fais-lui lire ces dernières lignes. Je serai bien aise qu'elle sache ce que je pense de toi.

Adieu, mon bon ange, mon amie ; prie le bon Dieu pour moi, pour mes travaux. Je tiens beaucoup à tes prières ; Dieu doit les aimer.

Mars 1848.

Pour arriver plus tard, mon bouquet n'en sera pas moins bien accueilli, n'est-ce pas, ma bonne Fanny? Je te souhaite, à l'occasion de ta fête, ma chère amie, un long temps encore passé sans mari, et dans la suite un bon, bien bon. Je veux aussi que tu prennes avec moi l'engagement de ne pas aller t'enfermer dans un sombre cloître où je ne pourrais plus te voir. Es-tu contente de mes souhaits et du désir de ma volonté? Oui, sans doute, car tu sais pourquoi je désire voir se reculer le temps de ton mariage, et je n'ai pas besoin de te dire que je serais bien triste si tu t'enfermais dans quelque couvent; je n'aurais plus le petit rayon d'amour qui brille si délicieusement sur moi; je n'aurais plus le petit bijou qui m'aime toujours, lors même que je lui fais des espiégleries.

Voilà, amie, ce que me suscite la fête de sainte Françoise. Je vais finir, parce que je t'ai dit que je t'aime, et que je ne sais plus dire autre chose.

Adieu, embrasse-moi, mon amie, mon ange, en échange de mon bouquet.

1848.

Petite maman t'embrassera bien pour moi, ma chère; de plus, je veux t'écrire encore un mot, car, il faut bien te le dire, je veux jouir de mon reste. Ne te fâche pas, c'est bien à peu près cela. Si ce n'est pas vrai d'une manière absolue, c'est bien un peu vrai d'une manière relative. Petite chère Fanny, je ne sais comment t'appeler; je voudrais accumuler toutes les épithètes les plus ardentes, afin de faire pâlir, dis-tu, celles dont se servira bientôt devant toi M. Fortuné. Petite méchante, ce n'est pas cela; c'est que je voudrais en trouver une qui peignît bien fidèlement ce que j'éprouve, et je ne la trouve pas. Eh bien! bien-aimée, chère amie, chérie, tout ce que tu voudras, je vais te révéler un tort à mon égard, et tu me diras si tu n'es pas bien coupable. Tu me fais perdre un temps infini depuis que tu es en mariage. Croirais-tu qu'accablée d'ouvrage, je n'ai pas pu résister à l'envie de t'écrire quelques mots, fût-ce les plus grandes bêtises du monde? Et puis, toutes les fois que je me surprends à laisser tomber ma plume et à penser au lieu de travailler, c'est encore toi qui es coupable, car c'est toujours cette petite trois fois sotte, cette petite cruelle que je ne veux plus aimer du tout, à qui je pense. Tu rirais bien au milieu de tes émotions, si tu me voyais griffonner au milieu d'éléments de

physique, avec des figures de baromètres : baromètre
à cadran, baromètre à siphon, baromètres de toutes
sortes qui me crient : A l'ouvrage, à l'ouvrage, Mademoiselle ! Le devoir avant le plaisir ; arrière toutes
ces douces et cependant si innocentes distractions !
N'est-ce pas impatientant ? Allez-vous-en donc, mé-
chants livres ; je ne veux pas penser à vous à présent.
Et ils crient plus encore, tellement fort que je suis
obligée de céder, de t'embrasser et de te dire adieu,
adieu, ma bonne amie.

Je t'embrasse mille fois.

1848.

Chère bonne, il faut que je sois toujours la vaincue ; je suis bien souvent tentée de t'accuser d'indifférence, de te laisser entraîner, sans arrière-pensée
pour ton amie, dans le tourbillon *marital*, et puis
voilà qu'à un seul mot de cette petite traîtresse, tout
l'échafaudage de ma colère tombe. Sais-tu bien qu'au
fond cela m'humilie ? Je suis décidée désormais à me
cuirasser d'indifférence ; car n'est-il pas honteux à
moi, qu'on appelle femme forte, de me laisser prendre à tous ces bobos ? Philosophiquement, il faut que
je travaille à me corriger.

Tu m'as donné presque envie de pleurer avec ta
lettre. Oh ! ne me parle plus de ta famille qui est
triste, de ton cœur qui bat, de ton cœur si gros ; cela
me retourne toute. Je t'assure bien qu'à ce moment-là
mon cœur a bien battu aussi deux fois plus vite qu'à
l'ordinaire. Comme l'on ressent ces sortes de choses,
lors même que cela ne vous regarde pas ! Ah ! amie,
je te plains comme toute jeune fille qui va se marier ;
c'est-à-dire que je comprends combien de fois tu dois
tressaillir par jour, toutes les pensées qui te doivent
venir en tête, toutes les réflexions que tu fais, toutes
les rêveries douces ou tristes auxquelles tu te laisses
aller. Tu dois être brisée lorsque le soir arrive. Mon
Dieu ! moi qui n'ai que des soucis d'état, des inquié-

10.

tudes de position, toutes les fois qu'il m'arrive quelque chose d'un peu moins ordinaire, quelque visite un peu ennuyeuse, quelque attente d'examen, tu ne pourrais croire combien je deviens triste en moi. Oh! que je désire alors l'obscurité! Oh! que je souhaite vivement l'indépendance! que je ferme souvent les yeux pour ne pas penser ou pour recueillir des forces! Que dois-tu donc éprouver, toi, ma bien chérie, à la veille de ce moment solennel? Ça ne se dit pas, n'est-ce pas? ou plutôt on n'en sait rien.

Bonne petite, ne crois pas que je sois jalouse; va, je comprends bien que lorsque tu seras mariée, la plus grande partie, non, tout ton cœur sera à M. Fortuné, cela doit être; je suis trop raisonnable pour désirer, à plus forte raison pour vouloir le contraire. Mais il y a une petite loge qui s'appelle *amitié*; est-elle dans le cœur ou hors du cœur? Peu importe; ce que je désire bien fort, oh! oui, c'est qu'elle soit toujours remplie par moi. Ce n'est pas égoïste ce que je demande; ne m'as-tu pas dit bien souvent que j'étais tout pour toi? Je croirai être encore tout pour toi, à ma façon, si je suis toujours dans cette petite loge.

Je t'aime bien, mon ange; je n'ai jamais aimé que toi. Vois-tu, du caractère que je suis, je ne pouvais connaître l'amitié que par toi. Je ne suis pas froide, je ne suis pas brûlante, et moins encore disposée à faire des avances; l'égalité d'âge, l'égalité, mieux la ressemblance de position, eussent toujours été une opposition à ce que je contractasse une véritable amitié, une de ces amitiés tout entières comme la nôtre, parce que je n'aurais pas été à l'aise. Toi, ma bien-

aimée élève, tu viens me dire que tu serais heureuse
d'être mon amie; comment résister à cette demande,
lorsque pendant un an j'avais considéré ce doux et
triste visage que j'aurais bien voulu pouvoir consoler?
Cela a été fait, ma chère; dès ce moment ma chaîne
a été rivée à toi. Tu n'as pas su, ma bonne amie,
combien de fois j'ai pensé à toi, je me suis impatientée de ne pouvoir te voir aussi souvent que j'aurais
voulu; combien de fois aussi je me suis surprise à ja-
louser ces religieuses de Saint-Charles, que j'accusais
de t'enfermer dans leurs filets. Dans ma petite tête si
calme, il y a bien quelquefois du feu.

Bonne Fanny, pourquoi vais-je te dire tout cela aujourd'hui? Tu le comprends bien, ma bonne : c'est
qu'au moment de se séparer on voudrait pouvoir
épancher son cœur tout entier, mais c'est impossible.
Je crois encore que la meilleure partie des affections
reste secrète.

L'heure du cours sonne; ma bonne, adieu. Je t'embrasse bien fort, comme si je te tenais. Aussitôt que
je le pourrai, j'irai te voir et te porterai mon vilain
portrait.

Ton amie à toujours.

1er juin 1848.

Voilà déjà huit jours que nous ne nous sommes pas
vues, ma chère Fanny, huit jours que tu es mariée ;
comme le temps passe vite ! Qui nous eût dit, il y a
trois mois à peine, que nous serions si tôt irrévocablement séparées par six mortelles lieues ? J'ai eu bien
moins de courage à supporter ton absence que je ne
l'espérais. Croirais-tu, ma bonne, que je ne puis penser à toi sans prendre envie de pleurer ? Et comme j'y
pense continuellement, je suis continuellement triste.
Je couvre ma mère de baisers et de caresses pour me
dédommager ; elle t'aime beaucoup, et je crois qu'elle
comprend ma peine intérieure.

J'ai tort de te dire tout cela ; je devrais le refouler
au fond de mon cœur, mais je ne le puis pas.

Ton petit billet, je l'ai relu bien souvent, ma bien-
aimée ; il m'a fait bien plaisir. Je n'oublierai jamais,
ma Fanny, que tu m'as écrit en même temps qu'à ta
bonne maman ; mais tu as été malade, tu es partie le
cœur gros. Tu as peut-être bien un peu pensé à l'a-
mie que tu quittais ; elle te sera fidèle. Dieu nous a
fait nous rencontrer sur notre chemin, afin que nous
devinssions l'une et l'autre meilleures en nous aimant.
La distance n'altérera pas notre affection, elle ne fera
qu'en changer la direction en lui donnant plus de
gravité. Mais oublie, ma chère amie, tes chagrins de

jeune fille; oublie ce passé qui a été pour toi si triste. Livre-toi tout entière au bonheur, j'espère qu'il commence avec ton mariage; s'il n'en était pas ainsi, j'accuserais la justice de Dieu.

J'attends avec impatience ta seconde lettre. Tu me dis que cela te fatigue d'écrire. Chère amie; je ne voudrais pas te rendre malade : lorsque M. Fortuné viendrait à Lyon, il me ferait des reproches; mais si cela ne te fatigue pas trop, écris-moi longuement : j'ai soif de détails. Je te vois maintenant dans un vague où mon esprit ne trouve rien pour se reposer; je ne sais où te loger, où te faire promener ; je ne pense pas seulement à placer ton mari près de toi. Dis-moi bien minutieusement ton habitation, ce que tu fais, où tu es habituellement le matin, le soir; ne pouvant te voir, je me figurerai où tu es, ce que tu fais, cela me fera illusion.

Si j'étais auprès de toi, que de questions je te ferais sans être indiscrète! Va, sois-en sûre, je saurais bien m'arrêter quand il le faudrait; mais un rien m'intéresserait et me dirait ce que je voudrais savoir. Que de fois j'ai causé avec toi pendant ces huit jours ! Tu ne t'en doutais pas, et tu m'as laissé bien cruellement faire les demandes et les réponses. Je te ferai rire lorsque tu viendras à Lyon, si je te raconte la centième partie de toutes mes doléances, de tous mes rêves, de tous mes châteaux en Espagne. Quand tu penseras venir revoir ma rue Buisson, tu n'oublieras pas de me l'écrire, afin que je puisse disposer de mon temps pour te voir tout à mon aise.

Que penses-tu de ma résolution de ne t'écrire que

lorsque tu serais venue une fois me voir avec le titre
de *madame*? Je n'ai pas pu résister à mon désir. Quoi!
lorsque je ne pense qu'à toi, lorsque je ne m'occupe
que de ma chère infidèle, je ne lui écrirais pas un
seul mot! Elle s'imaginerait peut-être que je suis fort
tranquille, tandis que c'est tout le contraire. Il faut
que tu le saches, et je me suis décidée à faire le grand
pas, à écrire à Mme G. Tu en prendras la responsabilité.

Ma bonne Fanny, si je n'écoutais que mon cœur, je
n'en finirais pas; mais ce ne sont que des rapsodies
qu'on se contente de penser. Adieu; devine tout ce
que je ne t'écris pas. Tu ne veux pas m'embrasser,
méchante; je t'embrasse mille fois du fond de mon
cœur. Adieu; ne m'oublie pas.

Ton amie toujours.

5 juillet 1848.

Ma bonne amie, j'attends avec impatience la longue lettre que tu m'as promise ; je compte tous les jours qui s'écoulent entre la réception de tes lettres, ce sont autant de siècles. Je n'ose pas te le dire, parce que je ne le dois pas ; aussi sera-ce la dernière fois, mais six lieues de séparation c'est bien amer. Il serait si doux d'aller te dire un petit bonjour le matin, le soir, de te surprendre ! Rêves que tout cela, il n'y faut plus penser. Il faut bien écrire en place ; mais je ne sais pourquoi, lorsque je prends la plume, souvent, au lieu de me réjouir, je deviens triste, pour ne pas dire davantage. Il y en a assez sur ce sujet.

Je suis un peu malade, ma Fanny ; je ne peux presque pas parler, et avec cela mon cours de deux heures. Si tu étais à Lyon, tu viendrais bien me voir, m'embrasser ; tu me guérirais. Tu le feras lorsque tu viendras, pour me faire oublier ce long mois. Encore plus qu'une dizaine de jours, et je te verrai, ma chérie. Si M. Fortuné m'entendait, il dirait : Elle compte bien si juste, Mlle Marie ! Certainement, Monsieur ; vous voulez tout *accaparer*. Tant pis, ma bonne, ton mari ne doit pas être jaloux de ce que tu m'aimes bien, de ce que tu m'embrasses. Je t'ai aimée la première, il est bien juste que tu ne m'oublies pas ; il doit être content au contraire de ta fidélité. Je ne sais pas pourquoi, ma bonne, lorsque je t'écris, je fais des pauses interminables. Voilà qu'au beau milieu d'une phrase je me mets à rêver; véritablement je ne sais pas tout ce que je te dis et tout ce que tu me dis, il y a parfois illusion complète. Quel désenchantement ensuite! Ah! bonne amie, si tu savais comme je t'aime, comme tu occupes toutes mes pensées! Je ne t'écris pas les trois quarts, la millième partie de ce que je pense; ça ne se pourrait pas. Voilà une petite causerie pour aujourd'hui; écris-moi donc bien vite pour que je puisse voir bientôt de véritables paroles prononcées, écrites par mon amie. C'est la plus délicieuse chose pour moi lorsque j'entends dire: « Le facteur est venu. » Le facteur, ce n'est pas lui que j'aime, mais ce qu'il m'apporte; c'est l'envoi de mon amie, de mon ange adoré, de tout ce que j'aime au monde avec ma mère : vous occupez le même rang dans mon cœur. Elle est si bonne, cette petite mère! elle comprend si bien sa fille, si bien l'affection qu'elle a pour toi! Elle n'en rit pas, je t'assure; elle ne la considère pas comme une amitié vulgaire, banale; elle m'en a donné le témoignage. L'autre jour nous parlions de l'amitié de plusieurs jeunes filles que nous connaissons : « Elles se tutoient, il paraît qu'elles s'aiment bien, dis-je à ma mère. — Oui, mais je doute que ce soit comme Fanny et toi, » me répondit-elle. Tu vois bien, ma chère, que nous ne pouvons pas cesser de nous aimer, qu'il faut nous aimer toujours de plus en plus. Et puis, quand nous serons vieilles et blanchies, nous nous retrouverons toujours également aimantes, nous nous rappellerons les premiers jours de notre amitié; elle sera alors plus ancienne, mais toujours aussi fraîche, aussi simple. Nous dirons à tes enfants : « Soyez lents dans le choix d'un ami ; mais une fois fait, qu'il soit sans réserve. » Rien que d'y penser, cela me fait désirer d'être déjà vieille. Adieu. Je t'embrasse mille et mille fois pour aujourd'hui, ma chérie ; pense à ton amie, aime-la toujours.

J'ai reçu ta lettre ce matin, ma chérie. Tu es inquiète de notre pauvre Lyon, je me hâte de te rassurer. Je ne crois pas que nous ayons rien du tout à craindre maintenant : on prend tant de précautions ! Si nous avions un général moins ferme, il est bien possible que l'insurrection eût éclaté comme à Paris ; mais il a pris une contenance si terrible, qu'il paraît que les mutins n'ont pas osé se montrer. Il avait fait entourer la ville, du côté de la Croix-Rousse, de près de cinquante mille hommes prêts à s'élancer au moindre signal ; il a enlevé les canons de la Croix-Rousse, que les Voraces ont consenti à rendre. On craignait qu'ils ne voulussent pas, et tous les soldats étaient montés, croyant se battre ; des provisions de bouche, des provisions de charpie, des officiers de santé suivaient les régiments. C'était peu rassurant, tu vois, mais on en a été quitte pour la peur. Nous avons eu ensuite une nouvelle alerte ; les projets d'attaque des insurgés étaient formidables : ils devaient couper les ponts, afin d'empêcher les secours d'arriver ; briser les tuyaux de conduite du gazomètre, afin que l'obscurité fût complète ; se disséminer dans les rues de Lyon, et tirer sur tout garde national qui sortirait de sa maison pour marcher à la défense de la ville; enfin mettre le feu aux quartiers des Capucins et de Bellecour. Le général Gémeau a fait braquer seulement douze canons devant l'Hôtel-de-Ville, sept sous les Tilleuls. Les soldats étaient disposés en bataillon carré sur la place des Terreaux; des cuirassiers occupaient tout Bellecour, des canonniers et des dragons gardaient les avenues des ponts, des troupes aux portes de la ville étaient prêtes à marcher. Tout cet appareil formidable n'a servi jusqu'à présent que de précaution; on a même rentré les canons, mais on surveille toujours. Ces jours derniers encore, on a arrêté trois hommes portant sur eux des boules incendiaires qu'ils se proposaient de jeter dans les écuries qui avoisinent la préfecture.

Au milieu de toutes ces anxiétés, nous ne sommes pas trop inquiètes cependant; nous avons confiance dans notre *montagnarde* (c'est ainsi qu'ils appellent Notre-Dame de Fourvière). C'est elle qui les a empêchés jusqu'à présent de faire ce qu'ils voulaient, disent-ils; espérons qu'elle les arrêtera toujours. Ainsi ne t'inquiète pas, ma bonne amie; quoique nous ne soyons pas parfaitement rassurées, nous n'avons pas cependant beaucoup peur. Dieu veille sur la France, la sainte Vierge sur Lyon; elles ne peuvent périr ni l'une ni l'autre. Je ne veux pas aller à St-H. en fugitive; lorsque j'irai, tout le monde sera content et tranquille derrière moi, et nous pourrons, sans arrière-pensée, nous livrer au bonheur d'être ensemble. J'ai rempli mon rôle de journaliste; voilà plus d'une page, c'est bien assez, c'est bien trop : elle est volée à toi et à moi, ma chérie. En bonnes Françaises, il faut bien nous occuper de politique lorsque les circonstances le veulent ; mais cela ne vaut pas nos douces causeries, n'est-ce pas, amie ?

Tu as donc été séparée trois jours de ton mari, ma Fanny ? Cela t'a bien attristée, je l'ai vu dans ta lettre. C'est qu'en effet cela a dû te paraître bien dur, maintenant que tu es habituée à être toujours avec quelqu'un qui t'aime. S'il savait que je dis cela, il ne serait plus jaloux de moi, car vraiment je suis bien raisonnable et je suis bien loin de vouloir tout pour moi. Oh ! comme *amie*, je veux bien *tout* ; tu me l'as promis, et j'y compte. Si j'osais !... je ne sais pas pourquoi je n'ose pas tout te dire. Bah ! je ne cause qu'avec toi et pour toi ; c'est comme si je te parlais toute seule dans ma chambre. Mais vous êtes très-gentils tous les deux ; vous ressemblez à deux enfants à votre premier amour, et le seul, ça va sans dire, ou bien à deux oiseaux battus par l'orage, qui vous réfugiez dans les bras l'un de l'autre sous la feuillée, c'est-à-dire dans le bonheur. Oh ! non, ce n'est pas la même chose de l'écrire que de le dire ; nous ririons ensemble de ma comparaison. Je ne veux pas rire toute seule, j'en ai bien envie cependant ; mais avoue aussi qu'elle a bien quelque chose de juste, ma comparaison. Si j'en crois ma pensée, ta belle-sœur, Mme Sabine, doit être bien aimante et t'aimer beaucoup ; à cause de cela je l'aime aussi. Cependant je t'assure qu'elle ne m'a pas toujours fait cet effet ; je la redoutais beaucoup au commencement de ton mariage. Je passais bien sur

M. Fortuné : ce que tu allais ressentir pour lui, ce que tu ressens pour moi, ce doit être blanc et noir ; mais sa sœur, sa sœur, je la redoutais beaucoup. Aime-la bien comme belle-sœur, mais pas autrement, n'est-ce pas ? Pourquoi donc te dire cela ? ne me l'as-tu pas déjà dit ? Je suis forcée de m'arrêter, ma Fanny, ma chérie. Adieu ; je t'embrasse mille fois.

Ton amie.

22 juillet 1848.

Ma bonne amie,

Je t'ai envoyé ce matin un bouquet par ton coquetier ; je ne sais pas comment il t'arrivera, je crains qu'il ne soit fané et flétri. Tu ne l'en aimeras pas moins, n'est-ce pas? Ta Marie a eu tant de bonheur à te l'envoyer ! Je n'ai pas eu le temps de t'écrire un seul mot, tellement cet homme m'a pressée. Figure-toi que maman a été deux fois chez l'aubergiste Alexandre sans avoir rien de sûr sur ce pauvre coquetier. Ce matin encore il n'était pas arrivé, et l'on ne savait pas s'il arriverait. J'étais bien ennuyée ; je ne voulais pas garder mon bouquet pour moi, je le trouvais bien joli, et je voulais absolument que tu l'eusses. En sortant du cours, je vais voir de nouveau. Enfin il s'y trouvait. Il me promet de me l'emporter. Je lui demande un quart d'heure pour le lui apporter. « Ah ! dépêchez-vous, me dit-il, je donne de l'avoine à mon cheval, et je pars ; si vous n'êtes pas revenue, tant pis. » Tu penses comme je m'en suis retournée vite ; j'ai monté en courant nos quatre étages. Le bouquet n'était pas prêt, car l'on pensait que si le coquetier était venu, son départ n'aurait lieu qu'à deux heures. On nous avait dit d'entourer le bouquet de feuilles de

chou pour le conserver frais ; point de feuilles. Maman descend en chercher, puis mon père se hâte de
ficeler tout cela ; ficeler est bien le mot. Je crains bien
qu'il ne l'ait un peu broyé ; moi j'étais essoufflée, et je
ne pouvais rien faire. Enfin je l'ai descendu, et je l'ai
remis à ce brave homme, qui aurait bien dû me presser un peu moins. Je ne sais pas à quelle heure tu le
recevras ; si ma lettre t'arrive avant, voici ce que tu
feras : tu enlèveras le papier et les feuilles qui le ser-
rent trop, tu l'élargiras un peu, et tu verras que s'il
n'est plus joli, il a dû l'être. Tu le mettras sur un côté
de ta cheminée, de l'autre tu placeras des fleurs
de St-H... ; ainsi tu uniras les deux lieux que tu
aimes.

Maintenant, ma bonne amie, adieu ; je t'embrasse
bien fort. Si je pouvais être près de toi comme mon
bouquet, ce serait bien plus agréable, et je ne te
ferais pas remettre mes bouquets par un tiers. Tu me
diras bien si tu l'as trouvé joli ; je suis comme un enfant, ma chérie. Adieu encore.

Ton amie toujours.

Je viens de recevoir ta lettre, et elle m'a fait tant de plaisir qu'il faut que je te le dise sur-le-champ. Croirais-tu cependant que je ne sais par quel bout commencer pour te dire tout ce que j'ai eu de bonheur en la lisant? Pourquoi, lorsque l'âme est bien heureuse, ne trouve-t-elle pas d'expression pour rendre ce qu'elle ressent? C'est qu'alors elle déborde, et ce trop-plein est si doux, si doux, qu'on craint d'en rien enlever. C'est ce que j'ai éprouvé tout à l'heure; j'ai reçu ta lettre à la salle à manger, et je l'ai lue tout aussitôt. Tu me dis des choses si aimantes, bonne Fanny, tu m'as si bien comprise, tu as si bien apporté le baume de ton amitié, que j'ai senti une larme de bonheur, de reconnaissance, je dirai, rouler dans mes yeux. Je m'en suis allée dans ma chambre, et je me promenais seule, pensant à toi; il me semblait que je ne t'avais jamais tant aimée. Si tu avais été à côté de moi alors, comme je t'aurais pressé fortement la main! O bonne amie, on donne quelquefois à faire aux jeunes filles des compositions sur l'amitié : folie! Avant de la définir, qu'elles l'éprouvent bien. C'est une sainte affection que celle de la sincère amitié; elle remplit bien le vide du cœur, mais plus encore elle le nourrit, elle le conduit au bien, elle conduit à Dieu. Oui, on se sent plus portée à aimer Dieu lorsqu'on reçoit des marques d'affection d'une tendre amie, parce qu'on a vu luire un rayon plus touchant, plus intime de son amour.

Mais c'est assez discouru sur l'amitié, nous voudrions en vain nous efforcer de dire ce que c'est; pour moi, je sens que je m'y perds. D'ailleurs je crois que pour cela comme pour le reste la pratique est préférable à la théorie; sans doute tu penses comme moi. Pratiquons surtout l'amitié, la pure amitié.

Aujourd'hui je ne sais pourquoi, mais il me semble que je t'aime encore plus qu'à l'ordinaire; je ne sais pas si je me juge bien, mais je crois que tu as touché dans ta lettre la corde sensible de mon cœur. Vraiment, Fanny, on consentirait au désagrément d'éprouver de l'ennui pour avoir le plaisir d'être consolée par une amie telle que toi. C'est bien enfant ce que je te dis; eh bien! je vais être plus raisonnable, et je te dirai que maintenant que j'ai connu la douceur de tes consolations, je courrai vite à toi lorsque j'éprouverai quelque peine. Tu as pleuré en lisant ma lettre. Ah! voilà qui va m'empêcher de te dire mes ennuis, car tu as bien assez des tiens; cependant je ne crois pas que je serai assez forte pour résister à la tentation. Tu m'as fait rire avec ta drôle de réflexion que je suis laide lorsque je suis triste; tu as raison, et encore si cela n'était que dans ces moments-là!

Ma bonne Fanny, j'ai encore bien des choses dans l'âme à te dire. Je ne sais pas si tu es comme moi, je voudrais que tu y pusses lire. Je ne peux jamais tout dire en t'écrivant; j'éprouve toujours un moment de peine lorsque j'ai fini, car je trouve que je n'ai pas dit le quart, le huitième de ce que j'aurais voulu.

Que c'est impatientant d'être bête, et avec cela d'être directrice, de jouer le rôle d'un grand personnage, de s'entendre louanger par une amie qui vous fait des compliments à perte de vue, au risque de vous faire prendre de l'orgueil ! Heureusement que je sais juste ce que je vaux, ce qui m'empêchera de pécher par présomption ; aussi de tout ce que tu m'as dit à ce propos je n'accepte que les bonnes petites prières de mon ange. Ah ! tu lis le *Journal des Enfants*, et vous croyez déroger à votre dignité que de vous abaisser à lire des choses de si mince valeur ; mais vous savez que l'inimitable La Fontaine aurait eu du plaisir à entendre le conte de *Peau-d'Ane*. Voilà qui doit vous réhabiliter, ma petite savante.

Eh ! vois donc ce que c'est de causer avec son amie : je crois qu'il ne me faudrait que quinze jours passés avec toi pour me faire prendre des pattes d'oie ; tu sais ce que c'est. Comme je ne les redoute pas beaucoup, j'essayerai ces vacances. A propos de vacances, quels beaux projets je fais ! Bon gré, mal gré, il faudra bien que tu y consentes. Notre prédicateur disait dimanche qu'il n'y avait d'autre autorité que celle de l'affection, et j'en profiterai.

On vient de m'appeler pour souper. Adieu, bonne nuit ; je reprendrai notre causerie demain.

Un proverbe bien sage dit : « L'homme propose, Dieu dispose, » et c'est ce qui m'arrive. Je te disais jeudi soir : A demain, et voilà que demain et après-demain passent, et je ne peux pas trouver un petit moment pour toi ; ce n'est pas cependant le désir qui m'a

11

manqué. Que dis-tu de cette phrase? Elle dit, je crois,
tout le rebours de ce que je pense ; tant pis, tu me
comprends. En me remettant aujourd'hui à l'écrire,
j'ai jeté un coup d'œil sur ma lettre, et il m'est venu
un sourire de satisfaction. J'ose me flatter, ma chère,
que tu ne me reprocheras plus d'écrire trop gros ; c'est
bien encore un peu large, mais tu sais qu'on ne se
corrige pas en un jour. Je vais te dire l'emploi de
mon temps ces jours-ci. Je me suis levée à six heures ;
il m'est impossible maintenant de me lever plus tôt,
ou je tombe, c'est-à-dire, j'ai envie de tomber ; et puis
je m'ensevelis dans mes livres et mes cahiers. En
voilà pour jusqu'à neuf heures, et alors je vais rejoindre mes petites élèves jusqu'à midi, et je m'ensevelis de nouveau, pourvu que quelque visite impor-
tune ne vienne pas me déranger. Je compulse les
notes de ces demoiselles pour leur donner leurs pla-
ces ; je dîne avec ma famille, et alors seulement on
s'aperçoit que j'étais dans la maison. Enfin, à quatre
heures et demie, je retourne au cours pour mes
grandes élèves, et j'ai une petite station de trois
heures. Je rentre, je trouve des personnes qui m'attendent : c'est un renseignement à donner, une
adresse à indiquer, un conseil qu'on réclame ; et, tentée de congédier en grondant tous ces fâcheux visi-
teurs, je rentre dans mon chez-moi, et puis voilà que
c'est le tour de la famille. « Allons, viens donc, me dit-
on, soupons, causons. » J'obéis, et adieu à ma petite
Fanny. C'est gentil, n'est-ce pas ? Enfin, aujourd'hui
dimanche, je vole vite un petit moment ; je devais bien
aller visiter une de mes cousines malades, mais j'ai

esquivé la visite; j'entends bien une parente qui cause
à la salle à manger, mais je suis enfermée dans ma
chambre comme un avocat dans son cabinet, et on respecte ma solitude, Je ris en t'écrivant : je suis à tout
moment obligée de me rappeler ton reproche pour
ranger mon écriture; tout à l'heure je m'applaudis-
sais, mais je m'aperçois que je retombe. Ah! l'habitude est une seconde nature. Mais dis-moi donc d'où
te vient cette soudaine exactitude que tu as montrée à
me rendre nos journaux. Ah! tu as voulu sans doute
me donner une leçon; je ne suis guère disposée à en
profiter. J'éprouve un indicible plaisir à garder ce que
l'on me prête; tu t'en es aperçue, et tu dis tout bas :
« Elle ne se prête pas gratuitement cette bonne habitude. » Mais je pense, tu n'es pas toujours si exacte,
et tu m'avais promis... Ah! je ne te dis pas, et tu te
dépêches bien.

Tout de bon, ma bonne, il faut que je te dise adieu;
les petits enfants viennent autour de moi : Bonjour
Marie; et moi je suis tentée de leur dire : Allez-vous-
en donc, je ne veux pas de vous à présent. J'écris
cela, et ils sont à mes côtés; c'est risible. Adieu tout de
bon. Il ne faut pas cependant que je me fasse trop
taxer d'impolitesse. Adieu, ma bonne amie; je t'embrasse mille fois. Ecris-moi vite de tes nouvelles; tes
lettres sont ma seule distraction, et je trouverai le
temps de te répondre. Il n'y a rien de si agréable que de
se dire vite un mot à la hâte; c'est ainsi que, lorsqu'on
ne peut se voir qu'un moment, on se serre vite la main,
et l'on semble se dire du cœur : Nous sommes liées pour
toujours comme nos deux mains en ce moment.

Ton amie.

18 août 1848.

Ma bien-aimée Fanny,

J'ai reçu ma chère petite lettre avant-hier matin, avant d'aller au cours. Avec quel empressement j'ai sauté dessus ! car j'avais compté tous les jours depuis ton départ, et le temps commençait à me paraître démesurément long. Merci, ma chérie, de tes souhaits ; j'en fais bien aussi pour toi tous les jours. J'ai été bien fêtée, bien caressée hier, on m'a dit de bien jolies choses ; mais rien n'est à comparer à ce qui me vient de ma Fanny. Tu manquais bien à cette fête de famille, comme me l'a dit une de mes complimenteuses ; j'ai embrassé tout le monde, et ne pas pouvoir embrasser celle qui est pour moi cependant bien plus que tout le monde, quoiqu'elles aient été bien gentilles mes élèves ! Elles m'ont fait un très-beau cadeau, devine : c'est en marbre noir avec des ornements d'or, cela fait entendre toutes les heures une délicieuse petite musique ; c'est une très-jolie pendule. Viens donc vite la voir ; je me fais un bonheur de penser que tu la trouveras de ton goût, je ne l'aimerais pas autrement. J'ai reçu des fleurs en masse, ma chambre était un petit bijou ; j'avais envie d'effeuiller des roses, c'eût été enchanté. Parmi mes bouquets, il y en a

deux qui sont vraiment risibles, tant ils sont gros.
L'un est rond, c'est une énorme boule. En le voyant
porter dans la rue, toutes les personnes disaient : « Quel
bouquet ! » L'autre est dans la forme ancienne ; il est
allongé, il a au moins deux pieds de haut. Cela m'impatiente de les respirer toute seule. Si c'était vendredi,
j'irais bien voir si ton coquetier est ici ; mais nous n'y
sommes pas encore, et d'ici là ils seront fanés. J'oublie
aussi de te dire que j'ai reçu de très-jolis flacons bleus :
ma cheminée est magnifique. Quelle enfant ! dis-
tu, comme elle fait cas de tous ces bobos ! Mais oui,
ma bonne, ils me font bien plaisir ; elles se sont donné
tant de peine, toutes ces jeunes filles ! elles y ont
mis tant d'empressement ! Toute la classe était en
clubs..., tout à fait inoffensifs comme tu penses ; les lois
n'auront jamais à les réprimer. Et puis, ma bonne,
une autre raison pour me rendre bien heureuse, c'est
que ma fête me met en vacances ; c'est dire que je
pourrai t'écrire aussi longuement que je voudrai, et
mieux encore, que je pourrai aller te voir. Oh ! oui,
ma chère amie, maman n'aurait pas voulu m'enlever
ce bonheur ; j'y ai trop compté. S'il avait fallu en venir à cette extrémité, il y aurait eu bien du chagrin
pour moi. Comme nous causerons ces vacances ! Il
faudra faire provision pour bien longtemps. Malgré
la petite tache qui, à ce que tu m'as dit, fait ombre
au tableau, je compose et recompose mon bonheur
tous les jours ; car il faut que tu saches que ma petite
imagination ne trotte pas mal et qu'elle bâtit bien
souvent. Cependant ma mère met une condition à mon
séjour à St-H. : elle ne veut pas que je couche seule

dans ma chambre, et comme ton petit frère est là-haut, elle a pensé qu'on pourrait mettre son lit dans la même pièce. C'est précaution inutile sans doute, parce que ce serait un peu fort ; mais enfin elle y tient. Quant à moi, je t'assure que je m'amuserai beaucoup de faire la petite mère, de dorloter ce pauvre petit Emile qui t'aime tant ; je serai sa petite sœur, ce sera divertissant.

Je t'écris, ma chère, que je suis en vacances et que je pourrai t'écrire beaucoup, et depuis mardi je n'ai pu t'écrire que cela ; j'ai été interrompue trois fois. Mardi, c'est monsieur mon frère, et comme il me taquine toujours pour savoir ce que j'écris, j'ai caché ma lettre dans un cahier, et je n'ai pu y toucher de la journée ; le lendemain je m'y remets, et deux fois je suis dérangée : la première, c'est une élève qui vient me faire part des bruits alarmants qui circulent sur l'existence du cours ; la seconde, c'est le menuisier qui vient établir la tablette de ma cheminée pour pouvoir y placer ma pendule. Aujourd'hui je crois bien qu'on va venir bientôt m'appeler pour dîner ; je t'aurai toujours écrit quelques lignes. Je reprends mes projets pour St-H. Maman m'a dit qu'elle désirait m'y accompagner ou m'y aller chercher, comme cela s'arrangera le mieux avec tes affaires. Ah ! tu ne sais pas ? mon frère fait l'empressé ; il est déplacé, grâce à notre bien-aimée république, et il s'est offert à être mon cavalier. Un beau jour nous allons t'arriver tous les deux ; n'aie pas peur. On m'appelle, adieu ; je te l'avais bien dit. Dans quelques semaines nous dinerons ensemble, nous logerons sous le même toit.

Enfin, ma chère bonne, je pense avoir la fin de ma soirée tout entière pour toi. J'ai été faire plusieurs visites aujourd'hui, mais me voilà à toi, mon bijou ; je me repose, je me délasse avec toi, j'épanche mon cœur, je cause toute seule, je te parle, tu me réponds. C'est délicieux un petit moment, mais ensuite la triste réalité se présente, et je suis tentée de dire des sottises à St-H. et à M. Fortuné ;... ça m'avancerait à beaucoup ! Il faut être raisonnable, me dis-tu. Eh bien ! soyons-le, mais je voudrais bien t'embrasser. Je reçois ces jours-ci des visites et des lettres qui me font bien plaisir : ce sont d'anciennes élèves qui n'ont pas oublié leur ancienne maîtresse. Mon élève aux millions de baisers, dont je t'ai fait lire une fois le pathos auquel tu n'as rien compris, m'a joint à son compliment de fête la prière de lui faire un discours pour adresser au clergé dans une distribution de prix. Je ne sais que lui mettre. Cependant il faudra que je cherche quelque chose pour lui envoyer. C'est très-risible, ma chère, un commencement de vacances ; on n'a rien de positif à faire, et cependant on n'a pas une minute à soi. Nos examens d'institutrices sont poussés jusqu'au 5 septembre, et je suis emprisonnée jusqu'à cette époque, moi qui n'aspire qu'à m'envoler vers toi. Plains ton pauvre oiseau captif ; tu devrais bien venir consoler sa captivité. Quelle bonne et charitable idée tu aurais ! Mais le pouvoir, voilà la difficulté. Soyons raisonnable, c'est désormais ma devise : toujours moins impatiente. En attendant, ma bonne, que je sois

devenue plus raisonnable, je vis en pensée à St-H.
C'est chaque jour un nouveau château; je relis toutes
tes lettres, je relis mon dernier petit billet; je ne
trouve rien de plus beau, de plus adorable, tout est
terne auprès. Ce n'est pas étonnant, cela vient de toi.
Je rêve, je t'écris; je t'écris si mal que tu ne pourras
rien y comprendre. Que veux-tu? c'est malgré moi, il
faut que j'écrive mal; je fais de vains efforts pour
faire autrement. J'écris microscopiquement pour en
mettre davantage dans une page; tu seras bien avancée si tu ne peux pas me déchiffrer; tu me devineras
en place, n'est-ce pas? tu y mettras tout ce que l'amitié la plus vraie, la plus sincère peut inspirer, et tu
auras trouvé. Je ne sais pas si je t'ai écrit tout ce que
je voulais, j'en doute; si j'ai oublié, je te le mettrai
dans ma prochaine lettre. J'en attends une de toi
bientôt; n'oublie pas tes promesses. C'est demain, tout
calculé, que je dois la recevoir au plus tard; voyons si
tu seras exacte.

Adieu, ma chérie, mon tout.

Ta petite.

24 août 1848.

Ma Fanny, si tu savais comme je suis lasse! Je suis
aussi bien enrhumée, et j'ai eu ces jours-ci mal aux
dents; je ne sais pas si c'est par sympathie. J'ai reçu
hier et avant-hier toutes mes élèves pour leur rendre
leurs cahiers; il a fallu parler tout le jour, et je n'en
pouvais plus. Ah! il faut que je te gronde. M. Fortuné
vient à Lyon, et tu n'y viens pas, petite sotte; c'est bien
vilain. Mais voilà, tu me dis : « Ce n'est pas moi qui
suis là coupable. » Alors c'est M. Fortuné. Tu lui feras
des reproches de ma part. Voyons, qu'ai-je fais depuis
que tu m'as écrit? Assiste à ma vie par la pensée, puisque tu ne peux pas venir, cruelle. Je suis bien en train
de te dire de vilaines choses et aussi de t'embrasser; je
ne peux pas faire autrement. J'ai placé ta branche de
myosotis au-dessus de la corbeille qui surmonte ma
pendule; elle fait un très-joli effet, et elle me parle tous
les jours son langage symbolique; c'est une petite voix
bien douce, bien harmonieuse, qui s'élève de St-H.
et qui murmure : Aime-moi. Non, je suis maligne
aujourd'hui. Oh! si, si, toujours!

J'ai été ensuite à la distribution des prix des élèves
du palais des Beaux-Arts. Je ne l'avais jamais vue, et je
ne pouvais pas y manquer, quoique mes sœurs me con-
seillassent de garder la maison à cause de mon rhume;

11.

mais maman a pensé au contraire que l'air me ferait
du bien. Ce soir j'ai donné leçon à une demoiselle
qui, dit-elle, m'aime beaucoup. J'aime à penser qu'elle
dit vrai. Elle a une opinion bien élevée de moi, et me
dit que je suis créée non pour le bien particulier, ce
n'est pas assez, mais pour le bien public; elle a au
moins quarante ans, ainsi tu vois que ce n'est pas une
rivale. Le lendemain, j'ai donné une répétition à mes
très-aimées élèves: c'est le langage des rois; j'en ai eu
une procession toute la journée. On m'a apporté l'a-
près-dînée les œuvres de Shakspeare; je me suis dé-
pêchée de satisfaire ma curiosité, et je suis tombée
sur *Othello :* c'est admirable, affreux, ridicule. J'ai lu
aussi quelques fragments de *Roméo et Juliette :* c'est
délicieux, d'une fraîcheur incomparable. Ce matin
jeudi, je me suis levée tout doucement à huit heures
et demie; je ne sais pas comment j'ai fait, j'ai reçu
une visite un peu trop longue, et je n'ai pu sortir
qu'à onze heures pour aller chez Octavie. Je suis rentrée à une heure et demie, je me suis mise à t'écrire,
et j'y suis encore. Ne te voilà-t-il pas bien renseignée ?
Maintenant, là, que fais-tu? Une malice encore; tu
sais que j'y suis disposée aujourd'hui. Je ris de bon
cœur de ce pauvre M. Fortuné, qui a été séparé de sa
chère Fanny près de huit jours; il connaîtra lui aussi
les tourments de l'absence. Allons, revenons à toi tout
de bon. Ton petit Emile est-il bien gentil? Comme il
doit courir là-haut, et puis avec sa petite voix bien
douce te dire : Ma petite Fanny!

Je t'ai quittée il y a trois heures pour deux raisons :
parce que mon frère arrivait, et qu'on est venu m'ap-

peler pour dîner. J'ai souhaité la fête à mon père :
c'est demain la Saint-Louis. Nous avons causé d'affaires
politiques : on a des inquiétudes, des pensées bien
tristes dans ces temps-ci ; l'avenir est sombre,... mais
l'amitié est forte, n'est-ce pas? Voici ce que je viens
de lire dans *Hamlet :* « Quand tu as adopté ton ami et
que tu as éprouvé son affection, enchaîne-le à ton âme
par des liens d'acier ; mais ne presse point dans ta
main banale la main du premier camarade venu. »
Je cite textuellement.

Ma bonne amie, il m'est venu un scrupule au sujet
de mon voyage : si cela ne plaisait pas à ton mari?
Ah ! maintenant il faut qu'*il veuille* pour que tu
veuilles. J'espère bien que oui ; tu me le diras. Moi,
en demoiselle qui fait tout ce qu'elle veut, je trouve
bien ennuyeux ce précepte d'obéissance imposé aux
femmes. Que penses-tu de mes goûts d'indépendance ?
Vraiment, si ton mari le savait, il aurait peur, et c'est
pour le coup qu'il dirait un gros : *Je ne veux pas qu'elle
vienne, elle pervertirait ma...* Comment dit-il déjà ?
Ah ! *ma minette ;* tu vois que je ne perds pas mémoire.
Ah ! mon Dieu ! moi qui fais la morale à tout le monde,
peut-on croire cela ? Refais tout de suite ma réputation, ma chérie, ou plutôt je vais me hâter de me corriger de mon indépendance et te dire avec beaucoup
de soumission : S'il ne veut pas, ne veux pas non plus.
Que de mots pour rien ! On voit bien que je suis en
vacances ; je me récrée avec toi, et on ne peut pas faire
alors autrement que de rire. Nous allons donc avoir
un cher petit enfant dans... Il faudra m'occuper de
tous les traités d'éducation qui pourront nous guider.

Je dis *nous* fort plaisamment, mais il me semble que
j'aurai des droits sur lui. Je suis déjà en quête de
vers inspirés par l'amour maternel ; je suis sûre qu'ils
te feront palpiter le cœur. Ah ! jeunes femmes ! Ma
bonne amie, je fais une réflexion : comment trouves-
tu mes lettres, surtout mes dernières ? Elles sont suivies
d'une manière admirable. Il faut que je te raconte mes
déboires. Depuis que je suis en vacances, je n'ai pas
pu t'écrire une lettre de suite ; je commence une
phrase, et puis on m'interrompt ; je m'y remets, et je
tâche de finir comme je peux ; mais comme mes pensées s'allument en pensant à toi et que je ne pense jamais la même chose, j'ai bien de la peine à retrouver
la pensée première : ce doit faire un ensemble indéchiffrable, excepté à l'amitié. Si nous étions ensemble
ce soir, que ferions-nous, ma belle ? Je te prendrais la
main, toi la mienne ; tu me regarderais, moi aussi, et
nous nous mettrions à causer, de quoi ? Je n'en sais
rien ; cela vient tout seul, on trouve mille sujets pour
un. Ma Fanny est causeuse, et lorsque je ne suis pas
disposée à parler, ce qui m'arrive lorsque ma petite
poitrine (que restaureront les raisins de St-H.) est fatiguée ou que j'ai quelques soucis plus graves qu'à
l'ordinaire, je l'écoute, et je suis tout aussi heureuse.
A présent, il faut que je fasse toute seule les frais de
la conversation. Je trouverais bien des choses à dire
de mon cœur, mais on ne peut pas toujours dire cela.
J'avais la dernière fois à te faire bien des compliments
ou bien des amitiés de la part de ta cousine. Dimanche,
ces demoiselles étaient venues pour savoir quel jour
aurait lieu la proclamation des prix. En regardant le

livre que tenait l'une d'elles, je tombai sur un chapitre intitulé : *l'Amitié.* Aussitôt de discourir sur l'amitié ; c'est mon sujet favori et inépuisable. Je ne sais pas tout ce que je dis en pensant à toi ou parlant de toi ; mais en regardant ta cousine, je vis des larmes rouler dans ses yeux. J'avais peut-être éveillé quelques regrets. Elle qui verra bientôt une muraille infranchissable entre elle et le monde, elle pensait sans doute que, dans cette société qu'elle abandonne, il y a des joies auxquelles elle n'avait jamais pensé. Elle m'a révélé un jour que bien des attaches la retiennent encore au monde ; cependant je crois que les impressions glissent un peu sur elle. Le lendemain, qui était le jour de la proclamation, son petit air était devenu tout aussi impassible qu'à l'ordinaire. Mon Dieu ! il faut donc te quitter ! Si tu savais tout le bonheur que j'ai à causer avec toi, comme je cherche tous les incidents qui peuvent animer notre conversation à six lieues de distance ! Mais adieu, ma chérie, mon ange ; dors bien, moi je vais souper.

On vient de m'apporter, ma bonne, un joli bouquet ; tu sais que cela m'impatiente de les respirer toute seule. En allant à la messe, je vais passer chez ton coquetier : c'est justement aujourd'hui vendredi. Que je serais heureuse s'il pouvait l'emporter ! Tu l'aimeras bien mon bouquet, tu déposeras un baiser sur une des pensées qui y sont ; mais si je ne peux pas te l'envoyer, ta Marie sera bien triste : je n'aime bien à respirer les fleurs à présent que lorsque je pense que tu

en as de moi. Tu me sauras bien toujours gré de mon
intention, et tu m'embrasseras une fois de plus.

Adieu ; je crois que je ne t'ai pas dit la moitié de
ce que je voulais, je recommencerai plus tôt. Adieu,
mille baisers.

Ta fidèle.

1848

Dimanche. — Je reprends mon journal, ma bien-aimée. C'est aujourd'hui dimanche, tu vois que je suis exacte dans mes promesses. Nous voilà de nouveau dans les lettres, mais je suis loin d'être triste comme la première fois. Je t'ai vue heureuse, et cela me donne du bonheur ; j'ai tant désiré que tu fusses heureuse et aimée comme tu le mérites ! D'abord, que je te parle de ton bouquet, ma chérie. Tu as dû remarquer qu'il n'y avait point de pensées, et un bouquet sans pensées, cela ne se comprend pas ; mais cette malheureuse femme n'en avait pas : il n'y avait point de variété dans sa boutique, et nous avons été obligées de nous contenter de ce qu'elle avait ; mais une autre fois... T'es-tu bien reposée en arrivant à Sᵗ-H., ma chère amie ? Le voyage t'aura peut-être fatiguée, mais M. Fortuné aura eu tant de soin de toi ! Je me figure l'empressement de ton beau-père lorsqu'il vous aura vus revenir ; si le temps a paru bien court à nous deux, mon ange, il a dû lui paraître bien long à lui, séparé de ses deux enfants, de sa chère et câline fille. Ce matin, qu'as-tu fait ? Tu as été prendre un peu le frais au bras de ton *époux* : cela me fait rire malgré moi ; si nous causions ensemble, tu rirais bien aussi. Adeline s'est réveillée tout étonnée, toute radieuse d'être à la campagne. Moi j'ai été à la messe avec maman, puis

j'ai été prendre une consultation. Ne t'effraye pas,
c'est chez une sœur de l'hôpital, qui m'aime beaucoup,
et qui m'appelle toujours *sa petite;* je suis bien
plus grande qu'elle, n'importe. Il y avait quelque
temps que je n'avais été la voir, et, profitant de mes récentes indispositions, maman m'y a conduite. Entre
autres choses, elle a dit à maman : « Il faut avoir bien
soin de cette *petite*, il faut la conserver. » Figure-toi
ce conseil adressé à ma mère. Nous avons été ensuite
faire le marché : cela m'a beaucoup amusée. J'ai causé
avec toutes ces braves femmes; elles s'évertuaient à
me faire des politesses : c'étaient des *ma bonne demoiselle* à n'en pas finir. Ce sont presque toutes d'anciennes marchandes de ma mère. Au milieu de toutes ces
joyeusetés, je me disais : Fanny est comme cela
avec ses paysannes. Sauf le grêle ombrage des arbres
de liberté, qui m'avertissait que j'étais à la ville, j'aurai pu me croire presque à la campagne. Hier j'ai été
donner une leçon à Octavie en sortant du cours. Il
était bien tard pour rentrer seule; mon père est venu
m'y chercher. Il faisait un magnifique clair de lune, et
je le regardais se réverbérer dans le Rhone. Je n'avais
pas autre chose à faire que de penser, et je pensais
je n'ai pas besoin de dire à qui. En regardant du côté
du levant (où se trouve St-H.), je me disais : Elle est
là ; et puis je me rappelais qu'un beau soir, quelques
jours après ton mariage, alors que j'étais toute triste,
étant dans notre salle à manger, je regardais Fourvière et me disais aussi : Elle est là. Je tombais bien
juste : je te mettais devant moi, tandis que tu étais derrière. C'est assez bavardé aujourd'hui.

Lundi. — A toi, ma bonne amie, un petit moment
ce soir. Quelle bonne chose que l'écriture ! Je pensais
tout à l'heure : Que ferions-nous toutes les deux avec
nos doux souvenirs et la distance, si nous ne pouvions
pas nous écrire ? Vive aussi l'inventeur de la lettre, s'il
y en a un ! Cette invention est un honneur, je crois,
que tout le monde pourrait revendiquer, car chacun
certainement l'eût bien trouvée. Si je ne craignais pas
de t'ennuyer, je te dirais ce que j'ai dit à mes élèves
sur le style épistolaire. Tu me passeras bien cette petite rapsodie, ma chérie, au risque de t'endormir. Je
ne voudrais pas cesser lorsque je me mets à t'écrire ;
mais vois-tu, toi et ma mère vous êtes mes deux grandes affections, et l'on aime tant à causer avec qui l'on
aime ! Pour revenir à mon style épistolaire, après
avoir fait l'histoire de l'origine du genre oratoire, his-
torique, théologique, etc., je suis venue à celle du
style épistolaire ; alors je me suis mise à dire qu'il
est né avec l'amitié, l'amour filial, les relations sociales. Tu vois que je lui donne une origine bien ancienne, car je suppose que nous ne sommes pas les
premières bonnes, bonnes amies. J'ai dit encore : besoin du cœur ; il a précédé tous les autres genres de
prose, il les a toujours accompagnés. J'avais envie d'a-
jouter : et il les domine tous ; mais j'ai craint de rencontrer quelque critique froid, qui n'aurait jamais
senti battre son cœur au nom d'un ami, qui ne m'aurait pas comprise, et aurait sans doute mis bien au-
dessus d'une bien-aimée petite lettre un beau et froid
discours académique, l'impertinent ! Puis j'ai fait une
petite pause ; je ne t'assure pas qu'alors je fusse bien

d'esprit à la classe. On m'appelle pour souper ; que c'est ennuyeux de quitter une amie pour aller manger ! Que je te dise encore que j'ai relu aujourd'hui ta longue lettre de six pages, et que j'ai de nouveau déposé un baiser sur mes deux petites roses: c'est Fanny et Marie réunies.

Mercredi. — Tu es bien sotte, ma Fanny : tu ne m'as pas écrit hier. J'ai en vain attendu tout le jour une lettre de toi : c'est bien méchant. Si tu savais comme le temps me dure lorsque je ne reçois pas à l'époque fixée ce que je désire ! Malgré toute ma résolution d'être gaie, je deviens triste. Si tu n'étais pas une madame, je te ferais des reproches, mais tu rirais de moi à présent ; je me contenterai, lorsque tu viendras, de t'embrasser une fois de plus. Malgré toute ma fâcherie contre ma Fanny, j'ai bien parlé de toi aujourd'hui. Ce n'est pas assez d'y penser presque toujours, il faut que j'en parle continuellement à ceux qui me connaissent intimement. Tu ne penses pas certainement aussi souvent à moi que moi à toi ; je ne m'en plains pas, cela doit être, mais ne m'oublie pas. Je te dirai ce que tu m'as écrit une fois : « Tu m'as ouvert tes bras, tu m'as aimée, et maintenant c'est fini ; je ne pourrai en aimer une autre. » J'ai vu ce soir Mlle G. ; nous nous sommes fait l'histoire de nos amitiés. Elle avait aujourd'hui une petite brouille avec une amie intime qu'elle a depuis longtemps ; je lui ai conté le petit nuage que nous avons eu au sujet de nos lettres, et je disais tous bas : Ah ! si je pouvais en avoir une aujourd'hui, comme je serais heureuse et fière ! Tu fais *florès* partout où tu vas ; je t'enverrai, si tu le

veux, le portrait qu'elle fait de toi : de la beauté, de
l'esprit, de la douceur, le plus gracieux abandon ; cela
ne finit pas. Méchante sotte, il faut que j'attende à
demain pour recevoir une lettre de St-H. Ah ! si demain ne me l'apporte pas, je pleurerai ; non, je serai
plus raisonnable. Je prierai le bon Dieu de m'envoyer
une lettre de l'amie qu'il m'a donnée ; grâce à son in-
tervention, j'en aurai peut-être une. Adieu, ne va pas
croire que je suis folle ; dors bien.

Dimanche. — Puisque tu ne veux pas m'écrire, méchante amie, il faut bien que je t'écrive, moi. Depuis
cinq jours j'attends en vain une lettre de toi ; que c'est
vilain ! Je voulais aller aujourd'hui chez ta bonne
maman savoir de tes nouvelles ; mais maman m'a dit :
« Il n'y a que cinq jours. » Je me suis soumise. *Il n'y
a que cinq jours !* Cela plaît à dire à maman, mais moi
je trouve cela cinq fois trop long. Parfois je me désole, parfois je m'impatiente ; cela ne peut pas durer,
c'est comme la république. J'attends encore, puisque
ma mère chérie m'a dit d'attendre ; mais il y aura un
terme à ma patience. Vois comme tu es méchante ; il
faut que je t'en dise bien, afin que tu n'y retournes
plus. Je voulais bien causer avec toi tous les soirs,
c'était la récréation que je m'étais donnée, et depuis
mercredi je n'en ai plus le courage ; j'étais trop *impatiente* ou trop *impatientée*, comme tu voudras. Tu me
donnes des distractions peu agréables, je t'assure. Au
milieu de mes préparations de devoirs, je fais cette si-
nistre réflexion : *Pourquoi ne m'écrit-elle pas ?* et je
me redresse comme si j'avais été frappée d'une com-
motion électrique. Je me mets à rêver ; je ne sais pas

trop alors ce qui me passe par la tête. Ah! si j'étais in-
visible et si j'avais des ailes, j'irais te surprendre à
St-H.; je te dirais bien des vilaines choses, tu ne saurais pas d'où elles viennent, cela t'intriguerait beaucoup, et je me vengerais. En lisant ce chiffon de papier, mieux, ce gribouillage, tu diras : Elle n'est pas
triste, elle rit encore. Oui, c'est vrai, mais je crois que
c'est de dépit. Oui, adieu; je ne t'aimerai plus si je
peux, mais je ne pourrai pas, voilà le malheur. Oh!
si, qui veut peut; entendez-vous, Madame? Voilà une
menace en forme; elle ne vous inquiétera guère. C'est
ma faute, j'ai été trop bonne. Adieu, adieu; je me dis-
trais en pensant des bêtises.

Lundi. — Ma bonne amie, enfin j'ai reçu ta lettre;
tu me l'as fait attendre, mais je ne me plains plus : j'ai
ce que je désirais. On ne se souvient plus de la longueur
de l'attente lorsqu'on est arrivé au terme. Maintenant
il faut que je te fasse ma confession; tu me gronderas
bien, je le mérite. C'est que je ne sais pas tout ce que
j'ai imaginé pendant ces six jours de mortelle attente;
j'étais d'une tristesse que je ne peux pas dire. On ne
s'en est pas aperçu cependant; je renfonçais bien tout
dans mon âme. Oh! qu'on est donc bête lorsqu'on ne
peut se voir! Tu me gronderas bien, comme tu sais
faire; mais tu m'embrasseras bien lorsque tu viendras,
ma chérie. L'idée de ton mari qui veut briser mon
portrait m'a beaucoup amusée; dis-lui qu'il ne soit pas
jaloux de moi : j'aimerai tant son fils ou sa fille lorsqu'il en aura! Vois-tu, ma Fanny, j'idolâtrerai tes
enfants; ce seront les miens. Tu ne veux pas faire des
châteaux en Espagne, moi j'en fais : lorsque tu vien-

dras, je te parlerai de ton futur enfant. Tu ne peux comprendre, ma chère amie, comme tu as parlé en mère dans ta lettre : il n'y a pas besoin d'apprentissage à l'amour maternel. Cet endroit est délicieux. Tu seras une bonne mère; tu ne les rudoieras pas, tes enfants. Comme tu l'embrasseras, ton fils ou ta fille! Je suis sûre que tu bondis de joie en disant cela, et lorsqu'elle te dira *mama, ma... ma*, n'est-ce pas ravissant? Tu me diras bien toutes tes émotions de jeune mère; celles-là tu pourras toutes me les dire, je les devinerai toutes. Tu vois que mon imagination ne trotte pas moins que la tienne, mais c'est qu'aussi tu m'inspires. Je t'envoie un gros paquet, j'en ai presque honte. J'hésitais, mais je me suis dit qu'il fallait bien que tu visses mes pensées de chaque jour, puisque chaque jour je t'écrivais. Si cela t'ennuie, tu me l'écriras; ne te gêne pas : on se dit tout entre amies, et l'on se passe tout lorsque l'amitié est bien sincère. Il y a deux ou trois pages illisibles, tu tâcheras de me déchiffrer. Adieu, mon amie, mon amie unique.

Toujours à toi,

2 septembre 1848.

Ma chère amie,

Depuis plusieurs jours je suis tourmentée du besoin
de t'écrire ; aujourd'hui je ne puis plus y résister, car
réellement je suis inquiète. Je t'ai écrit il y a eu hier
huit jours, et il y aura bientôt quinze jours que tu m'as
écrit ; tu étais alors un peu malade, je crains que tu ne
le sois davantage. Tu ne saurais croire combien cela me
préoccupe ; s'il en était ainsi, je t'en supplie, écris-moi
deux ou trois lignes pour ne pas trop te fatiguer : ce
sera encore pour moi moins pénible que l'incertitude
où je me trouve. Je me figure les choses dans un noir
si noir !... Si cela n'était pas, ce que je préférerais par
raison et parce que je t'aime pour toi et non pour mon
plaisir, écris-moi encore tout de suite, je t'en prie,
afin que je sache ce qui te rend infidèle, ma trop
chère méchante. J'ai pensé que tu ne pouvais pas peut-
être m'écrire aussi souvent que je le désire ; eh bien !
je me résigne : probablement ce sera de moins en
moins, de nouveaux devoirs prenant tous tes moments.
Je serai triste, mais je suis raisonnable avant tout. Cependant, ma bonne, il faut faire nos conventions. Lorsque le temps à peu près fixé pour une de tes lettres
est arrivé et que je n'ai rien, je ne peux te peindre
l'inquiétude, la tristesse dans laquelle je tombe ; je ne

suis bonne à rien. Lorsqu'on vient me demander :
« As-tu reçu une lettre de Fanny ? » et qu'il faut que
je réponde : Non, cela me bouleverse toute. C'est
qu'en toi j'ai concentré toutes mes affections. Je ne
me suis attachée sérieusement à nulle autre jeune fille,
et je ne m'attacherai pas deux fois. Lorsque je n'ai pas
tout ce que j'attends, c'est ma vie intime que tu m'en-
lèves. Enfin, pour arriver à ce que je veux te dire,
j'aime mieux quelque chose de sûr qu'un doux espoir
suivi d'une déception. Ainsi tu me diras à quels intervalles tu pourras m'écrire, moi j'en ferai autant ;
ce sera régulier, tu me le promettras. Je suis triste en
t'écrivant cela, je crains que tu ne le prennes trop sérieusement ; je ne sais pourquoi, je crains que tu ne
supposes que je sois fâchée. Non, je ne le suis pas, mon
amie, je ne le serai jamais avec toi ; seulement les
vacances m'ont rendue un peu égoïste. J'ai éprouvé
plus de peine qu'à l'ordinaire de ce petit retard, parce
que rien ne vient me distraire, et, en personne pru-
dente, j'ai voulu m'épargner de semblables *chagrins*
pour l'avenir.

Allons, adieu ; si je pouvais t'embrasser, nos affaires
seraient bien vite réglées. Oh ! si nos six lieues pou-
vaient disparaître un petit moment, comme ta Marie
se vengerait de sa longue abstinence ! Adieu ; écris-
moi tout de suite, malade ou bien portante ; je compte
les heures et les minutes.

Ton amie toujours fidèle.

7 septembre 1848.

Chère petite méchante (que penses-tu de mon début?), eh bien ! oui, chère petite méchante, je veux commencer par te gronder bien fort. Me dire que je te *raimerai*, quelle horreur ! Comme si j'avais jamais cessé ! Ah ! je comprends votre finesse, Madame : c'est pour vous faire dire de bien jolies choses là-dessus. Je n'en sais pas dire ; mais si *raimer* c'est aimer de plus en plus, je *raime*. J'aime ce verbe à la folie, parce que..... parce qu'il vient de toi. Nous irons visiter votre castel, belle châtelaine, puisque vous le voulez, et qu'il est passé en droit que l'amitié commande et est obéie. Nous partirons lundi à sept heures ; tout le long de la route je regarderai les montagnes et je penserai aux trois chemins. Nous ferons notre descente majestueuse à C., puis nous nous dirigerons vers St-H., du côté du septentrion, si je ne me trompe, vers l'âpre Borée (c'est poétique) ; mais il suspendra quelque temps son souffle glacial et laissera s'élever le doux zéphyr à l'haleine parfumée, faisant croître sous ses pas les roses et les violettes. Puis nous rencontrerons bientôt Mme G... dans toute sa grandeur et sa magnificence ; probablement quelques salves d'artillerie, quelques retentissants coups de canon salueront notre arrivée : nous en valons bien la peine. Mieux que cela, ma bonne, je te découvrirai de bien loin, toi aussi, et puis nous franchirons les distances, Dieu sait avec quelle légèreté ! J'ai peur que le cœur ne me batte bien fort ; si ton mari est là, il rira de notre empressement. Il ne faudra pas le laisser venir. Chère, que de châteaux en Espagne ! que de bavardages je viens de te faire ! que de plus longues causeries nous ferons ! Il me semble me voir ouvrir de grands yeux pour tout voir, ne rien oublier, et plus tard je dirai : Elle est ici, elle fait la même promenade que nous avons faite ensemble. O ma bonne, tu me feras trop rêver. Nous pensions partir lundi à sept heures toujours, et puis ces vilains examens sont venus nous en empêcher. Deux jours de retard ! comme ils vont me paraître longs ! Nos examens dureront quatre jours au moins, et par conséquent ne finiront que vendredi soir, s'ils ne se prolongent pas jusqu'au samedi ; il faudra ensuite faire les visites, ce qui occupera mon samedi : maman n'a pas jugé convenable de partir dimanche. C'est mon premier voyage ; puisqu'il me rapprochera de toi, bien-aimée, je l'aimerai bien, mon petit voyage de six lieues. Nous ferons des excursions qui l'allongeront ; mais je t'avertis que j'ai perdu mes jambes cette année : je ne suis pas sortie. « Je te les ferai reprendre, » me dis-tu. Je ferai ce que tu voudras, ma chère ; cependant tu auras quelque pitié de moi lorsque je serai lasse, tu m'embrasseras pour me récompenser de ma peine. Dis donc, ma bonne, comme nous causerons de notre petit enfant ! Je dis *notre*, il sera bien un peu à moi. Je le caresserai autant que toi ; tu lui apprendras à dire *Marie* après *maman, papa*. J'allais mettre *papa* le premier; tu voudras bien qu'il t'appelle avant ton mari. Egoïsme maternel! Maman rit de tes châteaux; elle dit : « Ah! jeunes têtes! » Tout bas, elle dit, j'en suis sûre : « Elle a raison dans son enthousiasme. » Et moi, à ta place, je t'assure que je voudrais aussi être la nourrice de mon enfant. Je m'inquiète de tes maux de cœur; je dis à ma pauvre mère : « Lorsqu'elle aura mal au cœur et que je serai près d'elle, qu'est-ce qu'il faudra lui faire? — Eh! rien, ma fille; il faut laisser passer tout simplement. » De sorte que, lorsque tu souffriras, je ne pourrai rien faire pour toi : c'est cruel. Ces mères, comme il faut les aimer pour tout le mal qu'on leur donne! Il ne faut pas que je t'en dise trop; tu serais trop fière de penser que tu auras bientôt un petit être qui ne pensera, qui n'aimera que par toi. Adieu donc; nous avons le temps de causer de cela. A lundi; je t'embrasserai mille fois. Ma petite mère sera bien heureuse de revoir sa quatrième fille, mais elle ne pense rester qu'un jour ou deux; il faudra lui dire adieu bientôt. Tu me consoleras de son absence. Ah! je recommence. Adieu; je t'embrasse bien fort avant de t'embrasser tout de bon.

Ton amie.

1er et 2 octobre 1848.

Ma chère Fanny,

Nous voilà de nouveau dans les lettres; après quinze
jours de douce intimité, c'est un peu dur. C'est lorsqu'on ne goûte plus un bien qu'on l'apprécie encore
davantage. Il me semble que je n'ai pas assez joui de
toi durant tout ce temps. Je regrette de ne t'avoir pas
assez embrassée, de n'avoir pas assez causé avec toi;
enfin mille enfantillages de ce genre, parce que je ne
dois plus y penser de longtemps. Mon voyage s'est
fait bien heureusement, ma bonne amie; seulement
nous avons eu un peu de pluie au sortir de la voiture.
Ma fluxion va beaucoup mieux, ma figure est bien
moins burlesque; cependant je suis encore un peu
enflée. J'ai fait mon voyage en compagnie d'un monsieur de Crémieux qui connaît ton mari. Je l'avais d'a-
bord assez peu remarqué; puis, lorsqu'il eut entamé
conversation avec mon frère, je le regardai davantage. Je vais te le dépeindre : il a un visage long, la
peau assez blanche, les traits minces, le nez long, la
barbe et les cheveux blonds. Sa figure est assez insignifiante lorsqu'il ne parle pas; lorsqu'il rit, elle
prend une expression très-agréable. Il a été au collège
avec M. Fortuné. Voilà bien des détails.

C'est avec la plus vive impatience qu'on m'attendait

à la maison. Il paraît que moi, si peu divertissante
chez les autres, je suis beaucoup plus attrayante chez
moi ; ces quinze jours ont paru deux mois à mon père :
« Il était temps, disait-il, qu'ils finissent. » Pauvre
père ! J'ai retrouvé ma mignonnette de chambre bien
parée, cirée, frottée ; un magnifique bouquet de dah-
lias apporté le matin par une élève qui pense plus
souvent à moi que moi à elle : ce n'est pas étonnant.
Je me suis mise tout de suite à régler mon temps : je
me lève à sept heures, je suis couchée à onze. Que de
mal j'ai à présent pour me coucher si tard ! Lorsque
viennent huit heures, neuf heures, me voilà dormant
sur ma chaise comme une bienheureuse ; il faut que
je me secoue. Comme un personnage important, j'ai
mes heures d'audience de trois à cinq ; je renvoie
impitoyablement tous ceux qui viennent avant ou
après. Mon discours d'ouverture est fait ; tu vois que
si je fais la paresseuse à la campagne, il n'en est pas
de même à la ville. J'ai été échanger ce matin les bas
de ta tante, et j'ai porté le métier aussi chez ta mère.
J'aurais pu t'écrire plus tôt, et je le désirais ; mais je
ne voulais pas le faire avant que toutes ces commissions fussent terminées. A présent toute à toi, rien
qu'à toi et à mon cours. Si tu étais bien gentille, ma
future petite mère, tu viendrais à Lyon dans quinze
jours ou trois semaines ; tu m'écrirais d'ici là deux
jolies petites lettres, et puis tu resterais à Lyon un
long mois. Tu viendrais passer quelques soirées chez
moi ; nous ferions encore un peu les jeunes filles ;
nous nous rappellerions mieux comment nous faisions
dans notre bon temps, au temps de notre jeunesse.

Tout réveillerait nos souvenirs : ici, le coin du feu où nous nous serrions l'une contre l'autre; là, la table où nous nous sommes une fois boudées, la fenêtre où tu eus un jour le plus gentil accès de jalousie pour une demoiselle que j'ai vue deux fois et que je ne reverrai plus, car elle est en Amérique maintenant. Ah! c'est une bien douce chose que la mémoire; c'en est une bien douce aussi que l'espérance, et c'est dans l'espérance de réaliser bientôt mon joli rêve que je te dis adieu, ma chérie, et que je t'embrasse mille fois.

Ton amie.

8 octobre 1848.

Je vois, ma bien-aimée, que c'est moi qui serai obligée de faire tous les frais de notre correspondance ; le mal de cœur empêche ma belle d'écrire, et, comme le commun de ses fidèles, me renvoie aux jours de santé, qui probablement sont toujours rares. Depuis que je suis arrivée à Lyon, je n'ai cessé de recevoir des visites. Il est des jours où, depuis le matin jusqu'au soir, je suis prise sans interruption. Mlle D. a perdu sa tante ; qu'il est triste de se séparer tous les uns des autres ! La vie est bien noire parfois. A quoi pensé-je de dire cela à toi, jeune femme pour qui tout sourit maintenant, qui sens ton cœur palpiter de la plus douce des espérances, et qui vois le bonheur et l'amour toujours auprès de toi ? Parlons plutôt des soucis positifs que je vais reprendre. Lundi prochain, je me remettrai à la charrue. Je t'assure que, malgré les moments de tristesse vague dont je ne peux me défaire, ce sera avec joie. Il faut que tout soit dans l'ordre pour être bien, et pour moi l'ordre c'est le cours. Il y a de durs moments ; cela contribue bien à assombrir le front. Si l'on ne se disait pas que tout est fixé par la volonté de Dieu pour notre plus grand bien spirituel, on serait bien souvent porté à se décourager. Je t'ai déjà dit cela lorsque tu étais jeune fille, Fanny, parce que, quelque raisonnable que tu fusses, tu n'avais pas de position fixe, et l'on ne comprend pas alors les ennuis d'état. A présent c'est différent. Du reste, Fanny, lorsque tu étais triste, je te consolais ; maintenant que tu es heureuse, si j'éprouvais du chagrin, ce serait à toi de me consoler. C'est un devoir de l'amitié. Vois-tu, de peur que tu ne le penses pas, je te le dis ; c'est qu'entre amies on se dit tout, on parle l'une pour l'autre.

Ma chérie, comme tu fais attendre ta réponse ! Voilà deux ou trois jours que j'ai commencé cette lettre, et rien encore de toi. Heureusement je ne suis pas inquiète de ta santé. Pour moi, je ne me porte ni bien ni mal, comme cela m'arrive le plus souvent depuis six mois. J'ai tort de te dire que je ne me porte pas très-bien ; qui le croirait, à voir ma magnifique apparence de santé ? Cependant, lorsque je ne me sens ni la force de parler, ni celle de marcher, il faut bien qu'à part moi j'en fasse quelque chose responsable. C'est une idée assez bizarre, diras-tu, de t'entretenir de tous ces détails ; aussi je vais passer à autre chose, je vais te faire part de mes lectures. Quoique je sois *jeune fille* (il faut que je barre ce mot ; il ne m'appartient plus), quoique je sois demoiselle, je lis dans la *Revue des feuilletons*. Rassure-toi, il n'y a aucun danger pour ton amie. Le titre d'un de ces feuilletons m'a d'abord attirée : *Madame de Chevreuse ;* il rappelle une époque bien dramatique de notre histoire, cette longue lutte des seigneurs contre le génie inflexible de Richelieu, et puis la mélancolie, la tristesse de ce roi qui aimait à revêtir la robe des chartreux. Ensuite le nom de l'auteur n'a pas été pour moi d'un mince appât :

Mme Clémence Robert. Elle écrit fort bien, rien de plus facile, de plus gracieux, de plus gazé que son style : ce sont des perles mêlées à des fleurs qui sortent de sa plume ; aussi je me suis empressée de lire tout ce qui lui appartenait dans le volume. Un autre nom d'auteur m'a tentée encore : c'est Alexandre Dumas. Son originalité, l'excentricité de sa vie, sont au niveau de son talent. J'ai lu peu de chose de cet auteur ; ce que j'en ai lu cette fois est inférieur à ce que je connais de lui, mais on y retrouve toutefois l'énergie de pensée et de style qui caractérise les hommes distingués. Après ces lectures un peu futiles, je prends les *Mélanges littéraires* de Chateaubriand, et là je peux admirer tout à mon aise. Qu'il y a de choses qui vous surprennent dans cet homme ! quel prestige d'expression ! quel éclat de pensée ! On aime à y retrouver parfois ses propres idées, ses propres manières de voir ; mais on se garde d'en éprouver de la fierté, tellement on est écrasé par tout le reste. Après avoir jugé Young et l'immortel Shakspeare, je me promène avec l'Anglais Mackenzie dans les solitudes glacées, au bord des grands lacs, le long des montagnes de neige de la Nouvelle-Bretagne, ou bien je vois les Appréciations sur la législation primitive de M. de Bonald, je lis des aperçus sur la manière d'écrire l'histoire de M. de Barante, sur l'éducation en France au xviiie siècle ; enfin tout cela est substantiel, et, après une semblable lecture, on sait quelque chose de plus, et l'on se sent de bonnes pensées au cœur. Ma chère, tu vas peut-être trouver que je fais la pédagogne. Non, certes ; tu sais

que ce n'est pas dans mes habitudes. Mais l'on ne peut
pas toujours parler de son amitié, tu le dis toi-même;
et puis mes protestations paraîtraient bien froides auprès de celles que tu reçois tous les jours, et prudemment je ne veux pas hasarder un combat où je serais
vaincue. Si tu veux, dans ta prochaine lettre, fais
comme moi, dis-moi ce que tu lis, tu auras toujours
un sujet. C'est un peu malicieux; passe-le-moi en vue
de l'affection que j'ai pour toi et du plaisir extrême
que me causent quelques lignes de mon amie, quel
qu'en soit le sujet. Adieu; sois bientôt à Lyon.

18 octobre 1848.

Ma chère Fanny, que dois-tu dire de mon long silence, du moins apparent? Ne te semble-t-il pas que
je te joue une petite rancune? Du tout, Madame, et
vous trouverez même ci-jointe une lettre que je vous
aurais envoyée si je n'avais pas reçu ta charmante
missive. Qu'elle est jolie, ma chérie! Tu ne m'as jamais
rien écrit qui m'ait fait plus de plaisir. Tu m'as cependant dit une malice, méchante; eh bien! j'ai plus
de présomption que tu ne penses, et je crois bien,
malgré tout ce que tu as l'impertinence de me dire,
que c'est un peu pour moi que tu penses tant à Lyon.
Si ce n'est pas vrai, je te bats lorsque tu viens. Vraiment tu seras bien malheureuse : nous ferons mettre
Madame au coin du feu, nous poserons ses petits pieds
sur un tapis; tu seras bien à plaindre. Nous donne-
rons encore à Madame, si cela peut lui faire plaisir,
l'audition de notre discours d'ouverture. Nous sommes une femme d'importance; ne soyez pas si dédai-
gneuse, nous avons parlé devant plus de cent trente
personnes, et nous nous sommes parfaitement fait entendre. Voilà pour rassurer ton beau-père sur le *touchant intérêt* qu'il porte à ma *pauvre petite voix*. Malgré toute cette belle fanfaronnade (c'est vrai cependant que j'ai parlé très-fort; c'était si beau qu'on a
battu des mains), j'étais pâle et blanche auparavant

comme une apparition ossianique. Ma toilette y prêtait : robe de soie noire, manchettes unies de toile,
afin que cela fît contraste, et puis le visage encadré
de cheveux noirs, mon air le plus sévère, ma parole
la plus grave. Aussi Dieu sait quel silence solennel
lorsqu'après avoir dit : « Messieurs, Mesdames, » j'ai fait
une pause pour que tout bruit cessât. C'était grave
comme ta première entrevue avec M. Fortuné.

Je suis en train d'écrire des bêtises ; si cela peut te
faire rire, tant mieux. Après les tremblements, la
gaîté, il faut de tout cela dans la vie ; c'est un composé passablement hétérogène.

Je ris bien avec mes petites, mais je m'apprête à les
gronder pas mal si elles ne marchent pas bien. Tu
ne m'as jamais vue, ma belle, dans mes grands moments. Je suis terrible, c'est-à-dire je suis tout simplement d'un froid glacial ; mais il paraît que c'est si
serré, qu'il y en a pour toute la leçon, m'a-t-on dit.
Le jour que j'ai reçu ta lettre, j'étais fatiguée ; plains-
moi, ce sera le remède après la guérison, et j'ai lu
mon épître entre mes draps. J'ai violé pour vous la
consigne, Madame ; quel gré ne devez-vous pas m'en
savoir ? Lorsqu'on a mal à la tête, on ne doit pas lire.
Vous direz plus tard cela à vos enfants. Ce soir je t'écris à la brune : tant pis pour toi si tu ne peux pas
me lire, ma belle ; tu me devineras, ça vaudra peut-
être mieux. D'ailleurs j'écris bien un peu de ce qu'on
appelle les *yeux de la foi*.

Que tu dois avoir froid dans ton Sᵗ-H. ! Celui qui
embellit ton existence devrait bien avoir plus soin de
toi, pauvre fleur qu'on laisse geler sur cette mon-

tagne glacée, tandis qu'elle est attendue à bras ouverts dans un autre lieu où elle aurait bien chaud. Vois-tu, lorsque tu viendras à Lyon, il n'y aura que de douces brises qui souffleront exprès pour toi, tandis que là-haut tu n'as que de rudes aquilons. Fi donc! je ne voudrais pas y être (lorsque tu n'y es pas).

J'y vois à présent et j'écris mieux, et tu peux peut-être me lire. Dans la lettre que je t'écrivis il y a huit ou quinze jours, tu trouveras de tout, de la malice même, excepté de la gaîté; je n'étais pas en train, et j'écris comme je suis disposée.

J'espérais pouvoir finir cette page; j'aurais bien trouvé quelque histoire à te raconter, mais mon frère m'attend pour mettre ce précieux papier à la poste, et je ne veux pas faire attendre Monsieur. Ainsi adieu, ma chérie; reçois mille baisers de ton amie.

24 octobre 1848.

Ma bien chère amie, je suis dans ce moment occupée à lire *l'Education progressive* de Mme Necker. J'ai fait une sottise tout à l'heure : j'avais devant moi la *Revue des feuilletons*, et tentée par ce titre : *la Nièce du Masque de fer*, j'ai ouvert et j'ai lu. Lorsque j'ai lu quelque chose qui ne m'est pas utile, alors que tous mes moments sont si précieux, sais-tu que j'ai comme du remords? et voici ce que j'ai pensé : Pour m'apprendre à maîtriser ma volonté toutes les fois qu'elle ne dominerait pas mes tentations, je te l'écrirai ; tu feras le petit Mentor, et tu me gronderas. Je t'aimerai bien si tu veux faire cela. Comme tu veux que je t'aime, j'en suis bien sûre, tu me gronderas donc bien fort dans ta prochaine lettre. Que nous sommes donc changeants sur cette pauvre terre ! Si je t'avais écrit ce matin, c'eût été dans une tout autre disposition d'esprit. Je t'aurais parlé de celui qui *embellit ton existence*. Qu'en penses-tu? Oui, celle qui embellissait *jadis* ton existence t'aurait parlé de celui qui est chargé (corrige cette expression, elle est impropre), qui jouit à présent de ce bonheur et de cet honneur. Je sais que Monsieur ton mari est venu à Lyon vendredi et qu'il est reparti dimanche, qu'il a même été au cirque, que Madame se porte bien. Qui lui a raconté tout cela? dis-tu. Ah ! devine, je te le donne entre mille ; je n'ai pas besoin, il est vrai, de te laisser tant d'espace, et le mot de cette énigme n'est pas difficile à trouver. Mais ce qui est bien vilain, ce que je ne veux pas te pardonner, c'est de faire attendre si longtemps ta désirée visite ; c'est ne pas avoir pitié des gens. Au moins tu resteras une douzaine de jours, ça compensera un peu. Allons, dépêchez-vous, Madame ; vous ne pouvez pas rester avec une robe retouchée quatre fois, qui cache encore, j'en suis sûre, toute la grâce de votre taille. Dépêchez-vous de venir à Lyon ; vous voyez que c'est utile, si ce n'est pas du moins tentant de venir passer quelques jours près de son amie.

28 octobre.

A toi, ma chère amie, quelques instants. Que fais-tu chez toi ? Es-tu toujours bien occupée avec tes re-passeuses ? Pour moi, les occupations se multiplient tous les jours. Aujourd'hui je viens de faire mes con-ditions avec une dame pour donner leçon à ses deux filles. Rien de plus gracieux et de plus frais que ces jeunes filles : l'aînée a une figure d'ange, l'autre a l'air de la plus charmante espiègle; j'en raffole. Je les ai vues une seule fois, et elles m'ont déjà embras-sée avec tant de candeur et de franchise, qu'elles m'ont presque émue; si elles me donnent autant de satisfaction comme élèves qu'elles m'ont causé de plai-sir à la première vue, j'en aurai beaucoup. Elles s'ap-pellent Eugénie et Amélie; Eugénie a quinze ans. J'aurai bien peu d'instants à moi, ma bien-aimée; joins à cela des répétitions que je donne à des élèves du cours, mon Octavie plus tard, ma leçon de dessin tous les jeudis, ma leçon de botanique que je veux prendre à présent bien sérieusement. Mais je me porte bien, sauf une toux sèche qui, j'espère, pas-sera bientôt; et lorsque ma santé est bonne, je suis bien courageuse. Il est vrai que je suis aussi apathi-que lorsque je suis indisposée. Je te confie toutes mes affaires, ma chérie; dis-moi que cela ne t'ennuie pas: l'amitié pour moi, c'est de la confiance. Amie, je t'aime davantage lorsque tu me dis tes intimités; je t'aimerais moins si, à mon tour, je ne pouvais pas te dire les miennes. Clotilde m'a dit en riant qu'elle était fâchée contre toi, que tu lui avais promis de lui écrire et que tu ne lui as pas tenu parole. Si tu m'écrivais plus souvent, ma bonne, je te demanderais de trouver un petit moment pour elle; je ne serais pas jalouse de cette petite gâterie. Eh! bon Dieu! ce ne sont plus les demoiselles qui peuvent faire poindre la jalousie dans mon cœur; tu sais bien qui. Il faut que je te dise en passant que toutes les dames qui t'accolaient, et à qui tu avais toujours quelque chose à raconter que probablement tu ne pourrais pas me dire, m'ont impatientée plus d'une fois. J'aurais envoyé je ne sais pas où tous les maris qui m'avaient enlevé mon bijou, j'espère bien pas *entièrement*. Je ne sais plus, ma bellotte, si je t'enverrai tous ces racontages : j'ai véritablement honte de te dire de semblables futilités; mais en t'écrivant, je me délasse; lorsque je ne suis plus directrice, il m'est impossible d'en conserver le ton et la gravité. Si je sens que l'on m'observe et que l'on attende de moi une belle péroreuse, cela m'ennuie et me dispose encore plus mal.

Ah! j'ai eu une scène hier au cours normal; pour le coup, j'ai pris un grand ton; je n'ai pas tremblé, et il a fallu achever aujourd'hui; je ne suis pas redescendue. Figure-toi une insolente d'élève qui, à un commandement que je lui donne, me répond : Non, que c'est injuste. *Injuste!* Oh! me jeter un semblable mot au visage, cela m'exaspère. Je suis descen-

due de l'estrade pour ne pas me donner en spectacle
à la classe, et je lui ai intimé l'ordre de faire ce que je
disais, ou bien qu'elle sortirait de la classe pour n'y
pas rentrer. J'aurais bien voulu qu'un physionomiste
m'eût vue alors; je souriais il n'y avait pas une minute, et en une seconde je suis devenue de glace. Je
n'ai pas parlé fort et n'ai pas eu besoin de m'emporter;
elle a obéi. Aujourd'hui il a fallu parler à sa mère;
ç'a été une scène d'une autre façon, quoique l'opiniâtre jeune fille n'ait pas voulu faire une amende honorable que j'ai du reste fièrement refusée.

Mais je suis à bout de papier; il faut que je finisse,
ma chérie. Adieu, mais à bientôt. Viens donc en place
de ta lettre, ces fêtes; tu seras adorable.

Ton amie.

2 janvier 1849.

Je t'ai fait du chagrin, chère amie, avec mon vilain
billet ; je suis bien coupable, mais c'est le premier de
l'an, il faut pardonner. Je ne sais laquelle a le plus
souffert pendant ces trois interminables semaines,
mais je t'assure que pour mon compte je me suis fu-
rieusement dépitée ; et le plus terrible, c'est que je
ne voulais rien témoigner ; j'avais l'air du plus grand
calme, tandis que.... Enfin voilà ce que c'est que
cette malheureuse histoire, qu'il faudra complètement
oublier. La veille de ton départ, maman a été un peu
piquée que tu ne fusses pas montée lui dire adieu ; le
soir, lorsque j'ai parlé d'aller chez toi, personne ne
pouvait ou ne voulait m'accompagner. Impatientée
de tout cela, je t'ai écrit. Je sentais bien que ma mauvaise humeur perçait à toutes les lignes, mais je ne
pouvais pas faire autrement ; il y a de ces moments où
l'on est si mal disposée ! A peine le billet parti, je l'ai
regretté ; il n'était plus temps. Lorsqu'on est entré
dans une mauvaise voie, on ne sait comment en sortir. Je ne voulais pas t'écrire avant que tu m'eusses écrit ; plus tu tardais, plus je me croyais obligée
de me tenir renfermée dans mon silence, et plus aussi
je devenais triste intérieurement. Ah ! que l'on est
bête parfois ! Tu me parles de doux songes qui te rappellent à mon souvenir pendant la nuit, si je n'ai pas

le temps d'y penser le jour. Ah ! ne t'inquiète pas, mon cœur bat à l'unisson du tien ; je pense à toi plus d'une fois le jour, mais pendant ces trois mémorables semaines ce n'a pas été d'une manière bien gaie. J'en devenais superstitieuse : ma bague s'est défaite, j'ai brisé ma chaîne ; il me semblait que tout cela était symbolique. Et puis une fois j'ai fait le rêve le plus épouvantable sur ton compte à mon égard. Tout cela te dit bien, ma bonne amie, que si ma tête a été mauvaise, mon cœur ne l'est pas ; ainsi oublie mon vilain billet, déchire-le, n'y pense plus. Maman m'a bien grondée lorsque je lui ai dit ce qu'il y avait ; sa gronderie cependant m'a fait plaisir : j'étais contente de voir qu'elle éprouvait de la peine de ce qui pouvait t'en faire. Bonne amie, tu m'écriras bientôt que tu m'aimes toujours bien, que tu n'as plus cette vilaine lettre sur le cœur ; ce n'est pas ta Marie ordinaire qui te l'a écrite, il ne faut donc pas la considérer comme venant de moi. Ma bien-aimée, j'ai reçu hier un très-joli livre couvert en moire verte ; il est intitulé : *la Femme*, et renferme des poésies de Mme Ségalas. En gage de réconciliation, je t'en envoie une pièce de vers que j'ai copiée pour toi ce matin : *les Deux Mères*. Toi, jeune mère, qui vas bientôt bercer ton nouveau né, tu apprécieras plus que moi encore la grâce et le sentiment profond de toutes ces pensées. Ne dis pas que je suis indifférente : hier ta lettre n'est arrivée qu'à midi ; je me suis crispée lorsqu'à neuf heures, heure habituelle où je reçois tes lettres, je n'ai point entendu de facteur : le bon Dieu a voulu me punir avant de me donner la joie. J'ai reçu du monde tout le jour , et quoique je pensasse toujours à toi, je n'ai pas pu trouver un moment pour t'écrire; mais ce matin ma première occupation a été pour toi. Demain tu recevras ce petit message de Lyon, et tu verras que Marie n'est pas changée; elle est toujours la même, et elle ne changera jamais. Dans mes moments de triste réflexion, je me disais : Si cependant nous venions à nous brouiller? Eh bien! pensais-je, elle ne m'aimerait plus; moi, je l'aimerais toujours. Cher petit ange, c'est une bien grande vérité qu'on ne peut aimer deux fois. Pas plus qu'on ne peut aimer d'un amour égal deux maris, on ne peut aimer successivement deux amies. Si j'avais le temps, je copierais encore la peinture du bonheur d'une jeune mariée : c'est trait pour trait ton charmant intérieur ; ce sera pour la prochaine fois. Jeune mère, tu berceras ton enfant avec de doux chants; qu'il sera entouré d'amour le berceau de ce petit être! Il n'y aura que des yeux souriants autour de lui, de la musique et de douces paroles; sera-t-il heureux! Que je regrette ma soirée que j'aurais pu passer auprès de toi! J'aurais vu tout son petit trousseau. Cher marmot! avant de le voir tout de bon, je me serais figuré le voir dans ses langes; je me serais représenté sa tête grosse comme un poing dans le bonnet que j'aurais touché, ses grands bras s'allongeant dans ses manches longues comme ma main. O miniature! et nous avons tous été comme cela. Chère amie, que faut-il te souhaiter pour le commencement de l'année? Un peu égoïste, c'est d'abord que tu m'aimes bien, ensuite que ta grossesse se termine bien comme il faut, sans

souffrances, tout au moins aussi peu que possible ;
que ton petit enfant soit toujours ton bonheur, tes
délices, ta joie. Que peut-on souhaiter de plus à une
mère ? A ton mari, que je remercie bien de ses compliments, je souhaite un beau garçon, qui... qui
lui ressemble. Ris de ma réflexion, c'est ce que je
veux. Pour mon goût, j'aimerais mieux une fille ; arrange-toi. Maintenant, avant de te quitter, mon ange,
qui m'aimeras toujours, il faut que je me fasse un
peu plaindre. J'ai été malade, moi aussi ; pendant ces
trois semaines, j'ai eu une fluxion qui m'a tenue huit
jours, et qui m'a empêchée d'aller deux jours au
cours. J'ai eu un gros rhume, qui me dure encore ;
aie pitié de cette petite malade. Je te raconterai une
autre fois mes étrennes, je n'ai pas assez de place ni
de temps aujourd'hui ; tu me diras aussi les tiennes.
Je voudrais que ma lettre partît avant midi, je crains
bien de ne pas pouvoir.

Adieu, ma mille fois chérie ; je t'aime bien, bien ;
je t'aime à ma façon autant que ton mari. Je t'embrasse, embrasse-moi.

16 janvier 1849.

Mon Dieu ! ma Fanny, quelle nouvelle m'as-tu apprise? Mme Sabine morte! et il n'y a pas quinze jours que je te chargeais de lui présenter mes souhaits. La foudre l'eût frappée que ce n'eût pas été plus prompt. Cette idée n'est encore pour moi qu'un rêve que je ne peux fixer. Je me la représente partout où je l'ai vue, pleine de santé, pleine de force; huit jours, et c'est fini : c'est affreux. Je l'aimais, Mme Sabine ; je devais la revoir à St-H. C'était ta belle-sœur ; je pensais à sa petite fille que je caresserais avec la tienne : c'étaient autant de liens qui m'attachaient à elle. Comme elle va te manquer! Quel vide tu vas éprouver! Ne sembliez vous pas destinées à passer votre vie ensemble? Union d'âge, de position, d'affection. Enfin Dieu l'a voulu, chère amie ; il ne faut pas trop voir ce qu'il y a de sombre dans ses décrets. Comment as-tu supporté cette catastrophe? Ne t'en affecte pas trop, ma Fanny ; aie bien soin de toi, ménage-toi, ne fais point d'imprudence. Ne va pas souvent à C.; si tu allais prendre un rhume, une grippe? Dans ta position, il faut être très-minutieuse. Tu étais fatiguée quand tu es partie, tu l'étais quand tu m'as écrit. Donne-moi souvent de tes nouvelles; si cela te fatigue de m'écrire, envoie-moi seulement quelques mots.

Comme ce doit être triste autour de toi, ton beau-père, ton mari, et ne point avoir de distraction! Cette campagne si muette, si morne en hiver! Si la douleur amie ce qui sympathise avec elle, vous devez être fort bien; cependant je crois qu'il ne faut pas te laisser dominer par cet abattement. Oh! si j'étais près de toi, je te consolerais un peu, ou du moins je te ferais distraction. Figure-toi, chère amie, que dimanche, pendant que tu pleurais peut-être en pensant à l'état désespéré de ta pauvre belle-sœur, je t'écrivais une longue lettre de folies; je pensais la finir et te l'envoyer le soir, si je n'avais pas été dérangée par des visites. Quel contraste! Voilà souvent comme c'est dans la vie. Mlle D. est venue dans la soirée, et je lui disais : « J'ai bien écrit à Fanny une mutinerie ; je ne voulais pas lui envoyer les vers que je lui ai promis avant qu'elle m'eût écrit elle-même ; mais, bah! je les lui enverrai tout de même, ils sont trop jolis. » Que disais-tu, toi, en ce moment? Ah! tu étais en pensée à St-C. ; tu ne t'occupais pas de moi, et je le comprends bien. Ma bien-aimée, que va devenir cette pauvre Céline ? Son père, il est si jeune, et elle est si petite ! Une enfant sans mère, c'est quelque chose de navrant ; mieux vaut encore avoir la plus mauvaise des mères que d'en être entièrement privée.

A mesure que je t'écris, il me vient toutes sortes de souvenirs de Mme Sabine. Te rappelles-tu qu'en me disant adieu, la dernière fois que je la vis, elle m'embrassa? Tu t'effarouchais presque de ses politesses. Enfin il faut rompre avec toutes ces idées, et je ne sais pourquoi, lorsque les personnes ne sont plus, on se plaît à se les rappeler.

Ma mille fois chérie, tu recevras ma lettre demain ;
puisse-t-elle faire diversion à tes idées ! Ta fidèle pense
bien souvent à toi ; elle voudrait bien prendre une
part de ta douleur. Quand tu seras plus calme, je me
remettrai à rire, je te parlerai d'amour maternel, et je
t'enverrai les beaux vers de Mme Ségalas sur les petits
enfants et leurs heureuses mères. Pense à ton nouveau
né ; bientôt tu le berceras. Et moi, comme je regarderai avec bonheur cet orgueil de mère éclater sur
ton front ! Ma jeune mère et mon petit enfant, vous
serez bien heureux, mon cœur le devine, il ne se
trompe jamais ; j'ai pour cela la divination de l'avenir.

Adieu, ma bien-aimée Fanny ; écris-moi le plus tôt
que tu pourras. Aie bien soin de toi, je te le répète
encore. Dis-moi bien comment tu te portes ; je ne fais
qu'un souhait, et tu le devines. Je t'embrasse bien
sur mon cœur.

Ton amie.

24 janvier 1849.

Chère bien-aimée, tu ne m'écris pas ; es-tu malade ?..... Je viens de recevoir ta lettre ce matin ; tu vois que j'avais commencé déjà à t'écrire, et surtout que je n'avais pu t'en écrire beaucoup : cela m'arrive souvent. Enfin tu t'es fait saigner, et tu penses aller mieux. Ce cher petit poupon fait toujours des siennes ; tu as très-bien fait de le mettre à la raison. Tu es toute pâlotte depuis cette saignée, je suis sûre, pauvre petite ; mais dans quelques mois comme nous nous porterons bien ! J'ai vu hier Mlle D., qui m'a raconté l'aventure arrivée à une de ses élèves. C'est très-amusant ; je vais te la raconter à mon tour pour te distraire. C'est une *vieille fille* dans toute la force du terme ; elle a quelque quarantaine d'années, est bien lente, je crois pouvoir ajouter bien bête, et cependant est assez éprise de son petit savoir. Elle descend un soir, à six heures environ, de chez Mlle D. Voilà que, lorsqu'elle est au bas de l'escalier, elle ne s'en aperçoit pas, tourne toujours, rencontre une rampe, la descend, et enfin arrive dans un corridor qui n'a point de terme ; elle se trouvait dans la cave. Elle va tâtonnant, se frotte contre le mur humide, frappe à toutes les portes ou à toutes les pierres, appelle, crie ; personne ne lui répond dans ce mystérieux labyrinthe. La pauvre fille se croyait bonnement en-

13

core dans la cour, s'étonnant de son immensité, de son
humidité, et, je suppose, aussi de son obscurité; car,
à moins d'une éclipse totale de lune, elle aurait vu au
moins quelque chose. Enfin, après *une heure et demie*
de recherches vaines, elle se disposait à étendre son
manteau pour y passer la nuit dessus, *à la belle étoile*,
lorsqu'elle rencontre un escalier, le monte, et est
tout étonnée, en sortant de ces nouvelles catacombes,
de se trouver dans la cour et d'apercevoir le mouvement et la clarté de la rue. Si tu ne ris pas en lisant
cela, il faudra que tu sois bien maussade. Je n'ampli-
fie rien ; j'oublie même une circonstance, celle de la
canne de parapluie cassée à frapper contre les murs.

28 janvier.

Tu recevras pour lettre une vraie mosaïque; il y
aura un peu de la couleur de chaque jour. J'ai horriblement à faire; nos examens sont le 20 février. Je
n'ai pas une minute à moi; c'est démoralisant. Quelle
vie! Aujourd'hui c'est dimanche; il faut que je voie
les compositions d'histoire de soixante élèves. J'aurais
à rendre des visites du premier de l'an; il pleut, ce
qui me donnera une excuse passable pour ne pas les
faire, mais me donnera l'air d'une petite maîtresse
qui suit le beau et le mauvais temps. Tant pis pour
ceux qui me jugeront ainsi. Tu es bien plus calme à
St-H. Si je suis jamais rentière, j'irai me réfugier
dans quelque grande solitude; il est vrai qu'alors
j'aurais le temps de faire et de recevoir des visites, et je crois qu'au fond je ne craindrais pas cela.

Adieu ; je ne suis pas en train d'écrire rien de plus ;
je te reprendrai une autre fois que je serai mieux
disposée.

31 janvier.

Il paraît que j'étais tout de bon pas en train d'écrire
dimanche, je te l'ai écrit deux fois. Aujourd'hui je ne
le suis guère mieux, mais je ne veux pas faire attendre plus longtemps ma bien-aimée. Il m'a pris depuis hier une envie démesurée de te voir, et de la
tristesse de ne le pouvoir pas. Voici pourquoi. J'allais
me préparer, me disposer à aller au cours, lorsque
mon père m'apporte dans ma chambre de travail (qui
maintenant, je ne sais pas si je te l'ai dit, est à côté
de mon petit salon) une lettre. Je la prends avec empressement, pensant que c'était une agréable surprise
de ma petite Fanny ; pas du tout : c'était une lettre
d'une de mes élèves, lettre bien gentille, bien affectueuse, mais qui, dans le moment de ma déception,
me touchait fort peu. Je ne fais que rêver de mon petit poupon ; je m'imagine toujours l'entendre crier,
lui voir faire les plus gentilles grimaces du monde.
Cher petit ! est-il heureux d'être autant aimé à l'a-
vance ! Tu n'oublies pas ta pièce de vers, mon cher
petit bijou. Si j'allais te dire que je suis bourrée, que
je n'ai pas une minute à moi, que je n'ai pas le temps
de t'écrire, ce serait pourtant la vérité ; mais ce temps,
il faudra à toute force que je le trouve, et même je
t'en promets une autre pour la prochaine fois : tu
vois que je fais durer le plaisir longtemps. Quand

pourrai-je t'écrire? Je crains bien que ce ne soit pas si tôt que je le voudrais; alors tu ne me tiendras pas rigueur. Si tu n'es pas malade, tu m'écriras, et bien long. J'oublie de te dire que j'ai reçu, il y a quelque temps, des vers charmants; pour t'intriguer, je ne t'en dis que la fin :

Aimez-moi, car je vous aime.

Qui me dit cela ? devine.

Adieu, ma chérie, ma bien-aimée ; je t'embrasse mille et mille fois. N'oublie pas ta promesse de m'écrire.

Ton amie fidèle.

Tu n'avais pas besoin, ma chère, de t'escrimer à
trouver un commencement de lettre; nous avons autant d'excuses à nous faire l'une que l'autre, ainsi
nous devons être également disposées à l'indulgence.
J'avais fait cependant un beau projet le jour que je
t'ai vue: je voulais te surprendre à St-H., et qu'une
lettre précédât ton arrivée; j'ai réfléchi qu'il valait
mieux le faire pour le 9. Le 9, quelque chose m'a empêchée; j'ai pensé que je m'excuserais, et enfin, de
retard en retard, j'en suis venue à aujourd'hui. Je
pense que, malgré toutes les circonstances majeures
qui ont dû faire trève à mes bonnes intentions, je
pourrais faire la confession de l'âne. Tu m'as mis quelques expressions restrictives, quelques soulignements
accusateurs sur la fidélité de mon affection, petite
sotte; tu sais bien qu'il n'en est rien; tu as voulu faire
un badinage. Je réfléchissais ces jours derniers comment nous étions venues à nous tutoyer si naturelle-
ment; il me semblait que nous avions dû toujours agir
ainsi, tellement il me paraissait impossible à présent
de tutoyer quelqu'un de nouveau.

On aura beau dire, il n'y a pas de forme plus complète d'affection que *tu* et *toi;* cela vous confond
mieux l'un dans l'autre. Si tu étais à présent près de
moi, je ferais une bonne causerie. J'aime à philosopher sur certains sujets; ce sont pour moi des dadas,

et tu sais que ce n'est qu'avec toi que je puis bien causer sur celui-là. T'imagines-tu nous voir toutes les deux vieilles et tremblottantes? Nous nous rajeunirons avec nos mines éraillées en nous disant : Te rappelles-tu? et nous défilerons tous nos frais souvenirs devant tes petits-enfants, qui ne s'imagineront pas que nous ayons jamais pu être jeunes aussi ; ce sera cependant la plus exacte vérité. Ta, ta, ta! C'est fort gentil, à mon avis, de s'occuper de toutes ces rapsodies ; mais il faudrait que tu fusses là, tandis que je suis seule à pérorer : je ne sais pas ce que tu penses, et j'aime beaucoup à lire dans les yeux des gens.

Tu m'as dit que tu viendrais bientôt me surprendre à Lyon ; viens donc vite, mais apparais un peu plus sur mon horizon que tu ne le fais habituellement, ou j'aime autant que tu ne viennes pas. Lorsque tu me fais l'aumône d'une visite dans l'espace de huit ou quinze jours, cela ne me va pas du tout. On monte tranquillement mes quatre étages, qui sont si doux qu'ils ne fatiguent réellement que la valeur de trois ; on s'étend dans un bon fauteuil avec un tabouret sous les pieds ; on se met bien à son aise, on quitte son chapeau, on s'étend, on cause un petit brin (cela ne fait pas de mal, dit-on, aux dames), et on n'est pas incommodée du tout de sa visite, et je suis sûre qu'on en sort même le corps et l'esprit plus rafraîchis qu'à toutes tes somptueuses représentations théâtrales, où l'on va s'étouffer, se presser. Les éléments du bonheur, et même simplement du plaisir, ne sont pas aussi splendides, aussi artificiels.

Bon ! voilà un autre dada philosophique. Adieu, ma chère ; je commencerais peut-être une seconde thèse, et tu me trouverais un être insupportable. Adieu, ma toute belle. Quand vas-tu m'écrire? Combien de temps vas-tu paresser? Si tu étais gentille, tu m'écrirais bien vite, comme je fais en ce moment. Allons, une jolie hymne au printemps; chante-moi les fleurs et les hirondelles, que je ne peux presque pas voir, et envoie-moi une petite fleurette poussée sur ta montagne.

Adieu tout de bon cette fois.

Ta chérie et fidèle.

23 février 1849.

Ma chère amie, nos examens sont finis, finis à ma grande satisfaction ; de plus, un jour de congé pris ou accordé, c'est bien beau , j'en profite pour t'écrire. Je suis devenue très-grave depuis quelque jours , je ne sais plus rire. Une jeune fille de quatorze ans, aussi espiègle que rieuse, qui se trouvait à côté de moi, me disait hier : « Vous ne riez pas ; comment faites-vous pour être sérieuse? — Je suis raisonnable, vous ne l'êtes pas, ma chère enfant ; il faut le devenir, » lui réponds-je avec un sang-froid imperturbable ; et puis , l'instant d'après , elle vient me souffler quelque grosse bêtise à l'oreille , et je suis obligée de me pincer les lèvres pour ne pas perdre ma dignité.

27 février.

Je reprends cette lettre commencée depuis quatre jours ; j'aurais pu te l'envoyer plus tôt , mais j'aime les longues missives, je me figure qu'on doit être de même. J'ai envie de t'écrire une méchanceté et de te dire que tu serais bien contente, au contraire, que ma lettre fût courte, afin d'être plus tôt débarrassée de l'ennui de me lire. C'est d'une bile noire cela, vraiment ; qu'en penses-tu? Dis-moi bien des sottises, je ne demande pas mieux. Mon papier s'est froissé dans mon tiroir, ce n'est guère *respectueux*, tu me le

passeras; mais, bah ! je ne te dois pas de *respect,* quoique tu sois dame; je suis l'aînée... et bien d'autres
choses encore, et ce petit chiffon te fera encore plaisir. Je suis sûre que dans cette lettre tu ne me recon-
naîtras pas; il semble que j'ai envie d'être caustique,
ça m'en démange au bout des ongles. Je viens cependant d'écrire à deux anciennes élèves des lettres pleines de miel et de sucre; ce n'est pas faux ce que je
leur dis, mais, il faut l'avouer, il y a un peu la part
de la politesse et de la maternelle, c'est-à-dire douce
gravité que doit avoir une maîtresse. Deux lettres de
jolies choses ! il faut bien pour varier que je vienne
te dire quelques malices. Plus d'examens pour Pâques; alors dix à douze jours probablement de bon
congé, de bonnes vacances. Quel bonheur ! pouvoir
un peu s'ébattre et savourer le plaisir de ne rien
faire ! Oh ! j'aime le travail de La Fontaine à la folie.
Es-tu heureuse à St-H. ! *tu ne fais rien.* Je suis sûre
que tu te redresses superbe, et que tu dis : N'est-ce
donc rien faire que de faire la maîtresse de maison,
de diriger mes domestiques, de faire le trousseau de
mon futur chérubin, de veiller à la lessive (lorsqu'on
la fait) , de rêver à mon enfant, de ne jamais penser
à mon amie? Qu'est-ce que je viens d'écrire ? C'est une
horreur, une atrocité. Ah! si cette dernière occupation était vraie! Ah! vilaine, tu ris en tapinois, et tu
dis : Peut-être. Oh ! le petit monstre ! Eh bien ! moi,
je me vengerai. Allons, écrivez-moi vite, ou ne m'é-
crivez pas, je ne vous tourmente plus. Je la crois
malade lorsqu'elle se porte bien; cependant j'aime
mieux me tromper de cette façon. Je crois qu'il me

13.

vient une fluxion à la joue gauche ; elle me fait mal, je ne peux pas bien ouvrir la bouche. Adieu ; je vais souper, me coucher, t'embrasser, te dire adieu, espérant un bonjour de toi bientôt.

Ton amie.

21 mars 1849.

Mon Dieu ! ma chère amie, que deviens-tu donc ?
Voilà au moins un mois que je t'ai écrit, plus de cinq
semaines que tu ne m'as écrit, et je ne reçois rien
de toi. Je ne fais point de conjectures : je craindrais de
faire comme l'avant-dernière fois, de penser que tu
es malade, tandis que tu te portes parfaitement. Il y
a assez d'inquiétudes dans la vie sans s'en créer d'i-
maginaires. Moi, j'ai eu le temps pendant ce mois d'ê-
tre malade et de me guérir, d'avoir aussi de bien
grands ennuis qui ne sont peut-être pas encore ter-
minés. On aimerait avoir dans ces circonstances une
bonne lettre d'amie, mais... Fanny n'est pas si généreuse. Je laisse couler la vie tranquillement comme
elle arrive, sans m'inquiéter du lendemain ; je pense,
je rêve, je me fais quelquefois des chimères douces
ou tristes, et j'ajoute chaque jour un anneau de plus
à la chaîne du passé. Lorsque l'espérance ne nous sourit pas bien, on vit de souvenir. Tu es bien heureuse
d'être à la campagne, ma Fanny, de pouvoir épier les
premiers chants des oiseaux, de respirer les premiers
parfums de la violette, de voir les premières feuilles
vertes; nous, pauvres habitants des villes, nous ne
voyons rien de tout cela. Cette belle métamorphose
de la nature, il faut nous la figurer par l'imagination.
Quand je serai vieille (si rien ne s'y oppose, car qui

peut dire : Je ferai cela demain?), j'essayerai ce que je
ne puis à présent, j'irai m'établir à la campagne.
Quel délice, loin de ce tuant cérémonial des villes!
Là, je pourrai lire et faire ce que je voudrai; je
n'oublierai pas cependant le monde, la ville. Au port,
on ne craint pas de contempler la mer et ses tempêtes; mais je rirai bien des embarras de ces pauvres
citadins; j'irai leur dire bonjour comme un oiseau de
passage, mais je m'en retournerai bien vite.

Pour me dédommager de l'absence de la campagne, nous avons à la ville des prédicateurs. M. Carboy
fait fureur à Saint-Jean; j'ai été l'entendre dimanche
dernier: c'est mon prédicateur d'élite. Il prêcha, il y
a bien des années, à Saint-Bonaventure; j'avais alors
quatorze ou quinze ans : tu vois qu'il y a longtemps,
je n'avais pas alors le bonheur de connaître
Mlle Fanny. Pour revenir à lui, c'est lui qui le premier m'a fait ressentir ce que c'est qu'une extrême
admiration, et depuis ce temps je lui suis restée fidèle : la fidélité est dans mon caractère. Néanmoins
je n'ai pas été très-heureuse dimanche : je suis tombée sur un sujet qu'il avait déjà traité devant moi, la
confession; mais il l'a présenté sous un nouveau jour,
et j'ai toujours eu le plaisir de voir combien un
homme de talent a de ressources. Veux-tu avoir le
portrait de M. Carboy? Il est petit, très-vif; il tourne
dans sa chaire comme un écureuil (ne ris pas). Quant
à son éloquence, elle est entraînante; rien de plus facile et de plus brillant que son élocution; il a des
images d'une richesse, d'une variété, d'une grâce
surprenantes. Comme il faut toujours avoir un côté

faible, moi je lui reproche de la prolixité et parfois de la volubilité, ce qui fait un peu sourire ; je m'y suis surprise tout au moins. Il est très-original ; je le compare au P. Bridaine. Il a fait un de ces jours un tour du genre de ce prédicateur, et, si je ne craignais pas de t'ennuyer, je te le conterais ; enfin ce sera bientôt fait.

C'était un jour qu'il devait faire la quête. Il venait de complimenter son auditoire, qui était très-nombreux, *contre son attente*, dit-il, et commençait à quêter, lorsqu'il s'aperçoit qu'on s'en va au fond de l'église. Aussitôt il quitte le groupe où il était, fend la foule, surprend les déserteurs et les déserteuses, et les force à délier les cordons de leur bourse. Tout le monde a bien ri. Voilà une longue narration à propos de M. Carboy ; mais tu n'as pas encore oublié certainement les traditions de la ville, et tu n'ignores pas qu'au carême ce qui fait le grand sujet des conversations, ce sont les prédications. Pour toi, je le sais, il est des causeries beaucoup plus attrayantes ; mais je t'offre ce que j'ai. Je ne sais comment finir cette lettre. Fanny, ma bien-aimée, peut-elle donc douter de l'impatience avec laquelle j'attends tout ce qui vient d'elle, de l'allégresse que j'éprouve toutes les fois qu'il m'arrive quelque chose de cette petite montagne de St-H. ? Je suis presque tentée de croire que la jolie cousine a fait plus d'impression qu'on ne dit, et qu'elle a fait un peu oublier l'ancienne amie : ce serait bien mal. Mais non, mon amie a un cœur trop noble pour être inconstante ; si elle l'était, ce ne serait plus cette Fanny que je m'étais plu à me représenter parée de tant et

de si précieuses qualités. Amie, mon affection est inébranlable comme le roc, et les années la fortifient;
j'aime sans faste, mais avec sincérité. Ne froisse donc
pas qui t'aime si sincèrement, et ne me laisse plus
attendre longtemps; que l'amour te laisse quelques
minutes pour l'amitié.

Adieu, ma chérie; reçois mille baisers de celle qui
t'a donné toute son affection et tout son cœur.

Au moment de t'envoyer ma lettre, en parcourant
l'almanach, je viens de découvrir un grave oubli que
j'ai commis le 10 mars, et dont je demande pardon.
Crois bien que ma volonté n'y est pour rien, et que si
le hasard ne m'avait révélé ma faute, j'aurais juré
avec la plus entière conviction que je n'étais nullement coupable. Pourquoi ta fête est-elle si cachée?
Te rappelles-tu que l'année dernière ce fut toi déjà
qui m'appris l'époque de ta fête, et cela le jour même?
Pour réparer mon oubli, je te donnai, je te portai, ou
tu emportas en riant, je ne me rappelle plus bien, un
petit bouquet de violettes qu'on m'avait donné. Pardonne-moi cette grosse faute en raison de mes soucis, de mes ennuis et de ma petite indisposition. Je
ne pensais de plus, quant à toi, qu'à la lettre que j'attendais avec impatience, sans songer que moi je devais plus encore. Bonne amie, quoique un peu tard,
je te souhaite en bouquet de fête un joli petit garçon ou une jolie petite fille, doué de toutes les vertus,
de toutes les grâces, de tout l'esprit de la mère; je te
souhaite du bonheur autant qu'on en peut avoir sur la

terre, et j'espère que mes désirs se réaliseront. J'espère aussi que tu accueilleras sans fâcherie mes vœux retardataires pour la forme, bien convaincue qu'ils ne le sont pas au fond de mon cœur. Bonne Fanny, encore une fois adieu ; embrasse ton étourdie, et sois sans rancune.

Samedi saint, 1849

Ma chère bien-aimée, je t'écris un jour saint, comme tu le vois. Je voulais le faire hier, mais c'eût été profaner ce grand jour; il ne faut penser que des choses tristes, ou tout au moins ne pas s'occuper de choses terrestres. Aujourd'hui c'est plus près de Pâques, la résurrection approche, on peut commencer à ressusciter son cœur. J'ai reçu, tu le sais, la visite de Mme C., qui est venue deux fois, la première sans me trouver, la seconde à huit heures du matin; je n'étais pas encore *habillée.* Ton beau-père dirait : « Mais comment l'avez-vous donc reçue? — Pas comme vous pensez, Monsieur, mais en petit peignoir tout sale, un grand châle pour me cacher un peu, un bonnet pour retenir mes cheveux qui tombaient. » Nous avons causé un quart d'heure; nous étions également pressées l'une et l'autre : son mari et son fils l'attendaient dans la rue, et mon cours m'attendait. Nous avons parlé de toi, de la pauvre belle-sœur, et enfin de ce qui l'amenait auprès de moi. Tu sais probablement de quoi il s'agissait, elle te l'aura dit puisqu'elle a été te voir ; ainsi je n'ai pas besoin de te le raconter. Elle m'a demandé si j'avais des commissions à t'envoyer ; je n'en ai pas d'autres que de te dire de bien jolies choses, j'aime mieux te les écrire.

Nous avons eu ces jours derniers un temps affreux;

je n'ai fait que quatre stations. Un véritable temps de
semaine sainte. Le soleil commence à briller; j'en
suis bien aise : j'ai des fleurs plantées nouvellement
dans ma jardinière, et elles ont bien besoin de cela
pour les réconforter. Toi, ma *toute ronde*, tu as fait
tes stations au coin du feu; M. Marmot est trop lourd,
et on ne peut pas le promener facilement. Quand va-
t-il être au monde, ce monsieur? Vous serez mère,
ma grosse, avant un mois peut-être. Mais c'est magnifique! J'aurais bien voulu te voir dans ta rotondité.
Si tu n'avais pas eu tous tes embarras de construc-
tion, je serais peut-être allée demain te faire une visite d'un jour avec mon frère, qui se trouve avoir
congé lundi dans son magasin. Je me serais bien amusée de ma sylphide. Je suis demoiselle, je suis impitoyable pour les dames. O mon Dieu! comment peut-
on consentir à devenir si grosse que cela! Mais, ma
chère, tu es une véritable tour de Babel! Quelle
énorme taille! Tu dois être *imposante*, et je m'incline
devant ton *énormité*. Voilà un titre nouveau que je
te donne et que je te laisse. Madame l'Enormité, vous
vous portez fort bien, je le sais. Tu m'écriras au
moins une fois avant tes couches; mais ensuite comment ferai-je pour savoir de tes nouvelles? Je voudrais
être pourtant une des premières à te saluer du titre
de *mère*. Tu me chercheras un moyen, et tu me le
diras. Ma toute belle,... je me reprends, ma toute
énorme, la demoiselle qui m'a écrit : « Aimez-moi,
car je vous aime, » n'est plus à côté de chez moi. Elle
demeurait sur le même palier, porte à porte; *cher
oiseau de passage*, elle était venue s'installer quel-

ques mois auprès de celle *qu'on commence par ai-*
mer et qu'on finit par adorer, admirer (les deux),
afin de suivre le cours et ses bonnes leçons, et voilà
qu'elle me quitte. Lorsque mon amie me faisait attendre ses chères missives, j'allais *me consoler dans les*
bras de ma Louise. Oh ! pas si vite, j'allais tout simplement rire un peu ; elle est très-spirituelle, elle fait
les vers en perfection ; elle m'aime assez et me mettait en train... de babiller.

En voilà une jolie histoire ! Je t'assure que c'est
très-vrai et que Mlle Louise n'est pas un personnage
fictif. Mais c'est une rivale ? Non, ç'a été pour moi une
gentille connaissance qui n'a jamais oublié qu'elle
était élève et que j'étais maîtresse. Visitant fort peu,
j'aimais à aller sonner à sa porte : « Mlle Louise y
est-elle ? — Oui. — Eh bien ! j'entre. » Et puis elle à
son tour : « Mlle Bollud y est-elle ? — Oui. — Je viens
la chercher pour le cours de chimie. — Mais, Mademoiselle Louise, ça m'ennuie, c'est tard ; n'est-ce pas
un peu bas-bleu ? — Non, non, vous verrez des mira-
cles. » Et puis nous partions. Vois-tu, c'était un peu
une intimité d'artistes, de savantes. Qu'est-ce que je
dis ? Je ne suis pas une savante, mais je ne sais quel
mot mettre à la place.

Maintenant elle n'est plus dans la maison, et je crois
que je la verrai rarement. Elle est maîtresse d'externat. Je tâcherai seulement d'obtenir d'elle quelques
vers de temps en temps. Maintenant aussi je retombe
dans ma solitude, qu'elle avait rompue quelques instants. Tout cela me fait réfléchir que si j'étais près,
bien près de toi, ce serait bien gentil, dans la même

maison ; j'éprouvais un indicible bonheur à aller tirer *familièrement* cette petite clochette, ce que je n'avais jamais fait dans ma vie. Je trouvais ce sans-façon, ce sans-cérémonie, et cependant cette aménité constante dans nos rapports, délicieux. Que serait-ce si c'eût été ma Fanny ? Si tu demeurais à Lyon, que de fois j'irais te surprendre ! Un doux mimi pris en passant, il n'y a rien de semblable. Ah ! Fanny, c'est bien triste, cela ne sera jamais, il n'y faut plus penser. Je t'envoie une petite fleur, ma chérie ; baise-la en pensant à moi, comme je l'ai fait en pensant à ma bien-aimée. Ne me fais pas trop attendre ta lettre, ma toute bonne : le temps me dure tu ne sais pas combien lorsque je ne reçois rien de toi ; tu es mon seul véritable plaisir, ma seule vraie distraction.

Adieu, ma chérie ; je t'embrasse mille et mille fois.

29 avril 1849.

Ma toute belle, voilà plus de huit jours que je veux t'écrire, et une chose ou une autre, je ne le puis pas. Je tenais cependant bien à t'écrire dans la huitaine avant l'époque présumée; car si ma pauvre petite missive arrive pendant tes grandes affaires, mon Dieu! que deviendra-t-elle au milieu de semblables préoccupations? C'est bien lorsque M. Poupon vous arrache des cris de douleur ou des cris de joie qu'on va s'intéresser à une lettre de Marie! C'est juste, et, pour ne pas perdre ma cause, je ne me hasarderai pas à faire valoir mes droits dans un moment où ils ne seraient pas écoutés. J'espère être plus heureuse, et que tu ne seras pas encore mère lorsque ma lettre arrivera; mais, passé ce moment, je désire que tu le sois bientôt, et j'attends avec impatience la bienheureuse nouvelle que tu as un fils ou une fille, et moi un petit être de plus à aimer. J'opte pour un fils; quelque chose me dit que c'est cela, voyons si je devinerai juste. Plusieurs personnes me parlent de toi ces jours-ci; on croit que tu as déjà une petite famille de trois ou quatre enfants au moins, je pense : ils vont vite, ces gens-là. Ceux qui ne sont pas si impétueux s'étonnent de voir que petit poupon chéri n'est pas encore venu. Dans quelques jours je ne dirai plus cela. Je reviens de la messe, ma chère Fanny ; j'ai prié Dieu pour toi. Je vais me hâter de finir cette lettre ; je la fais courte, parce qu'il me semble que tu ne pourras pas la lire tout de suite ou t'en occuper longtemps. J'ai bien des choses à te dire ; ce sera pour plus tard, lorsque petit poupon sera un peu habitué à la vie, et petite maman à sa maternité.

Je détache pour toi d'un bouquet *bénit* qu'on m'a donné une petite pensée bénite aussi ; elle te portera bonheur. Adieu, ma chérie, ma bien-aimée ; ta bonne amie t'embrasse mille et mille fois.

3? avril 1849.

Enfin, ma chère amie, tu es mère ; ce petit ange, ce petit désiré est arrivé. Moi qui, hier encore, me berçais de l'espoir que ma lettre arriverait avant lui ! Petit lutin, il va plus vite que moi. Je vous en garde rancune, Monsieur Jean-Melchior, et pour vous punir, lorsque je vous verrai, je vous embrasserai trois fois de plus. C'est un garçon, j'avais deviné juste ; je lui donne bonté, beauté, esprit, et, quoique je ne sois pas fée, il aura tout cela, je te le promets. Et toi, petite mère, tu vas bien ; oh ! tant mieux ! Comme tu dois le contempler souvent, ton *fils*, ton premier né ! Tout est si joli en lui, j'en suis sûre : ses petites grimaces, ses petites méchancetés, ses petits pieds et ses petites mains ! Que ce doit être mignon ! Oui, Monsieur Fortuné, vous devez être fier, bien fier, et je partage vivement votre orgueil et votre bonheur ; plus tard vous le serez bien plus encore, lorsque, grâce à vos soins et aux leçons de ma chère Fanny, ce petit enfant sera devenu un homme distingué.

M. G. doit être aussi bien heureux de son petit-fils ; dans un an il s'entendra dire ce doux nom : grand-papa. Quel mouvement ce doit être chez toi, ma Fanny ! Et penser que c'est un petit être qui ne sait rien, qui ne comprend rien, qui ne dit rien encore, qui donne tant de joie et tant d'émotions ! Je voudrais bien l'embrasser, ce cher enfant, toucher ses menottes. C'est à présent que le temps va me durer de le voir. Lorsque tu le pourras, tu me le décriras, afin que je puisse me le figurer. Il doit être blond, avoir une gentille petite figure toute ronde, des yeux bleus, « couleur du ciel d'où il vient, » une peau bien blanche, une bouche s'épanouissant comme un bouton de rose. Je m'arrête et cesse mes racontages : ce serait abuser de ta patience dans ces moments où petit Jean-Melchior absorbe tout. Dans quelques jours je te récrirai, mais je ne voulais pas qu'un jour se passât avant que tu connusses toute ma joie de te savoir heureusement délivrée et de te savoir *mère*. Demain, lorsque tu recevras ma lettre, tu pourras dire qu'elle te vient de quelqu'un qui t'aime bien, et qui rêvera maintenant du bonheur de deux êtres qu'elle chérit également, de sa Fanny et de ton fils.

Adieu, ma chérie ; quand recevrai-je un petit billet qui viendra me dire que ta main n'est pas trop tremblante pour écrire à ton amie ?

Petite mère, je t'embrasse mille fois, ainsi que *Jean-Melchior*.

Ton amie.

10 mai 1849.

Ma bien chére, je voulais t'écrire hier, mais je n'ai
pas pu. J'ai appris que le baptême de ton fils a dû se
faire aujourd'hui, que tu vas très-bien, et il faut que
cela soit, ton projet étant de présider au repas de famille qui doit avoir lieu à cette occasion. Sais-tu que
tu vas bien vite? J'en suis tout ébahie. Je m'imagi-
nais qu'on était malade, ou tout au moins dans son lit,
pendant près d'un mois; tant mieux qu'il en soit autrement. Je regrette bien que ma lettre n'ait pas pu
partir hier; lorsque tout le monde serait venu te féliciter sur ton fils, sur ton petit chrétien, ma lettre
serait venue aussi apporter sa petite, mais bien affectueuse part de félicitations. Tu la recevras, je pense,
demain, et tu embrasseras pour moi ton petit bien-
aimé, ton Melchior; je suppose que c'est ainsi que tu
l'appelleras. Je t'écris dans un but intéressé, ma bonne
Fanny; tu vas voir. Tu as écrit dimanche à ta sœur;
j'ai su cela par ta bonne, à qui je suis allée demander
de tes nouvelles. Je ne suis pas jalouse; cependant,
bah! à quoi sert de cacher sa pensée? je le suis bien
un peu, et puisque tu écris aux autres, il faut que tu
m'écrives aussi un petit mot; je n'en demande pas
bien long, je ne veux pas encore être exigeante, mais
quelques lignes sur Melchior. C'est très-ennuyeux d'ê-
tre éloignée dans ces grandes circonstances, je ne sais

quelle idée me faire de toi ; on me dit que tu vas très-bien, je ne demande pas mieux que de le croire, et aussitôt je bâtis tous mes projets. Il faut qu'on m'écrive enfin ; il me semble que c'est comme à l'ordinaire, qu'il n'y a qu'un petit Melchior de plus. Je viens de t'écrire à la brune, je ne sais pas si tu pourras lire ; j'ai laissé la plume lorsque je ne l'ai plus distinguée sur le papier. Je finis ma missive, ma petite mère ; je n'ose pas encore t'envoyer mes longues lettres. Si ma Fanny est tout aussi bien que ce qu'on m'a dit peut me le faire présumer, j'espère avoir d'elle bientôt quelques mots sur sa santé, sur celle du petit Melchior et sur les gentillesses hâtives de ce petit bambin.

Adieu, ma chérie ; je t'embrasse bien fort ; donne un baiser pour moi à Melchior.

Ton amie.

9 juin 1849.

Il faut que je t'aime bien et que je trouve le temps bien long, lorsque tu ne m'écris pas ou que je ne t'écris pas, pour commencer une lettre à dix heures du soir, un samedi, lorsque je suis bien tentée d'aller me reposer.

Ton Melchior t'absorbe, ma chère Fanny; ce petit marmot, il va me faire prendre de jalousie. Cependant je l'aime beaucoup, et pour preuve je te donnerai tout à l'heure plusieurs passages de l'*Education progressive* de Mme Necker de Saussure, que j'ai lus à ton intention.

Mon Octavie écrivait ces jours derniers à une de ses amies, jeune personne aussi parfaite qu'il soit possible de l'être, dit-on, qu'elle craignait bien de retrouver vide la place qu'elle occupait naguère dans son cœur, mais qu'elle conserverait toujours une douce souvenance des heureux moments qu'elle avait passés auprès d'elle. Je serais en droit de faire comme elle, et de t'adresser à mon tour les plus virulents reproches; mais de ton côté tu me gronderas vivement d'avoir eu de si vilaines pensées. Tu promènes bien Melchior à travers les champs; il respire à longs traits cet air si pur, si parfumé de l'été. Ses yeux (j'allais dire petits, c'eût été peut-être à contre-sens; tu me diras la prochaine fois s'ils sont grands ou petits), ses yeux commencent à voir déjà. A huit jours l'enfant voit, dit Mme Necker, car ses yeux suivent la lumière. Mais avant de reprendre ma lettre et de suivre mes citations, il faut que je te dise aujourd'hui à quoi j'ai employé mon temps. J'ai été à l'exposition des fleurs, j'y ai rencontré M. Thévenin, le célèbre botaniste, et il a eu la bonté de m'expliquer les noms des plantes et leurs particularités; je dois y retourner demain. J'ai été ensuite au sermon; je suis rentrée, il pleuvait. Vient une demoiselle qui ne s'en va qu'à la nuit, et qui m'empêche d'écrire et de penser à mon petit Melchior. Nous avons passé tout ce temps, deux longues heures, à parler sur quoi? Ah! devine; j'en ai la tête grosse, tant il a fallu que je disse de choses et que je fisse de frais d'éloquence. Il s'agit d'une jeune fille qui en aime une autre, selon moi trop ou du moins pas bien, et je ne me trompe pas. Elle a passé deux ans dans une affection molle, flasque, exagérée, pour ne pas dire plus; son amie l'a souvent payée d'infidélité. Elle a pris le dégoût des choses sérieuses; elle est tombée dans des mélancolies qui l'ont rendue malade, qui l'ont empêchée de travailler à se faire une position en obtenant son brevet, et elle ne peut briser une chaîne qui devient coupable, puisqu'elle nuit à des devoirs dont Dieu lui demandera compte. Comprends-tu cela? Je lui dis qu'elle n'a point de cœur; si une amie m'eût fait le quart de ce que la sienne lui a fait, j'aurais brisé vingt fois. Elle me démonte. Enfin je tonne, je gronde, j'encou-

rage; j'y perds mon latin. Cependant ce soir elle est
un peu remontée; Dieu veuille que cela dure !

Mon Dieu! tout cela est bien peu intéressant pour
toi; passe-le-moi, ma chère amie : l'amitié a quelques
droits, et lorsque je t'écris, je ne pense pas toujours à
te dire des choses qui puissent t'intéresser, je te fais
part de ce qui m'occupe dans le moment. Tout ce qui
me vient de toi, sérieux ou plaisanterie, me fait plaisir; je me flatte qu'il en est de même pour toi. Je vais
revenir à notre Melchior. Je l'aime, ton fils, à la folie ;
et puis il faut que je lui fasse un peu ma cour, sinon
je ne serai pas bien dans tes petits papiers. Eh bien
donc, pour faire ma cour à M. Melchior que je brûle
d'embrasser sur les deux joues, et plus encore parce
que cela me fait plaisir sans ce motif, je vais te trans-
crire quelques passages de Mme Necker : « A huit jours,
il entend, car les bruits subits le font tressaillir; mais
il existe encore solitaire et n'entre point en relation
avec le monde. A l'âge de six semaines, le nouveau né
est toujours étranger dans ce monde. Néanmoins, à
ce point si reculé de développement, le visage humain l'intéresse, quand rien de matériel ne fixe ses
regards ; déjà la sympathie existe en lui ; un air riant,
un accent caressant, obtiennent de sa bouche un sourire ; de douces émotions animent évidemment ce petit être. Mais qui donc a dit à l'enfant que telle disposition de traits indiquait l'attendrissement? Comment
lui, à qui sa propre physionomie est inconnue, pour-
rait-il imiter celle d'un autre, si une affection correspondante n'imprimait pas le même caractère à ses
traits? Il n'y a rien là qui tienne aux sens. Cette per-

sonne auprès de son berceau n'est pas toujours sa
nourrice ; sa mère peut-être n'a-t-elle fait que le
déranger, le soumettre à d'importunes opérations.
N'importe, elle lui a souri ; il a senti qu'il était *aimé*,
et il *aime*. Il semble que l'âme nouvelle en devine une
autre et lui dise : *Je te connais*. »

Mme Necker rapporte ce phénomène et le considère
comme un effet opposé de ce pressentiment inexplicable qui fait fuir la poule alarmée à l'aspect d'un
point noir à peine visible au haut des airs : « Celle
qui n'a jamais vu l'épervier prévoit la cruauté et le
meurtre ; l'enfant qui n'a encore rien vu prévoit la
bonté et l'*amour*. » A un autre endroit, Mme Necker
considère la distance entre l'homme aux premiers
moments de la vie et les animaux ; entre l'enfant et
le petit poulet qu'on voit, au sortir de la coque, courir,
gratter le terrain, distinguer et piquer le grain de
blé mêlé au sable ; entre surtout l'enfant et le jeune
chamois. « Sa mère, prête à mettre bas et poursuivie
par les chasseurs, s'arrête, dépose son petit, le baise
une seule fois, et repart aussitôt en fuyant avec lui à
travers les neiges et les précipices. » N'est-ce pas
charmant ? Je croquerais ce petit chamois. « A l'âge
de six semaines environ, lorsque le rire et les larmes
paraissent, on remarque chez le nouveau né un petit
murmure fort doux : c'est l'expression de la satisfaction, qu'il fait entendre dans le repos. Peu à peu ces
sons deviennent plus accentués ; ils offrent alors un
véritable exercice de voix, un ramage dont l'enfant
s'amuse, peut-être une imitation confuse du bruit que
l'on fait en parlant. Rousseau a observé certains dia-

logues dans lesquels les paroles de la nourrice et la réponse inarticulée de l'enfant offrent à peu près les mêmes modulations; souvent il adresse ce gazouillement à des objets inanimés qu'il ne distingue pas des autres, car il peut se tromper en voyant la vie où elle n'est pas, mais jamais il ne la méconnaît où elle est. C'est tantôt un bouton de métal poli, tantôt un verre éclairé du soleil, auxquels il parle; il semble leur dire qu'ils sont jolis, qu'ils lui font plaisir. Quelquefois il pousse de petits cris joyeux et perçants, comme pour attirer leur attention; cependant il n'y a point là de véritable langage, l'enfant ne demande rien, il n'appelle point, il n'attend aucun effet de sa musique. »

J'ai encore bien des choses intéressantes à te dire sur ce sujet, et je te les dirai dans ma prochaine lettre. Moi, je te recommanderai de rendre bientôt ses mains libres; cela facilite le développement de l'intelligence, les idées arrivant aux enfants par les expériences qu'ils font avec leurs sens.

Adieu; je t'embrasse.

1ᵉʳ juillet 1849.

Ma toute belle,

Je lis en ce moment les *Confidences* de Lamartine. Que c'est donc beau ! Tu ne saurais croire combien ces pages si ravissamment écrites, si admirablement pensées, me font plaisir. Peut-être les connais-tu, et tu comprends mon enthousiasme. C'est un magnifique monument élevé à la mémoire de sa mère. Il n'y a que lui pour si bien sentir, et surtout pour si bien rendre ce qu'il sent.

Je t'aime tant, chère amie, que chaque chose a quelque allusion qui me rappelle à toi. Tu ne saurais croire combien de fois je me suis arrêtée en lisant l'éducation du jeune de Lamartine par sa mère pour penser à toi et à ton fils. C'est qu'il me semble que tu es placée tout exprès pour faire comme Mᵐᵉ de Lamartine ; tu es pieuse, bonne, intelligente et dévouée comme elle, tu es à la campagne. Ce sera une éducation charmante que celle de ton petit Melchior. Si tu ne les a pas lues encore, lis donc ces *Confidences* ; je suis bien sûre que tu y rencontras mille idées, mille inspirations qui sont, je le sais bien, dans ton cœur de mère, mais qu'on aime à trouver ailleurs aussi, et comme sanctionnées par l'autorité d'un grand génie.

Après avoir bien lu, bien admiré, il faut que je

revienne, moi, m'ensevelir dans mes cahiers et mes devoirs : ce n'est guère intéressant, surtout lorsqu'on fait le rapprochement ; mais il faut faire raison de tout. J'ai reçu ta lettre le lendemain de notre escarmouche à Lyon ; tu ne m'en as demandé aucune nouvelle, petite vilaine ; tu t'inquiètes peu de ceux qui restent à Lyon : c'est que le bonheur rend égoïste. Je te le pardonne, mais *vous* me demanderez pardon.

Comment va M. Melchior? Il se trémousse bien. Tu me dis qu'il se tient droit tout seul ; c'est presque déjà un homme. Tu devrais faire le journal de la vie de ton enfant : ce seraient de touchants mémoires que tu aimerais à lire plus tard, lui aussi, et que tu me prêterais, car je ne serais pas la dernière à les apprécier. Je te suscite bien des projets ; tu ne m'en sais aucun gré, indifférente. Je pense continuellement à elle, et elle pense à moi une fois tous les mois, lorsqu'elle reçoit ma lettre et qu'elle me répond. O ingrate! Je me fâcherai un beau jour. D'où vient donc cet accès de maussaderie? dis-tu. Je ne sais pas, mais cela m'a passé par la tête, et je l'ai dit.

Adieu ; je t'embrasse mille fois, ainsi que Melchior, et je lui recommande de regarder bien souvent mon portrait, afin de te forcer à le regarder un peu. Adieu encore une fois.

Ta fidèle.

27 juillet 1849.

Ma chère bien-aimée,

Je ne puis te dire combien je suis surchargée dans ce moment-ci ; je n'ai pas une minute à moi. La fin de l'année approche ; la distribution des prix a lieu le 19 août, les examens le 23 et le 24. Nous faisons faire des compositions tous les jours, et il faut visiter tout cela ; il faut préparer les aspirantes qui sont très-nombreuses, leur donner des répétitions : c'est interminable. Aussi je suis lasse, je suis fatiguée, je ne sais plus comment est ma tête ; parfois je n'y reconnais plus deux idées. J'ai bien hâte, chère amie, d'aller me reposer dans tes bois et tes prés, de jouir de ton bonheur, de noyer cette longue année de prose et de travail, qui vient de s'écouler, dans la poésie de l'amitié et le repos de la campagne. Que je serai heureuse de voir ton petit Melchior ! qu'il sera gentil à embrasser ! Dans la maison du cours, il y a un petit garçon et une petite fille qui viennent quelquefois nous visiter après les classes, et qui font leurs provisions des chiffons de papier qui sont à terre ; ils disparaissent sous les tables, tellement ils sont hauts ; on dirait de petites poupées à ressort ; je m'en amuse à mourir. J'embrasse la petite Mima ; elle a de beaux yeux bleus, et je la fais babiller : ça fait qu'elle aimera bien *la demoiselle*. Un jour, figure-toi, le petit pleurait dehors ; j'ai été pour savoir la cause de son chagrin : c'était un *monsieur* qui lui avait fait peur. Je lui dis de remonter chez sa maman. « Eh bien ! venez avec moi, » me dit-il en me tendant sa petite menotte. Il fallut que je montasse un étage pour lui donner du courage. Mme Necker avait bien raison de dire que les enfants ressentent l'amour, la sympathie ; il m'avait à peine vue une fois, le petit bambin, et déjà il avait confiance en moi, parce que je lui avais souri. J'ai raconté mon histoire à tout le monde, et je te la raconte ; il avait une voix si pleureuse et si confiante, ce pauvre petit ! Il faudra que je fasse la conquête de ton fils ; nous verrons s'il voudra résister à mon pouvoir. Il ne crie plus, ton fils ? Tant mieux : un enfant qui pleure, cela me déchire le cœur ; je donnerais tout pour sécher ses larmes. Cependant, lorsqu'il le faut, je suis impitoyable.

Peut-être qu'avant d'aller chez toi, ces vacances, je ferai un tour par le pays de mon père. Je n'ai jamais voyagé, je m'en réjouis : douze lieues, c'est pour moi un monde. Oh ! quels projets de bonnes vacances je fais ! Mais voilà qu'à peine je les forme, j'entrevois des circonstances modifiantes ; aussi je n'ose pas regarder trop loin et trop longtemps. Ce qu'il y a de sûr, c'est que je trouve bien long le temps qui nous sépare. Ma belle nourrice, tu grossis ; moi je suis toujours la même. Les uns disent que j'engraisse, les autres que je maigris, que je pâlis ; je prends la moyenne, et je trouve que je suis au même point. Je me fierai à tes yeux pour décider en dernier ressort.

Adieu; je finis, ma chérie. J'ai au-dessus de moi, non une épée de Damoclès, mais un faix de compositions qui menacent de m'écraser si je ne m'en débarrasse; il faut que je les rende après-demain. Voici le programme de ma journée de demain dimanche : la messe, la surveillance d'une leçon de musique, de huit heures un quart à dix heures; à quatre heures, une répétition pour les aspirantes, de deux, trois, quatre heures, je n'en sais rien, suivant la nécessité. Avoue que si les mères et les maîtresses de maison ont à faire, les institutrices n'ont pas moins de soucis. Adieu encore; je t'embrasse du fond du cœur avant de pouvoir le faire réellement.

Ton amie fidèle.

20 août 1849.

Ma toute belle,

Voyons, causons un peu. Je suis en vacances; je ne
puis pas te dire que le temps me manque, tu ne me
croirais pas, et tu aurais raison. Dimanche a eu lieu
notre distribution de prix; le temps est venu bien
malheureusement la déranger. Nous étions dans la
cour du lycée; après un beau soleil, la pluie nous a
menacés. Il a fallu se hâter; on ne s'est pas seulement donné le temps de proclamer les prix, on a tout
fait pêle-mêle pour échapper à l'orage, et l'on n'a pas
eu tout le tort, car la pluie est arrivée que tout le
monde certainement n'était pas rentré. Cela a été
grand dommage; la cérémonie avait beaucoup de solennité. Les enfants étaient admirablement disposés:
les petits garçons d'un côté avec leurs blouses bleues,
leurs pantalons blancs, leurs bonnets rouges; les petites filles de l'autre avec leurs robes blanches, leurs
rubans bleus. M. le maire nous a dit un très-joli discours tout à fait paternel, et qui a été bruyamment
applaudi par les petits garçons, auxquels il s'adressait
tout spécialement. C'était un jour de fraternité; tout
le monde s'embrassait. Les messieurs embrassaient
les demoiselles, les demoiselles les garçons lauréats;
pour ma part, j'ai embrassé un grand garçon d'au

moins quinze ans, à qui j'ai donné un prix. Il y avait une demoiselle près de moi qui disait : « Mais ils commencent à devenir bien grands ; enfin ils ont encore la blouse : c'est permis. »

C'est peu intéressant ce que je te raconte là, lorsqu'on a un petit Melchior sur les genoux, qui fait bien des gentillesses, qui rit bien joyeusement. Moi qui ne sens pas ces émotions-là, je m'amuse de choses beaucoup moins sentimentales. Je fais aussi comme les commerçants : ils ne savent parler que de leur aune et de leur toile ; moi je ne sais parler que de mes élèves, de mes prix. Jeudi commencent nos examens ; j'ai bien peur, car nous avons un si grand nombre d'élèves qu'il est impossible qu'elles soient toutes admises. On nous a tant préconisées l'année dernière pour nos quatorze élèves présentées et admises, moins une, que la chute en sera plus grande. Finissons ce sujet ; ça deviendrait impatientant pour toi.

Ta lettre est arrivée bien à temps, ma chère Fanny, le jour même de ma fête, et les doux compliments que tu m'envoies n'ont pas été les moins chers à mon cœur. Ma lettre a été interrompue avant-hier matin par une de mes élèves qui m'a emmenée passer la journée à la campagne avec elle. Ç'a été un bon jour. Il y avait deux petits enfants charmants, une petite fille gentille surtout à idolâtrer. J'aurai aussi à admirer chez toi. Je pense partir pour mon voyage la semaine prochaine. Nous resterons peu de temps dans le pays de mon père, ce ne sera qu'une tournée ; en revenant j'irai passer quelques jours chez toi. Nous prendrons la voiture jusqu'à T., et nous irons à S.-H.

Maman et papa, qui s'en reviendraient le même jour, désireraient bien que votre voiture fût disponible pour aller à C., parce que ce serait bien fatigant de faire de suite le chemin de T. à C. Je t'écrirai le jour que nous arriverons.

Nous avons des moments de froid à Lyon ; il ne doit pas faire chaud sur ta montagne, et je pense qu'à présent il te laisse dormir, ce petit diable. Allons, dans quelques jours nous le bercerons ensemble, et il s'endormira au son de nos voix réunies.

Quelle matière à causerie que ce petit Melchior ! Ça ne finira pas. Soigne-le bien, cet enfant, afin que je le voie avec ses plus belles couleurs, sa mine la plus réjouie ; embrasse-le mille fois pour moi, et garde un gros baiser pour toi, ma chérie.

Ta fidèle.

22 septembre 1849.

Ma bien chère amie,

Me voici revenue à ma vie ordinaire ; les jours succèdent aux jours sous le ciel rarement pur de mon
Lyon. Il a gagné, mon pays, à une comparaison que
j'ai pu faire dans mon voyage. Qu'elles sont mesquines
toutes les villes du Dauphiné que j'ai vues, auprès de
Lyon ! Pas une rue alignée, pas un monument imposant, rien de ce qui révèle la puissance si grande de
l'intelligence humaine. Sauf les fontaines qui sont
réellement bien belles, il n'y a rien à remarquer dans
toutes ces façons de villes. Croirais-tu, ma toute belle,
qu'après avoir passé dix-neuf jours en pleine campagne, je suis restée à Lyon deux jours sans sortir, et
sans que cela me parût extraordinaire? Je crois que si
des affaires ne m'avaient pas obligée à aller aux Brot-
teaux, je n'aurais pas encore pensé à m'assurer si
Lyon n'a point changé pendant mon absence. Je l'ai
trouvé bien beau, lorsque je suis arrivée, avec son
large fleuve où se réverbéraient mille lumières et ses
allées imposantes de maisons dans une demi-obscu-
rité qui leur donnait quelque chose de grand et de
mystérieux.

La pluie commence à venir et semble annoncer

qu'elle durera longtemps. Tout le monde me dit :
« Vous êtes bien revenue à temps, car les beaux
jours s'en vont. » Je suis sûre que tu trouves le moyen,
sur ta montagne, d'aller te promener au grand vent
sous l'allée des noyers, ou d'admirer de la terrasse les
nuages qui fondent en pluie sur les montagnes de la
Suisse, ou d'écouter le bruit lointain de la foudre.
Voilà de ces plaisirs qu'on n'a qu'à la campagne. J'allais ajouter les sons du chalumeau rustique venant
doucement expirer sous un bocage vert, en compagnie de l'amitié; mais j'oublie qu'il y a pour toi une
musique plus douce que toutes les musiques du
monde, celle de ton fils. Ce cher petit ange est toujours aussi joli lorsqu'il dort, ou qu'il cherche sérieusement, en joignant ses petites mains et en rendant
ses yeux bien doux et bien espiègles, à toucher du
piano. Je me rappelle tout cela, va ; je ne suis pas
mère, mais je trouve un petit enfant adorable.

Il était temps que je rentrasse ; ma présence était
utile à Lyon pour plusieurs affaires que nous ne
savions point, et pour lesquelles il faut que j'agisse et
que je sois régulièrement informée.

Je crains l'année prochaine de ne point aller chez
toi ; ce sera pour moi, tu n'en doutes pas, une grande
privation. Déjà cette année, sans notre voyage au
pays de mon père, et aussi sans la naissance de ton
petit enfant, la mort de ta belle-sœur, tous événements
qui ont milité en ta faveur et la mienne, maman au-
rait-elle tenu plus fermement à ce que nous louassions
une campagne où toute la famille pourrait aller ? Je
comprends que je ne puis pas imposer mon seul plaisir

en privant mes sœurs, mon frère, mes parents de celui qu'ils pourraient se procurer en même temps. J'espère que dans l'année il y aura moyen d'arranger tout cela. Toujours dans deux ans je compte aller chez toi ; on ne pourra pas me faire d'objections : j'aurai cédé une année. Nous irons à la grotte de la Balme et à la Grande-Chartreuse : ce sera gentil. Il y a aussi un voyage que je prémédite, si Dieu me prête vie, c'est-à-dire s'il dispose comme je propose, celui de Brou. Tu sais, cette si jolie église que tous les artistes, et même simplement ceux qui aiment un peu le beau, vont visiter avec tant d'empressement.

As-tu tes cousins ? Tu attendais encore une multitude de personnes, ce qui me faisait craindre que bientôt ta maison ne pût plus les contenir. Moi, j'ai tenu séance de réception hier depuis trois heures jusqu'à six heures sans relâche. Une personne s'en allait, une autre m'attendait dans la salle à manger, et j'allais ouvrir majestueusement pour l'inviter à passer au salon. J'aime bien ces réceptions ; j'ai disposé mon temps de telle façon qu'elles n'arrivent point dans un temps dont j'aie besoin, parce qu'alors elles m'impatientent au suprême degré, et je compte les minutes et les secondes de la durée des visites.

Tu viendras, toi, ma chérie, dans trois semaines, juste le terme du mois, d'après tes projets. Ne te fais pas attendre. Tu pourras, si cela a quelque attrait pour toi, assister à notre séance d'ouverture, car définitivement notre rentrée est fixée au 15.

Il faut que je finisse, ma chérie ; le temps ne me

dure pas, et mon frère me tourmente, parce qu'il a besoin de ma place.

Adieu, ma bien bonne; en pensant à ton fils, pense quelquefois à ton amie qui l'aime tant.

30 septembre 1849.

À toi un petit mot, ma *véritable* amie. Tu comprends
ce mot *véritable;* c'est que je viens d'écrire à une demoiselle, et je l'appelle *amie.* J'ai un scrupule, et je
me dis, pour me disculper, que je la nomme amie
selon l'usage du monde, mais que toi, tu es la seule
à qui je donne à ce nom sa *véritable,* non, son *entière*
acception. Tu vas en juger. J'avais vu cette demoiselle
au printemps ou au commencement de l'été : c'est
une ancienne compagne d'études. Je lui avais promis
de lui écrire pour lui faire part de mes lectures,
comme elle devait le faire en réponse. Je n'ai pu
trouver le temps, le loisir de lui écrire qu'aujour-
d'hui, 30 septembre : ce n'est pas trop tôt. Ce qui veut
dire que ma volonté n'était guère empressée, et que
le mot *amie* ne signifie pas grand'chose ; il me fait
rire de bon cœur même maintenant que j'y pense sérieusement, car je trouve que je lui ai fait une mys-
tification. Je me garderai de le dire. Je suis sûre
qu'elle va me répondre qu'elle est *heureuse et fière* de
ce nom. Je rougirai, mais elle ne le verra pas. Elle
est bien gentille cependant, et elle m'a fait toujours
beaucoup de démonstrations, ce qui m'étonnait ; je
trouvais qu'elle s'enflammait trop vite. Voilà comme
je suis lorsqu'il n'y a pas réciprocité.

J'ai écrit ce matin encore à Mlle M. Je suis un véritable homme d'Etat. J'avais une demi-feuille devant moi, je voulais la prendre, mais j'ai craint de blesser *ta grandeur ;* néanmoins une autre fois tu es avertie que je le ferai. Bah ! lorsqu'on n'écrit que pour causer, bavarder quelques instants, une demi-feuille suffit bien. J'écris tant de lettres que je deviens avare de papier. Tu vas rire de mes comptes. C'est ainsi qu'il faut faire.

M. Melchior se porte à merveille toujours. Je voudrais bien qu'il me serrât encore le doigt, comme il savait si bien faire.

J'aurai beaucoup à faire cette année, plus encore que les années précédentes ; peut-être ma correspondance du samedi en souffrira-t-elle quelquefois. Je prends les devants.

Adieu, chérie, ma belle ; je t'embrasse mille fois et ton fils aussi.

Novembre 1849.

Belle danseuse, vous me demandez une lettre plus agréable que ma présence ; je vais vous en faire une, je ne sais pas si elle sera de votre goût.

J'aime pour le moment beaucoup l'homœopathie, et je vais guérir votre amour un peu trop grand pour mes lettres par un médicament homœopathique qui, je l'espère, fera son effet. Pourquoi aime-t-on son amie ? C'est pour être avec elle aussi souvent que possible, et non pour recevoir ses lettres lorsqu'on peut faire autrement ; c'est pour lui dire de bien jolies choses ; c'est pour faire tout ce qu'elle veut, et non pas le contraire. Fi ! que c'est laid ! Madame, je ne vous aime plus ; vous êtes une grosse sotte, digne de toutes mes rigueurs amicales. Pour vous punir, je vous annonce que je vais vous remettre dans les lettres. Je m'en irai secouant la poussière de mes pieds, comme autrefois saint Paul, le grand apôtre, et je m'écrierai de mon ton le plus inspiré, élevant mes yeux, mes yeux mouillés de larmes amères : Que Dieu vous voie et vous juge ! Ah ! oui, que Dieu vous voie et vous juge, car vous n'avez pas su reconnaître la perle précieuse qui était venue se cacher sous votre toit. Honte et douleur ! une de mes œuvres est préférée à mon inestimable moi-même. Honte et douleur ! envoyez-lui un beau poupon qu'elle caresse bien, qui lui dise de jolies choses avec ses petits doigts potelés et ses yeux à moitié ouverts. Adieu, adieu ; dans ma colère, dans ma fureur, qu'est-ce que je pourrais souhaiter encore à l'hôtesse de ce toit inhospitalier ? Arrêtons-nous ; je pourrais trouver encore de plus affreuses choses.

Une réprouvée.

6 décembre 1849.

Ma bien chère Fanny, vainement depuis plusieurs jours je tâche de saisir un moment pour te le donner. Ce n'est pas que je sois plus occupée qu'à l'ordinaire, mais tout mon temps est tellement disséminé, qu'il m'est difficile d'en distraire quelques instants de calme et de silence, comme j'aime en avoir lorsque je cause avec toi, mon amie. Ce soir encore j'espérais avoir ma soirée. Clotilde est venue; elle vient assez souvent. Nous causons de toi; j'aime à lui demander si elle sait de tes nouvelles; il me semble qu'elle peut en avoir, comme si les temps où tu allais fréquemment chez elle comme chez moi étaient encore. Je suis inquiète de ta santé, chère amie. Je sais qu'il ne faut pas dire à une mère de se ménager : pour elle ce mot semble impossible à entendre lorsqu'elle voit la gracieuse figure de son fils. Cependant les accidents dont tu as été atteinte pourraient devenir graves et pour toi et pour ton fils ; il ne faut pas devenir imprudente à force de dévouement. J'avais presque compté avoir de tes nouvelles par ta sœur, mais je n'ai pas eu sa visite.

Je me porte parfaitement; depuis fort longtemps je ne me suis senti une telle animation de corps et d'esprit. Je me sens plus vivre ; tout est pour moi plus coloré, jusqu'à mes livres chéris que je dévore avec plus de plaisir. J'aime cette disposition d'esprit, et je prie Dieu qu'elle continue. Je n'aime pas lorsque le souci du moment présent m'écrase; cela me rend maussade et bourrue pour moi et pour tout le monde.

Sais-tu, ma chère amie, qu'en lisant ta dernière lettre j'ai fait une réflexion? Je l'ai trouvée admirablement peinte. Oh! depuis longtemps, bien longtemps, tu n'avais pas fait autant de frais d'écriture. Comme celle que je t'avais envoyée était horriblement griffonnée, j'en ai conclu que tu voulais me donner un avertissement tacite. L'idée est ingénieuse et délicate, mais elle t'a coûté trop de temps. Ne m'écris pas si bien une autre fois, cela me fait honte, et si tu peux, écris-m'en plus long, tu me feras plus de plaisir. Vois-tu, Fanny, tous les sermons que tu pourras me faire sur mon écriture ne me corrigeront pas. Regarde bien: toutes mes lettres sont mieux tracées au commencement qu'à la fin. Je commence toujours avec une très-bonne intention; mais l'ardeur et le plaisir que j'ai à causer avec toi m'entraînent, et je deviens indéchiffrable. Tout ce que je puis faire, c'est d'écrire plus gros, et tu vois que je le fais.

Adieu; on m'appelle pour souper. Embrasse bien ton Melchior pour moi, et moi je t'embrasse du fond du cœur.

Ton amie.

30 décembre 1849.

Bonjour, bon an, ma chère Fanny; que la nouvelle
année continue de t'apporter bonheur, santé, prospérité; que ton petit chéri s'embellisse tous les jours,
que son intelligence se développe semblable à celle
de sa mère; que Dieu bénisse ta famille tout entière.
Voilà bien longtemps que je ne t'ai écrit, mais j'ai
préféré attendre quelques jours et t'envoyer ma lettre
pour le premier de l'an; j'ai trouvé bon que nous
nous écrivissions en même temps. Pendant que tu liras
ma lettre, peut-être en recevrai-je une de toi, et ainsi
nous serons occupées l'une de l'autre en même temps.
Je n'ai pas trouvé le mot de l'énigme que tu m'as proposée, et je ne suis pas la seule, ce qui me console.
Probablement que les St-H. ont plus d'esprit que les
Lyonnais. Je l'ai vainement proposée à plusieurs personnes qui sont plus OEdipes que moi: nulle n'a
trouvé quelque chose de complètement satisfaisant;
alors je l'ai laissée dormir. Tu me diras dans ta prochaine lettre quel est ce secret. J'aime bien mieux ton
portrait de Mirabeau : cela se devine à la première
ligne; on reconnaît tout de suite cette grande figure
méridionale, cette figure gigantesque de la Révolution. Je suis dans ce moment à lire le *Raphaël* de
M. de Lamartine. Contrairement à ce que j'éprouve
habituellement dans toutes ces peintures d'amour qui

15

nous lassent tant dans Lamartine, quoique écrites en si beau style, en strophes si harmonieuses, en soupirs si mélodieux, je l'ai lu avec un vif intérêt jusqu'à la fin. La scène est au pied du mont du Chat, tu sais, cette grande montagne qu'on voit de ta terrasse, qui, suivant l'expression de Lamartine, « dresse contre le ciel une ligne haute, sombre, uniforme, sans ondulations à son sommet. On dirait un immense rempart nivelé par le cordeau. Seulement à l'extrémité deux ou trois dents de rocher gris rompent la monotonie de sa forme géométrique, et rappellent aux regards que ce n'est pas une main d'homme, mais la main de Dieu qui s'est jouée avec ces masses. » C'est bien ainsi que le mont du Chat m'est apparu ; il me semble que je l'ai encore devant mes yeux. On le voit si bien du haut de la plate-forme de Fanny ! Cela m'a réconciliée avec Lamartine, que j'accusais de faire des descriptions nuageuses, et peut-être même à sa guise. Non, je le crois vrai, très-vrai dans ses détails à présent, et de plus j'admire la prodigieuse mémoire, l'étonnante force de cette intelligence, la surprenante vivacité, ou plutôt la chaleur de cette conception qui embrasse à la fois et sans confusion tant de détails et d'ensembles séparés par des distances immenses de temps et de lieux.

Me voilà bien loin du jour de l'an ; j'oublie que dans ce jour-là on est trop à tout le monde pour avoir le temps de causer intimement. Pour le langage de cœur à cœur, il faut un jour plus recueilli, il faut pouvoir être tranquille au coin de son feu ; alors on aime à faire revivre tout son passé, on s'enivre du présent, on se berce de douces espérances pour l'avenir, et pour cela il faut être seule, tu ne l'es pas, ni moi non plus.

Adieu donc, ma chérie, ma bien-aimée ; un baiser à toi et à ton fils pour étrenne, et à bientôt une causerie plus longue.

Ton amie.

30 janvier 1850.

.. bien chère, que penses-tu de cette promesse de t'écrire bientôt que j'avais faite dans ma dernière lettre? Voilà un mois de cela, je ne suis guère exacte, et si tu as attendu tout ce temps l'accomplissement de ma parole, tu as dû perdre patience. Je n'ose me flatter de ce bonheur. Sans doute tu t'es fort peu inquiétée de ce que j'ai dit, et tu t'es à peine aperçue de ce long espace de temps passé sans t'écrire. Voilà ce que je me figure à de certains moments. D'autres fois, plus heureusement inspirée, je me dis que tu penses encore souvent à moi, ton ancienne amie, ton souvenir de ces jours de demoiselle qui ont bien leur charme, même à côté de tous les enivrements de l'amour conjugal et de l'amour maternel. Je me dis encore que, comme moi, tu as plus tôt fait de penser que d'écrire. On a si vite et si doucement rêvé une minute, que cela ressemble presque à de la désillusion que d'aller prendre du papier et une plume pour dire ce que l'on ressent. Cependant je ne disconviens pas qu'il vaudrait mieux, tout en pensant autant, écrire davantage. Mais j'avoue que j'ai des paresses incroyables; il me semble qu'une plume est une massue. Je voudrais alors un porte-voix qui permît de correspondre à six lieues de distance. Je préférerais cent fois causer pendant deux heures, au risque de m'enrouer, plutôt que d'écrire pendant cinq minutes.

Tu vas toujours très-bien, j'espère, et ton petit marmot aussi. J'ai eu depuis hier soir un mal de dents épouvantable ; grâce à un bain de pieds, il s'est dissipé ce soir. Je vais à une noce demain. Je me disais déjà : « Me voilà une raison pour me dispenser, si je veux. » Tu vois que je me résigne toujours facilement à renoncer à un plaisir. Le mariage est avantageux, sous le rapport de la fortune, pour la mariée ; mais elle épouse un homme veuf avec deux enfants, et je trouve que c'est peu tentant. Aussi à chaque instant je m'écrie : « Ah ! mon Dieu, comment peut-on se décider à se marier ! » Il est vrai que le monsieur a l'air fort bon, que les enfants sont gentils ; mais ça ne fait rien, je ne puis pas me mettre dans la tête le mariage de cette jeune fille. A propos de ce mariage, je fais des bévues charmantes ; je dis, par exemple, à une dame mariée elle-même à un veuf avec plusieurs enfants : « Mlle M. se marie, mais elle prend un mari qui est veuf et a deux enfants ; c'est le revers de la médaille. » Et cette dame de me répondre : « Mademoiselle, si elle rencontre comme moi, elle n'aura jamais un seul instant de regret. » Malgré toutes ces sorties, on m'aime toujours. J'ai bien fait enrager ma nouvelle mariée : je sais dire les malices, me dit-elle, mais je ne sais pas les faire. Peut-être es-tu en préoccupation de noce aussi. Si cela était, ce serait charmant : sympathisant de cœur, Dieu voudrait encore qu'il y eût sympathie dans les actions.

Tout à l'heure j'expliquais ma paresse, et je m'excusais ; belle dame, il me semble que tu pourrais en faire autant, car enfin, sotte, tu aurais bien pu m'é-

crire pendant ce mois. Je ne crois pas à ta défense de
l'impossibilité. Dépêche-toi, ou je me fâche. Je continue à lire Lamartine. J'ai dans ce moment les premières *Méditations*, que je n'avais que parcourues il y
a fort longtemps. J'admire de plus en plus mon poète.
Effet ou préjugé, j'ai aussi les *Odes et Ballades* et les
Chants du crépuscule de Victor Hugo. Je suis convaincue que ce poète a moins de noblesse dans les
pensées, de délicatesse dans les sentiments que Lamartine, et j'ai peur de lire, comme si de bien haut
j'allais tomber bien bas. Hier cependant, je me suis
décidée à ouvrir le premier de ces livres ; j'ai lu deux
ballades bien gentilles, et je commence à me familiariser avec le poète ultra-romantique. Je lis encore dans
ce moment l'*Enéide* de Virgile. Ce pauvre poème a
un mauvais sort entre mes mains, je ne peux pas le
finir. Quelle différence avec l'*Iliade !* Là, que de
feu ! quel entraînement !

Je te fais un compte-rendu bien fidèle de toutes mes
actions, de toutes mes impressions. A vous, ma belle
amie ; je vous attends.

Adieu, ma chérie ; je t'embrasse mille fois.

Ton amie fidèle.

Veille du mardi gras 1850.

Bien chère, lorsque tu recevras cette lettre, tu ne
diras pas : Ah! c'est bien temps! Vois, j'ai quelques
minutes à moi, et j'en profite pour t'écrire. Nous avons
reçu aujourd'hui la nouvelle inespérée d'un congé
pour demain, mardi gras; j'en suis enchantée, car
cette année j'aime les vacances. J'oublie que ces pauvres élèves sont ensuite bien pressées, et que nous-
mêmes nous les payons cher, ces quelques heures de
repos, lorsqu'il faut après nous escrimer à trouver le
moyen de faire dans un temps plus court le même travail; mais on ne se laisse pas toujours guider par la
rigoureuse raison : la vie serait bien froide. J'ai demain plusieurs visites du premier de l'an à faire; je suis
bien en retard. Je ne perds pas une minute, soit au
travail, soit aux relations obligées, et toujours il reste
quelque chose. Pour me mettre en avance, j'ai encore eu, ces temps derniers, une fluxion qui m'a
abasourdie pendant plusieurs jours; elle est passée
maintenant. Toi, tu es plus sérieusement malade;
pauvre exilée, tu as le mal du pays et le mal de la fatigue. Viens donc vite à Lyon, puisque la distraction
te serait salutaire. J'ai des moments de gaîté bouffe, je
te ferai rire, et cela te fera du bien. Je serais fière
d'être ton médecin. Nous avons une température si
belle à Lyon! Le soleil est magnifique; on se sent re-

vivre. La saison est plus avancée à Lyon qu'à St-H.;
tu y sentiras les premières caresses du printemps en
même temps que les caresses de l'amitié, et tu en re-
trouveras encore les premières brises sur ton hiver-
nale montagne, lorsque tu y retourneras.

Tu viendras aussi au musée, tu y verras de très-jolis
tableaux ; tu admireras l'art, tu as assez le temps de
contempler la nature. Je me flatte que tu te laisseras
tenter, et qu'un jour peu éloigné je serai doucement
surprise par la vue de ton aimable personne. Toujours,
si cet espoir ne pouvait encore se réaliser, tâche de
m'écrire bientôt; fais-le par distraction.

Je t'embrasse bien affectueusement sur les deux
joues, et je baise ton petit Melchior sur le front, parce
qu'il est gentil et qu'il ne tourmente pas sa maman.

Ta fidèle.

7 mars 1850.

Ma bien chère, ne m'écris plus une autre fois que tu penses me récrire bientôt : cela nous porte malheur. Plus nous nous promettons, moins nous pouvons, il paraît. Te croyant plus exacte que moi, j'ai attendu tous ces jours la réalisation de ta parole, mais en vain. Je me flatte quelquefois que tu es peut-être à faire tes préparatifs de voyage; d'autres fois aussi je pense que tu es malade. Chère amie, si tu souffrais réellement, je regretterais encore plus cette distance qui nous sépare, puisque je ne pourrais pas le savoir et surtout prendre de tes nouvelles chaque jour. J'espère que ton petit Melchior se porte bien; il aura bientôt un an. Comme le temps passe vite! Il y a deux ans que tu t'es mariée, à la saison des roses. Te rappelles-tu ces longues lettres que nous nous écrivions dans le commencement de ton mariage? Moi j'ajoutais presque toujours une seconde page, et toi tu écrivais en travers sur ce qui était déjà écrit. J'ai fait ce matin une lettre pour Alger, écrite aussi dans les plus petits plis, et qui m'a rappelé ce temps de notre correspondance. Alors il me semblait que nous ne pourrions pas vivre sans nous écrire des in-folio. Comme il a fallu ensuite mettre un frein à notre élan! Les soucis, les embarras s'élèvent, et voilà qu'il faut s'absorber dans tous ces détails matériels. Ma vie est occupée à n'y pas mettre

15.

une épingle ; je dérobe le temps que je consacre à la lecture, car cependant il faut que je lise. J'ai dans ce moment le *Voyage en Orient* de Lamartine ; je suis fidèle à mon poète comme à l'amitié. Si tu viens, je te dirai ; si tu ne viens pas, je t'écrirai ce que j'en pense, à moins que tu ne le connaisses.

Je finis, ma chérie ; je voulais seulement te dire un petit mot pour te faire souvenir de moi. Veuille me sortir d'inquiétude le plus tôt que tu pourras. Je t'embrasse du fond du cœur, et je donne deux mimis à ton fils.

Ton amie.

20 mars 1850.

Chère bonne, dépêchons-nous de t'écrire ; voilà plusieurs jours que je le veux, paresse ou impossibilité m'en empêchent. Je voulais aller, à ton départ, te souhaiter un bon voyage ; je ne me contentais pas de ces adieux rapides que nous nous sommes donnés sur l'escalier ; je n'ai pas pu. Je ne me rappelle plus quelle raison j'avais ; ce que je sais, c'est que c'était une raison sérieuse. J'espère que tu auras trouvé ton petit chéri bien portant, avec un teint de lis et de roses, et toi-même, ta montagne aura achevé de te remettre. Nous avons bien mauvais temps à Lyon, une pluie recommençant sans cesse. Si tu as un temps plus beau, tu te promènes par bois et prés, accompagnée de Melchior, qui s'éjouit à la vue de cette verdure toute fraîche, toute naissante comme lui ; et sans doute qu'il veut mêler son gazouillement de petit enfant au gazouillement des oiseaux. Tu es bien heureuse ! Je rêve, après démission, gazons, ruisseaux, prairies. Oh ! la campagne, que c'est donc beau ! Je m'y élance en espérance, je cours, je bondis ; j'aime à changer, à me promener, à être toute seule avec un livre et une amie.

Quand je serai vieille fille, que je n'aurai plus besoin de travailler, je voyagerai ; j'irai à tous les pèlerinages, à toutes les chartreuses, à toutes les antiquités ; j'irai entendre le bruit de la mer ; j'irai peut-être bien même jusque sous le beau ciel de l'Italie. Qui sait? Je ne désespère de rien. L'avenir est riche, riche en espérances, riche en satisfactions, riche en déceptions. Qu'importe? il y a du bonheur et de la poésie dans tout pour qui sait vivre en soi et en Dieu. Puis, après toutes ces excursions, je m'abattrais comme un oiseau de passage au foyer de l'amitié, je contemplerais cette douce et tranquille vie de famille, et je te dirais, comme le pigeon voyageur : « J'étais là, telle chose m'avint. » Joyeux rêves, qu'êtes-vous lorsqu'il faut vous relire? Il y a là bien de l'enfantillage, mais j'ajoute aussi qu'il n'y a rien d'amer ; je suis habituée à faire des châteaux et à les voir écrouler sans peine ; je conserve encore le plaisir de l'émotion que leur pensée m'avait inspirée. Toi aussi tu fais des rêves d'avenir; tout le monde en fait, mais ils sont moins fougueux, plus réalisables que les miens, parce qu'ils ont un objet plus précis, plus positif. Rêvons bien, l'imagination n'a pas été donnée pour rien, et puis, après tout cela, mettons-nous entre les mains de Dieu sans nous inquiéter davantage.

Lorsque ton fils te dira distinctement pour la première fois ce doux nom de *maman*, tu me l'écriras bien ; je participerai à ton tressaillement de bonheur. Mes pensées ne sont pas du tout portées sur le thème du bonheur des mères; mais pour toi, par sympathie, je le comprendrai, ce bonheur.

L'heure sonne, adieu, chère amie. Dans les moments d'ébats que te laisse ton fils, pense et écris un peu à

Ta fidèle.

Bourgoin, 18 mai 1850.

Je voulais t'écrire plus tôt, bien chère; j'ai attendu
à aujourd'hui pour que ma lettre allât à toi de plus
près. En pensant qu'elle ne parcourra que deux lieues
pour t'être rendue, il me semble que je te vois, que
je t'entends, que c'est une véritable causerie. Si je
pouvais m'élancer aussi facilement qu'elle sur ta montagne ! Je ne t'ai jamais parlé des impressions que
m'ont faites les villes du Dauphiné que j'ai eu jusqu'à présent l'honneur de visiter; elles ne m'enchantent pas. Crémieux a quelques jolis points de vue ; les
ruines que l'on rencontre sur la route, un peu avant
d'y être, ont quelque chose d'imposant. Bourgoin n'a
point de perspective que sa grande plaine. Je me rappelle la visite que nous y fîmes à une belle propriété.
Il n'y a qu'une seule chose qui me plaît dans ces agglomérations informes, soi-disant villes : ce sont leurs
antiques fontaines toujours jaillissantes. J'aime à entendre ce bruit régulier de l'eau ; je pense à cette parole
du poète : « L'éternel mouvement et l'éternel repos. »
Si l'on se trouvait dans quelque ville bien poétique,
bien ancienne, vivant seulement de la gloire de ses
ancêtres, il y aurait bien à méditer. A Rome, devant
l'immense Saint-Pierre, des deux côtés de l'obélis-
que, se trouvent deux fontaines dont l'eau jaillit per-
pétuellement et retombe en cascade dans les airs, et

c'est le seul bruit qu'on entende autour du temple
majestueux. Si le nord du Dauphiné ne présente rien
d'important, le midi est, dit-on, bien remarquable.
Il me tarde d'aller voir Grenoble avec ses ponts-le-
vis, ses portes immenses, ses fortifications imprena-
bles; il me tarde plus encore d'aller visiter la Grande-
Chartreuse, de contempler ce désert de Saint-Bruno,
si rempli de prière et de recueillement. Ton mari
pensait, la première année de ton mariage, que dans
deux ans tu pourrais peut-être faire ce voyage. Pense
donc un peu à ce projet; si tu te décidais, nous irions
ensemble : ce serait pour moi doublement agréable.

Ma chère amie, tu étais bien souffrante la dernière
fois que tu m'écrivis; soigne-toi donc, je suis sûre
que tu n'y penses pas : toute dans tes vers à soie ou
dans les grands dîners, tu oublies que tu as besoin de
repos. Melchior, ton fils, va toujours, j'espère, à merveille. Il faut que je finisse, je suis pressée.

Adieu; je t'embrasse mille fois. J'attends une lettre
de toi avec impatience; ne me la fais pas attendre
comme la dernière.

Ton amie.

12 juin 1850.

Mais, ma bien chère, que deviens-tu? Il y a bientôt un mois que je t'ai écrit, et je n'ai pas encore reçu ta réponse. Moi qui me réjouissais beaucoup de ma missive datée et envoyée de Bourgoin, en pensant à la gracieuse lettre de sottises qu'elle allait me procurer, j'ai été bien attrapée. Sans doute Madame s'est enfermée dans sa dignité et n'a pas voulu répondre à semblable enfantillage. Moi, qui ne suis pas si timorée, qui n'ai pas encore des soucis et des charges si graves, je suis moins difficile en sujets de gaîté, et j'accepte volontiers toutes les occasions qui se présentent. Je qualifie même sévèrement une autre manière de faire. J'aime la simplicité en tout; mais ce que je te dirais si je te voyais, parce qu'alors tout passe, je ne te l'écrirais pas. J'ai envie, pour vous intriguer de quelque manière que ce soit, austère Madame, de vous parler de Mme S., qui m'a donné dimanche dernier de très-belles pensées: c'est symbolique; mais fi donc! votre *gravissisme* n'est pas plus capable de jalousie que de plaisanterie avec une *étourdie de jeune fille.* Soit, je l'accepte, je suis une étourdie jeune fille; je ne m'en étais pas encore doutée : on apprend tous les jours quelque chose. Passons donc à un autre sujet qui soit plus de votre compétence, plus en harmonie avec vos idées sérieuses actuelles.

Comment vous portez-vous ? Si je me laissais aller à mon caractère, toujours bonne, indulgente, inquiète, je dirais : « Ah ! mon Dieu ! elle est peut-être malade, elle souffre, et je ne puis pas savoir de ses nouvelles ; je suis abandonnée à une incertitude mille fois plus cruelle que la réalité. » Mais je me suis déjà figuré tant de fois que tu étais malade, en me trompant heureusement, que je me défie de moi, et que je ne me laisse pas aller à ces idées noires. Plutôt tu t'occupes de tes vers à soie ; il y en a beaucoup, il faut les surveiller ; ils sont à la briffe, et il faut leur faire apporter tant de nourriture ! Tu étais un peu souffrante au milieu de tous ces détails de vie active ; mais en aspirant ce doux air de printemps, ces parfums qui donnent force et fraîcheur, tu reviens à la santé, tu te ranimes comme ces jolies fleurs qui courbaient leurs petites têtes sous la neige glacée. Ton fils se porte à merveille ; il gambade, tu sors avec lui, et tu prends des couleurs aussi vives que les siennes. Sans doute il en est ainsi, je me plais à le croire. Au sein de tout ce bonheur, tu as oublié d'envoyer une lettre de méchancetés à ton amie. Je te pardonne : il faut être indulgent pour les heureux. Voilà une drôle de maxime ; je suis obligée de faire de la morale retournée pour toi. Ecris-moi bientôt, cette fois pour me confirmer dans mes riantes prévisions ; si tu me fais attendre autant que cette fois-ci, et je ne sais pas jusqu'à quand j'aurais attendu, pour le coup, je me brouille.

Ton amie.

23 juin 1850.

Ma bien chère, nous vivons singulièrement depuis quelque temps : tu es dans tous les embarras du monde, et je me figure que tu es parfaitement calme; je te crois en bonne santé, et tu es malade; je t'écris des malices, et j'en suis pour mes frais; j'*espiégline*, et tu es occupée de soucis sérieux.

Ta position va bien changer, ma bonne Fanny : tu vas avoir une responsabilité bien autre que celle que tu as eue jusqu'à présent; mais tu as tant de raison, tant de sérieux dans le caractère lorsqu'il le faut, que je ne suis pas inquiète de toi une minute. Puis, comme tu le dis, vous aurez les conseils de ton beau-père pour guider votre inexpérience; vous marcherez seuls, mais sur un chemin bien préparé par votre guide, et où vous ne pourrez pas vous tromper. Tu dois avoir cette année déjà bien de l'embarras avec tes vers à soie; tu en fais une quantité considérable, et c'est une véritable besogne que l'entretien de ces petites bêtes : heureusement tu as dans ce moment l'assistance d'Adeline. Au milieu de toutes ces préoccupations, ta santé ne se remet pas. Tu te ménages peu, ma chère amie; tu es vive par caractère, tu veux t'occuper de toute ta maison. C'est naturel, il faut partout l'œil du maître; mais il faut agir prudemment cependant, et ne pas dépenser tout d'abord toutes ses forces. *Qui va piano va sano*, dit ton beau-père.

Je te laisse pour aujourd'hui ; je dois aller prendre ma mère à la messe. A un de ces jours la reprise de cette conversation.

C'est jeudi soir ; je n'ai pas pu t'écrire depuis dimanche. Je viens de recevoir Louise avec une de ses anciennes compagnes, qui m'ont pris toute l'après-dînée. Je m'aperçois que mon papier est tout froissé ; tu me le passeras, chère amie : il a eu à recevoir les assauts de quatre jours.

Que se passe-t-il de nouveau chez toi ? Je voudrais bien le savoir. Il me semble, lorsque je t'écris, que tu vas me répondre, et je suis parfois tentée d'écouter quelle est la futilité que tu vas répondre à mes futilités ; mais, hélas ! rien. Excepté dans les contes de fées, on ne cause pas à six lieues de distance. Nous avons eu une chaleur épouvantable à Lyon, nous avons eu des tonnerres hier ; nous avons pensé à toi, ou plutôt à tes vers à soie. On dit que l'orage leur fait mal, à ces pauvres petits ! C'est une perte véritable lorsque des mauvais temps arrivent au moment où ils *montent* : c'est bien ainsi qu'on appelle leur action, lorsqu'ils font leurs jolis cocons dans la bruyère. Ton fils prend-il déjà attention à cela ? Il doit s'émerveiller et ouvrir de grands yeux en voyant ces gros vers qui bougent et dansent dans leurs petites maisons brillantes : c'est ton commencement d'histoire naturelle.

Adieu ; il faut que je finisse, je n'ai plus de place. Soigne ta santé.

Ton amie.

19 août 1850.

Je suis en vacances depuis hier, ma chère amie, et, dans ma joie, je suis tentée ne m'écrier : Vive la gaîté ! Je suis si heureuse de n'avoir pendant quelque temps point de souci du lendemain ! Je me lève sans m'inquiéter de ma journée, persuadée qu'une gentille promenade, une visite agréable, et autres aimables choses de ce genre, seules me la rempliront. Et toi, mon Dieu ! que tu as donc d'embarras ! Je te plains vraiment : quels soucis ! les enfants, les domestiques, la santé. Tu ne me donnes pas envie de me marier, à moi insoucieuse, qui me porte si bien, qui n'essuie aucun des embarras de la vie, toujours entourée des soins, des attentions de ma bonne mère, et qui n'ai qu'un travail régulier pendant onze mois de l'année. Si parfois j'ai un peu de peine, de sollicitude (Mais où n'en a-t-on pas? La vie deviendrait froide si elle n'était mêlée, et le bonheur ne pourrait plus s'apprécier), j'en suis si bien récompensée par les témoignages d'estime, d'affection, qui me viennent de toutes parts ! Ma fête était le 15 août, tu le sais; je suis encore tout émotionnée des vœux, des souhaits nombreux qu'on m'a exprimés. Mes élèves nouvelles et anciennes, mes connaissances amicales n'ont pas oublié cette fête de sainte Marie qui est la mienne; elles ont jonché ma chambre de bouquets : un véritable

paradis de fleurs. Des lettres me sont arrivées de tous
les coins de la France, de Bordeaux, d'Alger même ;
de jeunes femmes, des mères de famille ont dérobé
un instant à leurs préoccupations journalières pour
venir, elles aussi, m'apporter leurs bouquets de fête.
Ah ! tout cela fait bien plaisir, Fanny, et laisse bien
du baume au cœur.

Je pense aller à la campagne la semaine prochaine.
Toute cette semaine-ci sera employée aux visites,
puis je pourrai m'ébattre à mon aise dans les champs.
Oh ! j'ai de grands projets pour ces vacances, pourvu
qu'il fasse beau temps. Le pays où je vais est très-ac-
cidenté : c'est près de Francheville, tu connais la loca-
lité ; il y a des bois, des bosquets, des ruisseaux, de
petites collines avec leurs pentes verdoyantes. C'est
délicieux ; je pense m'y enthousiasmer de nature, de
verdure, et 'y poétiser mon imagination qui en a
grand besoin, si *empositivée* qu'elle est par le séjour
constant de la ville. Je serai toute à moi, c'est-à-dire
à mes pensées ; alors plus de visites, ou du moins fort
peu, mes journées franches du matin au soir. Je
pourrai t'écrire longuement, te raconter mes courses, mes impressions, si cela ne t'ennuie pas. Tu me
le diras. Mais finissons ces bavardages. Me retrouves-tu
dans tous ces gracieux rêves ? Oui, si tu m'as un peu
analysée, un peu pénétrée. Je me fais toujours beaucoup de joie à l'avance, et il est vrai aussi que je rencontre souvent des déceptions. J'ai la mauvaise ou la
bonne habitude de faire des châteaux en Espagne. Je
dis mauvaise ou bonne, car elle est l'une ou l'autre
suivant les circonstances. Pour quelques personnes,

elle est funeste; pour moi, je la crois bonne. Souvent l'idéal que j'ai rêvé me console du réel que je rencontre; et ainsi, bonheur réel ou fictif, je suis bien plus heureuse qu'à plaindre. Mais je recommence à babiller. Comme je suis causeuse parfois! Cela m'amuse, ces accès de babil que je prends par moments. Je finis de force, quoique ma plume soit bien tentée de m'entraîner; mais je ne veux pas abuser de tes instants.

Adieu, bien chère amie; je t'embrasse de tout mon cœur.

Toute à toi et toujours.

19 novembre 1850.

Ma chère amie,

Tu m'as dit adieu le 15 octobre au soir, il est aujourd'hui le 19 novembre, et tu ne m'as pas encore écrit; tu ne te presses pas trop. Si nous continuons de ce pas, nous risquons bien de ne nous rencontrer que juste au jour du jugement; comme je ne veux pas de cette alternative, je romps le silence.

Pourquoi ne m'as-tu pas écrit, ma belle? Peut-être as-tu deux poupons, j'aimerais beaucoup cette raison-là; peut-être es-tu malade, j'abhorre celle-ci. Pour prendre un moyen terme, j'aime mieux croire que tu te portes bien et que tu m'oublies dans les joies de la famille, dans... je ne sais pas quoi, enfin dans tout ce que tu voudras. Sauf ce que la comparaison a d'ambitieux, je suis comme le bon pasteur, j'ai des trésors d'indulgence et de tendresse pour ceux que j'aime, et lorsqu'ils sont coupables, je leur ai bien vite pardonné dès qu'ils m'envoient un seul mot qui vient me dire qu'ils m'aiment encore un peu; il y a même une certaine douceur à dire : Je te pardonne.

Je ne sais, ma chère, lorsque j'y pense, laquelle de nous deux a le plus à faire. Je suis dévorée du désir de me changer en petit oiseau, en petite mouche pour m'envoler à St.-H. et juger par mes propres

yeux sans qu'on me voie : c'est une curiosité comme
une autre.

Moi, j'ai bien à faire, et cependant, ce que je n'ai
jamais fait pendant les quatre ans qui viennent de
s'écouler, je trouve le temps de broder. J'ai brodé un
col, je me commence des manchettes ; applaudis, c'est
merveilleux de ma part. On ne m'accusera pas d'être
bas-bleu, de faire la savantissime : je couds ! Avec
cela, il faut que je me mette à lire ; le reste, c'est en
passant. Je relis *les Martyrs*, je vais voir *les Ruines*
de Volney ; je n'en deviendrai pas pour cela athée,
rassure-toi.

J'attends *le Fratricide*, chef-d'œuvre, dit-on, du vi-
comte Walsh ; j'ai demandé les romans de Walter
Scott. Voilà de la lecture pour longtemps : c'est une
belle vie que celle de l'intelligence, plus belle encore
est la vie du cœur. J'ai reçu ces jours derniers plusieurs lettres de mes anciennes élèves, de tristes, de
gaies, mais toutes affectueuses, et j'ai éprouvé à les
recevoir un plaisir infini.

Quand recevrai-je des lettres de toi ? Il me semble
bien que tu pourrais m'écrire un petit mot sans trop
te gêner. Mais je retire mes paroles ; je ne veux rien
demander, je veux tout devoir à la bonne volonté.
Donc, ma belle, écrivez-moi tôt ou tard, à votre bon
plaisir ; seulement il est loyal de vous prévenir que
si vous ne vous pressez pas un peu, vous courez encore le risque d'une de mes missives.

Adieu, ma bien chère ; mille baisers à ton Melchior.

Toute à toi.

14 décembre 1850.

Mon Dieu! ma chère amie, tu n'es pas encore mère pour la seconde fois? Tous les jours j'attendais cette heureuse nouvelle, et ta lettre ne m'apporte que celle de ton attente et de tes souffrances; j'ai été bien désappointée. Il me tardait de savoir si c'est un gros garçon ou une jolie petite fille; il faut que j'attende encore. Je ne suis pas bien à plaindre, mais toi tu souffres, pauvre amie; il ne faut pas t'inquiéter. Sans doute tu portes une fille; on dit qu'elles rendent plus malades que les garçons. Nous sommes si mauvaises, que même avant que nous soyons nées il faut que nous le fassions sentir. Les messieurs sont bien contents de nous dire cela, mais je n'en crois rien. Je n'ose pas t'écrire longtemps: lorsqu'on est malade, ce qui amuse habituellement ennuie. Je veux seulement te dire: Courage, confiance; tout ira bien, j'en ai l'assurance. Je porte bonheur à ceux que j'aime; ainsi à qui porterai-je bonheur plus qu'à toi? Ne prié-je pas aussi tous les jours pour toi?

Adieu, bien chère amie; à bientôt avec tes deux jolis petits anges.

1er janvier 1851.

Ma chère amie,

C'est aujourd'hui le 1er janvier ; que faut-il te souhaiter ? Je ne puis pas demander pour toi un joli petit enfant, attendu que, si les renseignements sont
vrais, tu as une petite fille. Depuis quand, je n'en
sais rien. Tu me feras la grâce de me le dire.

Je t'écris en ce moment sur un charmant guéridon
qui m'a été donné pour étrenne, un peu à la brune,
car il est quatre heures du soir, et mes rideaux sont
tirés. Il me semble que j'écris très-illisiblement, mais
tu me devineras avec la claire vue de l'amitié. Ton
petit Melchior, comment se porte-t-il ? N'est-il point
jaloux des caresses maternelles, qui ne sont pas maintenant toutes pour lui ? Non, j'en suis sûre ; il est bien
né, et il est au contraire heureux d'avoir une petite
sœur, si toutefois il se rend compte de ce que c'est
qu'une petite sœur.

Ma chère amie, adieu pour aujourd'hui. J'espère
maintenant avoir bientôt une lettre de toi ; ce sera
pour moi un plaisir d'autant plus grand qu'elle me
prouvera que tu te rétablis promptement, et que tu
n'es pas condamnée à une longue séquestration.

Toute à toi.

16

19 janvier 1851.

Bien chère amie,

J'aurais voulu t'écrire aussitôt après ta lettre ; il m'a été impossible. Je savais depuis quelques jours, cette fois sans aucun doute, que tu avais un second fils ; mais j'ignorais comment tu allais, et cela me tenait inquiète. Dieu soit loué ! tout va bien.

Tu connais à présent, chère amie, ce prodige de l'amour maternel, par lequel, loin de se diviser, de se partager entre les différents êtres qui lui sont proposés, il se multiplie pour chacun d'eux sans rien perdre de sa force.

Je ne saurais te remercier assez, bonne Fanny, de la peine que tu as prise de m'écrire étant encore au lit : c'est le trait d'une sincère amitié, et j'y ai été bien sensible. Que je voudrais voir ta petite mine pâle, maigrie peut-être encore ! Mais j'espère qu'à présent tu vas te soigner, et reprendre cet embonpoint et cette fraîcheur qui t'allaient si bien la première année de ton mariage.

Mais adieu, ma bien chère ; il faut que je te ménage : tu n'es pas encore en état de lire les longues missives.

Je t'embrasse affectueusement sur les deux joues, ainsi que Melchior et Joannès.

Ton amie.

14 février 1831.

Ma bien chère amie,

Il y a longtemps que nous ne nous sommes écrit ; on dirait que nous sommes brouillées. Heureusement que nous avons l'une et l'autre de fort bonnes excuses, toi tes marmots, moi mes occupations.

M. Joannès est-il sage ? dort-il tranquille ? ne réveille-t-il pas trop souvent sa maman ? M. Melchior est-il raisonnable ? n'est-il point jaloux de son petit frère, qui lui a volé une partie des caresses maternelles ? Voilà bien des questions intéressantes auxquelles tu me feras le plaisir de répondre bientôt, car je me plais à croire que tu es complètement remise à présent.

D'après une parole de ta sœur à Clotilde, on aurait l'espérance de te voir au printemps ; que tu serais gentille ! Quoique je n'aie pas eu, la dernière fois que tu es venue à Lyon, l'honneur de voir M. Melchior, j'espère que j'aurai à ton prochain voyage l'honneur de voir Messieurs tes fils.

Ma chère amie, j'ai envie de t'écrire comme toutes les pensionnaires, pour m'excuser de finir si tôt, que le manque de temps m'empêche de prolonger cette intéressante causerie ; mais franchement, entre nous,

c'est que je crois que je n'ai plus rien à te communiquer que tu ne saches, c'est-à-dire que je t'aime et
que je t'aimerai toujours. Ah! si, j'ai quelque chose.
Mlle G. m'a demandé de tes nouvelles et de celles de
ton poupon, et j'étais un peu mystifiée de ne pouvoir
en donner de récentes ; j'ai pris mon parti en brave,
et je me suis rejetée sur ce lieu commun rebattu :
« Ah! les amies qui se marient loin... » Tu devines
tout ce qu'il y a dans ces points de suspension.

Adieu: je t'aime toujours.

Ton amie.

Sans date.

Puisque tu ne veux pas venir à Lyon, il faut bien que je me décide à t'écrire au lieu d'aller te faire une visite.

Ma très-chère, je te souhaite pour ta fête une santé robuste et inaltérable pendant de longues années, et que tu viennes t'abattre bientôt dans notre cité. Les hirondelles ne peuvent pas tarder, viens avec elles ; tu apporteras un frais brin de mousse, tu seras le printemps, tu emporteras force grains de poussière, pour te rendre plus agréables, par le contraste, tes montagnes, tes prairies fraîches et verdoyantes.

Je pense, ma chérie, que tous les tiens vont bien. Cette année est malheureuse pour nous ; il faut que la maladie nous essaye tous les uns après les autres. Mon père a été très-fatigué ces jours derniers, mon frère a des bobos, moi aussi ; enfin tous nous avons le plus grand besoin de l'air de la campagne.

Embrasse tes enfants pour moi, ma chérie ; il faut qu'ils me connaissent un peu. Toi, amie, je n'ai pas besoin de te dire que je t'embrasse ; tu es toujours l'amie de mon cœur.

Adieu ; à bientôt, n'est-ce pas ?

26 juin 1851.

Je ne calcule plus le temps qui s'est écoulé, ma chère amie, depuis que j'attends de toi une lettre, tellement ce temps dépasse les limites de l'attente. J'avais d'abord rejeté ton retard sur les nombreuses occupations que t'ont sans doute procurées tes vers à soie; mais le travail des vers à soie est fini, il me semble. Je crains qu'un de tes enfants ou quelque autre membre de ta famille ne soit malade. Hâte-toi de me sortir d'inquiétude, ma chère; tu sais à présent que je suis en peine, tu n'as plus de raison pour retarder de m'écrire.

De quoi faut-il que je t'entretienne? As-tu renoncé à ton projet de venir compenser le temps que tu n'as pas pu rester à Lyon lors de ton dernier voyage? Viens vite; tu seras bien exacte, partant bien aimable, car tu sais que l'exactitude est l'amabilité des dames. Si tu viens, je te procurerai le plaisir d'une représentation *tragique;* je fais apprendre *Athalie* à mes chères élèves, et il en est quelques unes qui ne s'en tirent pas trop mal. Ces déclamations m'amusent beaucoup, et elles aussi. Si je ne me modérais pas, je passerais volontiers plusieurs heures à les faire étudier. La représentation est souvent comique, car nous nous permettons de partir d'un éclat de rire au milieu des fureurs de Mathan, des sentimentalités de

Josabeth ou des accents solennels de Joad. Si ton fils
Melchior était un peu plus grand, je te dirais de nous
l'envoyer pour faire le petit Joas. Quelle tragédie
ou quelle comédie joues-tu dans tes montagnes?
Tu reçois sans doute beaucoup de visites. Ce n'est
pas encore le moment de la chasse; sans cela les
chasseurs viendraient souvent à ton foyer. Et cette
femme savante que j'ai vue une fois chez toi, cette
femme d'un juge, qui, je crois, est aussi bête
(disait-on, je n'en sais rien) que sa femme est précieuse, l'as-tu revue? Je me rappelle que, lorsque tu
l'accompagnas, tu étais enchantée des compliments que
vous vous étiez réciproquement adressés. Tiens, ces
souvenirs me font rire malgré moi; c'est sans malice,
crois-le bien. Mais lorsqu'on entre dans le monde, je
sais combien l'on fait attention à tout cela. Moi, à présent je suis cuirassée contre toutes ces minuties, qui
vous font tantôt plaisir, tantôt vous fâchent. Je deviens
d'une philosophie aimable, je m'empresse d'ajouter:
et surtout extrêmement indulgente. Enfin, ma chère,
je m'aperçois que je m'occupe beaucoup trop de moi;
c'est ta faute: pourquoi ne m'entretiens-tu pas plus
souvent de toi? Je ne sais plus ce que tu fais, ni où tu
es. Tu serais à Noukahiva que je n'aurais pas moins
souvent de tes nouvelles. Lorsque tu m'écriras, dis-
moi donc comment va ta mère.

Adieu, ma chérie; à bientôt, j'espère: tu ne voudrais pas me faire attendre trop longtemps.

Ton amie fidèle.

10 septembre 1831.

Ma chère Fanny, j'ai laissé à ton Joannès le temps
de se remettre. Tout va bien chez toi, n'est-ce pas?
Je n'ai pas pu t'écrire plus tôt, quoique j'en eusse l'intention. Tu sais que la distribution des prix me
donne toujours beaucoup à faire, et seule je suis deux
fois plus occupée qu'auparavant, je dirais même trois
fois plus; car l'établissement se perfectionnant de plus
en plus, les embarras, les détails augmentent à pro-
portion. J'ai eu ensuite mes examens qui m'ont enlevé
trois semaines de mes vacances; enfin, depuis avant-
hier lundi, je suis installée à la campagne, où j'ai
apporté un gros rhume qui m'a fatiguée pendant
quelques jours. Je suis sous un berceau de roses,
si l'on peut appeler ainsi une petite tonnelle où
pousse à côté des vignes un magnifique rosier de tous
les mois qui tapisse un des côtés. Dans une petite niche creusée dans le mur se trouve une statue de
la sainte Vierge. Je suis donc parfaitement bien. Le
soleil, qui se lève devant moi, m'arrive tamisé par le
feuillage et me réchauffe suffisamment. Tout en te disant cela, j'éternue, et je vais aller à la maison chercher un fichu pour me couvrir la tête. Tu m'avais
promis, ma belle, de m'écrire une lettre bien longue;
tu te ruines en promesses, mais tu ne tiens pas souvent. Tu as mille raisons à me répondre, plausibles si

l'on veut, quoiqu'elles aient un semblant de sérieux ;
pour moi, je n'y crois pas ; ainsi épargne-toi la peine
de me les écrire. Corrige-toi, cela vaudra beaucoup
mieux. Je voudrais bien voir l'air que tu prendras
lorsque tu liras cela. Je le devine. Tu diras en ho-
chant la tête : « Ah ! c'est cela, elle croit qu'on n'a que
cela à faire que d'écrire. » Qui s'est trouvée prise ?
C'est vous, ma chère. Péché avoué est à moitié pardonné, dit le proverbe. Que faut-il dire d'un péché
caché par la pénitente, découvert par le confesseur ?

Que fais-tu dans ce moment-ci ? Je voudrais avoir
une somnambule auprès de moi ; elle me dirait tout
ce que tu fais, tout ce que tu dis, tout ce que tu penses. Vos raisins ont-ils la maladie ? Quelques uns des
nôtres l'ont ; ils noircissent, et les feuilles se couvrent
de plâtre. Melchior est-il bien lutin ? te fait-il bien enrager ? Il ferait bien, et je l'en louerais beaucoup si je
le voyais. Vous avez agrandi, je crois, votre jardin
qui était déjà si beau. Qu'on doit être bien sous tes
platanes, au fond de ta terrasse ! On voit le mont du
Chat avec sa dent gigantesque. Si j'étais à St-H., c'est là
que j'irais me reposer et laisser promener, rêver mes
pensées. Il me faudrait une petite grotte de verdure,
un bon canapé ou un Voltaire où je m'étendrais mol-
lement : j'ai des goûts de duchesse. J'écrirais, je lirais,
j'aurais soin de me tourner de façon à ne voir que la
verdure. Ne serait-ce pas gentil ? Oh ! j'aurai une campagne un jour, il le faut. Je la ferai disposer selon mes
goûts ; tu verras si ce ne sera pas un bijou. Je ne suis
pas bien ambitieuse, quoique je ne sois pas non plus
extrêmement modeste ; mais de la verdure, un horizon

16.

pouvant s'étendre au loin devant moi, des bocages, de
longues allées sombres, mes vœux se bornent là. Je me
suffis parfaitement dans la solitude : je pense à ceux que
j'aime, je me flatte qu'ils pensent aussi un peu à moi ;
je fais des projets d'occupation, je travaille, et la vie
s'écoule tout doucement. Lorsque j'aurai réalisé mon
rêve, qui ne me coûtera qu'un moment d'impatience
s'il ne se réalise pas, tu viendras me voir avec tes
deux beaux enfants qui joueront à tes pieds ; tu com-
pléteras le tableau de mon bonheur. En me lisant,
tu dois me croire métamorphosée en songe-creux,
tellement je t'entretiens de choses vagues ; mais,
chère amie, je fais presque à moi seule les frais de
notre correspondance. Ayant fort peu à répondre à
ce que tu me dis, je suis obligée de chercher dans
mon imagination de quoi remplir mes quatre pages ;
je ne trouve rien de mieux que de te dire toutes les
idées qui passent quelquefois par ma tête, de te les dire
comme je te les dirais si l'occasion s'en présentait
lorsque je te vois, ou si nous nous voyions plus souvent.

Je suis à bout de papier ; je finis aussi ma missive.
Lorsque je compare ma bonne volonté à la tienne, je
me trouve un ange. Je t'envoie de quoi lire, au moins.
Tu m'envoies trois lignes ; il faut en passer par là.

Adieu, bien chère.

Ton amie.

3 octobre 1851.

Ma chère Fanny, lorsque tu veux, tu es la plus aimable des amies ; rien de plus gentil que ta dernière lettre, j'ai eu à lire quatre pages bien remplies. Mais où donc as-tu pris tes inquiétudes à l'égard de la sincérité de mon affection ? Oh ! je suis un peu moqueuse, je ne m'en défends pas, puisque tu le veux, mais pas au point de faire de l'amitié par moquerie ; ce ne serait plus de la moquerie, ce serait de la trahison. Je suis moqueuse ; est-ce un défaut ? Je n'en sais rien ; mais il est bien vrai que je surabonde parfois de pensées moqueuses que j'ai de la peine à retenir. C'est une infirmité de mon caractère à laquelle tu dois être habituée ; voilà huit ans que tu as à la subir, car je suppose bien que j'ai été toujours la même. Aujourd'hui, tiens, je suis dans un de mes jours d'ardeur moqueuse, et si tu étais près de moi, je t'en dirais de toutes les couleurs. Les demoiselles ont, tu le sais bien, un texte inépuisable de malice sur les dames ; on leur renvoie l'épithète de vieille fille. Ma foi, qu'est-ce que cela fait qu'on soit vieille fille, pourvu qu'on rie ?

J'ai repris aujourd'hui non pas mes occupations, mais mes réceptions ; cela m'a mise en bonne humeur. J'aime un peu parfois ce bruit, ce mouvement, pourvu qu'il se borne à mon chez-moi ; je ne puis pas supporter, au contraire, les moments d'apparat, les cérémonies chez les autres : cela me donne des coliques huit jours à l'avance. Ainsi, ma séance d'ouverture, les visites de maire, de président, je voudrais les voir aux antipodes. Envoie-moi des dames, des demoiselles, des messieurs même, vieux ou jeunes ; cela ne me fait rien du tout. Je prends mon grand air, je pouffe par derrière ; cela va tout de même. Voilà une singulière lettre, c'est la causerie la plus désordonnée ; il faut que j'en change le ton, parce que je crois que j'en aurais pour toute la journée si j'écrivais toutes les idées folles qui me viennent à la tête. Je vais parler avec plus de sérieux ; mais avant il faut que je te quitte pour aller faire visite justement au président de notre société. Il n'en faut pas davantage pour me remettre dans ma gravité. Je te reprendrai à mon retour.

Je reviens à toi. Tu m'as dit, ma chère amie, que tu avais quelques feuilles écrites pour moi, des récits de promenades et autres choses ; j'ai vainement cherché dans ton enveloppe de lettre, je n'ai rien trouvé. Je ne t'en tiens pas quitte, ma belle, et je t'impose de m'envoyer ces feuilles.

Si tu venais me surprendre un de ces beaux jours ? Tu viens habituellement à cette époque. Je me rappelle que l'an dernier tu partis le jour de l'ouverture des cours, et c'était le 15. Amèneras-tu tes deux enfants ? (Je ne consulte pas l'embarras que cela te donnera.) Je ne connais pas encore ton petit Joannès, et il y a bien longtemps que je n'ai pas vu Melchior. Je serais bien aise de faire connaissance avec l'un et de renouveler connaissance avec l'autre. Peut-être les verrai-je chez toi l'année prochaine, puisque nous devons aller visiter les fabriques de mon frère, et au retour je passerai par St-H.; mais qui peut projeter un an d'avance? Je ne m'arrête jamais sur des projets si éloignés; trop de choses peuvent les détruire. Tu es en famille dans ce moment; tu as ta sœur et ton pauvre petit Emile, et ton fils Melchior que devient-il?

Vois comme je redeviens babillarde; j'aurais encore mille choses à te dire, et il faut que je finisse; j'ai borné ma missive à quatre pages. Viens donc, nous causerons; mais tu choisiras tes moments ou plutôt les miens, belle dame, entends bien; car à présent je commence à être un peu moins libre que dans les vacances, et je ne m'appartiens pas toujours. Tu aurais dû descendre à Lyon pendant les vacances, tu serais venue passer un jour à la campagne avec moi : ton mari se serait bien résigné à être veuf de toi pendant un jour, il t'a assez longtemps. L'année prochaine, si je ne puis pas aller te visiter sur ta verte montagne, tu feras comme cela, n'est-ce pas? Tu seras... Enfin il faut que je finisse. Tu vas dire que je deviens bavarde comme une vieille fille qui radote : j'ai vingt-cinq ans depuis le 4 septembre.

Adieu; mille baisers.

6 décembre 1831.

Je reste bien longtemps sans t'écrire, ma chère
amie, n'est-ce pas, et cependant il y a bien longtemps
que je veux le faire. Je voulais t'écrire le premier
dimanche après ton départ, je n'ai pas pu avant
aujourd'hui ; je te l'avouerai en toute humilité, il
y a eu un peu de paresse. Je suis paresseuse pour
écrire, je ne puis pas te dire combien. Prendre une
plume me semble un fardeau pesant sur les épaules,
tant que je n'ai pas commencé. Ainsi, si tu as jamais
à m'accuser, accuse ma paresse, mais n'accuse pas
mon cœur ; il n'est jamais coupable, quoique tu aies
voulu te donner l'air d'en douter un jour. Tu pensais
cela pour rire, je ne m'y suis pas arrêtée ; tu peux être
sûre de moi comme je suis sûre de toi. Si je ne t'ai
pas écrit souvent ces trois semaines, j'ai pensé bien
souvent à toi ; les premiers jours surtout, je ne faisais
que rêver de toi. Une nuit entre autres, je t'ai fait
une belle morale, que tu n'as pas entendue, mais que
tu devines. Oui, ne bois pas trop de champagne.
Vraiment, je t'aime beaucoup mieux lorsque tu es un
peu moins excitée ; alors tu es à mes yeux la femme
parfaite, pleine de grâce, d'amabilité et de dignité.
Tu es charmante lorsque tu parles de tes enfants, de

tes projets d'éducation pour l'avenir : c'est là ton triomphe. Je ne t'aime pas beaucoup lorsque tu chantes, parce que tu n'es pas faite pour cela. (Voilà une franchise qui passe toutes les bornes, mais je suis sûre qu'elle me vaudra deux baisers de plus lorsque tu viendras à Lyon.) Tu es faite pour briller dans une douce conversation intime, auprès de ton amie fidèle, ou *entre ton époux et tes enfants.* Voilà un tableau passablement patriarcal. A quoi pensé-je de te dire toutes ces radoteries? Ne dirait-on pas une vieille grand'mère? C'est que je suis un peu de mauvaise humeur aujourd'hui, j'ai des soucis d'affaires; cela se déteint sur mon style. Passe-moi cela, ma chérie, mais ne fais voir cette lettre à personne : on me prendrait pour une faiseuse de morale, une pédante.

Ton Melchior est bien gentil. Je le croquerais cet enfant. Joannès promet pour l'avenir, mais il n'est réellement encore qu'une espérance, espérance douce et gracieuse, et qui te rend bien heureuse dès à présent. Tu viendras probablement dans un petit mois à Lyon. Tu m'écriras bien d'ici là; n'imite pas ta paresseuse amie; gronde-la beaucoup si tu veux. Elle le souhaite presque ; elle a besoin d'être stimulée. Je serai une de tes premières visites, n'est-ce pas, lorsque tu viendras? Les petits moments que tu pourras dérober aux soins que tu donneras à ta sœur, tu m'en consacreras une partie? Que de bonnes causeries nous pourrons faire! Nous nous sommes bien vues dans ton dernier voyage, et cependant nous n'avons pas pu parler intimement; nous avons été si peu seules! Nous nous dédommagerons. Il faut que je finisse, mon bijou; je t'envoie par la poste deux gros baisers et un gros mimi pour le front de tes enfants.

Adieu; à bientôt.

Ta fidèle.

29 décembre 1851.

Madame..., pardon, ma chère amie veux-je dire.
Mon papier administratif m'induit en erreur. Je suis
au cours, et l'on y fait une composition, ce qui me
laisse libre de faire ce que je veux. J'avais apporté
des notes de littérature pour les réunir et les recopier;
il me manque un renseignement important, et je suis
obligée de renvoyer à plus tard cette besogne. Que
faire donc? Ecrire à mon amie; mais je n'ai que du
papier administratif. A quoi ressemble une lettre d'a-
mitié sur papier imprimé, semblable à celui d'un
procureur? Tant pis; elle me verra d'abord par mes
titres, ensuite par mon affection : ce sera pour le
mieux. Et me voilà à t'écrire pour te souhaiter une
bonne et heureuse année, des jours prospères, des
enfants beaux comme le jour, sages comme des anges,
spirituels, intelligents comme toi, un mari toujours
aimable, une lune de miel qui ne cesse jamais, etc.
Que penses-tu de mes derniers souhaits? De quoi se
mêle-t-elle? dis-tu tout bas. Je me mêle de tous les
enfantillages que permet l'amitié, voilà tout. Ce que
je tiens surtout à te prouver, c'est que j'ai pensé à
toi de bonne heure. Ma lettre arrivera la première,
je l'espère, et je demande un doux baiser en retour
de ma diligence.

Tes petits chérubins vont-ils bien ? Melchior sait-il

encore dire *Marrrie?* Rêve-t-il bien bonbons, pantins
et soldats en carton? Moi, j'ai déjà reçu mes étrennes,
des rideaux pour ma chambre. Je n'espère plus que
des babioles et des douceurs dont je ne goûte pas; tu
viendras m'aider à les manger. J'aurai beaucoup à
faire le premier de l'an; je n'y ai pas encore pensé
pour ne pas trop m'ennuyer à l'avance : c'est mon défaut. Viens me surprendre les premiers jours de l'année 1852 : ce sera un bonheur que tu m'apporteras
pour étrennes.

Adieu, ma bonne amie. Tu ne m'as pas encore écrit
depuis ma dernière lettre; j'avais presque envie de
t'en gronder, mais on ne fait pas de reproches dans
une lettre de jour de l'an. Adieu; je t'envoie mille
baisers.

Ton amie.

7 février 1852.

Eh bien ! ma chère amie, parce qu'une grande distance nous tient séparées physiquement, faut-il que nous le soyons également par l'affection, par le cœur ? Quoi ! ne pouvons-nous pas tromper les ennuis de l'absence par une correspondance active, empressée, comme celle qui existait jadis entre nous ? Il y a déjà bien longtemps que tu es retournée dans tes montagnes, et je n'ai pas encore reçu signe de vie de toi. Hâte-toi, ma chère amie : l'amitié est le vrai bien de la vie. Je ne parle pas de l'amour, je ne le connais pas. Ton passage à Lyon, chère bien-aimée, ne m'a pas laissé le même doux sentiment de bonheur que le précédent. Rarement j'ai pu être seule avec toi, et tu sais que c'est alors seulement que nos âmes se parlent véritablement, qu'elles se laissent aller à ces doux épanchements d'affection, de confiance, qui sont le privilége et les charmes de l'amitié. Tu étais souffrante aussi, ma chérie ; ton joli front se plissait d'une gravité soucieuse.

Confiance, ma toute belle ; tu es trop richement douée sous le rapport des puissances de l'âme pour ne pas accepter avec sérénité tout ce qu'il plaît à Dieu de t'envoyer. Si tu as en perspective un enfant de plus, c'est de l'affection tout simplement que tu as à subir de plus, et ton cœur ne sera jamais surchargé

de ce doux poids. Accepte avec autant dé sérénité et
le repos présent et la charge nouvelle. Les jours sont
entre les mains de Dieu, et il ne nous donne pas à
porter des fardeaux qui excèdent nos forces. Si tu dois
avoir tout de suite un troisième enfant, pense donc au
bonheur que tu auras de le voir grandir avec tes deux
aînés. Lorsque les enfants ont joué ensemble dans
leur enfance, ils conservent de plus doux souvenirs
de ce premier âge, et ils s'aiment davantage. Heureuse
mère, tu n'as eu qu'à te réjouir dans tes deux premiers nés ; ne sois pas ingrate envers Dieu en voyant
avec inquiétude le nouveau trésor qu'il t'envoie.

Mᵐᵉ N., la nouvelle mariée, est malade assez gravement ; elle a pris les *ourles*, vite dissipées, mais
suivies de douleurs nerveuses qui la font beaucoup
souffrir. Je la vois assez peu. C'est une petite personne qui a une grande opinion d'elle-même. Elle fait
si bien tout ce qu'elle fait, elle a des idées si justes,
si arrêtées en toutes choses, elle a tant d'expérience
de la vie, quoiqu'elle ne l'ait connue que dans sa vie
d'enfant gâtée, qu'il faut s'incliner très-humblement
devant cet astre naissant. Elle est l'objet de prédilections
plaisantes ; son médecin la gâte, et il devrait se dé-
pêcher, il me semble, un peu plus à la guérir. Son
Régis est si bon ! Il n'y a pas de mère qui soigne si
bien son enfant que la sienne ; oh ! non, elle ne le
croit pas. Tout cela est accommodé d'un petit ton si
décisif, que cela m'impatiente et me fait rire ironique-
ment. Point de laisser-aller, point d'abandon, point
de naïveté dans cette petite femme de dix-neuf ans.
Aussi moi qui aime avant tout le naturel, la naïveté

dans une jeune femme comme dans une jeune fille,
sympathisé-je peu avec ce caractère. Je suis vraiment,
je le crois, un peu difficile à contenter; dis-le-moi
avec sincérité. Cependant il y a des riens gracieux,
naïfs, qui me touchent profondément.

Ma chère amie, tu vois pousser la violette et les
premières pointes de feuilles. Que tu es heureuse! Il
y a tant de choses dans la solitude de la campagne
qui vous font plaisir et qu'on ne suppose pas à la
ville! J'ai été à l'exposition du musée aujourd'hui.
Sais-tu ce qui m'a fait le plus plaisir? C'est la vue
d'un gazon bien représenté; quelques arbres autour,
bien hauts, bien épais; quelques effets d'ombre et de
lumière; quelques rayons de soleil égarés venant se
jouer sur l'herbe. Je reste en admiration devant.
Aussi, entre toutes les jolies choses qui se trouvent
à l'exposition, assez riche cette année, j'aime surtout
une sainte Geneviève conduisant ses troupeaux dans
la campagne, au bord d'un ruisseau; c'est charmant.

Je suis bien causeuse, ma chérie, aujourd'hui; que
ne puis-je être près de toi! nous bavarderions longtemps encore. Adieu; mille baisers, ma douce amie.
Je suis toujours toute à toi.

19 avril 1852.

Tu veux une longue lettre, ma chère amie ; tu n'as pas compté avec ma paresse. Je ne sais plus ce que je deviens, mais elle m'envahit tous les jours. J'ai beau renouveler ma confession et mon ferme propos chaque soir, chaque matin le péché recommence.

Enfin tes enfants vont mieux ; je commençais à être sérieusement inquiète, et si tu avais tardé, j'aurais envoyé prendre des nouvelles chez ta sœur.

J'ai été un peu malade ces jours derniers, j'ai été un peu grippée ; je n'y ai pas fait attention, et j'ai été plus souffrante ensuite ; j'étais lasse, brisée ; j'avais des maux d'estomac. On m'a fait prendre quelques petits médicaments ; je me suis reposée, et à présent je ne vais pas mal.

Cet été, je pense aller souvent à la campagne ; nous avons loué un petit pied-à-terre avec un jardin attenant, à Villeurbanne, près du Sacré-Cœur, et je pense y passer mes jeudis et mes dimanches.

Nous jouissons à Lyon d'un temps magnifique ; nous avons eu hier, vendredi saint, un soleil resplendissant, la plus grande opposition possible avec le mystère que ce jour rappelait. Nous sommes dans l'époque des bouleversements ; la nature s'en mêle aussi. Appréhendez-vous dans vos campagnes le 4 mai comme on le redoute à Lyon ? On ne fait que parler de révoltes, de coups d'Etat ; la peur règne partout, et les affaires se ralentissent. Les ouvriers chôment et s'inquiètent ; déjà on entend le soir ces chants de détresse, de faim, qui sont si tristes à entendre. Moi qui suis toujours rassurée, je ne fais point d'emplettes d'été avant le 4 mai, afin qu'il n'arrive rien, cela va sans dire. Ne va pas croire que c'est par peur. Mais j'ai toujours remarqué que les événements pour lesquels on prend des précautions sont ceux qui n'arrivent pas ; je vais bien prendre mes mesures comme s'il devait y avoir quelque chose, et il n'y aura rien.

Je t'entretiens de choses sinistres, et je trouble sans doute la douce paix, la douce quiétude de ton ermitage. Parlons de fleurs, de champs ; c'est plus gai. Le lilas embaume-t-il bien ton jardin ? la violette répand-elle encore son suave parfum ? les jacinthes vous ont-elles déjà abandonnés ? la rose commence-t-elle à montrer un petit bouton ? et ton fils, ce qui est mieux encore, est-il bien raisonnable? ne veut-il point sortir ? Oh ! prends-y garde : la rougeole n'est rien, mais il ne faut pas prendre froid. On dit qu'il faut garder quarante jours la chambre ; je ne sais pas s'il faut prendre ce précepte au pied de la lettre. Il me semble que ma missive a une certaine longueur ; voyez comme je suis obéissante ! Je suis adorable, c'est plaisir que d'avoir une amie comme moi : elle oublie bien quelquefois l'époque de votre fête, parce qu'on a été l'enfouir dans je ne sais quel coin de jour, le plus sombre qu'on ait pu trouver ; mais aussi comme elle répare bien ses fautes ! C'est à désirer qu'elle en commette tous les jours, afin qu'on ait tous

les jours à pardonner à un si aimable repentir. Je me
donne bien de l'encens, dis-tu. Tu n'y penserais pas,
j'en suis sûre ; il faut bien que j'y pense, moi. J'entends la voix de mon père qui me rappelle l'heure du
souper (c'est très-vrai), et il faut que je te quitte pour
aller me sustenter ; c'est encore un soin que je ne
dois pas en conscience oublier.

Ainsi adieu, ma chère amie ; embrasse-moi du haut
de ton St-H., et n'oublie pas, dès que tu le pourras, de
m'envoyer des nouvelles de Melchior, et de me dire
si ton petit et joli Joannès se porte toujours bien.
Ecris-moi un peu plus longuement que tu n'as l'habitude de le faire maintenant. Adieu.

14 mai 1852.

Ma chère amie,

Que de jours se sont passés depuis que je ne t'ai
écrit ou que tu ne m'as écrit! Il faut que nous ayons
bien affaire ou que nous soyons bien paresseuses l'une
et l'autre pour rester si longtemps silencieuses; je n'o-
serais affirmer lequel des deux, cependant je crois qu'il
y a un peu des deux causes. Je voulais aller te dire
adieu lundi soir, la veille de ton départ; croirais-tu
que ce jour-là je n'ai été libre qu'à dix heures et
demie? Jamais plus de contre-temps ne se sont réunis
à la fois. Je me console en pensant que tu viendras
bientôt, que tu resteras un peu plus longtemps, et que
je pourrai par conséquent te voir plus souvent. Mon
petit bijou de Fanny, si tu étais à Lyon, tu monterais
facilement mes quatre étages, n'est-ce pas? Et moi
je monterais bien vite ceux que tu aurais. J'aime
beaucoup ces petites visites où l'on se surprend; on
se dit vite un mot, on se donne un baiser, et puis l'on
s'en va. C'est ainsi que nous ferions; ce qui ne nous
dispenserait pas des longues heures que nous passe-
rions ensemble, toi à causer de tes enfants, moi à
t'écouter ou à te faire part aussi de mes bonheurs
avec mes filles bien-aimées. Voilà un bel idéal, s'il
pouvait se réaliser. Fais vite ta fortune, et viens cha-

17

que année passer quelques mois à Lyon, chez toi (ce serait si commode!), dans un joli pied-à-terre où tes enfants pourraient sauter et crier à leur aise.

En t'écrivant, je pense comme l'imagination est faite pour bâtir des châteaux en Espagne; on a à peine eu le temps de penser, et voilà déjà un magnifique édifice. De mon petit jardin je t'envoie une pensée; elle est bien maigre et bien chétive : c'est qu'elle a souffert cet hiver. Tu l'accepteras en pensant à moi, malgré son peu d'apparence.

Si tu venais à Lyon et que je pusse t'emmener à notre campagne, tu resterais en extase devant notre beau rosier. Les belles roses, et comme il y en a! Il y en aurait de quoi garnir deux chapelles. Je babille bien, il faut cependant que je te dise adieu; l'heure approche où je dois partir pour mon cours. Adieu donc; je t'embrasse mille fois, embrasse à mon intention Melchior et Joannès.

Ton amie.

10 juin 1852.

J'avais, ma chère amie, promis à ta sœur de lui écrire pendant qu'elle serait chez toi, et voilà qu'elle a passé les quinze jours au bout desquels, suivant son projet, elle doit revenir; mais elle doit aussi retourner chez toi, de sorte que si ma lettre ne la trouve pas à St-H., tu la lui remettras lorsqu'elle sera revenue. Tu as été on ne peut plus aimable dans ta dernière lettre, j'en ai été tout enthousiasmée. Absorbée dans tes soucis de maîtresse de maison, souvent, lorsque tu m'écris, il faut l'avouer, tu le fais tellement à la volée, que tu as l'air de te débarrasser d'une obligation. Je fais ces réflexions quelquefois, mais je ne t'en aime pas moins, parce que je sais que lorsqu'on a affaire, tout en pensant beaucoup aux personnes et les aimant beaucoup, on trouve lourd, impatientant de prendre la plume pour écrire ce qu'il serait plus simple et plus court de dire. Vous avez bien causé et bien ri ensemble pendant ces quinze jours; moi, j'ai été à la campagne plusieurs fois. J'ai regardé si mes pensées sont toujours fraîches pour t'envoyer un nouveau symbole, elles le sont; mais je n'en ai pas aujourd'hui, attendu que depuis dimanche il a fait trop mauvais temps pour sortir de la ville, et puis j'attends ton bouquet symbolique. Qu'est-ce que tu me mettras dedans? Un bouquet, cela comporte plusieurs

fleurs. Il faudra que je mette à contribution toutes
mes explications de langage des fleurs, afin de comprendre les gracieux emblèmes que tu voudras m'exprimer.

Tu t'occupes de tes vers à soie ; ces jolies petites bêtes vont-elles bien ? Je m'y intéresse, elles sont à toi.
J'aimerais à voir une magnanerie au moment où
les vers font leurs cocons dans leurs palais de bruyère.
Voilà un des nombreux agréments dont tu jouis à la
campagne.

Avez-vous votre entreprise? Dans ta prochaine
lettre, dis-le moi donc, afin que je me réjouisse avec
toi, si vous l'avez obtenue. Je suis dans ce moment
en souci d'examen : les inspecteurs généraux de
France doivent visiter le cours normal vendredi ;
c'est, parmi les élèves, une émotion comique et atten-
drissante. Elles ont tellement peur de ne pas bien représenter l'école, qu'elles sont à la fois impatientan-
tes et touchantes. Voilà nos sollicitudes ; ce sont jeux
d'enfants auprès de tes austères préoccupations. Eh
bien ! à chacun sa part : elles débutent, tu as passé ce
temps ; il laisse de doux souvenirs qui consolent quel-
fois dans le malheur. Et puis elles font là un apprentissage de la vie, qui, quoique gracieux et riant, n'est
pas moins sérieux. Tu me dis quelquefois que je devrais me marier. Je ne dis ni oui ni non, par la possibilité de cela ; mais crois bien cependant que dans ma
profession je n'ai pas le cœur aussi vide que tu peux
le supposer. Lorsque j'entre dans la classe, je vois
tous ces petits cœurs bondir vers moi ; je le vois dans
un doux baiser qu'elles se disputent le bonheur de

donner ou de recevoir, dans l'empressement qu'elles mettent à m'apporter une fleur, à me demander mes conseils, et souvent à les suivre. Cette famille à qui on n'a pas donné le jour, il est vrai, on l'aime bien, on est bien fière de ses succès, on est bien heureuse de ses bonheurs. Cette affection n'a pas la vivacité de celle d'une mère véritable. Ah! sans doute, elle s'étend à trop d'objets à la fois, mais elle n'est pas toujours si raisonnable qu'on le pense; car si ces témoignages de tendresse qu'elles me prodiguent, si ces fleurs qu'elles me donnent, je les vois en accorder une partie à leurs professeurs, crois-tu que je ne sente pas au fond du cœur un bouillonnement de jalousie, bien vite réprimé sans doute, mais qui suffit à me prouver que cette affection que je porte à mes élèves n'est pas seulement un sentiment de devoir, mais que c'est un élan du cœur? Non, je ne crois pas que je me marierai jamais; plus je vais, plus il me semble que je suis moins faite pour cela. Je vivrai pour mes élèves et pour mes amies; j'irai me reposer à la campagne et me distraire dans mes livres; je m'abandonnerai à cette rêverie qui m'est douce, et qui deviendra de plus en plus religieuse, qui se dirigera de plus en plus vers le temple à mesure que j'avancerai en âge. Voilà quelle sera, je crois, ma vie. Elle sera calme; elle exercera une certaine influence, qui sera, je l'espère, toujours bonne et salutaire; mais elle sera aussi heureuse, parce qu'elle sera en harmonie avec mes goûts. Dans quels détails entré-je, bon Dieu! Tu vas peut-être me trouver romanesque de penser à toutes ces choses. Ne porte pas ce jugement.

J'aime encore à lire un roman en passant, un roman
qui me convienne, autrement il serait vite jeté ; mais
j'ai cependant l'habitude de voir la vie par le côté
positif, et si je me rends compte de mes instincts,
c'est par un sentiment de réflexion, d'examen sur soi-
même, qui est propre, je crois, à tout le monde, qui
m'est du moins familier ; et si je l'écris, c'est que
j'aime mieux laisser aller mon cœur en te parlant que
de rester dans ces banalités que tout le monde peut
écrire. Tu me peins ton bonheur de mère ; pourquoi
ne te peindrais-je pas mon bonheur d'institutrice ?

Mais il faut que je te dise adieu. Six pages ! Nous
sommes revenues à la première année de ton mariage.
Embrasse tes deux joufflus en pensant à moi, et moi
je t'envoie deux gros baisers.

Ton amie.

3 septembre 1852.

Ma chère amie, je voulais t'écrire tout de suite
après avoir reçu ta dernière et affectueuse lettre;
voilà quinze jours, et je ne t'ai pas encore répondu.
Tu ne m'accuses pas, j'en suis sûre; quoiqu'Adeline se
propose de me *calomnier* auprès de toi, je suis pleine
de tranquillité. Nous nous comprenons si bien toutes
les deux! Lorsque nous feignons de nous faire des reproches, nous n'en croyons pas un mot. Aussi, ma
chère amie, je suis sûre que tu te figures tout ce que
j'ai eu à faire depuis le 15, où j'ai reçu ta lettre,
sur laquelle j'ai sauté avec un empressement impossible à décrire. Elle était la dernière, mais elle
valait mieux que toutes les autres. Oh! que j'aurais
voulu te voir pour te dorloter, te caresser, te distraire
un moment de toutes tes inquiétudes! Ta lettre m'a-
vait rendue un peu triste; je me figurais que ton mari
était malade gravement, que tu étais bien fatiguée.
Ce surcroît d'occupations que tu as avec ton absence
de cuisinière m'obsédait aussi. Adeline m'a appris
hier que tout allait mieux, et je t'écris aujourd'hui
plus contente. Je pars demain pour Châlon; j'ai été
dire adieu à ta sœur. Comme je lui ai dit que je ne
t'avais pas encore écrit, ma chérie, elle m'a grondée, et m'a promis de me faire bien noire auprès
de toi. Je suis effrayée presque; je m'empresse d'en-

voyer ma défense. Cette lettre sera mon palladium ;
elle me protégera contre tous les griefs d'accusation
que Mme Adeline va énumérer contre moi. Ce récit
de ma peur et de mes inquiétudes va te faire rire ;
c'est ce que je veux. Ta sœur t'avait dit que je devais
t'écrire après ma distribution de prix, et tu as pensé
à ce moment une fois de plus à ta fidèle amie. Je suis
enchantée de voir quelquefois ta sœur ; elle te parle
ou t'écrit de moi : c'est autant de gagné, n'est-ce pas ?
Lorsqu'on me parle de toi, qu'on me dit t'avoir vue,
il me semble que je te vois aussi. Ainsi je sais que le
soleil vous fait tous renaître ou revivre, je ne sais
pas lequel ; que tu as écrit à Adeline ton Joannès sur
les genoux, ton Melchior te tirant par ta jupe sans
doute, perdant la tête au milieu de leur tintamarre,
mais la retenant de force par la puissance de l'affection fraternelle. Je modifie peut-être bien un peu tous
ces détails ; mais que veux-tu ! je ne sais tout cela
qu'en troisième main. Ah ! ces petites babillardes, de
quoi elles s'occupent ! dis-tu. Mais c'est que nous aimons beaucoup tes grandes phrases, que, tout respect
gardé, Adeline n'a pas pu me rapporter sans rire,
parce que nous en avons ri une fois et que nous y
avons pensé ensemble. Je me suis proposé de te dire
tout cela pour me venger des incriminations de ta
sœur, et je tiens parole. Tu le lui diras, si tu la vois
avant moi. Si tu peux dérober un petit instant à tes
occupations, consacre-le à m'écrire quelques unes de
tes jolies grandes phrases ; quoi qu'en dise la rieuse
Adeline, je les aime beaucoup, et j'y vois le double
mérite de bien sentir et de bien exprimer.

A présent, adieu, ma chère bien-aimée. Je pars demain à sept heures, je voguerai sur la Saône paresseuse, j'en admirerai les belles rives; si je conserve quelque souvenir véritablement attachant, je t'en ferai part, et ta riche imagination te fera tout plus beau encore qu'il n'est.

Avant de plier ma lettre, je te souhaite une jolie petite fille; nous verrons si Dieu exaucera mon souhait. Adieu encore; je t'embrasse mille et mille fois du fond du cœur.

Ton amie.

28 octobre 1852.

Ma chère amie, combien s'est-il écoulé de temps depuis ma dernière lettre, qui a été honorée de point de réponse? Je ne sais pas, je ne calcule pas, car je crois que le résultat de mes investigations serait énorme. Qu'as-tu donc tant à faire qui t'empêche de m'écrire le plus petit mot? Allons, je vois que tu veux réélire la dénomination d'*infidèle* que tu me donnes dans une de tes anciennes lettres que j'ai relue hier. Je voudrais que tu fusses là, afin de t'accabler de mes reproches; en place, je te les envoie aussi nombreux, aussi multipliés que tu pourras te les imaginer. J'ai repris mes occupations lundi dernier. J'ai beaucoup de soucis, moi, et cependant cela ne m'empêche pas de penser souvent à celle que je ne vois plus.

Je finis pour deux raisons : d'abord parce que le temps me presse, ensuite par ce que, lorsqu'on n'a qu'à se plaindre, c'est bien désagréable.

Adieu. Je pense que je recevrai bientôt quelque bout de billet de toi ; dépêche-toi, deux ou trois mots seulement. Ta santé, celle de tes enfants et de ton mari, je ne te demande que cela ; je ne suis pas trop exigeante. Quoique je n'en aie guère l'envie, je t'embrasse sur les deux joues, et j'en fais autant à Adeline, si elle est encore chez toi.

Ta qui?... Tu rempliras le vide.

3 novembre 1852.

Vois, ma chère amie, ce que c'est que de ne pas faire tout de suite ce qu'on peut. Je voulais t'écrire le jour même de la réception de ta lettre, en réponse à ta pressante invitation. Comment pouvais-je y résister? J'ai repoussé cela au soir; le soir je n'ai pas pu, le lendemain non plus, jusqu'à aujourd'hui que je prends de force quelques minutes pour ne pas me donner l'air d'une petite vengeance, tandis que c'est moi la première qui suis punie en ne t'écrivant pas.

J'étais sortie d'inquiétude, et je savais que tu vivais encore, lorsque j'ai reçu ton aimable petit griffonnage. Mme ... était venue la veille et m'avait donné tous les renseignements nécessaires; mais, si je l'en crois, je dois bien te gronder. Si tu ne m'as pas écrit plus tôt, c'est que tu es une grosse paresseuse? Tu l'aurais bien pu. Je prends acte de cela. Je ne m'en sers pas dans cette circonstance, je me suis déjà servie de mon droit de remontrance; mais gare une prochaine rechute! Enfin tu vas donc venir passer quelques jours à Lyon bientôt avec ton gros Melchior? Tu es bien gentille; tu feras en sorte de trouver un peu plus de temps pour me voir que pour m'écrire. Tu devrais amener avec toi tout ton bagage d'enfants, sans oublier cette petite Marguerite, que tu ne crois pas pouvoir de longtemps aimer autant que tes deux

petits diablotins. Je voudrais bien voir cela. Eh bien !
Madame, parce que cette pauvre enfant est vouée à
l'exil dès sa naissance (comme Châteaubriand), qu'elle
ne peut pas puiser au sein maternel, elle doit être
aimée deux fois plus qu'une autre. Si tu n'avais
pas tant de trésors, tu ne parlerais pas comme ça.
Quand tu viendras, tu m'apporteras la nouvelle de ta
conversion, n'est-ce pas ? C'est dans ce solennel espoir
que je me dis avec bonheur et honneur, ta... ta... je
tourne au rococo.

Allons, j'aime mieux mon adieu habituel. Adieu,
je t'embrasse ou je te baise de tout mon cœur, ainsi
que tes trois (en toutes lettres) bambins.

Ton amie pour la vie.

Je suis en train de babiller et de rire ce soir d'une
manière étonnante ; dépêche-toi de me répondre (par
écrit ou par parole) bientôt. Je n'ai pas le temps de
t'en écrire plus long, quelque envie que j'en aie.

31 décembre 1852.

Que diras-tu, chère amie, lorsque tu ne recevras point de lettre de moi, car je ne pense pas que celle-ci puisse t'arriver avant le 2 ? Peut-être me feras tu l'honneur de m'accabler de tes anathèmes; peut-être passerai-je complètement inaperçue, et mon souvenir ne s'éveillera-t-il pas une seule fois dans ton cœur. Je crains plus cette seconde alternative que la première; mais non, il faut mieux espérer de toi. Tu te fâcheras d'abord contre ta chère paresseuse, et tu lui pardonneras ensuite. Mon rhume m'a duré trois sérieuses semaines, pendant lesquelles j'ai été très-fatiguée; j'ai encore conservé un léger embarras de cerveau. Je te souhaite, ma chère amie, une heureuse santé, point de rhumes, point de maux de dents, et point d'autres choses plus ou moins agréables.

J'ai été faire à ta sœur ma visite de digestion. J'espérais y rencontrer de tes nouvelles; c'est l'approche du jour de l'an qui t'a empêchée d'écrire, j'en suis sûre. Tu t'es dit comme moi, qui voulais aussi t'écrire plus tôt : Le jour de l'an est tout près, nous ferons tout à la fois. Et, à l'appui de cette résolution, une foule de raisonnements sur ses occupations, sur ses embarras, sur ses soucis, qui sont tous plus concluants. Il me vient à ce moment une réflexion, c'est que ma lettre est tirée par les cheveux. A mesure que j'écris, ma pensée se détourne, et je ne sais plus ce que j'ai commencé de dire; c'est que je suis dans une disposition d'esprit peu favorable. J'ai éprouvé de l'ennui aujourd'hui, c'est-à dire de ces petites contrariétés qui vous piquent comme un coup d'épingle. A tout prendre, je suis bien aise de voir finir cette année; elle ne m'a pas été agréable. Cependant je ne veux point lever le voile qui recouvre celle dans laquelle nous allons entrer. L'avenir donne toujours l'espérance, et combien la réalité présente de déceptions ! Je tourne à l'élégie. Décidément le moment n'est pas bon; cela m'avertit de terminer mon épître.

Adieu, adieu, ma toute bonne; un autre jour que mes idées seront plus couleur de rose, je m'empresserai de t'envoyer une lettre aimable et gracieuse comme toi. Je t'embrasse de tout mon cœur, et tu donneras de ma part deux gros baisers à Melchior, afin qu'il n'oublie pas *Marrrie*..

Ta fidèle..

Ma bien-aimée, voilà déjà près de quinze jours que
je ne t'ai vue. Que j'ai pensé à toi cependant! Que
j'aurais été contente de pouvoir, par quelque moyen
inconnu, aller causer avec toi! Je voulais t'écrire tous
les jours, mais écrire me semble très-impatientant,
très-ennuyeux dans certaines circonstances. Je me
trouvais dans une de ces circonstances. Il y a mille
choses qu'on n'ose pas ou qu'on ne peut pas écrire, et
qui se disent si simplement dans un tête-à-tête! Quand
je pense qu'il s'écoulera peut-être encore plusieurs
mois avant que je te revoie, je prends la fièvre d'impatience. Tu as eu de l'ennui, ma Fanny; es-tu plus
calme à présent? Je ne suis pas indiscrète en t'écrivant cela, dis? Que veux-tu? lorsque ceux que j'aime
ne sont pas contents, il me semble que mon amitié est encore plus vive, et que je souffre plus de leurs
contrariétés que je ne jouis de leurs joies. C'est, je
crois, qu'on a besoin d'être à deux pour les premières, et qu'on peut toujours suffire pour les secondes.
J'ai parfaitement réussi auprès de la jeune fille dont
je t'ai conté l'histoire; elle est bien sage à présent.
Le ton tranchant qu'elle a pris avec son beau-frère l'a
complètement découragé, et il n'ose plus rien lui
dire; elle m'avoue qu'elle n'a jamais été si calme et
si contente. Pauvre petite! si tu savais comme elle est

naïve, et comme il avait su spéculer sur l'affection réelle qu'elle avait pour l'autre jeune homme! C'est affreux. J'ai une foule de choses dans l'esprit : si tu étais là, je n'aurais pas fini de deux heures ; mais comment t'écrire tout cela ? Réponds-moi longuement, ma chère amie ; mais mieux, viens deux ou trois jours, tu seras la plus aimable des amies. Je m'imagine que tu hausses les épaules à mes pressantes sollicitations de venir. Sans doute je ne suis pas ménagère ; je ne m'entends pas plus au ménage, vois-tu, qu'un pauvre paysan ne s'entend à diriger un royaume ; mais je ne me pose pas en économiste, je n'obéis qu'au sentiment lorsque je t'écris. Ainsi ne te moque pas de mes instances, tu dois les respecter.

Adieu, ma tout aimable, ma tout aimée ; je t'aime de tout mon cœur et de toute mon âme.

Ton amie fidèle.

8 mars 1853.

Ma toute chère, il faudrait savoir écrire juste au moment où l'on est bien disposée, on dirait des choses beaucoup plus gentilles. Aujourd'hui je voudrais te dire les choses les plus suaves, les plus aimantes, car c'est après-demain ta fête, et voilà que, suivant ma mauvaise organisation, les événements de la journée réagissent sur moi. Et ce soir, que je voudrais être si gracieuse, si bien inspirée, je me sens la tête appesantie, le front plissé, l'esprit inquiet. N'est-ce pas être bien malheureuse? Il y a quelques jours, je t'aurais dit des choses si fraîches, si jolies! Enfin, ma chère amie, il faut que nous en prenions notre parti : tu seras indulgente, moi j'apporterai de la bonne volonté, je ferai de mon mieux pour mes mauvaises dispositions, et, le cœur aidant, cela ne sera peut-être pas trop mal. Je me sens déjà qui me déride : influence d'une bonne pensée. Voyons, profitons de la veine et faisons notre compliment. Que faut-il te souhaiter? Vois-tu que c'est embarrassant! Tu es si parfaitement heureuse qu'il y a presque de l'imprudence à te souhaiter plus que tu n'as. Le mieux, dit la sagesse des nations, est ennemi du bien. Ah! voilà ma résolution prise. Je te souhaite la continuation de tout le bonheur dont tu jouis présentement; je souhaite que tes enfants croissent en sagesse, en grâce, en esprit, en

bonté, en un mot, en te ressemblant ; je souhaite que
tu aies toujours tous les tiens en bonne santé : c'est
l'un des principaux auxiliaires du bonheur. Et ce soir,
en faisant ma prière, je demanderai à Dieu qu'il consacre tous mes souhaits et qu'il les exauce.

Voilà qui est fait, ma chère amie ; si ce n'est pas
bien tourné, tant pis, mais c'est franc, c'est sincère,
et cela vaut mieux que tout le reste. Tu recevras ma
lettre après-demain jeudi 10 mars ; je t'écris aujour-
d'hui mardi soir, je ne suis pas en retard. Je tiens à
te stipuler tout cela, afin que tu ne m'accuses plus d'être
en retard d'un jour, comme tu m'as fait l'année dernière, chère petite sotte.

Mais je m'aperçois que je tombe dans les remplis-
sages ; décidément je ne suis pas en verve. Tiens, il
faut que je te dise ce qui me trotte par la tête. J'ai
des jeunes filles à diriger, les plus aimables et les plus
ennuyeuses de toutes ; elles sont bonnes, elles sont
candides, ce n'est rien de le dire, mais elles ont des
imaginations... Voyons, unis ta sagesse à la mienne,
dis-moi comment il faut resserrer cette imagination
sans l'anéantir, ce qui serait un mal, et la diriger sans
lui enlever son originalité, sa noble indépendance.
J'ai des secrets de cœur qui me sont confiés et qui
m'effrayent ; je suis avec le poids de toutes ces jeunes
vies qui se confient à moi, et qui attendent l'appui,
la force. C'est d'une responsabilité qui m'épouvante.
Tour à tour je crains d'être trop faible, de me laisser
trop aller à l'affection de mon caractère ; puis je crains
de les glacer par trop de sévérité. Enfin je n'en finirais pas ; lorsque je m'appesantis sur ces études de
jeunes filles, je ne termine plus.

Adieu, ma tout aimable. Ne mets pas mes vœux dans ton cœur après tous les autres, mais place-les dans un petit coin bien intime, tout seuls ; ils ne s'ennuieront pas, puis ils s'élanceront vers toi lorsque tu seras libre de causer, et ils te diront que Marie t'aime toujours de toute son âme, de tout son cœur.

1853.

Combien y a-t-il de jours que je ne t'ai écrit, ma
bien chère? Je ne sais, mais le temps me dure de ne
rien te dire, et je viens satisfaire au besoin de mon
cœur en causant avec toi. Que te dirai-je? D'abord que
tu as été on ne peut plus gentille, la dernière fois, de
m'envoyer quatre pages pleines; ensuite tout ce qui me
passera de fou, d'incohérent par la tête. Ainsi, depuis
que nous avons notre petit réduit à la campagne, je
ne fais que rêver ratissage, arrosage, promenade. Il
fait beau me voir, à peine arrivée, prendre le râteau
et unir les allées qui ne me semblent jamais assez
jolies, ou me charger d'un pesant arrosoir qui me fait
plier sous le faix. Maman a acheté, ces jours derniers,
une sainte Vierge pour mettre dans une niche. Elle
sera ombragée par un magnifique rosier qui étend
son feuillage et multiplie ses fleurs parfumées contre
le mur où se trouve cette petite niche. Il est vraiment
magnifique; je n'ai jamais rien vu d'aussi couvert,
d'aussi fleuri. Je suis sûre que sur ta verte montagne
tu n'en as pas un aussi beau; du moins je ne me le
rappelle pas. C'est qu'il y a longtemps que je ne t'ai
visitée dans ton manoir, et ma mémoire a bien pu
s'obscurcir. Ma bien chère, je ne sais pas si je voyagerai ces vacances. L'année est mauvaise, l'horizon
est sombre; les négociants n'ont pas de commissions

plus qu'il n'en faut, et il ne faut pas aller trop vite.
Pour moi, je suis toute disposée à faire la stoïcienne,
sans que personne s'en doute, et à renoncer à mon
voyage en Dauphiné. L'associé de mon frère, dans la
famille duquel nous séjournerions quelques jours, voudrait nous conduire à la Grande-Chartreuse. C'est fort
bien, mais je crois qu'il vaudra mieux attendre encore
deux ans. J'aime à prendre mes ébats, mon large, et
pour cela point d'inquiétude. Donc, ma toute belle, je
doute que vous me voyiez m'*ascensionner* cette année
sur votre rocher pour vous porter la visite de ma gracieuse personne et d'un bon baiser; je me résignerai
à le faire seulement par écrit. L'écriture est le talent
des sots, dit un vieux proverbe. C'est une vérité. *Regarde, je ne suis pas bête;* aussi comme j'écris mal !
Je vais souffler à mon bon ange qu'il m'envoie un
peu moins d'esprit et qu'il me fasse écrire un peu
mieux; car, vraiment, je te plains d'avoir à déchiffrer
ce grimoire. Cependant, soit dit en passant, nous n'a-
vons rien à nous réclamer sur ce chapitre; nous avons
bien autant d'esprit l'une que l'autre, si le proverbe
est vrai, car nous écrivons aussi mal. C'est un gracieux compliment que je t'envoie, n'est-ce pas? Mais
j'en prends ma part; tu as le lot de l'amitié.

Que deviennent tes enfants? Ton gros Joannès
sait-il que tu as une amie qui s'appelle *Marie?* Lui
apprends-tu à prononcer ce *joli nom?* Le dit-il avec
une douce expression qui fasse sentir que ce nom est
celui de l'amitié? Me fait-il bien des grimaces, tu sais
ce que je veux dire, tandis que je le contemple
d'un air bénévole? Voyons, dépêchez-vous à me ré-

pondre catégoriquement ; et surtout n'oubliez pas le chapitre de la santé, pour toi, pour Melchior, pour Joannès et pour toute ta maison. J'allais ajouter : pour tes vers à soie ; car je viens de penser qu'ils doivent t'occuper en ce moment. Je me souviens encore de cette charmante description que tu m'envoyas de leurs travaux et de la magnanerie, la première année de ton mariage. Tu étais très-poétique alors ; tu parlais d'écheveaux d'or, de... je ne sais pas quoi encore. C'était la poésie de l'amour qui surabondait par tous les endroits. Moi, je ne sais pas ce que je deviens. Je suis parfois *bête*, parfois je ne le suis pas. Je suis certains jours, non, certaines heures, rieuse, folle ; certains autres, mélancolique, sombre. Je médite sur les tristes vérités de la vie, je me métamorphose en *Héraclitesse* pleureuse ; je suis cependant assez souvent une rieuse *Démocritesse*. Approfondis le mystère de mon caractère, ma chère amie. Envoie-moi mon daguerréotype intellectuel, afin que je puisse m'analyser et comprendre mon énigme. Devinée par toi, quel bonheur !

Voilà bien des bêtises, mais j'ai fait mon exorde pour t'y préparer ; ainsi tu ne t'en étonnes pas. Il faut que je fasse une péroraison en conséquence. Malheureusement je crains d'avoir épuisé ma verve comique ; je ne veux pas cependant tomber dans le tragique. Conformons-nous au modeste médium, et je te dis en bon français et du fond du cœur : Je t'embrasse mille fois et suis pour toujours ton amie.

15 juillet 1853.

Que j'ai été désolée, ma chère amie, de ne pouvoir, mardi, rester avec toi le temps que j'avais résolu et que je pensais te donner ! Mais je souffrais tellement des dents que cela m'enlevait la faculté de penser et de parler. Je n'avais pas pu finir une leçon que j'étais allée donner, et je craignais que la douleur ne m'amenât quelque accès de nerfs, comme j'en avais eu le samedi précédent ; je sentais que cela venait de même. J'ai voulu seulement te voir et t'embrasser avant ton départ ; mais comme cela s'est fait rapidement ! Lorsque le soir, la douleur étant calmée, j'ai considéré que j'avais perdu le plaisir si rare de te voir, de causer avec toi une heure, j'ai été bien triste ; je me suis promis de me dédommager en partie en t'écrivant tout de suite.

Nous allons être bien longtemps sans nous voir, ma chère amie ; je ne sais pourquoi, mais je crois que jamais cette pensée ne m'a causé un déplaisir si piquant. Je suis intérieurement d'une mauvaise humeur épouvantable ; avec cela que mes chères dents me font encore un peu mal. Si l'on pouvait s'en passer, comme je les ferais vite arracher, afin qu'elles ne me jouent plus le mauvais tour qu'elles viennent de me faire ! Cette lettre te suivra de près à ton retour à Sᵗ-H.; accueille-la comme tu aurais accueilli ma visite, c'est-à-dire avec toute ton affection, toute ton amitié habituelle. Tu ne saurais croire combien j'ai été peinée de ne pas rester avec toi, et combien il me tarde de te redire que je t'aime toujours. Tu m'as fait bien plaisir en me disant que tu avais songé un instant à moi comme à la marraine de ton troisième enfant. Je te remercie bien de cette pensée ; je m'en contente, et je prie Dieu avec ardeur qu'il t'envoie une petite fille. Comme je l'aimerai ! comme je serai désireuse de la voir, de l'embrasser, et de contempler ce petit reflet de ma chère Fanny ! Mais silence, ne faisons pas tant de doux rêves ; tu es mère, et tu es si raisonnable que tu crains même de te faire trop de joie d'avance, de peur d'avoir quelque déception.

Adieu donc, ma chère amie ; fais en sorte de m'écrire quelques mots, tu me feras bien heureuse. Mets-moi au courant de la santé de ton mari ; tu sais que je partage sincèrement toutes tes peines et toutes tes joies.

Ton amie.

9 septembre 1853.

Ma chère amie, à ton aimable invitation il faut que
je réponde encore par un refus. Non, c'est un parti
pris pour cette année, je ne sors pas de ma solitude.
L'année prochaine, au contraire, si mes projets se
réalisent, si Dieu exauce mes vœux, je voyagerai, et
je ferai une petite ascension sur ta montagne. Crois-
moi, ce n'est pas l'envie qui m'en manque, mais on
ne peut pas toujours faire ce qu'on veut; il y a mille
considérants qui échappent à première vue et qu'il
ne faut cependant point négliger, à moins de mettre
la raison de côté. Ne pouvant faire d'excursions cette
année, je me suis arrangé des vacances tranquilles.
Je reste à Villeurbanne le plus possible, je reviens le
vendredi et le samedi pour une leçon, puis je repars.
C'est très-monotone; mais lorsqu'on ne me le dit pas,
je ne m'en aperçois pas. Je m'occupe, je travaille le
jardin, j'écris, je brode, je rêve; je voudrais encore
que ce temps durât bien longtemps. Mes goûts pour
la *paisibilité* et la solitude augmentent de plus en plus;
jamais je n'ai désiré si fort des rentes, pour me retirer
dans quelque petit coin de terre et y vivre à mon gré.

Sais-tu que je désespérais d'avoir une lettre de toi
pour ma fête? Pauvre petite, tu as donc beaucoup souffert des dents? On me dit qu'il ne faut plus que je rie,
afin de ne pas montrer les vides qui *garnissent* ma
bouche. Tu vois que tout m'avertit que l'âge des plai-

18

sirs est passé et qu'il faut songer à faire retraite. Tu te rajeunis dans tes enfants, ma belle ; chaque cheveu qui blanchit sur ta tête blondit sur leur front. En dépit de tout, mes cheveux sont encore noirs et bien noirs, et ils ne tombent pas beaucoup. Ta famille s'est agrandie ; tu as deux petits enfants de plus et une grande enfant par-dessus le marché. Que Mme Adeline ne se fâche pas trop de ma réflexion, ou qu'elle m'envoie en revanche une grande lettre d'injures ; elle me fera grand plaisir. Je tâcherai de lui répondre plus exactement que je ne fais pour toi ; mais, vois-tu, je suis si paresseuse que ce n'est qu'avec toi que j'ose le dire, parce que tu t'en aperçois trop. Si je ne t'ai pas écrit plus tôt depuis le 15, j'ai eu pendant près de deux semaines de bonnes excuses : j'avais tant d'occupations que j'en étais presque malade ; mais après, je l'avoue en toute humilité, c'est souvent l'amour du *far niente* qui m'a dominée. Ainsi gronde-moi très-fort, tu en as le droit. Ma petite belle, voilà, pour une paresseuse, une lettre encore passablement longue. C'est que lorsque je suis en train, et que c'est pour toi, je ne m'en aperçois plus.

Embrasse Adeline pour moi, et qu'elle m'envoie une lettre de son style le plus malin ; toi, envoie-moi une lettre de tes plus jolies phrases. J'aime bien lorsque tu me fais des phrases ; elles passent toutes par ton cœur, n'est-ce pas ? Embrasse aussi tes enfants pour moi ; je les mets tous dans le même bloc, il serait trop long de les énumérer. Adieu, ma bien-aimée ; je t'embrasse mille et mille fois.

Ta fidèle.

30 août 1854.

Comment faut-il dire à son amie qu'elle est sotte et méchante? Dis-moi cela, ma chère, afin que je puisse me servir de ton procédé pour le dire à quelqu'un que je connais et que tu connais. Petite sotte! elle n'a pas seulement l'excuse que ma fête passe tellement inaperçue, qu'il est impossible de la reconnaître si l'on ne voit l'enseigne de l'almanach; mais ma fête, la France entière la célèbre, on tire des feux de joie, on illumine; à moins que de devenir sourde et aveugle, il faut la voir et la reconnaître. Qu'avez-vous à répondre à tout cela? De douces paroles. Je n'en veux point. Je veux te gronder, *te bourrer* jusqu'à l'année prochaine, c'est-à-dire jusqu'au 14 août 1855; je ne veux perdre rien de mes droits. Pour te punir, je ne veux pas te dire que je demeure actuellement rue Pizay, 4. J'ai eu tous les embarras de la fin de l'année, d'un déménagement, et par-dessus j'ai été malade.

Mon nouveau salon est grand; on peut y tenir bal, si j'en ai jamais envie. Viens le remplir. Ton portrait est pendu à la blanche cheminée; mais il fait vilaine figure, puisqu'il n'a pas de pendant. Il faut que tu m'en donnes un, arrange-toi. Je t'écris dans une jolie chambre bleue. Viendras-tu me voir après ces belles descriptions? Cependant je n'ose pas te dire de venir bientôt, tu ne me trouverais peut-être pas; je vais aller m'*empaysanner* à Villeurbanne, et tu ne voudrais pas m'y venir voir. Fi donc ! c'est trop loin.

Madame, je suis obligée de finir ma lettre, on me tourmente de venir souper, il sonne dix heures. C'est du reste bien joli de ma part d'écrire deux grandes pages à une grosse sotte comme...

Adieu ; je t'embrasse tout de même.

Jour de Saint-Sylvestre 1854.

Faisons-nous bien des promesses, ma chère Fanny ;
nous avançons tout autant que lorsque nous ne nous
en faisons pas. Il est heureux que le jour de l'an
vienne nous sortir de notre somnolence. J'espère que
malgré tes accidents tu pourras m'écrire un petit mot.
Tes petits marmots vont-ils bien au moins ? Chers petits ! ils vont demain t'apporter toutes leurs caresses,
tous leurs souhaits, toutes leurs promesses d'être sages ;
voilà qui vaut bien tous les succès du monde.

Le médecin t'a ordonné de ne pas faire de courses,
de ne pas aller en voiture. Ne va pas faire la vaillante
et passer sur toutes ces précautions : une mère de famille doit garder le coin de son feu. Il me vient une
idée à propos de ta fine taille : j'éprouve une impression presque pénible à te voir une taille si mince, si
cambrée, qu'elle en devient presque raide. Tu crois
ne pas te serrer ; eh bien ! je te dis que, sans t'en douter, tu te serres, et cela ôte à ta tenue, à ta toilette,
la simplicité qui doit les caractériser. Ne te fâche
pas, ma chère amie, de ce que je te dis là ; nous sommes trop amies pour ne pas nous dire tout ce que
nous pensons.

Quel temps as-tu, ma chérie, dans ton S.-H. ? La
pluie, la boue, c'est notre lot depuis plus de quinze
jours ; nous avons aussi des vents affreux. Il faut
que je te raconte mes aventures. Le vent, engouffré
dans mon chapeau, a manqué de me l'emporter ;

mon voile s'en est allé en étendard, et j'ai dû marcher pendant dix minutes, parapluie fermé, à une pluie presque battante. J'ai ri de bon cœur. J'ai rendu aujourd'hui, Saint-Sylvestre, ma visite officielle à mes présidents; j'ai commencé aussi à recevoir des cadeaux, entre autres une pelote travailleuse, petit meuble d'un genre fort original, qui va m'encourager très-fort au travail, car il faudra utiliser toutes les petites cases. Toi, tu ne reçois pas d'étrennes, tu en donnes. Qui sera heureux demain à la vue de toutes les petites merveilles préparées par l'amour maternel? C'est Melchior, c'est Joannès, c'est Marguerite. Si tes fils et ta fille étaient à Lyon, je leur ferais aussi mon présent. J'ai acheté hier un fringant hussard et une élégante bergère; c'est mon coup d'essai en achat d'étrennes. Cela m'a bien amusée, car je ris beaucoup ces derniers jours, afin de commencer gaîment l'année 1855. Ne trouves-tu pas ma lettre ennuyeuse? Il me semble qu'elle fait plisser ton petit front. C'est mauvais signe, il faut que je finisse. Et cependant je ne t'ai pas encore dit un mot de jour de l'an. Que veux-tu que je te souhaite? La continuation de ton bonheur. Ma chérie, je souhaite encore quelque chose, et je le dis bien haut, c'est que tu m'aimes toujours. Je t'envoie deux bons baisers; en échange, envoie-moi une bonne petite lettre.

Ton amie.

24 janvier 1855.

Voilà une lettre commencée depuis vingt-cinq jours seulement et qui n'est pas encore partie. Figure-toi, ma chère, qu'après l'avoir finie, j'ai été dérangée; je l'ai enfermée avec une autre dans des papiers. Depuis j'ai été tellement accablée de visites, que je n'ai pas eu le temps ou du moins un temps suffisant pour la chercher. Mais qui m'aurait dit qu'au milieu de tout ce chaos du jour de l'an, je n'aurais pas un mot d'amitié de ma Fanny? Si je n'avais pas peur que tu fusses indisposée, je te dirais que c'est bien mal.

Pas un mot! O petite sotte! Lorsque tu auras reçu ma missive, trouveras-tu le temps ou la force de m'écrire deux ou trois lignes? Si ton petit Melchior pouvait au moins griffonner quelque chose, je te dirais : Fais-en ton secrétaire. Mais tu pourras, n'est-ce pas, ou je serai sérieusement inquiète. Encore un baiser.

7 septembre 1855.

Ma bonne Fanny,

Tu m'excuseras bien de ne pas t'avoir répondu immédiatement ; mon installation à la campagne, les longues promenades qu'on m'a recommandées, les détails de mon traitement, tout m'a rendu impossible de le faire plus tôt. A présent, ma chérie, quelle réponse vais-je te donner ? Ce sera malheusement un non, et tu vas voir si je puis faire autrement. Tu sais que je n'ai pas fait mon voyage à Paris, afin de me traiter pour mon indisposition ; eh bien ! voici ce qu'il faut que je fasse trois fois par semaine : je prends de grands bains préparés, il faut que je me couche ensuite ; quatre fois le jour, il faut que je prenne des sirops ; il faut que je me fasse des frictions le matin et le soir. Vois si avec tous ces embarras je puis quitter la maison. Crois bien que je ne me soumets que par résignation à tous ces remèdes ; j'aurais des dispositions *voyageantes*, et surtout le désir d'aller chez toi plus que jamais. Si j'avais envie de faire de la tristesse, avoue que j'aurais bien quelques raisons. Toutes les dispositions étaient prises depuis longtemps pour aller à Paris ; nous avions fait des plans magnifiques, et lorsqu'arrive le moment, mon frère est obligé de partir sans moi. Quand irai-je à Paris à présent ? Je n'en sais rien ;

on dit bien l'année prochaine, mais... Si au moins je pouvais me dédommager auprès de toi! Mais tu comprends à présent l'impossibilité. Mon mois de vacances sera bientôt fini, et il faut que j'en profite le plus possible pour avancer ma guérison; ça ne va pas très-vite. Et toi, ma chérie, tu es toujours malade. Sais-tu ce que je voudrais pour nous deux? Je voudrais que nous pussions être pendant un mois près l'une de l'autre et déchargées de tous nos soucis; nous veillerions l'une sur l'autre, et je te promets que je te rétablirais. Si tu voulais être docile, je me chargerais d'être ton médecin; je t'ordonnerais surtout le repos. Tu es malade de fatigue, tu as souvent fait au-delà de tes forces; les nerfs te soutiennent, mais la nature s'est lassée de donner plus qu'elle ne devait.

Ma jolie petite Marguerite, je vais probablement être un an encore sans la voir. Ah! si je pouvais avoir quelques jours à Pâques, tu me dirais si cela te va, et vite je sauterais vers toi. J'aimerais mieux cet arrangement que celui qui repousserait mon voyage à S.-H. aux vacances prochaines. Ce seraient cinq mois de gagnés, et ce qui est plus proche est toujours plus sûr. Je t'écris, ma chérie, bien mal, appuyée sur un livre, au bruit des conversations; mais tu verras à travers mon griffonnage ma pensée et mon cœur, ils sont toujours tout à toi, et si je n'étais retenue bien malgré moi, tout mon être, corps et âme, serait dans ce moment près de toi.

A bientôt, ma chérie; un petit mot de toi.

Ton amie.

18.

Janvier 1856.

A toi, ma chère amie, les prémices de ma correspondance cette année. Tu me diras : « J'en doute, c'est
trop tard. » Eh bien! je suis fâchée que tu ne veuilles
pas me croire, mais c'est bien aujourd'hui ma première lettre depuis l'année 1856. Tu sais que j'ai à la
fin de décembre mes compositions trimestrielles ; je
me suis imposé de les finir avant de commencer rien
autre, et cela m'a poussée jusqu'à ce jour. Tu ne sais
pas cependant combien je forme de beaux projets sans
résultat. Je voulais t'écrire la veille du jour de l'an ;
j'aurais été fière d'arriver la première te souhaiter
santé et bonheur, et puis les visites qui surviennent,
mille dérangements qu'on ne peut empêcher, m'ont
enlevé tout mon temps. Enfin, ma chère, oublie mon
retard, et ne crois qu'à mon affection, qui est toujours
la même, c'est-à-dire bien vive et bien sincère. Je
pense que ton malade est guéri et que tes enfants se
portent à merveille. Dis à Melchior que s'il était venu
me souhaiter la bonne année, je lui aurais donné des
bonbons, mais que s'il vient cette année, j'aurai encore
pour lui des pralines.

Je suis sûre que tu n'as pas reçu autant de visites que
moi ; j'ai été littéralement assiégée pendant quatre

jours. Ta pauvre sœur est venue le lendemain du jour
de l'an, et j'ai à peine pu lui dire deux mots; ce
qu'il y a de pire, je n'ai pas encore pu lui rendre ma
visite. Je suis sûre qu'elle est courroucée contre moi;
tu m'aideras à la calmer.

Le temps doit bien te durer dans ta solitude. Le
temps est redevenu froid et triste; nous avons eu à
Lyon un verglas qui faisait tomber tout le monde.
Ton rhume va mieux; soigne-toi bien toujours, et babille tout bas avec ta petite Marguerite. Connaît-elle
Marie? Lui parles-tu un peu de moi? Je confierai cette
mission à Melchior, puisque j'ai fait sa conquête. Je
m'occupe dans ce moment de méthode de lecture; ce
n'est pas très-amusant, mais je trouve que c'est intéressant par les mille affinités qu'a cette étude élémentaire avec le développement intellectuel de l'enfant.
Il y a des choses merveilleuses à faire en éducation,
tout en restant dans le cercle des choses simples et
naturelles; je ne suis pas d'avis de faire des enfants-
prodiges.

Tu as Mme Necker de Saussure, relis-la pour remplir tes soirées d'hiver; tu y trouveras une multitude
d'observations intéressantes que tu n'avais sans doute
pas remarquées la première fois.

Bien chérie, il faut que je te quitte; mon frère vient
de rentrer, il est un peu malade, il faut que je le
distraie.

Adieu; à bientôt si je peux.

Ton amie fidèle.

4 février 1856.

Je ne doute pas, ma chère Fanny, que tu ne sois rentrée à présent chez toi. Tu es arrivée à Lyon jeudi soir, tu as dû repartir lundi; donc, avec tous les retards possibles, tu es certainement à S.-H. J'ai fait tous ces calculs avant de commencer ma lettre.

Il y a peu de jours, je causais de toi avec une aimable personne qui t'a vue quelquefois avec moi, et qui a conservé le plus agréable souvenir de la vivacité de ton esprit. Je pense que tu ne trouveras pas mauvais que je te rapporte quelques unes des paroles de notre conversation. Elle me demandait si notre amitié est toujours aussi vive qu'au temps où elle nous a connues; je lui ai répondu : « Pour moi, mon cœur n'a pas changé, et je ne veux pas faire à mon amie l'injure de craindre le contraire pour elle. » C'était samedi. Mlle Emilie a été ravie de trouver une amitié aussi solide, aussi constante ; elle sait combien les amitiés du monde sont éphémères, combien un changement de position brise quelquefois un lien qui avait été jusqu'alors serré et fort. Mais elle possède aussi une bonne et fidèle amie ; elles sont plus que deux sœurs, elles sont deux seconds elles-mêmes ; leurs plaisirs, leurs peines, tout est en commun. Cette amie est à Paris depuis un an et Mlle Emilie va aller y passer le printemps. Que de courses d'artiste n eferont-elles pas ?

Pauvre demoiselle Emilie ! c'est un cœur d'or ; je connais peu de personnes aussi sincèrement bonnes qu'elle. Je ne sais si je t'ai dit qu'elle a eu le malheur de perdre sa mère ; depuis ce moment sa santé a été si ébranlée qu'elle est encore loin d'être remise. Lorsque je vais chez elle, ou qu'elle vient chez moi, je me repose à voir la franche cordialité de ses manières, la fermeté simple de ses sentiments, cette confiance spontanée qu'elle me témoigne. Je t'entretiens bien longtemps d'un sujet qui t'intéresse peut-être peu ; cependant je ne songe pas à m'en excuser. Si cela t'ennuie, saute-le, voilà tout.

Isolée dans une position qui m'impose beaucoup de devoirs et me donne peu de jouissances, j'aime à compter les affections sincères que j'ai rencontrées et que je rencontre autour de moi. Passe-le-moi ; cela est doux, cela est triste aussi, car combien de beaux rêves envolés ! Cependant je suis bien heureuse dans ce moment : j'ai des élèves qui m'aiment tant, que j'aime tant ! J'en ai une surtout, mon aimable, ma bien-aimée enfant. Elle m'appelle sa mère ; je lui dis : mon enfant, ma fille chérie. Ne dis plus, Fanny, qu'il n'y a qu'une mère qui puisse savoir ce que c'est que l'amour maternel ; il me semble que cette enfant me l'a révélé. Lorsqu'elle me regarde avec ses doux yeux bleus, et qu'elle me dit : « Oui, mère, je ferai tout ce que vous me dites, » je ne puis dire de quel sentiment de dévouement immense, infini, je me sens animée. Pauvre ange ! elle est d'une tristesse que je combats tous les jours ; les pierres du chemin la déchirent : les cœurs d'élite ont tant de peine à s'habituer au positif de la vie !

Voilà ma mission, ma chère amie : des cœurs à raffermir, des volontés à diriger, des caractères à faire grands, nobles, vertueux. Et puis, lorsque j'ai accompli un peu de ma tâche, je suis heureuse, je suis fière, je me dis : Je ne suis pas inutile. Quelquefois aussi je suis tout émue, toute troublée de mes conversations avec mes intéressantes enfants : le trouble de l'âme se communique. Il y a loin, n'est-ce pas, amie, du tourbillon dans lequel se passe ton existence à celui dans lequel je me meus. Puissions-nous arriver toutes les deux au moment du suprême passage, les mains pleines des bienfaits que nous aurons semés autour de nous !

Te rappelles-tu Mme C., qui vint une fois chez toi la première année que je passai mes vacances à S.-H.? La pauvre jeune femme est gravement malade; le médecin n'*espère* pas la sauver. N'est-ce pas bien douloureux de quitter la vie à son âge, au sein du bonheur comme elle était? Pauvre jeune femme! elle me fait peine. Elle est bonne, elle conserve le souvenir des personnes qui lui ont été utiles. Elle disait un jour à son mari que si elle avait su tout ce qu'elle avait à souffrir, elle ne se serait pas mariée. En effet, depuis son mariage elle a toujours été malade.

Mais de quoi t'entretiens-je? Je ne t'ai rien dit encore de ta famille. Je sais que ta fille embellit tous les jours. Je l'aime bien cette enfant, quoique... Il vient de me passer un dragon par la tête; je l'ai chassé. Embrasse ton Melchior, ton Joannès pour moi, ta Marguerite aussi, et si cela ne t'ennuie pas, reçois un baiser de ton amie immuable.

27 avril 1856.

Ma chérie, je t'écris par un vilain temps tout noir, bien disposée à me fâcher contre le bon Dieu qui fait pleuvoir à verse un dimanche, le seul jour où je puisse abandonner ma chaîne. J'espère reprendre ma bonne humeur en t'écrivant.

Je m'estime bien et dûment la marraine de ton cinquième enfant; tu sais bien que je ne pouvais pas te refuser, et que la pensée ne pouvait pas même m'en venir dans l'esprit. Cependant une petite invitation en forme, en règle, n'irait pas mal. Je serai la marraine de ton enfant, mais aussi de celui de ton mari, et ce n'est pas tout à fait la même chose. Cela lui plaît-il? Si ce n'est que pour ne pas te contrarier, ce serait bien ennuyeux. Depuis que tu m'as parlé de cela, je me casse la tête pour savoir quel sera mon compère. Tu n'en sais encore rien? ta sœur ne soupçonne personne? Tu ne le chercheras pas trop *Ostrogoth*.

Tu as toujours bien des maux de cœur, pauvre amie; il faut te soigner. Ta santé est précieuse; repose-toi. Si tes enfants sont trop lutins, mets-en plutôt à l'école.

Je suis toujours en drogues; mon frère a été bien fatigué depuis toi; enfin il va un peu mieux, grâce à

Dieu. Lorsqu'on regarde de près, on ne voit que des malades.

Entretiens Melchior dans de bons sentiments pour moi; il faut qu'il continue d'aimer Mlle *Marrrie*. J'en ferai mon petit chevalier à St-H. Joannès, Marguerite, Charles, ne me connaissent que comme une tradition, une légende. Ne leur dis pas trop de bien de moi, ils ne voudraient pas me reconnaître.

Viendras-tu vraiment après la Pentecôte, ma chère, comme tu me l'as écrit? Ne tarde pas trop. Ta sœur part bientôt pour la campagne, et, montée à Sainte-Foy, elle te forcerait à graviter vers la montagne aux dépens de ceux de la plaine.

Je pense dans ce moment à la différence des résultats, suivant le point de départ : toi, habitante de la campagne, tu viens te retremper à la ville; moi, habitante des villes enfumées, je ne désire que la campagne. J'ai une soif, une fièvre étonnante de campagne, de fleurs, de verdure et de tout ce qui s'y trouve; eh bien! je n'ai jamais pu moins y aller. Ah! quand je serai vieille!...

Dis-moi, ma chérie, si ton jardin est beau; tu n'y as pas assez de fleurs, je crois. Il faut en faire mettre; c'est si joli! Tu me réponds : « Si, j'en ai de bien belles; ce sont des fleurs vivantes. » Tu as raison, je me rétracte. Reste avec l'amour de tes fleurs, moi avec celui des miennes; seulement toi tu les cultives dès à présent, et moi je les cultiverai quand j'aurai le temps.

Ma chérie, seras-tu contente? Voilà une longue lettre. Cela me rappelle ces bons jours d'autrefois, où nous nous écrivions d'interminables épîtres de six, huit pages, et encore croisées dans tous les sens. Comme en vieillissant on devient plus bref! Cependant, en remuant le foyer, on le trouve toujours aussi brûlant, n'est-ce pas? Soigne-toi bien pour tous les tiens, et pour moi, et pour ce petit enfant qui sera un nouveau lien d'affection entre nous deux.

Toute à toi.

27 juillet 1856.

Ma chère petite sotte, tu es donc bien affairée que tu ne peux pas trouver un moment pour me le donner? Moi, je n'ai pas une minute depuis que je t'ai vue; je cherche à t'écrire, et je n'ai pu en avoir le temps qu'aujourd'hui, et encore il ne faut pas que je m'amuse. Jamais je n'ai passé une année tant occupée. Les années précédentes, je pouvais aller à la campagne le jeudi; cette année, impossible.

Comment vas-tu, ma chérie? Il faut bien te soigner pour ton futur marmot. L'aimeras-tu bien? Il sera un peu à moi. Je serais tentée de te dire qu'il ne faut pas le mettre vers le commun des saints, comme si cela pouvait signifier quelque chose pour une mère.

Ma chère amie, je suis en demi-vacances à partir du 9 août, je suis en pleines vacances à partir du 30; le lendemain je m'embarque, nous faisons une excursion dans le Dauphiné, puis je vais voir ma *commère*. Notre itinéraire n'est pas encore tracé; je ne m'en inquiète pas, j'aime beaucoup à me laisser conduire.

A propos, quel est donc le nom de mon compère? Est-ce que tu n'as pas encore fait son choix? Ce n'est pas possible. Est-ce quelque nain difforme ou quelque géant terrible comme il y en a dans les contes de fées? Vraiment ça tourne au mystère. Si ma tête était un peu plus travailleuse, je lui bâtirais quelque belle histoire. En attendant que ma verve s'allume, écris-moi vite le nom de cet heureux mortel; j'ai oublié de le demander à ton mari, il se serait empressé de me le dire.

Je babille comme au bon vieux temps ; il faut que dame Raison prenne le dessus. Adieu, chérie ; soigne-toi, c'est mon refrain. Ne me fais pas trop attendre ta réponse; je ne te donne pas au-delà de trois semaines. Si l'on pouvait rire sur le papier...

Adieu ; je t'embrasse mille fois.

Villeurbanne, 29 septembre 1856.

Ma chérie, combien je te remercie de ta bonne lettre! Je l'attendais; je savais bien que je ne serais
pas accablée d'une grande douleur sans que tu vinsses
y prendre part avec moi. Le lendemain de la mort de
notre pauvre père, nous sommes parties pour la campagne; nos grands appartements vides, tout boule-
versés comme il arrive dans ces moments-là, faisaient
trop de peine à ma mère. Nous sommes à peu près
restées depuis à Villeurbanne; nous ne sommes revenues à Lyon que pour consulter. Mon indisposition est
toujours là. J'ai vu M. Bonnet et M. Pétrequin; ce
dernier a trouvé qu'il y avait surtout un grand principe d'irritation, et il m'a condamnée à l'immobilité
du bras gauche; ainsi me voilà manchote. Depuis un
an nous avons bien des ennuis. Je me disais ces jours
derniers : « Mon filleul ou ma filleule s'en ressentira; »
mais toutes les années ne se ressemblent pas, il faut
l'espérer. Que de vide et de tristesse concentrée
laisse la mort d'une personne aimée! Tout ce qui semblait indifférent vous en fait souvenir : ce qu'elle aimait, ce qu'elle n'aimait pas, les lieux, les choses,
c'est sans cesse renaissant. Tu penses bien cependant
que nous ne nous laissons pas aller à notre douleur
devant notre mère; nous nous faisons toujours gaies,

nous l'entourons le plus possible, afin de l'empêcher de penser, parce qu'alors elle nous fait mal.

Je reprends ma lettre, que j'ai été obligée de suspendre pendant deux jours. Je ne fais rien, et je n'ai le temps de rien faire absolument; mais aussi je suis infirme. Heureusement mes vacances sont prolongées jusqu'au 20. Je vais peu à peu me remettre aux études, remettre mon corps et mon esprit au travail; je suis pour le moment à un repos si absolu que je les en croirais vraiment déshabitués.

Comment vas-tu, ma chère amie? J'avais compté aller te voir moi-même ces vacances; Dieu en a encore disposé autrement. Si tu as un petit moment et que tu ne sois pas trop fatignée, écris-moi bientôt un petit mot; il égayera ma retraite.

Adieu, ma chère amie. Monsieur mon frère est rentré; il vient tous les soirs de Lyon, il faut bien le payer de sa course et s'occuper de lui. Je t'aime toujours comme tu m'aimes, c'est-à-dire de tout mon cœur.

Ton amie.

Lyon, 12 novembre 1856.

Ma chérie, je devrais commencer par remercier ton mari de la bonne nouvelle dont il s'est fait si agréablement l'interprète, mais je m'adresse tout de suite à toi ; je serai plus à l'aise pour te dire toute ma joie folle d'avoir une filleule. Je venais de me coucher lorsque le bienheureux messager est arrivé ; sans cela ma missive serait partie dès ce matin.

Me voilà donc une filleule, ma Fanny, c'est-à-dire une fille ; il me semble que c'est presque la même chose. Je raffole déjà de ma petite Marie, je bâtis château sur château ; je l'aimerai à t'en rendre jalouse, mets-toi en garde. Et malgré tout cela je ne pourrai pas tenir ce cher petit ange sur les fonts ; j'en étais déjà bien affligée, mais depuis hier je le suis deux fois plus. Pendant les deux mois qui viennent de s'écouler, j'ai été tant absorbée par la tristesse et la souffrance, que je ne me rendais pas bien compte de la chose ; hier la réalité m'a saisie dans le vif, et lorsque je me suis figuré voir cette petite fille qui porte mon nom, à qui l'affection et la religion me donnent une partie des droits de mère, crier, se démener, vivre enfin, j'aurais pleuré de la fatalité qui me cloue à Lyon. Et pourtant impossible ; je commence même à espérer que j'en ai pour tout mon hiver, non pas à tant souffrir, mais à me rétablir entièrement.

Ma chère amie, je crois pleinement tout ce que ton mari me dit sur ma *belle petite Marie*-Françoise-Julie. Tous mes filleuls sont beaux exceptionnellement; pourquoi n'en serait-il pas de même pour notre fille? Si elle est jolie, il n'y aura pas grand mal. Nous tâcherons bien de lui faire acquérir quelque bonne qualité de plus. Tu me soigneras bien mon petit trésor ; je vais avoir peur de toutes les maladies d'enfant. Lorsque tu seras remise, tu m'enverras des bulletins de santé un peu réguliers. Pauvre petit ange ! sa marraine pensait pouvoir s'occuper de lui tout de suite, les circonstances ne l'ont pas voulu ; mais patience, nous avons du temps devant nous. Donne-lui pour commencer un gros baiser de nourrice à mon intention toutes les fois qu'on te l'amènera. Je te dirais encore d'autres choses, mais ce seraient des folies. Ma petite Marie a bien trouvé moyen de réjouir sa marraine ; ma mère rit de ma gaîté, de mon activité d'imagination. Je ne parle plus et l'on ne parle plus à la maison que de ma fille, tellement que j'oublie, ma chère, de te recommander ta santé. Fais mieux que moi, et n'oublie pas de la soigner. Gâte-toi bien, afin de pouvoir gâter ensuite ma filleule. Il faut rester quinze grands jours au lit, puis te lever progressivement. Quinze grands jours pendant lesquels tu ne pourras pas écrire et je ne pourrai pas avoir des nouvelles de Marie, c'est bien long ; cherche donc un moyen.

Chère, il faut que je termine ; ma missive est longue, et tu es bien faible pour la lire, mais M. Fortuné t'en fera la lecture : c'est encore un embarras qui résultera de ma maladie.

Adieu en t'embrassant mille fois, à présent que je puis ajouter à mon caractère d'amie un nouveau titre, celui de la *commère*, mais de la commère la plus affectueuse que tu aies eue.

3 décembre 1856.

Ma chérie, je n'osais pas espérer que tu pourrais m'écrire si tôt ; tu es vraiment phénoménale dans ta rapidité à te rétablir. Prends garde de ne pas aller trop vite. Je vais mieux depuis huit jours ; chaque jour je remarque un progrès sensible en bien. Il est vrai que je me soigne ; je ne suis encore sortie que pour aller au cours. Je suis allée dimanche jusqu'à l'église des Cordeliers ; j'espère aller dimanche prochain jusqu'à Bellecour. Mais nous sommes une maison de malheur : ma sœur s'est fait une entorse mardi dernier, elle commence seulement à faire quelques pas. La vie est noire ; lorsque je réfléchis, je prends peur : il faut que je m'impose de ne jamais penser. J'ai assez d'autres soucis pour me distraire. A la garde du bon Dieu !

Ma petite chérie va toujours bien et ne fait pas trop enrager sa nourrice. Si je pouvais la voir, elle me *dessombrirait,* et ce serait très à propos vraiment, car je ne suis pas portée ce soir aux idées gaies ; je n'aurais pas dû choisir ce jour pour t'écrire. Mais je viens d'entendre mon frère ; il était parti ce matin pour Saint-Laurent, et nous étions inquiètes par ces mauvais temps ; il devait rentrer à quatre heures et demie, et à huit heures et demie nous ne l'avions pas vu. Par cette neige horrible, et avec mes idées portées

19

au noir depuis plusieurs mois, mon imagination marchait. Enfin le voilà, et me voilà aussi redevenue gaie. J'en embrasserai de meilleur cœur ma petite Marie. Quand pourrai-je la voir? C'est une bonne partie pour les fêtes de Pâques; elle commencera à ouvrir ses grands yeux aux beautés du printemps, et elle me sourira ainsi qu'à la nature en fleurs.

Soigne-toi, ma chérie; je te verrai avant Marie, certainement. Reviens avec une mine de paysanne, c'est-à-dire grosse et joufflue.

Je t'embrasse bien, ma belle, et tous tes marmots. Mes compliments à ton mari.

Ton amie.

Janvier 1857.

Ma bonne Fanny, si j'étais moins patraque, je t'aurais bien déjà écrit, et tu aurais reçu certainement mes souhaits en même temps que j'ai reçu les tiens. J'ai bien besoin que tes vœux de santé se réalisent ; mon rétablissement va si lentement ! Samedi j'ai voulu aller faire une visite à Bellecour, et je suis revenue en criant et souffrant. Enfin le bon Dieu veut que je pratique la patience. Que faut-il te souhaiter à toi, ma chérie ? Tu as une bonne santé, un bon mari, de bons et beaux enfants ; il faut que le bon Dieu te conserve tous ces biens. Vos entreprises s'agrandissent tous les jours, me dit ta sœur ; mais vos soucis, votre surveillance grandissent aussi ; car plus les affaires sont faites sur de larges bases, plus le gain ou la perte vont rapidement, et il faut sans cesse avoir l'œil ouvert : c'est le revers de la médaille.

Il paraît que Mme ... devient pour toi une visiteuse fréquente et bienvenue. Je suis heureuse que cette dame abandonne un peu la jeunesse ; sans cela ce serait peu rassurant. Mais je te dirai en confidence que j'ai peu de sympathie pour sa famille. Je suis faite ainsi : lorsque j'ai appris quelque chose de peu honorable pour une personne, je ne peux jamais l'oublier, et je sais des histoires peu édifiantes à ce sujet. Enfin cela ne me regarde pas. Je crois parfois que je suis d'un autre siècle.

Je garde pour la fin ce qui me tient le plus au cœur, ma petite Marie. Elle est donc bien gentille ? Est-ce vrai ? J'ai tant envie que cela soit, que j'ai peur de me figurer des choses trop flatteuses à son égard. Pauvre petite chérie, quand la verrai-je ? Tu lui as donné une bien impatientante marraine. Je gémis et je me plains, cela ne m'avance pas à grand'chose. Il vaut mieux penser à la bonne nouvelle que tu m'as donnée de ton prochain voyage à Lyon. Viens vite, ma chérie ; c'est une bonne action de visiter les malades, et surtout son amie.

Ta toujours fidèle.

29 février 1857.

Ma Fanny bien-aimée, que je voudrais être auprès
de toi pour mêler mes larmes aux tiennes ! Ce pauvre
petit enfant que nous nous proposions tant d'aimer,
il n'est donc plus ! Nous faisions de doux rêves, et
Dieu nous a réveillées. Toute la vie n'est qu'une suite
de déceptions. Cependant, chère amie, puisqu'il voulait frapper, il faut encore le remercier qu'il n'ait pas
choisi une autre victime. Hélas ! cette consolation est
bien triste. Que Dieu te conserve tous tes autres enfants ; je vais lui demander cela ardemment. Je n'a-
vais jamais pensé que tu en pusses perdre un. L'idée
de la mort m'était étrangère ; depuis quelque temps je
m'y habitue. Je ne te demande pas, mon amie, comment ma chère petite Marie a été frappée si subite-
ment ; lorsque tu seras plus calme, tu me raconteras
cela. Mais puisque Dieu m'a enlevé ma petite fille, tu
me donneras quelques droits sur Marguerite ; je
l'aimerai pour elle et pour sa petite sœur. Je sens bien
que ce ne sera pas la même chose : l'affection ne se
transporte pas ; mais ce sera néanmoins un dédomma-
gement. Comment vas-tu depuis cette secousse ? Je
vais être inquiète jusqu'à ce que j'aie une réponse. Ta
famille est nombreuse, tu as à présent un ange qui
prie pour elle au ciel ; ce sera le palladium de défense.
Ne t'afflige pas démesurément, console-toi par ceux

qui te restent. Depuis ton départ ou même avant, j'ai
eu des peines aussi : le soir même du jour que je t'ai
vue, mon frère a été malade ; heureusement cela n'a
pas eu de suites. Le lendemain, en revenant du bain,
je suis tombée dans la rue, et je me suis froissé encore
le même endroit malade ; cela m'a bien fatiguée pendant quelques jours, je ne pouvais presque plus marcher sans souffrir, je vais mieux à présent. Ce n'est
rien auprès de toi : la santé se répare ; mais l'affection
console dans les grandes peines ; tu as pleinement
cette consolation. Resserrons les liens de notre affection ; nous approchons des limites de notre jeunesse,
que notre amitié se fortifie dans les peines et les tra-
verses de la vie.

Oh ! que je voudrais pouvoir t'embrasser, toi et tes
chers enfants ! Embrasse-les pour moi. Porte, je t'en
prie, une couronne blanche sur la tombe de ma pauvre Marie à mon intention. Pourquoi le bon Dieu a-
t-il voulu que je ne pusse que de cette façon marquer
mon caractère de marraine?

Adieu, ma chère amie ; je t'embrasse de toute l'ef-
fusion de mon cœur. Ecris-moi bientôt quelques lignes,
si tu peux.

Ton amie plus affectueuse que jamais.

21 juillet 1857.

Je m'accuse mille et mille fois de paresse, ma chère amie, mais il n'est pas si facile de se corriger : chaque jour, avec ses lassitudes, ses travaux, ses fatigues ou ses distractions, emporte mes résolutions ; je finis par n'en plus faire. Je compte sur ton cœur, amie, pour me pardonner. Je n'ai pas une minute, parce que le temps que je n'emploie pas au travail, je l'emploie à aller à la campagne ou à la promenade ; il faut que je fasse beaucoup d'exercice. Je reconnais de plus en plus que la vie sédentaire ne convient pas à mon tempérament ; il me faudrait sur ta montagne, et toi avec moi.

J'ai presque envie de commérer aujourd'hui, cela fait du bien, cela détend les nerfs ; je ne suis pas en train de laisser parler mon cœur, mon esprit est trop paresseux pour faire des phrases, et mon imagination rit et papillonne toute seule en pensant à toi ; je me figure si bien te voir avec tes marmots autour de toi, et ton mouvement de joyeuse colère lorsque tu recevras la lettre de ta mille fois sotte ! J'ai le projet d'aller à Uriage ; là je te ferai de belles et longues lettres. Vis donc dans l'espérance ; je me sens si pauvre et si bête aujourd'hui que je ne peux pas te dire autre chose. Si tu étais près de moi, je t'agacerais de tout mon cœur ; tu sais que j'étais contrariante autrefois, cela me reprend de temps en temps.

Ma sœur m'attend pour sortir ; sans cela je crois que je finirais par remplir mes quatre pages de bêtises. Adieu, ma chérie ; viens causer avec moi, je suis plus disposée à causer qu'à écrire.

Ta fidèle et unique.

Uriage, 23 août 1857.

Ma chère Fanny, voilà quinze grands jours que je
suis à Uriage; crois-tu que je n'ai pas encore eu le
temps de t'écrire, malgré ma grande envie de le faire?
J'ai voulu voir un peu le pays; j'ai eu la bêtise de
prendre une location de livres, qui heureusement finit
demain, et dont j'ai voulu profiter. Je prends des
bains, des douches, des demi-douches et de l'eau, et
tout cela, je t'assure, m'amène le soir si lasse, si lasse,
que je n'ai plus de courage qu'à aller me coucher.
Sais-tu ce que c'est que des douches? On se déshabille
en plein, mais en plein, tout à fait comme Adam et
Eve; on s'étend sur une planche inclinée, et on est
arrosé d'eau chaude qui vous étouffe tellement lorsqu'elle tombe sur le dos, qu'on croit à chaque instant
s'évanouir; enfin on est tapé, fouetté sur tous les
membres par la doucheuse, puis on est roulé dans une
double couverture de toile et de coton comme dans
un maillot; on est placé dans un fauteuil fermé de
toutes parts par des rideaux, puis des porteurs vous
prennent, vous emportent et vont vous jeter dans
votre lit. Voilà l'épreuve par laquelle il faut passer
tous les deux jours. Je commence à m'y habituer, mais
cela ne fait rien, c'est bien ennuyeux, et lorsque j'aurai fini, si je suis guérie, je serai très-contente. J'ai

fait l'autre jour une excursion charmante : nous sommes allées visiter le beau château et le beau parc de
Vizille, puis nous sommes montées au lac de Lafrey.
Nous avons eu une route admirablement accidentée,
et, arrivées au plateau de Lafrey, nous avons eu un
spectacle enchanteur. Il t'aurait fallu là, ma chère
amie, et, quoique tu sois plus que moi habituée
aux beautés de la nature, tu aurais certainement été
ravie. Nous avons eu des incidents presque tragiques
au retour, mais je ne te les raconterai pas, parce que
je n'en ai pas le temps ; je te les dirai lorsque nous
aurons un bon moment à causer. Ma sœur m'a dit
dans sa dernière lettre que tu m'as écrit pour ma fête,
mais je ne sais pas ce que tu me dis de joli ; je t'en
remercie bien cependant, et je te demande de prendre
encore un petit moment de ta solitude pour venir
égayer la mienne. Toi, tu es une ancienne ermite ;
moi, je suis une toute nouvelle, et j'ai encore la fièvre
du métier. J'ai toujours envie d'aller voir ce qu'il y a
par-delà ce sentier, derrière ces grands arbres. Je sais
que je n'ai pas de temps devant moi, et je fais tout ce
que je peux pour en profiter. J'ai quitté Lyon comme
une bombe, je n'ai presque pu dire adieu à personne.
J'aurais bien voulu aller voir ta sœur, mais impossible. Si tu savais combien j'ai été accablée ces derniers jours : on a devancé l'époque de ma fête à l'occasion de mon départ, et j'ai eu toutes les réceptions
ordinaires. Le lendemain, j'ai clos les cours avec tous
les discours, toutes les cérémonies d'usage ; le surlen-
demain, je suis partie à cinq heures du matin : j'en
avais assez.

Mais il faut que je te quitte : il est tard, et ma douche m'attend demain matin ; il faut être prête. Adieu. Je sais que Melchior a eu le prix d'excellence. Au milieu de tous tes embarras de maîtresse de maison, pense un peu à moi et aime-moi toujours bien.

Ton amie.

Uriage, 14 septembre 1857.

Ma chère amie,

Je prends la plume non pour t'envoyer de douces et affectueuses paroles, mais pour te faire de gros reproches. Comment! il y a plus d'un mois que je suis à Uriage à me baigner, doucher et redoucher ; je t'ai écrit, et tu ne m'envoies pas un mot de réponse! Je t'en avais suppliée cependant bien instamment. Fi! que c'est laid, Madame! Vous avez bien affaire pour expier cet horrible méfait. Soyez bien malade, excitez la pitié de tous ceux qui peuvent vous voir de près, comptez sur l'amitié ou la charité pour vous apporter un mot qui vous distraie ; l'une et l'autre sont également muettes. Je ne veux plus t'aimer, c'est fini. Si je continuais plus longtemps à te faire des reproches, tu renverrais probablement ma lettre aux calendes grecques comme moi-même, et je me dépêche de cesser.

Sérieusement, est-ce que tu n'aurais pas reçu ma lettre, ou serais-tu malade ? J'attends impatiemment le mot de cette énigme ; mais je ne le recevrai qu'à Lyon, ce malheureux mot. Je quitte Uriage samedi à quatre heures du matin, et je n'en suis pas fâchée. Je vais beaucoup mieux, dit le médecin ; mais je commence à m'ennuyer, et puis maman est un peu malade. En outre, la température n'est plus guère favorable. Dans quinze jours il faudra que je sois au poste. J'avoue que j'ai encore bien envie de me reposer. Qu'est devenue mon activité de vingt ans? Je ne me sentais jamais lasse. Je vieillis, je vieillis, mais toi sans doute tu rajeunis; c'est pour cela que tu deviens si oublieuse. Tu es au milieu de tous tes enfants chéris. Melchior s'évertue à jouir de ses vacances, car bientôt va pour lui aussi sonner l'heure de la rentrée. Mais à cet âge tout est beau ; on rêve palmes et couronnes, tandis que les mères s'attristent et s'inquiètent de l'absence. C'est la vie : chacun son tour.

Adieu, chère sotte; je voudrais bien ne plus t'aimer, mais ce sera difficile.

Ton amie.

Villeurbanne, 8 octobre 1857.

Il paraît qu'il est décidé que nous ne pouvons pas nous rencontrer cette année. Dès que j'ai su que tu étais à Lyon et que tu étais venue me voir, je t'ai écrit pour te prier de venir passer une journée avec moi à Villeurbanne ; j'aurais été si heureuse de te posséder seule et en toute souveraineté dans mon petit ermitage pendant quelques heures ! Mais sans doute tu n'as reçu ni ma lettre ni mon invitation. Ainsi me voilà tout aussi avancée qu'il y a un mois. Que fais-tu ? que deviens-tu ? es-tu restée longtemps à Lyon ? Je me fais sans cesse ces questions, et je m'impatiente de n'y pouvoir répondre. Mais ce que je regrette surtout, c'est ma journée perdue. A chaque coup de marteau, je courais voir si c'était ma visiteuse, et vendredi, samedi, se sont passés vainement à attendre. Si tu savais cependant comme mon petit jardin est gentil ; il a encore bien des fleurettes, et tu aurais fait un petit bouquet que tu aurais ensuite disséminé dans ton livre d'Heures. Vilaine sotte, quand te verrai-je ? Ta position t'empêchera sans doute de revenir de quelque temps, mais au moins fais-moi l'honneur de m'écrire quelques lignes. Je ne te reconnais plus ; je t'ai écrit deux fois d'Uriage, et tu ne m'as pas répondu un mot. Autrefois j'étais la paresseuse, aujourd'hui les rôles sont intervertis.

Puisque Melchior est un grand garçon, il faut l'im-
proviser en secrétaire; je serai bien contente de voir
l'écriture de ce petit lauréat, la mère et l'enfant *se
fondant dans une touchante unité*. Voilà une phrase!
N'importe, elle traduit ma pensée, mieux, mon sentiment. Allons, Madame, mettez vite la main à la plume,
vous ou votre secrétaire; envoyez-moi une longue
épître, ou je me fâche tout de bon, je ne t'écrirai
plus du tout. Ce n'est pas toi qui seras la plus punie,
je le sais; mais cependant une bonne vieille affection
comme la nôtre ne se retrouve pas tous les jours.
En attendant que tu donnes signe de vie et d'amitié, je t'embrasse comme je t'aime, c'est-à-dire de
tout mon cœur, et avec toi toute ta petite famille.

Mon frère vient de m'apporter ta lettre, mes reproches n'ont plus de raison d'être; cependant, par
un reste de mauvaise humeur (il paraît que par sympathie nous étions toutes deux dans la même disposition), je laisse mes deux pages, et je ne veux que t'a-
jouter combien je suis contente des regrets que tu as
éprouvés de notre journée manquée. Mais comment
as-tu pu croire qu'en revenant des eaux je n'irais pas
passer quelques jours à la campagne? Le traitement
éprouve beaucoup, et l'on a bien besoin de quelque
temps de repos complet pour s'acclimater de nouveau
à la vie ordinaire.

Lundi prochain je vais reprendre mes travaux; je
vais beaucoup mieux, mais j'ai encore tant de précautions à prendre et de petites choses à faire! Lorsque
je pourrai vivre comme tout le monde, je me croirai
impératrice; ainsi tu vois que ton invitation pour

S.-H. n'arrive pas encore en temps opportun. Ce n'est pas l'appât des lièvres qui me déciderait, Madame : je ne suis pas si gourmande ; mais le plaisir de vous voir, et c'est bien assez. J'avais tellement compté te voir à ce temps-ci ou d'une façon ou d'une autre, que c'est une véritable déception. De la patience pour six mois, puis reviens à Pâques ; je suis libre pour quelques jours à ce moment. Je veux absolument te faire voir mon petit coin que tu ne connais pas encore ; tu y seras bien mieux qu'à faire tes visites, où tu te fatigues et t'enrhumes toujours.

Adieu, amie.

2 avril 1858.

Je devrais ne pas t'écrire, car je suis en colère. Je comptais si bien te voir avant ton départ! Mais lorsqu'on est aux plaisirs, on n'est plus à l'amitié. Pour t'en punir, je n'ai pas voulu t'écrire pour ta fête. Je doute d'avoir réussi dans ma vengeance. J'ai envie de t'envoyer, comme entre nations belligérantes, mon *ultimatum;* mais quel enfantillage! Est-ce qu'à notre âge on cesse de s'aimer parce qu'on a fait une sottise? est-ce qu'on s'impose des missives dans un temps déterminé? Tu m'écriras si tu veux et quand tu voudras; je veux te laisser tout le mérite et toute la liberté de la chose. Si cependant tu avais été malade, je serais coupable de me fâcher. Je n'ai pas vu Madame ta sœur; elle fait la fière, et j'ai bien envie de le lui rendre. Bah! j'irai la voir quelque jour; je saurai de tes nouvelles par elle. Je lui demanderai si tu as bien dansé, si tu as fait des merveilles, et si elle en a fait. Ces détails seront un peu surannés, mais force est de m'en contenter.

Vous êtes au milieu du printemps renaissant, Madame, de jacinthes coquettes, de violettes odoriférantes, de toutes les jolies fleurettes, des premiers beaux rayons de soleil; peut-être le rossignol se met-il de la partie. Que tu es heureuse! Lorsqu'on a pu quitter son amie sans lui dire adieu, on ne devrait pas jouir du spectacle de toutes ces belles choses.

Mieux que cela, tu vas avoir ton fils, ton Melchior, ton Benjamin, n'est-ce pas? pour quelques jours. Prends garde, petite mère : il y a un faible dans ton cœur, et les larmes arrivent plus vite en parlant de l'aîné de tes fils que de tous les autres. Il est vrai aussi que c'est l'exilé pour le moment, que le premier jusqu'à présent il a fait battre ton cœur d'orgueil. Cependant moi qui n'ai pas tous ces considérants pour me diriger, j'aime bien Melchior : il n'y a presque que lui que je connaisse ; mais je pense surtout à Marguerite, et je suis impatiente de la connaître. Il y en avait une que j'aimais encore davantage, mais le bon Dieu n'a pas voulu nous la laisser. Melchior se souvient-il encore de moi? prononce-t-il toujours mon nom avec la même accentuation? Quand tu viendras à Lyon avec lui, tu l'amèneras dîner avec moi ; je le mettrai à mon côté, et je ferai parler mon petit bonhomme. Je te donnerai la clef des champs, si tu veux. Tu comprends qu'il y a deux voix qui s'élèvent dans mon cœur : à toi de faire prédominer l'une ou l'autre.

Pour le moment, adieu. Je ne veux pas t'embrasser jusqu'à ce que tu me le demandes; mais j'envoie deux baisers à Melchior, un à Marguerite, un à Joannès que je n'ai vu qu'une fois, et, ma foi, aux autres point, jusqu'à ce que j'aie fait leur connaissance.

Ton amie malgré toi.

Sans date.

Ma chère Fanny,

Je viens de faire la réponse à Monsieur ton fils ;
j'avais envie de l'adresser à M. Melchior tout seul ;
mais, à tort sans doute, j'ai craint qu'elle n'arrivât pas
(et c'est une trop importante missive pour risquer de
l'égarer) ; aussi mettrai-je vos deux noms sur l'enveloppe. J'ai bien ri de nos colères réciproques ; nous
voulons toujours avoir l'air d'être fâchées, et nous ne
pouvons jamais en venir à bout. C'est une singulière
chose que l'amitié : c'est comme ces plantes vivaces
qu'on retrouve toujours. Il est vrai aussi que notre
plante vivace d'amitié n'a pas été exposée encore à
de bien grands froids, ni à de bien grandes tempêtes, et je n'en prévois guère de possibles. Est-il
vrai que notre amitié a quinze ans ? Mais nous sommes donc bien vieilles toutes deux ? C'est doux et
triste à la fois à penser. En pensant à cela, je trouve
que je reprends ma fine écriture, comme autrefois
où nous nous écrivions des missives de six pages,
et encore croisées. O jeunesse ! ô jours dorés, passés
comme un songe ! Le cœur ne change pas, mais les formes, elles changent bien en place. Hier, en recevant
ta lettre de quatre pages, je ne pouvais en croire mes

yeux. Décidément nous sommes à la recrudescence de
trente ans; mais c'est triste : ces recrudescences ne
peuvent jamais être complètes. Les soucis vous font
l'effet de ces petits chiens ou de ces petits enfants qui
vous tirent toujours par la robe, et de guerre lasse on
est obligé de les suivre. Au moment où je t'écris, j'arrache les quelques minutes que je te consacre aux
personnes qui profitent de mes prétendues vacances
pour me faire visite ; je lutte contre une demi-grippe
que j'ai reprise et qui me tient la tête, le gosier et la
poitrine; j'ai chaud, j'ai froid; je trouve enfin que
c'est ennuyeux de vieillir. Pourtant mon caractère
est souvent aussi jeune et même plus jeune qu'autrefois, et mon cœur est certainement toujours aussi
chaleureux, et surtout pour t'aimer, ma chérie; car,
vois-tu, quoique nous voulions nous donner des sem-
blants de nous gronder, nous sommes d'anciennes,
de fidèles, de solides amies. Quand je serai vieille,
j'irai morigéner tes enfants, voire même tes petits-
enfants. Cependant, s'il plaît à Dieu, je n'attendrai
pas d'être trop vieille ; je me sens lasse parfois, et j'ai
bien envie de me reposer.

Demain, ma belle Madame, s'il fait beau temps,
j'irai passer la journée dans mon ermitage, où je
plante, où je sème, où je suis bien tranquille, où je
pense à toi ; car la similitude des situations est un
rapprochement naturel. As-tu de belles fleurs dans
ton parterre? Cela m'intéresse beaucoup, et lorsque
j'irai chez toi, je regarderai plus tes fleurs que tes
espaliers.

Comme je suis babillarde! Décidément c'est un

défaut que l'âge m'apporte ; tu me diras s'il faut m'en corriger. J'espère que dans ta prochaine lettre tu n'auras pas autant de doléances à faire et que tous tes malades seront rétablis. Je ne les connais pas, mais je m'y intéresse puisqu'ils sont tiens. Ne te fatigue pas, et si quelque fièvre se déclare, n'expose pas tes enfants, tes bijoux.

Adieu, chérie ; je finis pour aller manger ma soupe et cacheter ma double missive.

Ton amie toujours.

21 août 1858.

Ma bonne Fanny,

Tu viens donc encore de perdre un de tes chéris?
Ta sœur m'apprend cette triste nouvelle. Que te dire,
pauvre amie? Ta douleur est trop légitime : à des
intervalles si rapprochés, ces deux beaux petits enfants que le ciel t'avait donnés! Mon Dieu! que la
mort est une douloureuse chose! Au moment où
l'on s'applaudit de la santé, du bonheur, elle étend sa
froide main, et tout est fini. Léon a été rejoindre sa
petite sœur au ciel : il fallait donc deux anges pour
veiller sur vous tous? .

Dans quelques jours, bonne amie, j'espère aller te
consoler moi-même; mais es-tu libre de me recevoir?
tes cousines sont-elles parties? Mme ... doit partir
elle-même; es-tu aise que ma visite coïncide avec la
sienne? Je crains que tu n'aies trop de personnes à la
fois. Prends un petit moment, ma chérie, pour me
dire ces choses, et pour épancher ta douleur de mère
dans le cœur de l'amie qui partage toutes tes joies et
toutes tes peines.

Adieu, chérie; mais à bientôt, n'est-ce pas? .

Ton amie fidèle.

6 mars 1860.

Ma chère amie, je veux être la première à t'apporter mes vœux de fête ; que cette lettre te trouve bien portante, souriante, heureuse au milieu de ta petite famille. Moi, je suis au milieu de ma grande famille de jeunes filles ; elles sont là devant moi, bien gentilles, bien recueillies *en composition;* elles cherchent des idées sur un flocon de neige. As-tu eu bien froid cet hiver, chère amie, sur ta montagne ? J'ai souvent pensé à toi ; mais te voilà arrachée à ta séquestration forcée, et violettes et soleil t'appellent dehors. Tes deux fils ont été s'essayer à la vie d'homme loin de toi ; mais tu as encore auprès de toi tes deux délicieux petits bambins qui babillent à qui mieux mieux. Charlot invente de nouvelles petites grimaces, et Marguerite pleure encore pour n'en pas perdre l'habitude ; mais elle sourit bien vite aux fleurettes. Pauvre Marguerite ! elle trouve dure la loi du travail. Elle a raison : c'est un châtiment, et qui aime le châtiment ? Mais ne t'inquiète pas : entourée des bons exemples de l'activité comme elle l'est, et la raison aidant, elle sera bientôt telle que tu la désires. Je dis des exemples de l'activité ; je me trompe bien, ma chère grosse, toi qui ne peux presque pas bouger. Ah ! j'ai drôlement choisi mon exemple. Sans rire, comment vas-tu ? Tes essoufflements sont passés, tu ne tousses plus. Que

fais-tu faire à ta petite Marguerite ? Tu te sers bien
un peu, n'est-ce pas, du livre de Mᵐᵉ Amable Tastu ?
Présente-lui les petites connaissances qui sont à sa
portée d'une manière très-intéressante pour lui faire
prendre un peu goût à l'étude. Les historiettes qu'elle
aime, les récits qui l'amusent peuvent lui être promis comme appât en récompense, lorsque tu lui donnes une leçon qui lui est peu agréable. Et puis, ma
chère, imagine-toi bien que l'éducation est une œuvre de patience, et que souvent les petites têtes de
ces vilains enfants vous démontent ; mais cela passe,
le bon reste, et l'on devient soi-même plus parfaite.
J'ai un peu l'air d'un pédagogue dans ce moment ;
mais comme c'est à l'occasion de tes enfants, tu me
le passes.

Quand viendras-tu à Lyon ? Les beaux jours sont
proches ; il faudra revenir faire une apparition avec
l'hirondelle. Tu ne gèleras pas comme à Noël, et tu
auras peut-être un peu plus de plaisir. Cependant,
moi, cette fois, je n'ai pas été trop mal partagée, et
je ne me plains pas.

Si tu lis mon griffonnage, tu auras quelque mérite.
Tu me devineras, après tout. À bientôt une réponse,
ma belle ; vos doigts ont dû se dégeler avec les ruisseaux, et je serai difficile en excuses. Je t'embrasse
de tout mon cœur.

Ta fidèle.

25 juin 1860.

Ma chère Fanny, je suis une grande coupable:
voilà un mois, peut-être deux, que je veux tous les
jours t'écrire, et puis, de raison en raison, je suis arrivée à aujourd'hui. Ne dis donc plus que je suis oublieuse, ni que je puisse être fâchée; moi seule ai des
torts, mais mes torts ne viennent pas du cœur. Songe
donc, ma chérie, que nous avons déménagé. Nous
avons à la maison tant de choses ou vieilles ou neu-
ves, ou bonnes ou laides! Il a fallu faire le triage: ce
qui peut être conservé, ce qui doit être rejeté, ce qui
doit être envoyé à la campagne, ce qui doit être conservé à la ville, ce qui doit être réparé; enfin nous
sommes à peu près installés, nous avons déjà couché
deux nuits dans notre nouveau domicile. Lorsque tu
viendras à Lyon, tu admireras nos beaux points de
vue; mais tu viendras quand? Nous avons un joli appartement, seulement il ne faut pas y être trop grosse.
Je t'écris à mon bureau, entre deux fenêtres qui donnent sur le coteau de Fourvière; au salon nous avons
une magnifique échappée du coteau et du Rhône. Mais
si tu veux reposer la nuit, il ne faut pas venir chez
nous. La première nuit, nous n'avons presque pas
dormi: le murmure des promeneurs attardés, le bruit
des voitures, le chant des ouvriers qui commencent
leur journée, nous réveillaient à chaque instant;

20

mais comme habitude est seconde nature, nous avons très-bien dormi la seconde nuit. Notre campagne avance aussi, elle se fleurit un peu ; malheureusement la plupart de nos arbres d'ornement ne nous donneront des fleurs que dans quelques années. Je pense que tu me feras l'honneur d'une visite cette année, mais tu n'attendras pas l'hiver. Que verrais-tu ? Tu me parles d'aller chez toi ces vacances ; je doute qu'il y ait possibilité. Nous pensons faire blanchir la maison et commencer les boiseries d'intérieur, que nous avions laissées cette année ; vois comme il y aura de l'ouvrage à surveiller. Je n'irai pas non plus à Uriage ; j'ai fini mes trois ans. Je suis fâchée en un sens que Mme D. n'y soit pas venue lorsque nous y allions : elle est si gaie qu'elle nous aurait fait rire souvent, ce qui n'est pas de trop aux eaux. D'un autre côté, il faut du calme lorsqu'on veut bien profiter d'un traitement, et je ne sais pas si, malgré ses projets de sagesse, elle s'en donnera beaucoup. Marguerite n'est donc pas toujours sage ? Je voulais lui écrire à cette petite paresseuse pour essayer de l'influence de mon éloquence, et mon projet est tombé en eau comme celui pour la petite mère. Elle n'est vraiment pas gentille ma petite Marguerite, que j'aime tant cependant. Elle a un petit air grave et raisonnable qui lui irait si bien si elle travaillait ! C'est une bonne fille, va, quand même ; elle se développera bien à son jour. Embrasse-la deux fois pour moi et quatre si elle est sage, et tu lui diras que je lui réserve des dragées ; tu lui demanderas si elle aime mieux les pralines ou les dragées blanches, je lui ferai sa provision ; mais elle n'aura les

pralines et le choix que si elle travaille. Je ne te
parle pas de ton petit Charles : c'est toujours le même
délicieux poupon, il est à croquer ; ni de tes collégiens, qui savent si bien se confesser que petite
mère se laisse bien vite attendrir. Oh ! tu es une
sévère et inflexible mère ; mais si je ne passais pas en
revue ta bergerie, tu croirais que j'oublie quelqu'un
de tes agneaux, et je n'en oublie aucun. Que sera ton
nouveau ? Un gros monsieur en berret et pilier, ou une
petite demoiselle en jupon. Voilà un doux mystère.
Encore quelque temps, et tu entendras une voix de
plus dans ta maison, et ton cœur se dilatera encore
d'un degré. Tant mieux, il y aura plus de place pour
tout le monde. Embrasse-moi comme je t'embrasse,
et à bientôt.

Ta fidèle.

22 novembre 1860.

Ma chère amie, j'ai eu plusieurs fois de tes nouvelles par ta cousine ; ainsi, quoique nous nous écrivions, je crois, toutes les fois que nous nous brûlons, nous pouvons un peu parler l'une de l'autre. Je m'attendais à ce que tu viendrais à Lyon cet automne ; il paraît que tu restes fidèle à ta montagne. Me voilà cependant de retour de la campagne ; nous sommes rentrés au gîte lundi, 19 novembre. Pendant un mois, je venais à la ville le matin, et je m'en retournais le soir ; c'était délicieux, excepté quand il pleuvait. L'année prochaine, il faut absolument que tu viennes me voir au château de Bel-Air ; tu verras que l'on n'y est pas encaissé et que l'horizon est magnifique. Je ne pense plus qu'à ma campagne, et je n'ai plus qu'un rêve, devine-le. Je deviens tous les jours plus ermite. Oh ! qu'il fait bon au milieu des fleurs, des petits oiseaux, du gazon ! Cela me régénère, me rafraîchit et me rajeunit.

Ta cousine est repartie ; elle n'a pas été enchantée de son essai de l'enseignement. Cette pauvre demoiselle s'y est prise un peu tard, et je ne sais vraiment ce à quoi elle est le plus apte. Je la crois très-intelligente et très-instruite non dans les sciences, mais dans les lettres ; malheureusement elle ne sait pas ce que c'est que d'enseigner. Il lui faudrait de jeunes enfants à commencer, mais cela ne se trouve pas aussi facilement qu'on le dit. Pourquoi ne resterait-elle pas à C.? Elle aurait plus de ressources qu'à Lyon. Elle devrait faire quelques études sérieuses, réguliè-res, à Lyon, pendant quelques mois, puis elle retour-nerait à C. monter un externat de famille ou don-ner des leçons particulières. Avec les connaissances qu'elle a dans la ville, elle pourrait, il me semble, réussir; mais il faudrait qu'elle eût le vernis d'une instruction spéciale.

La pauvre petite Céline est retombée malade, m'a-t-elle dit. Cette pauvre enfant m'intéresse; lorsque tu me répondras, tu n'oublieras pas de m'en don-ner des nouvelles. Et tous tes enfants? Ils sont tous retournés au travail. Marguerite est-elle plus gentille? Hélène vient-elle bien? Te voilà avec deux filles, ma chère; je ne peux pas le croire. Il me semblait que Marguerite serait toujours la seule petite chérie, puisque Marie n'avait pas pu vivre. Je ne porte pas bonheur à mes filleules. J'ai été marraine cette année, et la pauvre enfant n'est déjà plus. Je ne veux plus l'être, et cependant que j'aurais aimé ma petite Marie! Plus tard, lorsque je serai retirée, tu m'amè-neras bien quelquefois ou ton Hélène ou ta Margue-rite? Elles ne seront pas trop dépaysées, va. As-tu eu Mᵐᵉ... ces vacances? Voilà une éternité que je ne l'ai vue. La dernière fois que je suis allée chez elle, elle n'y était pas, et depuis nous sommes demeurés deux mois et demi à la campagne. Heureuse créature! tu peux y être toujours. Tu ne connais pas notre nouvel appartement. Sauras-tu au moins le trouver lorsque tu viendras? Décidément il faut que tu viennes; il y a si longtemps que je ne t'ai vue, ou que tu ne m'as écrit, qu'il me semble que nous devenons étrangères l'une à l'autre. Je ne sais pas ce que tu fais dans ce moment, si tu es contente de tes bambins, si Melchior et Joannès travaillent avec ardeur ; il faut que tu viennes pour nous retremper, nous avons besoin de nous voir. As-tu conservé quelques unes de mes lettres au commencement de ton mariage ? Comme nous nous écrivions souvent et longuement alors ! Et cependant nous nous aimons toujours bien ; mais en vieillissant on ne s'aime plus de la même manière, car, hélas ! nous vieillissons. J'ai déjà des cheveux blancs, ma pauvre amie ; mais, en échange des cheveux noirs qui s'en vont, on a une quiétude, une sérénité qui est la confiance, la sûreté de l'amitié, n'est-ce pas ? Lorsque je ne t'écris pas, je ne m'inquiète pas, je suis convaincue que tu es persuadée que je ne le peux pas ; et lorsque tu ne m'écris pas, je pense la même chose. Jadis il y avait de l'orage dans notre affection ; mais elle est devenue vieille, et elle est paisible. Qu'importe, pourvu qu'elle soit toujours aussi profonde ? Viens me le dire entre deux yeux, et amène-moi un de tes bijoux par-dessus. J'ai bien envie d'en embrasser un. En attendant, reçois mes baisers par la poste.

1861.

Ma chère amie, voilà un jour de l'an qui vient de se passer sans que nous ayons pu nous adresser nos vœux et nos souhaits. Ce n'est pas cependant sans que nous ayons pensé l'une à l'autre; mais moi j'ai été absorbée par un millier de visites dont je ferais volontiers bon marché des trois quarts et demi, et toi, ma pauvre amie, tu es au milieu des anxiétés les plus douloureuses. J'ai appris tous tes embarras actuels. Au moment où je t'écris, ma lettre devrait peut-être se changer en une lettre de condoléance. Quoi qu'il en soit, Dieu te saura gré, ma chère amie, de ton dévouement, et il le fera retomber en bénédictions sur toi et ta famille. Tu as eu tous tes enfants réunis à l'occasion du jour de l'an, et ils ont été bien heureux d'embrasser leur petite mère et de recevoir leurs étrennes. Je n'y suis pas, et néanmoins je me figure cette réunion; et je te trouve bien favorisée de n'avoir pas à subir la foule des indifférents, et de ne grouper autour de toi qu'un petit nombre de cœurs qui sont tous à toi. Je suis sûre que ton âme reste parfumée pour longtemps après ces douces réunions.

Ma lettre est restée suspendue deux jours, je m'empresse de la reprendre; mais le cours de mes idées a été interrompu, et je ne sais plus ce que je voulais encore te dire.

Ta cousine persévère-t-elle dans ses projets d'enseignement? Pauvre demoiselle! elle n'en a pas encore fini avec tous les déboires. Penses-tu toujours, ma chérie, venir dans quelque temps à Lyon? J'ai été contente de toi à ton dernier voyage. Viens, les jours seront plus grands, et tu auras plus d'agréments. Ta pauvre grand'mère ne va pas bien; tu n'es entourée que de malades, pauvre Fanny. Que Dieu te conserve au moins tous tes enfants bien portants. Et la petite Hélène, elle vient toujours à merveille. Soit dit entre nous, ma chère, je ne peux pas m'habituer à ce nom. Marguerite, Melchior, Joannès, Charles, tout cela est identifié parfaitement avec moi; mais Hélène, cela me fait l'effet d'une petite princesse étrangère, quelque chose comme une princesse russe. En effet, le temps me dure de voir ton Hélène et de m'assurer par mes propres yeux qu'elle est bien ta fille. En attendant, embrasse-la pour moi sur ses deux petites joues. Embrasse aussi pour moi ta grosse Marguerite que j'aime, quoiqu'elle ne soit pas toujours bien sage. Lorsqu'elle sera un peu assouplie, elle sera une bonne petite fille, cette enfant, et elle ne sera pas la moins gentille de tous tes bien-aimés. Et mon gros Joannès, et mon Melchior, et mon Charlot, embrasse-les tous pour moi, si tu les as encore; je les aime tous ces marmots, et je suis sûre qu'ils m'aiment un peu. Et toi, ma chère, as-tu encore le temps de penser à moi? Quelquefois je dis que non, et cependant je te donne l'absolution, parce que je sais com-

bien tu es accablée; mais quelquefois aussi je dis que
si, et je crois ne pas me tromper. Le premier petit
moment que tu auras, consacre-le-moi ; si tu n'as que
le temps de m'écrire deux lignes, eh bien! tu ne m'en
écriras que deux. Je ne suis pas exigeante, mais je
t'aime toujours de tout mon cœur, et je serai toujours

Ta fidèle amie.

19 avril 1861.

Ma chère amie,

Qu'il y a longtemps que je ne t'ai vue et que je n'ai eu de tes nouvelles! Ta sœur m'avait dit que tu devais venir à Lyon, et je l'avais priée de te conduire à ma campagne. N'es-tu pas venue, ou est-ce que tu n'as pas voulu me faire l'honneur de ta visite? Toujours est-il que je te renouvelle mon invitation pour mon ermitage de la Côte, car il est difficile à présent de nous trouver à Lyon. Cependant nous y sommes dans ce moment, et nous rageons contre le temps qui est magnifique, tandis que nous avions des temps affreux à subir à la campagne. Et ta pauvre petite nièce, je n'ose t'en demander des nouvelles. Mais toi, tes enfants, vous vous portez tous bien, n'est-ce pas? J'ai parlé hier de toi avec une demoiselle dont tu as fait la conquête dans la dernière visite que tu m'as faite. Vraiment, ma chère, tu embellis, cela te va admirablement d'être mère; tu as des couleurs éclatantes, une gaîté franche; ton petit empire ne t'a encore donné que les inquiétudes de l'affection : c'est le partage des familles bénies.

Enfin quand te verrai-je? Voici le printemps. Tout verdoie, tout fleurit autour de toi, tout est enchanteur; mais la résurrection de la vie a bien des charmes aussi

dans nos poudreuses cités. Du reste, nous avons aussi
des bosquets ombreux, des fleurs toutes fraîches éclo-
ses. J'ai été l'autre jour à Bellecour, et je l'ai trouvé ravissant. Ainsi, c'est entendu, tu viendras bientôt. Tu
dois avoir des emplettes à faire pour toi et tes enfants;
hâte-toi. Tu m'écriras aussi. J'ai des paresses incom-
mensurables, c'est vrai; mais c'est qu'aussi j'ai bien
des soucis, bien des embarras, et j'ai mené une vie
errante. J'ai cependant tant pensé à toi ! Quand donc
montera-t-on un télégraphe pour communiquer par
la pensée? Mais je voudrais aussi qu'on pût se voir. Il
y a tant de choses dans l'expression du visage, du sourire! J'aimerais mieux te voir et être vue de toi cinq
secondes que de correspondre des heures entières. Si
tu trouves le secret avant moi, tu te dépêcheras de me
le communiquer. Quand je serai rentière, tu viendras
passer de longues journées avec moi, tu ne me feras
pas l'aumône d'une visite d'une heure. J'irai aussi en
touriste surprendre ma belle jeune mère, qui rira
bien fort lorsque je lui tomberai dessus à l'improviste
et que je m'emparerai des bambins pour leur faire
ma petite part de sermons et de caresses. C'est joli
de rêver et d'espérer. Je souris à mon château en
Espagne, mais il n'a rien d'impossible.

Ma chérie, dépêche-toi de me répondre et dépêche-
toi de venir me voir. Ecris-moi une longue lettre; tu
me feras l'histoire de tes enfants sans oublier la belle
Hélène. Tous ces petits êtres me tiennent au cœur
presque autant que toi. Adieu.

Ton amie.

6 janvier 1862

Ma chérie,

Bon jour, bon an ; quoique mes vœux arrivent tard,
ils n'en sont pas moins sincères. Que le bon Dieu te
conserve bonne santé, douce gaîté et tous tes beaux
enfants. Qui dirait que je voulais te surprendre cette
année et t'écrire la première ? Oui vraiment, l'homme
propose et Dieu dispose. J'ai été dérangée les deux
jours qui ont précédé le jour de l'an, et les premiers
jours de l'année il n'en faut pas parler. Une ambas-
sadrice n'a pas plus affaire que moi. Combien ai-je fait
d'allées et de venues de mon salon à ma porte d'entrée ? Je serais en peine de le dire. Toujours est-il
que le soir je suis régulièrement courbaturée au nouvel an. J'avais l'air d'une reine cette année, m'a-t-on
dit, Madame. Tu ne m'as jamais vue dans mes jours
d'apparat, viens donc me voir une fois ; je m'amuserai
bien de te recevoir en grande dame. Ma conversation est
singulièrement frivole, qu'en penses-tu ? Revenons à
quelque chose d'un peu plus digne. Quelle douce surprise t'ont faite tes petits bambins ? Combien de lettres
de compliments est-on venu t'apporter et te réciter ? Et
ton cœur de mère a enregistré tout cela dans ton souvenir pour faire revivre ces délicieuses émotions dans
tes heures de solitude. Si je n'avais pas laissé envoler

le bienheureux temps des vacances, je te dirais :
Donne un bon baiser pour moi à tous tes enfants, afin
qu'ils ne m'oublient pas. Peut-être est-ce déjà fait.
Mais non, tu leur dis de temps en temps que tu
as à Lyon une grande paresseuse qui t'aime bien et
qui les aime bien. Si jamais tu mets tes enfants en
pension à Lyon, j'irai les voir, je leur serai une petite maman, et je t'enverrai des bulletins de santé et
de sagesse. J'ai vu aujourd'hui Adeline, qui m'a fait
une grande honte parce que je ne t'ai pas encore écrit.
Cependant ce n'est pas pour cela que je le fais en ce
moment : je suis très-peu docile par caractère, sans
que tu t'en doutes. Elle venait d'accompagner Anna à
sa pension et m'a apporté sa gaîté et ses vœux. Je
trouve délicieux de pouvoir se voir sans façon au
moment où l'on y pense le moins. Voilà un des grands
agréments du séjour dans la même ville. Oh! qu'elle
est donc gaie! Il n'y a pas moyen d'y tenir, elle ferait
rire les plus endurcis. Quand viendras-tu à Lyon et
quand m'écriras-tu? bientôt, n'est-ce pas? Tu es sans
doute solitaire dans ta campagne ; c'est une distraction
d'écrire. A quoi occuper tes longues soirées ou tes
après-dînées? Ma chérie, tu devrais devenir un très-
grand écrivain, et décidément j'opine pour te proclamer la plus paresseuse de nous deux. Quand je serai retirée à la campagne. tu verras comme je t'écrirai. Ce sera comme aux premiers temps de ton mariage, où, non contentes d'ajouter feuille sur feuille,
nous récrivions encore sur ce que nous avions déjà
écrit. Où allions-nous chercher tout cela, dis? Nous
avions vingt ans, hélas! et c'était bien beau. Fi! que

c'est laid de vieillir ! L'imagination devient jaune et ridée comme la peau. Heureusement que le cœur peut se conserver chaleureux au milieu de toutes ces décadences. Accepte mon cœur, chère amie, avec toute son affection d'autrefois, et dépêche-toi de m'écrire.

Toute à toi.

Mars 1862.

Ma chère amie,

Le mois de mars n'est pas encore fini, et ma lettre pourra encore passer pour une lettre de fête ; je me suis dit que si mon papier n'était pas auprès de toi avec toute ta famille, mon cœur y était, et que tu le devinerais.

Depuis que tu es partie, je n'ai eu de tes nouvelles ni par terre ni par mer. Madame devait venir me voir, elle n'est pas venue ; j'y suis allée, elle n'y était pas. Décide-toi à m'écrire toi-même si tu te portes bien. Tu dois jouir avec ravissement du renouvellement des beaux jours. Toutes les fois que nous allons à la campagne, nous en revenons plus enchantés. Comme ces premières fleurettes sont jolies à voir ! Mon jardin est encore bien vide ; il est si jeune ! Mais toi, tu as pu depuis plusieurs années déjà semer et planter, et la nature n'a plus qu'à t'apporter chaque année sa moisson habituelle de jolies choses. Tu n'en remercies pas Dieu, j'en suis sûre, ingrate, et tu appelles peut-être les distractions de la ville, tandis que nous soupirons après les charmes de la campagne. C'est tout simplement inquiétude d'esprit, désir du mieux, du meilleur, qui nous poursuit toute la vie, et qui n'est que la preuve de l'infini pour lequel nous sommes créés.

Cependant, ma chère, laissant de côté les besoins factices créés par la civilisation, je te crois plus avanta-
geusement placée que nous, habitantes des villes. Tu
te retrempes sans cesse au sein de la nature, et c'est
la source intarissable. Tu vis de la vie naturelle; nous,
la plupart du temps, nous ne vivons que d'excitations
de toutes sortes. Je suis sûre que tu me trouves bien
philosophe. Lorsqu'on vieillit, qu'y a-t-il de mieux à
faire que de philosopher? Cela ennoblit l'existence et
la sort du cercle des choses matérielles. La philosophie
renferme au fond beaucoup de poésie, mais ce n'est
pas la poésie fraîche et radieuse de vingt ans; c'est
une poésie grave, sereine, plus intellectuelle que sen-
timentale.

Avril.

Combien y a-t-il de jours que cette lettre est commencée? Je n'en sais rien. Le fait est que je l'ai commencée avant la fin de mars, que mon frère est arrivé,
m'a interrompue, et que je n'ai pu reprendre ma causerie de bien des jours.

J'ai appris aujourd'hui que Mme... a été te souhaiter ta fête à S.-H. : c'est très-joli. Si je m'étais trouvée à la maison aujourd'hui lorsqu'elle est venue,
j'aurais pu causer un peu longuement de toi et lui
demander beaucoup de choses ; mais je n'ai pas eu
seulement cette chance. Comment va toute ta famille,
ma chérie? Est-elle toujours bien rieuse, bien tapa-
geuse? Tous tes collégiens viendront sans doute passer

quelques jours à l'occasion de Pâques auprès de toi.
Ces vacances se passent au milieu de tes enfants le
plus possible; moi, le plus que je peux loin de mes
élèves. Quelle différence de point de vue! Quel beau
thème pour l'amour maternel! Ce qui n'empêche pas,
ma chère, que je remplis bien ma tâche; je me pré-
senterai devant Dieu les mains aussi pleines que tu
pourras le faire toi-même avec tous tes chers enfants.

La tâche des institutrices laisse peu de souvenirs
dans la vie des élèves : on les assimile volontiers aux
vieux meubles dont on se sert parce qu'ils sont bien
commodes; et cependant que de germes pour l'avenir
elles déposent, dont elles ne jouiront jamais elles-
mêmes, dont les autres jouissent sans qu'elles s'en
doutent, mais dont le bon Dieu leur saura bien quelque
gré, il faut le croire! De quoi te parlé-je, ma chère?
Eh! mon Dieu! ne faisons-nous pas tous de même un
peu? Lorsque quelque idée tracasse notre tête, si nous
avons quelque ami, vite nous la lui confions, afin de
décharger notre esprit, et il semble que notre pensée
s'élargisse. Le résumé de tout ce que je t'ai dit, c'est
que nous avons tous une mission à remplir, qu'il faut
la comprendre et l'exécuter quelle qu'elle soit. Moi,
dons ce moment, je sermonne de tous les côtés; je fais
tant de sermons que je finis par trouver que j'ai pensé
déjà tous les véritables sermons que j'entends. Toi,
ma chère, je ne sais pas si tu moralises beaucoup,
mais je suppose que la forme des discours que vous
adresse ton vénérable curé n'a jamais passé par ton
esprit, et que sous ce rapport du moins tu entends
du nouveau. Ecoute en même temps les concerts des

petits oiseaux ; c'est la gracieuse voix du bon Dieu au printemps, et si les hommes parlent quelquefois faux, ceux-là du moins chantent toujours juste.

Me voilà écrivant en travers comme dans le bon vieux temps. Ravive ton amitié par ce souvenir, ma chérie, et reçois avec tous mes baisers l'assurance de l'affection inaltérable de ton amie.

Villeurbanne, 17 août 1862.

Je suis en vacances, et je ne t'ai pas encore écrit : c'est très-mal, et je m'accuse. Pardonne-moi, ma chérie; j'ai toutes sortes de bonnes raisons dans le genre de celles que nous nous communiquons franchement lorsque nos yeux se regardent et que nos mains se touchent. J'ai appris, ma chère petite, que tu as passé au cours quelques jours avant ou après le 15 août. J'espérais aller te voir chez ta sœur, où je pensais te trouver; il m'a été impossible. Les travaux de fin d'année, la sollicitude que vous inspirent de chères jeunes filles qui vont jouer aux examens l'enjeu de leur destinée, tout cela m'a tellement absorbée, que pendant quelque temps je ne rentrais à la campagne que fort tard. Tu es au milieu de tes chers enfants bruyants et tapageurs, mais bien caressants aussi, ce qui fait tout passer. Comment va ton Melchior? Je pense quelquefois à lui et à la crise morale où il se trouve : c'est inquiétant pour le cœur d'une mère; mais il est d'une bonne race, ma chère, et il sortira triomphant de l'épreuve. Tu n'auras plus que l'émotion non joyeuse, mais sérieuse, que laisse le souvenir de ces jours d'anxiété. Si tu le mets à Lyon, j'aurai le plaisir de le voir un peu plus souvent, ce cher enfant. Et tous tes autres chéris sont bien sages; mon petit Joannès, qui est si bon garçon;

ma fraîche Marguerite, que je voudrais bien qui m'aimât toujours un peu; le lutin de Charlot, que je me figure toujours le plus charmant espiègle du monde, et puis Hélène, Adeline, deux petits êtres que je ne connais pas encore, à qui je pourrais prêter tous les charmes, mais à qui je ne veux pas penser tant que je ne les aurai pas vus. Tu viendras bien à Lyon à la fin des vacances; il faudra que tu amènes Melchior, alors tu me feras l'honneur et le bonheur d'une journée. Ma villa est petite, mais on y accueille ses amis de tout son cœur, et une montagnarde comme toi ne doit pas être effrayée de la distance qu'il faut franchir pour y arriver. C'est convenu, à bientôt une lettre, si tu es gentille, et, à la rentrée des classes, ta visite.

Sur ce, ma chère, je t'embrasse de tout mon cœur, toi et tes chers mignons, et je te tiens comme engagée.

Ton amie.

25 août 1863.

Je viens d'écrire à une de mes gentilles élèves qui est aux bains de Saint-Gervais. A ton tour à présent. Qu'il y a longtemps que je ne t'ai vue! J'ai appris par ta sœur que tu as passé à Lyon il y a quelque temps, et tu n'a pas pu pousser jusqu'à mon châlet, chère sotte? Je suis loin de t'en faire un reproche : ne suis-je pas à une lieue seulement de Lyon? et cependant je n'ai le temps de visiter personne. Jamais je n'ai été si esclave. Mes courses me prennent d'abord beaucoup de temps, et puis mes examens ont eu lieu un mois plus tôt; mes aspirantes étaient mal préparées, et j'ai dû tout leur sacrifier. Tu es habituée aussi à ce mot *sacrifice*, chère. Si les institutrices sont obligées de se sacrifier pour leurs élèves, les mères de famille ne se sacrifient-elles pas tous les jours, toutes les heures à leurs enfants? Tes enfants doivent être en vacances en ce moment, et tout ton troupeau est de nouveau réuni autour de toi. Qu'ils doivent être heureux, tous ces petits exilés, de se retrouver réunis au foyer paternel! Comme Melchior, comme Joannès ont salué avec bonheur la maison du plus loin qu'ils l'ont vue! Et ma petite Marguerite n'aura-t-elle pas eu aussi son tressaillement de joie? Ma chère Fanny, tu as sans doute très-bien choisi en mettant tes fils aux Minimes; mais, pour moi, combien j'aurais préféré le collége! J'y au-

rais vu tes fils ; aux Minimes, cela m'est impossible
depuis que je suis à Villeurbanne. Toute cette année
j'ai fait le projet d'y monter, et je n'ai jamais pu le
faire, ce qui me rend le cœur bien gros. Tâche donc
de me faire voir tes fils à la rentrée, d'une façon ou
d'une autre.

Je t'écris, ma chère amie, par le plus bel orage ; le
tonnerre gronde, la pluie tombe à torrents, et nous en
remercions Dieu, car nos jardins étaient littéralement
brûlés. Tu as eu la grêle au printemps, nous avons eu
la sécheresse en été, et le sol est jonché de feuilles
mortes comme à la fin de l'automne : c'est un spectacle attristant. Mon pauvre petit jardin, qui était passable est affreux maintenant. Si la pluie revenait,
et que tu pusses venir y passer un jour, à la fin
des vacances, tu le trouverais sans doute un peu
moins laid qu'à présent, et moi je le trouverais très-
joli, parce que tu y serais, chérie. Est-ce trop exiger
de toi que de te demander, au milieu du tohu-bohu
où tu te trouves, de chercher un petit moment pour
écrire à ton amie? Tâche, prends ta baguette de fée,
et fais-en sortir un petit quart d'heure que tu me donneras. Tu embrasseras bien tes enfants pour moi ; tu
leur diras avant que je te l'ai dit, que je te le recommande : je ne veux pas qu'ils oublient que je suis au
monde ; quoique je sois déjà si vieille que maman me
tire mes cheveux blancs, je n'ai pas encore perdu la
mémoire, et je serais désolée si des têtes blondes
la perdaient pour moi. Voilà bien des racontages, et
tu trouves tout cela peut-être bien léger ; tant pis
pour toi. Lorsque je t'écris, je deviens tout de suite

gaie et papillonnante ; et toi, lorsque tu m'écris, qu'est-ce que cela te fait? Tu me le diras. D'ici là, je vais compter les jours; je pense que tu ne me feras pas faire une trop longue addition.

Adieu, chérie ; je t'embrasse de tout mon cœur, embrasse encore tes enfants pour moi.

Ton amie fidèle.

28 février 1864.

Ma chère amie, que devenons-nous? Les années se succèdent sans que nous nous donnions signe de vie. Nous aimons-nous moins qu'autrefois? Je ne le crois pas; il me semble, au contraire, que toute affection réelle doit se fortifier à mesure qu'elle vieillit, et lorsque je me sonde, je sens qu'il en est ainsi. Il faut donc avouer que nous devenons paresseuses, infiniment paresseuses. Prenons-en notre parti, et comme nous sommes très-sûres l'une de l'autre, ne perdons pas notre temps à nous faire des reproches, écrivons-nous tout simplement toutes les fois que nous le pourrons.

Es-tu venue à Lyon passer les vacances du jour de l'an, comme ta sœur me l'avait dit? S'il en est ainsi, tes pauvres marmots ont dû être peu enchantés de leur séjour. J'avais quelque espoir que tu viendrais le lundi; j'attends encore, et comme je n'ai pas vu ta sœur, je me demande : Sont-ils venus à Lyon? ne sont-ils pas venus? J'ai deux jours par semaine, le lundi et le jeudi, excepté le premier jeudi du mois. Du reste, pour éviter les cas imprévus qui peuvent toujours surgir, tu n'aurais qu'à passer au cours pour être sûre de me trouver. J'ai eu bien du malheur le jour que j'ai été te voir chez ta sœur; j'avais une bonne heure à te donner, et Madame n'y est pas.

As-tu pensé à me réserver tes photographies? Je veux tout ton monde, toi, ton mari, tes enfants. Lorsque j'aurai un petit moment de loisir, j'irai prendre mon album, je ferai défiler devant moi tout ton régiment, et je ferai la causette avec eux. Devine à quoi je m'occupe aujourd'hui? A des préparatifs de noce. Je marie dans huit jours une de mes anciennes élèves, et je n'ai pas pu refuser à la chère enfant d'être auprès d'elle ce jour-là. Quel tracas cela donne! Je suis toute surprise de m'occuper de ma toilette; notre éloignement de la ville empêche ma sœur de s'en charger elle-même, et je me contemple allant de magasin en magasin, achetant les choses nécessaires. Quelle curieuse femme élégante je fais!

On parle beaucoup à Lyon dans ce moment du départ de M. L., notaire, qui laisse une foule de personnes dans l'embarras et la peine. Que deviennent les plus belles fortunes lorsqu'elles ne sont pas gérées avec ordre? L'ordre, quelle excellente chose dans les affaires! Il paraît que dans son étude c'était une confusion extrême. Qu'est-ce que les amis du monde, aussi? On me rapportait hier qu'une dame, voyant naguère beaucoup la famille L., disait dédaigneusement: « Ces gens-là se remonteront, mais ils ne pourront jamais reparaître à Lyon. » Sacrifiez au luxe, sacrifiez à l'ostentation, sacrifiez à la mode, voilà ce ce qu'il en reste! Pourquoi sommes-nous si éloignées? Nous babillerions bien, nous ferions de la philosophie sur tous ces gens et toutes ces choses. En attendant que nous soyons un peu plus près, écris-moi le plus souvent possible. Babille dans ta lettre, laisse courir ta plume ; toi qui as tant de choses qui te remplissent le cœur, tu dois être plus abondante que moi, dont la vie est toujours uniforme. Donne-moi surtout des détails sur ta santé, et soigne-toi assez pour continuer à te porter comme naguère.

A bientôt, chérie, ta lettre et tout ce que je demande.

Ton amie fidèle.

21 janvier 1865.

Si l'on croyait les apparences, nous nous prendrions l'une l'autre pour deux indifférentes, ma chère Fanny. Mais nous sommes certaines du contraire, et c'est pourquoi nous sommes si tranquilles. J'ai bien mal employé mon temps depuis que je ne t'ai vue. Je suis malade depuis le 25 septembre. J'ai fait une très-mauvaise chute ; l'organe qui avait déjà tant souffert, il y a quelques années, a été atteint, et la secousse a ramené ma maladie d'autrefois, moins forte il est vrai. Après avoir été mieux, moins bien tour à tour, j'ai été obligée de garder complètement la chambre depuis le 1er janvier. Je souhaite, ma chère amie, que tu aies été plus heureuse. J'ai bien souvent pensé à toi, mais je n'étais pas du tout en train d'écrire. Je vais un peu mieux à présent, je suis un peu moins sombre, et le besoin d'écrire me presse. Que fais-tu ? qu'es-tu devenue ? Je n'ai pas plus de nouvelles de toi que si tu n'existais pas. Tu seras obligée, ma chère, de mettre ta paresse de côté pour le moment et de m'écrire longuement. Tu as bien des choses à me dire ; tout ce petit monde que tu aimes et que j'aime, il faut que j'en sache des nouvelles. Tu ne manqueras pas, aux vacances prochaines, de m'en amener un ou deux ; seulement il faudra t'arranger alors à me donner une journée entière. Nous nous faisons vieilles, mais notre amitié ne dégénère pas en vieillissant. Tu sais le proverbe : « Vieux vin, vieux livres, vieux amis. » Je trouve de plus en plus vraie cette pensée. Tout ce qui se rattache au bon vieux temps de ma jeunesse me semble de plus en plus savoureux. Si je savais quelque chose de ta vie actuelle, je te suivrais par la pensée; mais j'augure à peu près tout. Tu as bien toujours auprès de toi tes fillettes Hélène et Adeline? Sont-elles gentilles? Trouves-tu ta maison vide avec ces deux petits oiseaux chanteurs lorsque tu penses à ceux qui sont nichés plus loin? Peut-être! Endors un peu les peines de l'absence en te réfugiant au sein de l'amitié; écris-moi de longues condoléances, cela décharge le cœur. Tu n'oublieras pas de me donner des nouvelles toutes spéciales de ta santé, de celle aussi de ton mari, de ton beau-père; je vous souhaite à tous bonne santé : on ne peut pas être heureux sans cet auxiliaire.

Adieu, ma toute chérie; j'attends bientôt une lettre, et, dans cette espérance, je t'embrasse de tout mon cœur, comme une bonne vieille amie que je suis.

1865.

Ma chère amie,

Est-ce que tu ne viendras pas me voir dans ton prochain voyage, sans que je t'écrive? Comment! tu viens
à Lyon plusieurs jours, et tu ne peux pas trouver un
moment pour me voir! Ce n'est pas bien, et je veux
te gronder. Vrai, si ce n'était petite Hélène qui
plaide pour toi, je te bouderais, et j'attendrais bel
et bien de l'activité de ton affection que tu te dé-
ranges pour venir prendre de mes nouvelles. Mais
petite Hélène m'a pris le cœur, et je te dirai, quant
à ma santé, que je vais mieux, mais que je suis toujours prisonnière et que j'attends les beaux jours. Je
remercie bien ma chère Hélène du joli bonjour
qu'elle m'a souhaité, des baisers qu'elle m'a envoyés
avec sa sœur Adeline, et je lui recommande surtout de
ne pas laisser oublier à sa maman la promesse qu'elle
lui a faite de me l'amener cet été. Je tâcherai de bien
l'amuser, et elle aura pour folâtrer un joli petit chat
et un joli petit chien qui ne savent ni griffer ni mor-
dre. Je ne puis pas croire, ma chère, que Melchior
ait seize ans cette année. Mais nous sommes donc
bien vieilles! Ce n'est pas possible. Il me semble, moi,
que si je n'étais pas malade, je serais plus papillonnante qu'à quinze ans. Enfin tâchons de rester jeunes
en vieillissant, puisque nous ne pouvons pas l'empê-

cher. Mes souvenirs de St-H. ne sont pas si complètement effacés que tu le crois, et je me figure très-bien
ton petit intérieur intime, tes petits enfants gazouil-
lant dans ta grande salle à manger ou dans ta chambre; mais si tu as fait des changements dehors, il m'est
impossible de te suivre là. Tu me décriras ton jardin,
et alors je t'y suivrai comme dans ta maison. Embrasse tout ton petit monde pour moi, mais surtout
la gentille Hélène qui pense déjà à moi sans me connaître; embrasse aussi Marguerite, que j'absous bien
volontiers de son péché de parler trop. Ce n'est pas
un péché bien rare parmi les petites filles, et je suppose que si jamais on en fait faire amende honorable,
elle ne sera pas la seule. Ma chère amie, tu dis : « Il
paraît que Marie est devenue bien babillarde, qu'elle
prend tant la défense de ma Marguerite. » Je ne crois
pas que je sois jamais babillarde: j'aurais trop d'efforts à faire; mais, en vérité, j'ai peine à croire que
Marguerite le soit beaucoup. Tu me donneras de ses
nouvelles. Je pense qu'elle ne m'oublie pas, elle qui
me connaît. Peut-être serait-ce parce qu'elle me connaît. S'il en était ainsi, tant pis pour elle, et je t'obli-
gerais à lui rafraîchir la mémoire à son grand déplaisir.

Adieu, bien chère; je divague, mais je t'aime toujours de tout mon cœur.

FIN.

TABLE.

INTRODUCTION 1

NOTICE BIOGRAPHIQUE sur Mlle M.-F. Bollud. 4

La vie que j'aurais choisie si Dieu m'eût appelée à son conseil 29

DISCOURS 35

Paroles adressées aux élèves-maîtresses du Cours normal et aux élèves de l'Ecole supérieure le jour de la rentrée. . . 71

MORCEAUX PÉDAGOGIQUES :

Que doit être une institutrice à l'égard de ses élèves? . . . 85
Importance des fonctions de l'institutrice et leur influence. 88
La bonté 91
La décence 93
La prière et le travail 95

Lettres aux élèves et à quelques autres personnes. 99

Correspondance avec Mme G. 197

FIN DE LA TABLE.

Lyon. Aimé Vingtrinier, impr.